Für Elsa ist Kochen viel mehr als nur ihr Beruf oder die bloße Zubereitung einer Mahlzeit. Nur in der Küche gelingt es ihr, ihre Sorgen hinter sich zu lassen und sich ein anderes Leben zu erträumen. Außerdem hat Elsa sich ein Ziel gesetzt: Sie will nach Norden ans Meer. Und damit möglichst weit weg von der Familie in Süddeutschland, weg von der schmerzhaften Leerstelle, die der Tod ihres Vaters in ihr Leben gerissen hat.
Sensibel und berührend gelingt es Anne Köhler in ihrem Debütroman, von großen Gefühlen zu erzählen und sie in atmosphärisch einzigartigen Koch- und Küchenszenen aufgehen zu lassen. ›Ich bin gleich da‹ ist die Geschichte einer jungen Frau, die auf der Suche nach sich selbst ihrer Familie wieder näherkommt – und vielleicht auch einer glücklichen Liebe.

Anne Köhler wurde 1978 in Gießen geboren und lebt in Berlin. Sie studierte Architektur und Kunstgeschichte in Berlin sowie Kulturwissenschaften, Kreatives Schreiben und Kulturjournalismus in Hildesheim. Seit 2006 arbeitet sie als freiberufliche Autorin und Texterin. Mit einem Auszug aus ›Ich bin gleich da‹ gehörte sie 2008 zu den Finalistinnen des 16. Open Mike. 2013 war sie Stadtschreiberin von Dresden.

ANNE KÖHLER

ICH BIN GLEICH DA

Roman

DUMONT

Von Anne Köhler ist außerdem im DuMont Buchverlag erschienen:
Nichts werden macht auch viel Arbeit

April 2016
DuMont Buchverlag, Köln
Alle Rechte vorbehalten
© 2015 DuMont Buchverlag, Köln
Umschlaggestaltung: Lübbeke Naumann Thoben, Köln
Umschlagabbildung: © Monika Halinowska / GettyImages
Gesetzt aus der Dante
Druck und Verarbeitung: CPI books GmbH, Leck
Gedruckt auf säurefreiem und chlorfrei gebleichtem Papier
Printed in Germany
ISBN 978-3-8321-6363-1

www.dumont-buchverlag.de

Für uns.

Inhalt

Mein Vater war Segler. Das sagte er jedenfalls. Von uns hat ihn nie jemand segeln gesehen. Als Kind habe ich es ein paarmal versucht. Ich habe Fachausdrücke gelernt. Er brauche einen Matrosen, habe ich gesagt. Er brauche einen Smutje oder wenigstens jemanden für den Ausguck oder zum Schrubben des Decks. Aber mein Vater fuhr immer allein zur See. Auf dem Meer lösen sich alle Sorgen auf, sagte er. Eine Woche im Jahr war dafür reserviert, dann fuhr er Richtung Norden, an die Küste, und wenn er zurückkam, war sein Blick weit in die Ferne gerichtet. Er brauche einen Maat, habe ich gesagt. Ich müsse zuerst das Wetter lesen lernen, alle Wolkengebilde und Formationen, sagte er, denn wer den Himmel nicht lesen kann, kann auch nicht zur See fahren. Ich lieh mir Bücher aus. Lernte Fachbegriffe. Wälzte Lexika und zeichnete Bilder voller Himmel und Wolken und beschriftete sie. Ich kannte Kumulus-, Zirrus- und Stratuswolken und ihre Bedeutung für die Wetteraussichten. In der Todesnacht meines Vaters war der Himmel sternenklar. Er war makellos.

Prolog

Zwischen Weiden und Kastanien schmiegen sich ein paar Häuser an das Ostufer des Sees, andere ziehen sich in losen Abständen den Weg hinauf bis zum Waldrand. Dort, in der Mitte eines von dichten Hecken eingefassten Wiesenrondells, steht unter einer Eiche das Wahrzeichen des Dorfes. Der große Felsklotz passt zum Wesen der Weidenheimer: grobschlächtig, witterungsbeständig, schnörkellos. Er markiert den Mittelpunkt des Landkreises. In einem Schaukasten zeigen Bilder den stolzen Ortsvorsteher von Weidenheim beim Anbringen der kupfernen Plakette mit den genauen Koordinaten. Seit der Aufstellung hat man Limberg, der kleinen Stadt auf der anderen Seeseite, endlich eine Attraktion entgegenzusetzen.

Jetzt dreht sich jedoch alles um das Maifeuer. Vor Tagen schon hat man auf einem Feld das Holz aufgeschichtet. Bis in die Morgenstunden wird es brennen. Wer dann noch dort ist, springt Hand in Hand mit seiner Liebsten über die Glut und hat ein Jahr lang Glück. Das ist eine Gewissheit. Ebenso gewiss ist, dass im Schutz der Nacht die Kobolde aus ihren Winkeln kriechen und ihr Unwesen treiben werden. Kaum jemand bleibt verschont.

Im letzten Jahr ist der Ortsvorsteher am Morgen nach der Walpurgisnacht siegessicher über seinen Hof geschritten und hat die unversehrten Vorhängeschlösser an den Scheunentoren begutachtet. Dann, als er den Blick hob, sah er die Unterhosen mit Leoparden-Print, die ihm seine Frau in der Hoffnung steigenden Temperaments geschenkt hatte, am höchsten Mast aufgeknüpft flattern und darunter an der Scheunenwand eine riesenhafte Kreide-Karikatur seiner selbst, entblößt vor der Dorfgemeinschaft stehend.

Jedes Jahr tragen die Weidenheimer also am letzten Apriltag Blumenkübel und -tröge in die Scheunen, ziehen die Mülltonnen hinterher, stellen Autos, Fahrräder und Geräte dort unter. Sie zurren die Strohballen fest, verbarrikadieren die Tore, überprüfen Riegel und Schlösser. Sie bringen die Frühlingsdekoration in die Häuser, schrauben die Türschilder ab, schließen alle Fenster. Sie machen sich schick. Die Verheirateten, die Singles, Jugendliche und Kinder. Die Nacht zum Ersten Mai ist für alle da. Sie kommen zum Feuer, auch die Menschen aus den umliegenden Dörfern, sogar ein paar Limberger.

Jost sieht, wie die anderen ihr Hab und Gut in Sicherheit bringen. Er selbst lässt an seinem Haus alles so, wie es ist. Wer die Kobolde herausfordert, wird erst recht zur Zielscheibe. Jost zieht eine schwarze Hose und einen schwarzen Pullover an. Er küsst seine Frau Ursel, die sich in einem luftigen Sommerkleid von ihm verabschiedet, um zur Generalprobe ihrer Tanzgruppe zu gehen. Sie wird heute am Maifeuer auftreten, um Mitternacht, wenn die Dorfjugend die Trommeln schlägt und die Menschen das Maisingen anstimmen.

Josts Sohn David und seine Freunde sind schon losgezogen. Elli, die Tochter, wartet auf Jost im Schuppen, ebenfalls in schwarz gekleidet. Sie sieht erwachsen aus. Vermutlich wird es ihre letzte gemeinsame Mission sein, denkt Jost.

Die Leute aus den umliegenden Dörfern unternehmen in der Walpurgisnacht gerne den Versuch, das Wahrzeichen Weidenheims umzustoßen oder mit Sprühfarben zu verunstalten. Jost will das verhindern und ihnen mit Elli auflauern.

Er hat Schwierigkeiten, Elli beherzt zu umarmen. Seiner Frau geht es nicht anders. Sie lieben ihre Tochter vorbehaltlos, und doch versteifen sie sich in ihren Armen, als ob sie Angst hätten, etwas an ihr zu zerbrechen. Seit ihrer Geburt ist das so. Viel zu früh war die Fruchtblase geplatzt, er und Ursel hatten sich noch nicht einmal für einen Namen entschieden. Klein, dünn und schrumpelig hat das namenlose Baby im Brutkasten ums Überleben gekämpft. Ursel wurde wegen einer Infektion von ihr abgeschirmt und auch Jost hat man nur bis zum Glaskasten an sie herangelassen. Diesen erzwungenen Abstand haben sie später nicht mehr aufholen können. Ihre Hände versuchen seither, das Defizit auszugleichen, legen sich auf Ellis Arm, streichen ihr über den Schopf, klopfen ihr auf die Schulter. Elli scheint es nichts auszumachen. Die ersten Wochen ihres Lebens hat sie hinter Glas verbracht, und manchmal hat Jost den Eindruck, als sei sie auch nach dem Verlassen des Brutkastens ein wenig von der Welt abgeschnitten geblieben. Er erinnert sich daran, wie anders die erste Zeit mit seinem Sohn David gewesen ist, wie Ursel ihn immer in einem Tuch um den eigenen Körper gebunden getragen hat, so dicht bei sich wie möglich.

Die fehlende körperliche Nähe zu Elli hat Jost immer versucht, mit besonderer Aufmerksamkeit auszugleichen. Er hat ihre Kinderwelt früh mit Geheimnissen angefüllt. Gleichzeitig mit dem Lesen und Schreiben hat sie das Morsealphabet gelernt. Es gibt den Punkt »dit«, den Strich »dah« und die Pause, die man auch als »Schweigen« bezeichnet. Bis heute benutzen Jost und Elli akustische Signale oder Morselampen. Bei gutem Wetter steht Elli abends am Fenster und er blinkt ihr vom Garten aus eine Gute Nacht herauf. Bei schlechtem Wetter klopft sie in ihrem Zimmer auf die Bodendielen. Unter ihr im Arbeitszimmer schlägt Jost die Antwort mit einer Taste auf dem Klavier an. Er spielt Wörter und ganze Sätze darauf, vom Morsen versteht er viel.

Während der Notdienst-Wochenenden seiner Zahnarzt-praxis, wenn er in der Nähe des Telefons bleiben musste, hat Jost sich mit Elli durch die Filmgeschichte gearbeitet. Zuerst die Cartoons: Tom und Jerry, Tweety und Sylvester, Elmer Fudd und Bugs Bunny. In den letzten Jahren dann sind die Banditen, Gauner und Ganoven, Agenten und Spione an der Reihe gewesen. Chronologisch sind sie von Butch Cassidy und Sundance Kid über Johnny Hooker und Henry Gondorff bis hin zu James Bond und Dr. No vorgedrungen.

Seit einigen Monaten hat Ellis Enthusiasmus diesbezüg-lich deutlich nachgelassen. Als Jost ihr von der Mission für die Walpurgisnacht erzählt hat, ist ihm ihr Zögern nicht entgan-gen. Sie ist vierzehn und findet sich vermutlich zu alt, um mit ihrem Vater in der Dunkelheit im Gebüsch zu sitzen. Bald ist sie seinen Abenteuergeschichten entwachsen.

Jahre ist es her, dass sie ihn nach den aufgeklebten Silber-streifen auf den teureren Produkten im Supermarkt gefragt hat. Erschrocken hat sie schließlich wissen wollen, warum sie selbst keine Diebstahlsicherung habe. Er hat sie beruhigt. Sie sei versteckt unter der Haut, an der Neige des Halses, zwi-schen Ohr und Schlüsselbein, hat er gesagt und ihr die Hand dorthin gelegt, bis es warm wurde. Eine der seltenen zärtli-chen Gesten zwischen ihnen.

Im Schutz der Dämmerung machen Vater und Tochter sich auf den Weg. Die Angreifer können nur vom Dorf oder vom Wald her auftauchen, deshalb trennen sich Jost und Elli. Er versteckt sich am Waldrand, Elli duckt sich hinter eine Hecke, an welcher der Weg ins Dorf vorbeiführt. Jeder hat eine kleine Morselampe bei sich, damit er dem anderen ein Zeichen geben kann, wenn er etwas Ungewöhnliches hört oder sieht. Bei einem »SOS« eilt der andere zu Hilfe, bei einem »?« blinkt er ein »OK« zurück als Signal, dass alles ruhig ist. Eine einzelne Laterne neben dem Wahrzeichen spendet spärliches Licht.

Die Dorfbewohner umringen das Feuer. Es sorgt für Wärme. Mehr noch das Bier und die Kurzen, die man im Zelt ausschenkt. Es ist eine geschäftige Nacht, in der es leicht ist, unterzutauchen. Musik bringt die Körper in Bewegung, der Alkohol das Blut in Wallung, kleine Grüppchen oder Paare ziehen sich in die Dunkelheit zurück. Es ist die Nacht der ersten Küsse, der Streiche, der kurzen Affären und Tändeleien, des Rauschs.

Es kribbelt in den Fingerspitzen. Josts Hand krampft sich um die Morselampe, er fällt. Die Welt stürzt auf ihn herab, dreht sich, jetzt liegt er auf ihrer Oberfläche. Der Waldboden pulsiert, ein Herzschlag, der eigentlich in seinem Brustkorb sein sollte. Der Schmerz ballt sich in der Brust und explodiert nach allen Seiten hin, weit über den Körper hinaus, versickert in der Erde. Jost versucht, nach seiner Tochter zu rufen, aber kein Ton verlässt seinen Mund, nichts an seinem Körper gehorcht ihm. Er drückt auf der Signallampe herum. Er macht sich keine Sorgen. Elli wird jeden Moment kommen. Er versucht, sich zu entspannen, und meint, mit jedem Ausatmen tiefer in den Boden zu sinken, der sich seltsam weich anfühlt. Müde lässt Jost sich immer tiefer ins Dunkel sinken.

Dass Elli für eine Weile nicht in ihrem Versteck war, wird ihr Vater gar nicht merken. Sie läuft zurück vom Feuer zum Wald, weicht Stimmen und Geräuschen aus, einem Liebespaar bei der Laterne, drei torkelnden Gestalten im Halbdunkel am Hang. Feuchtigkeit steigt vom Boden auf, es riecht nach Erde und dem See. Stimmen dringen unnatürlich laut an sie heran und fallen erst hinter ihr zurück, als sie sich dem Wahrzeichen wieder nähert. Ihre Signallampe liegt noch hinter der Hecke. Sie blinkt ein Fragezeichen:

. . — — . .

Keine Antwort.

Elli blickt zu der Baumgruppe, hinter der ihr Vater vorhin verschwunden ist, und setzt sich in Bewegung. Sie erreicht das Zentrum des Wiesenrondells. Der Mittelpunktfelsen steht unversehrt unter der Eiche. Elli wird langsamer, ihr eigener Atem klingt laut und fremd. Mit einem Mal legt sich ihr die Nacht schwer auf die Glieder. *Goldader, Goldammer, Goldamsel,* sagt sie im Kopf auf, so hat sie es zur Beruhigung von ihrem Vater gelernt, *Goldangel, Goldapfel, Goldbach.* Sie nähert sich den Bäumen, geht über die gemähte Rasenkante, die Wiese wächst wilder, Geäst mischt sich dazwischen und greift nach ihren Füßen. Zaghaft setzt sie Fuß vor Fuß, wie man im Sport die Mannschaften auswählt, Ferse an großen Zeh: *tip, top, tip, top, tip, top, tip, top, tip, top, tip, top, tip, top, tip, top, tip, top, tip, top, tip, top.* Dann sieht sie ihren Vater. Eine Hand liegt auf seiner Brust, der andere Arm ist nach oben abgewinkelt und umarmt einen Baumstamm. Elli beugt sich zu ihm hinunter, fasst ins feuchte Gras. Sie streicht ihm über die Hand und erschrickt. Sie legt ihm das Ohr an die Brust, kann aber keinen Herzschlag hören.

Jetzt rennt Elli. Sie rennt über die Wiese, das feuchte Gras, der Schmerz in der Lunge, in der Seite, den Füßen, am liebsten würde sie mit dem Rennen nie wieder aufhören, stoppt aber an dem Haus, das dem Mittelpunkt des Landkreises am nächsten liegt. Irgendwer öffnet, irgendetwas sagt Elli, die Welt bewegt sich in atemberaubender Geschwindigkeit, nur Elli steht still. Plötzlich sind viele Leute da: Polizisten, der Dorfarzt, ein Rettungswagen, Sanitäter, ein Notarzt mit seinem Wagen, Feuerwehrleute mit Scheinwerfern, eine Familie, die Elli nicht kennt, ihre Mutter und ihr Bruder David, eine weitere Familie, die Elli nicht kennt, alle stehen da oder laufen herum und machen Lärm in dem noch dunkel daliegenden Waldstück, ein regelrechtes Getöse, und Elli kann nur mit Mühe den Impuls unterdrücken, zu ihrem Vater zu laufen und ihm die Ohren zuzuhalten. Äste brechen, Gestrüpp knistert, Leute reden, Köpfe werden geschüttelt, Sirenen ausgeschaltet, Auslöser klacken, Lichter blitzen, Davids Arm liegt um Ursels Schultern, nur ein paar Meter von Elli entfernt. Und Elli steht da und in ihren Ohren pfeift es, alle Geräusche schwellen an und vermischen sich, so muss es sein, wenn das Trommelfell platzt, vielleicht ist niemand taub, sondern Taube hören nur nichts mehr von außen, weil das Pfeifen in ihrem Innern so laut ist, dass man es nicht aushält und deshalb ganz mit dem Hören Schluss macht.

Und mit einem Mal sind alle wieder weg. Elli steht allein auf der Wiese unter dem Baum, dem berechneten Mittelpunkt des Landkreises, und in der Eiche zwitschert ein Vogel. Die Walpurgisnacht ist vorüber. Im Morgengrauen hängen in den Kronen der Bäume am See vierzehn Fahrräder an Seilen wie gestrandete Papierdrachen, die Vogelscheuche auf dem Feld am Ortseingang trägt das Pfarrersgewand, in sechzehn Häusern geht die Sonne nicht auf, weil die Scheiben mit schwarzen Planen zugeklebt wurden. Weidenheim ist um einen Einwohner ärmer.

Teil 1

Phantomschmerzen

Die Sonne tauchte hinter die Baumwipfel. Ein einzelner Strahl blitzte aus den spärlich stehenden Stämmen am Waldrand hervor, strich warm über Elsas Wange und glitt zwischen die Bäume zurück. Sie stieß Rauch durch die Nasenlöcher. Es war die letzte Gelegenheit für eine ungestörte Zigarette, bevor im Restaurant das Abendgeschäft begann. Gegen siebzehn Uhr, wenn die Vorbereitungen für den nächsten Schub in der Küche abgeschlossen waren, brachte sie den Müll in den Hinterhof. Sie hatte die Küchenhilfen Emra und Zahid nicht lange bitten müssen, diese Pflicht an sie abzutreten. Für eine Schachtel Zigaretten stellten die beiden keine Fragen.

Elsa genoss die stillen Minuten an der frischen Luft, zog sich hinter Glascontainer und Restmülltonne zurück, blickte zum Wald und rauchte. Heute gleich drei Zigaretten hintereinander, mit tiefen Zügen. Es war der 29. April. Immer wieder wurde ihr Blick zu der Stelle gezogen, wo sich zwischen Wald und Stadt die Felder aufspannten. Irgendwo dort würde morgen das Maifeuer entzündet werden – eine Tradition, der man auch hier im Norden Deutschlands nicht entkam. Hätte er nicht an einem anderen Tag sterben können?, dachte Elsa nicht zum ersten Mal, an irgendeinem Tag ohne Signalfeuer auf den Feldern? Schon die Osterfeuer ließen jedes Jahr die Erinnerung aufflackern, alte Gefühle. In diesen Tagen bis zum Maifeuer schlief Elsa kaum. Nach stundenlangem Herumwälzen übermannte sie mit viel Glück im Morgengrauen ein unruhiger Halbschlaf. Seit zwei Wochen dauerte dieser

Zustand bereits an. Die Innenseite ihrer Lider brannte. Sie sah die Tabakschwaden in der Luft verwehen. Jetzt, wo das direkte Sonnenlicht verschwunden war, wurde es schlagartig kühl.

Hildesheim lag eingebettet in eine unaufgeregte Landschaft aus Heide und Mischwald. Mit rund hunderttausend Einwohnern bangte die Verwaltung ständig um den Status als Großstadt. Jeder gemeldete Bürger zählte. Die frisch Zugezogenen wurden mit einem Strauß Freikarten für kulturelle Events begrüßt: Theater, Kino, das Weinfest. Elsa hatte bis jetzt keine Gelegenheit gefunden, die Karten einzulösen. Sie arbeitete in der Spätschicht mit ungewissem Ende. Einzig die Frühschicht war zeitlich relativ verlässlich begrenzt und daher den Kollegen vorbehalten, die zu Hause Kinder zu versorgen hatten. Nur selten kam Elsa vor Mitternacht aus dem Restaurant heraus.

Vor drei Monaten war sie hier gestrandet, müde von der Routine ihrer alten Stelle. Kein Jahr hielt sie es mehr in demselben Restaurant aus, wechselte nach ein paar Monaten die Arbeit, die Stadt, die Menschen. Die Kriterien für den neuen Ort waren simpel: Es musste eine freie Stelle in einer Küche geben und die Stadt sollte weiter im Norden liegen als die letzte. Seit Elsa vor neun Jahren von zu Hause ausgezogen war, bewegte sie sich Schritt für Schritt der Küste entgegen. *Auf dem Meer lösen sich alle Sorgen auf.* Das Meer war ein gutes Ziel. Es war geduldig, es war ja schon lange da. Vermutlich würde es nicht so bald verschwinden, im Gegenteil, angeblich wurde es sogar größer, Gletscher schmolzen. Das Meer war ein konkretes Ziel, aber auch nicht zu konkret. Es war schwer zu sagen, wo genau Anfang und Ende waren, und wenn man eines von beiden sehen konnte, zum Beispiel den Anfang, war das Ende weit weg und umgekehrt.

Das Restaurant lag am Stadtrand auf einer Anhöhe. Dahinter begann der Wald, wild durchkreuzt von verrotteten Trimm-dich-Stationen und bunt markierten Wanderwegen, auf denen es am Wochenende von Ausflüglern nur so wimmelte. Jacken in unsäglichen Farben streuten sich zwischen die Stämme, leuchteten auf und verglühten. Die Spaziergänger folgten den empfohlenen Routen, von der kleinen Alibi-Runde bis hin zu den Strecken für, laut Tourismusbüro, »fortgeschrittene Wandervögel«. Es machte keinen Unterschied, am Ende hockten sie ausnahmslos in einer der Gaststätten und schlugen sich die Bäuche voll.

Um sich von den anderen abzuheben, lockte Elsas Lokal mit XXL-Angeboten. Im Prinzip unterschied es sich nicht von den Küchen, in denen sie zuvor gearbeitet hatte. Alles war ein bisschen größer. In den XXL-Mega-Tempel kamen die Gäste nicht nur zum Essen, sondern sie machten »einen Ausflug« und im Grunde hatten sie recht, es war kein Restaurant, sondern ein Monstrositätenkabinett. Die Gäste bestellten Fleischberge: 1,2-Kilo-Rumpsteaks, 2-Kilo-Schnitzel oder 5-Kilo-Burger, und versuchten, alles möglichst schnell hinunterzuschlingen. Was sie nicht schafften, nahmen sie mit. Zu den Riesenportionen wurde automatisch eine Rolle Alufolie an den Tisch gebracht. Sie mussten zu Hause mehrere Tage für die Reste brauchen. Schnitzel auf Toast zum Frühstück, überbackenes Schnitzel zum Mittag und kaltes Schnitzel als Happen zwischendurch, Schnitzelpralinen zum Nachmittagskaffee und zum Abendessen Schnitzel auf Brot. Elsa war zwar nicht groß, aber neben einem Monster-Burger kam sie sich winzig vor. Je mehr XXL-Gerichte bestellt wurden, umso kleiner wurde sie. Nach einer doppelten Schicht, mit Füßen aus Beton, schien es unmöglich, mit der Hand noch den Türgriff zu erreichen.

Mit dem Aufbau der Terrassen vor einigen Wochen hatten die Gastronomen in der Stadt die Frühlingssaison eröffnet. Seitdem saßen die Gäste bei jeder Temperatur draußen, solange das Tageslicht reichte. In bunte Decken gewickelt präsentierten sie weltmännisch ihre Sonnenbrillen. Die Kellnerinnen trugen Daunenwesten über den Blusen und jammerten, wenn sie ein paar Minuten in der Küchenhitze aushalten mussten.

Noch waren die Restaurants nicht vollständig ausgelastet. In den nächsten Tagen würde der Betrieb merklich zunehmen, am Feiertag und an dem sich daran direkt anschließenden Wochenende auf einen der Höhepunkte des Frühjahrs gelangen. Im XXL-Mega-Tempel war man bestens darauf vorbereitet. Zusatzschichten waren angesetzt, die Spätschicht war Stunden früher angerückt. Seit neun Uhr morgens werkelten alle verfügbaren Kräfte in der Küche. Haufenweise Steaks, Schaschlik-Spieße und Spareribs lagen in Marinade, Kartoffel- und Krautsalate zogen in großen Plastikwannen durch, der Grill war geputzt und aufgebaut, bereit für das große Angrillen am Ersten Mai. Morgen, am letzten Apriltag, erwartete man die ersten Feiertagslaunigen. Die Sonderkarte des XXL-Mega-Tempels für den »Tanz in den Mai« leuchtete neonfarben von den Flyern: ein XXL-Schnitzel Jäger-Art mit einem Literkrug Pils für »sagenhafte 9,99 Euro!«.

Elsa spuckte in ihr mitgebrachtes Küchenkrepp, um die Zigarette darin auszudrücken, und warf es in die Abfalltonne. An der Hintertür stieß sie mit Georg zusammen.

»Wo warst du denn so lange?«

»Ich habe den Müll rausgebracht.«

Zweifelnd wanderten Georgs Augen zu den Mülltonnen.

»Brauchst du irgendetwas?«, fragte er und schlang seine Arme um Elsa. Georg war kräftig gebaut, sein Bizeps zeichnete sich deutlich unter der Kochjacke ab. Die harte Arbeit in der Küche blieb nicht ohne Wirkung. Seine Haut hatte die typische Kochblässe, weil er den größten Teil des Tages in künstlichem Licht verbrachte. Georgs Sommersprossen, sein sandfarbenes Haar und die kaum sichtbaren Wimpern deuteten jedoch an, dass er auch in der Sonne eher rot statt braun werden würde. Haupthaar und Bart hatten dieselbe Länge, drei Viertel seines Kopfes waren mit einem kurzen, dicht wachsenden Flaum bedeckt. Er überragte Elsa um mehr als einen Kopf, ihr Gesicht wurde gegen seinen Brustkorb gedrückt. Sie versank im Küchenduft: Bratfett und darunter schwach der vertraute Körpergeruch.

Erst heute Morgen hatte Georg dasselbe gefragt, als Elsas Unruhe ihn aufgeweckt hatte. Sie wusste nicht, was sie darauf antworten sollte. Sag das Maifeuer ab, hätte sie am liebsten gesagt, schaff den ganzen Ersten Mai ab, lösch die Feuer! »Es liegt bestimmt am Licht«, hatte sie stattdessen in der Frühe zu Georg gesagt, der davon ausging, dass die Helligkeit sie um den Schlaf brachte. Das Frühlingslicht sei aggressiver als das Winterlicht, hatte er verständnisvoll bemerkt. Georg hatte immer und für alles Verständnis. Elsa hatte ihm nicht widersprochen, obwohl das genaue Gegenteil der Fall war. Es war die Dunkelheit, die ihr zu schaffen machte.

Elsas Aussehen weckte den Beschützerinstinkt. Nicht nur wegen ihrer geringen Körpergröße von gerade mal 1,58 Meter. Obwohl sie durchaus braun werden konnte, war ihre Haut hell, zu selten kam sie an die Sonne. Die Adern schimmerten an den Schläfen hindurch wie ein gemalter Flusslauf hinter Pauspapier. Das Haar, früher beinahe weiß, war etwas nachgedunkelt, aber immer noch hellblond. Ein Farbton, den die meisten Frauen nur durch Färben erreichten und der Elsa bereits als Kind zahlreiche wehmütige Blicke eingebracht hatte, wenn sich ihr Gegenüber seufzend daran erinnert hatte, auch einmal blonde Locken gehabt zu haben, als sei das gleichzusetzen mit einer glücklichen Kindheit.

Elsa war zäh, oft fast verbissen. Georg hielt sich an ihr fest, nicht umgekehrt. Ihr Körper behielt einen Rest Anspannung, trotz der Arme, die sie umschlossen, die nichts mehr wollten, als dass sie sich hineinsinken ließ. Aber es gelang ihr einfach nicht, und so war sie es, die diesen großen Mann hielt, neben dem sie wie ein Kind wirkte, als sei er derjenige, der etwas brauchte. Tröstend rubbelte sie ihm mit der Hand über den Rücken. Sie ahnte, was es war. Er brauchte, dass sie etwas brauchte.

»Ja«, antwortete sie deshalb und sah den erwartungsvollen Schimmer in seinen Augen, bereit, alles herbeizuschaffen, was Elsa helfen würde. »Ich brauche Arbeit«, sagte sie und schob sich entschlossen an Georg vorbei. Sie spürte seine Augen auf dem Rücken, sein Schweigen, das ihr folgte, in die Ohren kroch und aufquoll wie Ohropax, die Welt dumpf machte. Elsa tat ihre Schroffheit leid, aber es gab nichts, was Georg für sie tun konnte.

Sie trat die Tür zur Küche auf. Eilige Schritte, das Zischen von Bratgut in heißem Fett und das tieftonige Surren des Spülautomaten verdrängten die unangenehme Stille. Es war eng in der Hauptküche. In drei Strängen reihten sich Spülautomaten, Waschbecken, Arbeitstische aus Edelstahl, Fritteusen, Kipper und Kochfelder aneinander, Grill und Bräter standen im Zentrum. Vor der Schwingtür zum Gastraum lag der Pass: der Schnittpunkt zwischen Küche und Service, das Herzstück jedes Restaurants. Hier heftete das Service-Personal die neuen Bons an die Metallleiste über der Anrichte und holte die fertigen Teller ab, sobald die Kellnerklingel ertönte. Egal, ob man Hummer oder Riesenschnitzel servierte, wenn es am Pass nicht funktionierte, hielt sich ein Restaurant nicht lang über Wasser. Es war pure Logistik. Ein Ansager annoncierte laut eine Bestellung und jeder Koch reagierte an seinem Posten, in der Kalten Küche, am Grill, am Herd, an den Fritteusen und den Mikrowellen. Durch Kommandos und Tischnummern gab der Ansager den Takt vor und alle stimmten ein, brachten die unterschiedlichen Komponenten auf den Tellern, die auf der Anrichte bereit standen, zusammen, der Ansager schlug auf die Klingel und die Bestellung wurde abgeholt. War man eingespielt und hatte eine gewisse Geschwindigkeit erreicht, war es schwer, das Tempo wieder zu zügeln.

Elsa hatte kaum einen Schritt in die Küche getan, da rief es vom Pass: »Zieh die schnellen Schuhe an! Wir haben zwanzig Unreservierte!« Der Zuruf kam von Robert. Der Chef musste den Laden also für heute bereits verlassen haben. Elsa atmete auf. Ohne ihn ging es merklich lockerer zu. Wenn er da war, stapfte er mit geschwollener Brust durch die Küche und mischte sich in alles ein – der König des Urwalds.

Georg hinter ihr bekam keine Gelegenheit, an den Wortwechsel von draußen anzuknüpfen: »Hellwig, ran an den Grill, es geht los!« Während der Arbeit riefen sich die Köche beim

Nachnamen. Der Chef bestand darauf, »Chef« genannt zu werden, sogar von seiner Frau, die im Service arbeitete. Sonst könnte noch jemand auf die Idee kommen, er sei etwas ganz anderes, »ein richtiges Arschloch zum Beispiel«, hatte Elsa einmal zu Georg gesagt, der aber nicht darauf eingegangen war, aus Dankbarkeit, vor zig Jahren hier seine Lehrstelle bekommen zu haben. Damals hatte das Lokal noch dem Vater des Chefs gehört, mit einem richtigen Namen über der Tür, ohne den kastenförmigen Anbau, der die Anzahl der Sitzplätze von 120 auf 400 aufgestockt hatte. Das Wort »Eventgastronomie« hatte es noch nicht gegeben und die exotischsten Gerichte auf der Karte hießen Toast Melba, Schnitzel Hawaii und Krabbencocktail.

Elsa wünschte, sie hätte etwas mehr von Emras und Zahids Gelassenheit im Blut. Wenn der Chef mit ihnen wegen irgendeiner Nichtigkeit schimpfte, lächelten die beiden und sagten etwas auf Urdu, das wie eine Geheimsprache funktionierte, weil es keiner sonst im Restaurant verstand. Elsa vermutete, dass sie hinter ihren weißblitzenden Zähnen kein gutes Haar am Chef ließen. Sie selbst konnte sich nur mit Mühe beherrschen, wenn jemand barsch von ihm zusammengefaltet wurde, und floh in den Kühlraum, als könnten die niederen Temperaturen das Gemüt kühlen. Wie der Spüli hieß, wusste Elsa nicht. Er hatte augenzwinkernd darauf bestanden, »Spüli« genannt zu werden. Nicht selten klang diese Anrede hier respektvoller als »Chef«.

Elsa war die einzige Frau in der Küche. Viele Küchenchefs fühlten sich unbehaglich, wenn Frauen mit im Team waren, und behandelten selbst die ausgelernten Köchinnen wie Küchenhilfen. In den letzten Jahren hatte Elsa trotz abgeschlossener Lehre bergeweise Kartoffeln, Zwiebeln und Spargel geschält, Artischocken, Feldsalat und Pfifferlinge geputzt und Garnelen entdarmt. Aufgaben, die eigentlich die Auszubildenden erledigten, so lange, bis es wehtat, bis sie jeden einzelnen Handgriff im Schlaf ausführen konnten. Hier im XXL-Mega-Tempel gab es relativ wenig Frischware, zu deren Vorbereitung man Elsa hätte verdonnern können. Dafür war sie als Einzige im Team während des À-la-Carte-Geschäfts noch nie der Grillstation zugeteilt worden. Dabei wusste sie so gut wie jeder andere Koch, was es hieß, vierzehn Stunden und mehr am Stück zu arbeiten; wie man trotz Schnittverletzung mit einem Plastikhandschuh weiterkochte; wie Brandblasen unter der Dauerhitze zu brennen und zu klopfen anfingen, weil keine Zeit zum Kühlen blieb; wie man jeglichen Schmerz im Körper verdrängte. Schon auf ihrem Lehrbuch hatte in großen Lettern »Der junge Koch« gestanden, und darunter sehr klein »Die junge Köchin«.

Vor drei Monaten, bei ihrem Vorstellungsgespräch, hatte der Chef zuerst nach ihrem Schulabschluss gefragt. »Hauptschule«, antwortete Elsa und fügte, einem Instinkt folgend, nicht hinzu, dass sie genau genommen das Gymnasium nach der neunten Klasse abgebrochen hatte. Später erzählte Georg, dass der Chef ungern Leute mit Abitur einstellte, wo er selbst nur einen Hauptschulabschluss hatte, er brauche hier keine »Studierten«.

Von der Idee, »ein Mädel« einzustellen, war der Chef ebenfalls nicht begeistert gewesen. Aber letztendlich lief es wie in den Restaurants zuvor. Elsa fragte nicht nach Arbeitszeiten oder Urlaubstagen, sondern versicherte, dass sie gern so viel wie möglich arbeitete, auch an Wochenenden und Feiertagen, eigentlich vor allem an Wochenenden und Feiertagen, an Ostern, dem Ersten Mai, Pfingsten, Weihnachten, Erntedank, ganz egal, und spätestens dann stellte man sie ein. Elsa brauchte keine Freizeit, sondern das Gegenteil. Jede Sekunde musste mit etwas gefüllt sein, die Gedanken beschäftigt und fokussiert.

Am Abend gerieten sie im XXL-Mega-Tempel ins Schwimmen. Die Bestellungen prasselten nur so über die Küche herein. Keine Rede von der Vorfeiertags-Flaute, die alle erwartet hatten. Sie mussten sogar die Vorräte anbrechen, die für die nächsten Tage bestimmt waren. Gastronomie war unberechenbar. Manchmal wusste man nicht, wo die Gäste blieben; an Tagen wie heute fragte man sich, wo sie plötzlich alle herkamen.

Elsa und die anderen sprangen zwischen den Stationen hin und her, schoben sich hektisch aneinander vorbei, Hände griffen übereinander hinweg, Dampf stieg auf, Geschirr und Besteck klirrten, Mikrowellen schickten ihr helles »Ping« in den Dunst. Elsa spürte, wie sich zwischen ihren Schulterblättern Schweiß sammelte, die Wirbelsäule hinabbrann und dort, wo der Schürzenknoten die Kochjacke an ihre Haut drückte, im Stoff versickerte. Am intensivsten war die Hitze im Gesicht. Wenn sie heute Nacht aus dem Restaurant kam, würde sie leuchten und glühen wie ein Heizpilz. Sie schaffte es gerade noch, sich den Schweiß mit dem Handrücken von der Stirn zu wischen, bevor er aufs Essen fiel. Ein einzelner Tropfen entwischte und explodierte im heißen Fett der Fritteuse. Kleine Sprengsel brannten sich in die Haut an Elsas Unterarmen. Das Fett stieg mit der Hitze nach oben, jede Pore sog es auf, sie inhalierte es, es musste die Innenwände ihrer Luftröhre mit einem klebrigen gelben Film bedecken. Alles in der Küche war am Ende eines Arbeitstages mit einer Patina aus Fett überzogen. Auch man selbst.

Elsa füllte Teller um Teller und bekam leere Stapel zurück. Trotz der rutschfesten Sohlen fanden ihre Schuhe keinen sicheren Halt. Auf den geriffelten Bodenkacheln vermischten sich zunehmend Öl, Wasser und heruntergefallene Essensreste. »Vier Burger, ein Mal Calamari, Tisch vierzehn! Raus damit!« Sie angelte mit einer Zange die Tintenfischringe aus dem Fett und ließ sie auf einem Teller mit Küchenkrepp abtropfen. Bei der nächsten Drehung war der Teller verschwunden. Jemand schrie nach den Putenschnitzeln und zeitgleich wurde die nächste Bestellung annonciert: »Bon neu, Tisch siebzehn: drei Cheeseburger, vier Halbe, zwei Kroketten, drei Pommes, ein Pilz, …« Den Rest hörte Elsa nicht mehr. »Jawohl!«, rief sie laut zurück, gleichzeitig mit Grill und Kalter Küche.

»Jawohl« war das am häufigsten verwendete Wort in der Küche und hatte je nach Tonlage unterschiedliche Bedeutungen. Es konnte heißen: »Kein Problem, ich fange sofort an«, oder auch: »Dazu komme ich frühestens in zwei Stunden, siehst du eigentlich, was hier los ist?« Im Grunde war es die kürzeste und höflichste Form, um zu sagen: »Ich habe gehört, was du gesagt hast, ich tue mein Bestes, keiner ist schneller als ich, also hau ab und geh mir nicht auf die Nerven!«

Obwohl die Thermometer der zwei Fritteusen eine zu niedrige Temperatur anzeigten, schüttete Elsa Pommes und Kroketten in den ersten Metallkorb, machte zwei Schritte zur nächsten Kühlung und griff in einen Beutel mit gefrorenen, industriell vorpanierten Champignons, oder »Champions«, wenn man der Speisekarte Glauben schenkte, warf sie in den Korb der zweiten Fritteuse und versenkte die Behälter beidhändig im Fett. Nur langsam stiegen die ersten Blasen auf. Das Fett war nicht heiß genug. Die Panierung saugte sich damit voll, aber Elsa konnte nicht länger warten. Sie liebte diesen Zustand: wie das Gehirn vollauf damit beschäftigt war, die Bewegungsabläufe zu koordinieren; wie die einzelnen Bons gemeinsam der Reihe nach abgearbeitet wurden und anschließend ein neuer Countdown von vorn begann, eine Aneinanderreihung aus kurzen, gut überschaubaren Zeiträumen. Es gab keinen besseren Ort auf der Welt als eine Küche im Stress.

Die Lautstärke der Zurufe und die Schlagzahl der Schritte nahmen noch zu. »Zwei Holzfäller L, ein Jäger XXL, drei Monster, vier Pommes, zwei Kroketten!« – »Jawohl!«, rief Elsa laut, immer wieder, schlitterte zwischen Schubladen mit Gefriergut und Fritteusen hin und her, inmitten von Licht, Hitze und Gebrüll.

Plötzlich war es vorbei. Die Stimmlagen sanken, die Bewegungen verlangsamten sich, das Klappern des Geschirrs im Spülbereich nahm deutlich zu. Auf der anderen Seite der Küche sah Elsa, wie Emra eine Schüssel aus der Mikrowelle nahm und den Finger hineintauchte. Offenbar war die Sauce zu kalt, denn er leckte den Finger ab, stellte die Schüssel zurück in die Mikrowelle und drückte auf die Knöpfe. Wetten, dass er sich nicht die Hände wäscht, bevor er sie erneut in die Sauce oder eine Portion Reis steckt?, dachte Elsa. Sie schüttelte sich und wandte den Blick ab. Sie wollte lieber nicht wissen, ob sie richtig lag. Sie fischte die Pommes aus der Fritteuse und schwenkte sie in einer Schüssel mit Gewürzsalz. Zum ersten Mal seit Stunden steuerte sie bewusst ihre Hände. Am Pass verteilte sie die Pommes auf Silberschalen. Sie glich den letzten an der Metallleiste verbliebenen Bon mit den angerichteten Tellern ab, wartete, bis Emra die Sauce über zwei Schnitzel verteilt hatte, und schlug auf die Klingel. Zwei Kellnerinnen nahmen, ohne ihr Gespräch zu unterbrechen oder Elsa eines Blickes zu würdigen, in einem Bogen die großen Tabletts auf und verschwanden durch die Schwingtür.

Elsa sah auf die Uhr. Es war schon nach elf. Die letzten vier Stunden waren verdampft. »Feierabend!«, rief sie, spießte den gerade erledigten Bon auf und schaltete den hellen Spot über dem Pass aus. Das Zeichen für die Kellnerinnen, keine Essens-Bestellungen mehr anzunehmen. Wenn jedoch eine größere Gruppe auftauchte, bei der sie guten Umsatz witterten, und das Küchenpersonal noch nicht komplett das Weite gesucht hatte, würden sie ungeniert mit einem neuen Bon in die Küche marschieren, selbst wenn alles bereits geputzt war. Kein Cent wurde verschenkt.

Nach dem endgültigen Schließen der Küche gehörte der XXL-Mega-Tempel den Kellnerinnen. Sie würden weiter Bier ausschenken, durch die Küche stolzieren und die Ordnung durcheinanderbringen, riesige Nacho-Berge im Ofen mit Käseimitat überbacken und das »Kochen« nennen, am Ende die letzten Gäste nach draußen kehren und das Trinkgeld nach eigenem Ermessen mit dem Küchenpersonal teilen.

Elsas Beine waren schwer, sicher ging es den anderen nicht besser. Seit über vierzehn Stunden arbeitete sie. Trotzdem fingen sie zügig mit dem Aufräumen an. Sie konnten nicht einfach stehen bleiben. Ihre Körper waren hellwach, frisch aufgezogene Uhrwerke, trotz der Erschöpfung, die in jeder Faser spürbar war und bis in die Köpfe hineinreichte. Es war nicht leicht, diese Gegensätze miteinander zu vereinbaren. An Schlaf war nach einer Spätschicht nicht zu denken, sie mussten sich zuerst abreagieren, den Energiepegel nach und nach herunterfahren. Elsa brauchte mindestens drei Stunden, bis ihr Körper einen Normalzustand erreicht hatte, bis sie überhaupt wieder merkte, ein Mensch zu sein. Jetzt rauschte ihr das Blut durch die Adern. Es drängte sie nach draußen.

Unbemerkt von den meisten Gästen füllten sich nach Mitternacht die Bars und Kneipen der Städte mit Küchenpersonal. Sauber getrennt durch die lange Theke gelang es Köchen und Kellnern sogar, freundlich zueinander zu sein. Während der gemeinsamen Arbeitszeit belächelten sie sich und demonstrierten gern, dass sie selbst den anspruchsvolleren und anstrengenderen Job hatten. Wenn die Köche ihre weißen Jacken auszogen, kam das dem Schwenken der Parlamentärflagge gleich. Nach dem Feierabend für die Küche waren die Kellner gut genug, um die Köche an der Bar mit Alkohol zu versorgen; noch das harmloseste Mittel, um sich zu betäuben.

Elsa hatte den Frauen-Umkleideraum im Souterrain für sich allein. Ein Duftgemisch aus schweißdurchtränkten Nylonstrumpfhosen, Deodorant, Staub und Frittierfett hing in der Luft, die Essenz rechtschaffener Müdigkeit. In ihren Wangen saß die Hitze, die Haut spannte und darunter glühte es. Trotzdem verzichtete sie auf die Dusche. Widerstrebend zog sie ihre Kochjacke aus. In »Zivil«, meist Jeans und schlichte einfarbige T-Shirts, fühlte sie sich verkleidet. Ihre Hände, die in der Küche so präzise funktionierten, wurden unsicher und linkisch.

Schon als Kind hatte Elsa ungern im Mittelpunkt gestanden,

sondern es vorgezogen, vom Rand aus zuzusehen: beim Eislaufen auf dem zugefrorenen See, bei den Bundesjugendspielen, auf dem Schulhof. Während sie in schriftlichen Prüfungen gut abgeschnitten hatte, war ihre mündliche Mitarbeit dürftig gewesen. Nur im Sportunterricht, wenn die Mannschaften gewählt waren und man ihr eine Position zugeteilt hatte, war das Unbehagen geschwunden. Danach konnte man sich an die Spielregeln halten, überwacht von einem Schiedsrichter. Ähnlich wie hier. Jetzt war die Küchenmannschaft ihr Team, und außerhalb der Arbeitszeit flüchtete sie sich an Georgs Hand.

Wie immer nach der letzten Bestellung des Abends war ihr Kopf leer. Nirgends war man so sehr in der Gegenwart verhaftet wie in der Küche. Man hielt sich nicht mit Vergangenem auf. War etwas schiefgelaufen, musste der Fehler eben behoben werden. Das konnte unangenehm werden, vor allem, wenn der Chef in der Nähe war. Aber zum Arbeitsende war alles geputzt, der Stahl glänzte, und am nächsten Tag begann man von vorn.

Über dem Waschbecken reihten sich auf der Ablage unter dem Spiegel die Schminktäschchen der Kellnerinnen nebeneinander. Im Service des Restaurants arbeiteten ausschließlich Frauen, alle in denselben nicht ganz blickdichten weißen Blusen mit einem aufgestickten »XXL« auf der Brusttasche und weinroten, bodenlangen Schürzen mit der Aufschrift »Heute ein König« in Schoßhöhe. Die Trinkgelder waren gut. Elsa war nicht sicher, ob für potenzielle männliche Kellner jemals ein Dress entworfen worden war.

Sie hatte sich nie länger als nötig mit den Kellnerinnen unterhalten. Es fiel ihr schwer, sie auseinanderzuhalten mit ihren roten Lippen und bunt geschminkten Lidern. Ihre und Elsas

Wege kreuzten sich nur am Pass, wo sie volle gegen leere Teller tauschten. Sechs Abende pro Woche verbrachte Elsa in der Küche. Flankiert von Emra, Zahid und Spüli stand sie mit Georg, Robert und Max hinter dem Herd. Nette Jungs aus der Stadt, die nie das Verlangen gehabt hatten, den Ort ihrer Kindheit zu verlassen, eingebunden in über die Jahre gewachsene Sozialstrukturen. Jetzt war auch Elsa ein Teil davon. Mit ihnen ging sie nach der Schicht aus, ihre Gesichter waren es, die sie tagtäglich sah, ihre Stimmen, die ihr vertraut waren, ihre Probleme und Sorgen, an denen sie Anteil nahm.

Draußen auf dem Gang hörte Elsa es aus der Männerumkleide poltern und lachen. Außer den Personalräumen gab es hier unten nur einen großen Raum mit Gefriertruhen und Vorratsregalen voller Konserven. Elsa konnte es nicht erwarten, in die kühle Nachtluft zu gelangen. Allein machte sie sich auf den Weg nach oben.

Auf der Ebene der Hauptküche lagen zwei Kühlhäuser. Ein kleines für Frischwaren und Milchprodukte, ein größeres für Fleisch. Als Georg Elsa an ihrem ersten Tag herumgeführt hatte, war es ihm sichtlich peinlich gewesen, dass an einer der Kühlhaustüren das Poster eines Pin-up-Girls prangte. Nach einem Blick auf das Busenwunder fragte Elsa trocken: »Fleisch?« Amüsiert beobachtete sie, wie Georg die Röte ins Gesicht stieg. Er wechselte hastig das Thema zu dem neuen James-Bond-Film, der diesen Herbst im Kino anlaufen würde. Doch das würde Elsa sicher nicht interessieren, winkte er sogleich entschuldigend ab.

Er hatte nicht damit gerechnet, auf eine Expertin zu treffen. Nicht zu glauben, dass noch nie ein Kampf in der Küche ausgetragen worden sei, die vielen Geräte lüden doch förmlich dazu ein, sagte Elsa prompt. Wieder einmal zeigte es sich, wie leicht man als Mädchen Jungs mit Jungsthemen beeindrucken konnte. In den James-Bond-Filmen habe ihm vor allem der russische Geheimdienst imponiert, erzählte Georg eifrig und fragte, ob Elsa gewusst habe, dass bei russischen Militärparaden trotz schlechtester Wetterprognosen noch nie auch nur ein einziger Tropfen Regen gefallen sei. Als Kind habe ihn das enorm beeindruckt, erzählte er, als habe man die Macht, dem Himmel Befehle zu erteilen.

Einen Tag später küssten sie sich zum ersten Mal. Nachdem sie den ersten Feierabend gemeinsam mit den anderen Kollegen in verschiedenen Bars zugebracht hatten, trafen sich am nächsten Tag in der Küche ihre Blicke ein paarmal und drifteten nur zögerlich wieder auseinander. Wie zufällig berührte Elsa Georgs Arm, Rücken oder Schulter im Vorbeigehen. Georg folgte ihr mit den Augen in den Kühlraum und ging schließlich hinterher. Statt sich in dem schmalen Raum an ihm vorbeizuschieben, blieb sie dicht vor ihm stehen und hob ihm das Gesicht entgegen. Sie schloss die Augen und an ihren Lippen wurde es warm. Sie ging zwei Schritte zurück und spürte das Regal in ihrem Rücken, Georgs Lippen verloren kein einziges Mal den Kontakt, Elsas Hand griff in Salat. Von innen wurde es wärmer oder von außen kälter, so genau war das in einem Kühlraum nicht zu sagen.

In der folgenden Nacht, als die Kollegen längst verschwunden waren, stand Elsa mit Georg noch lange an der Bar und trank Wodka, ohne den Alkohol zu schmecken. Sie gingen Hand in Hand zu Georg nach Hause. Sie schliefen miteinander, und später lag Elsa mit dem Kopf auf seiner Brust und hörte seinem regelmäßigen Herzschlag zu. Seitdem verbrachten sie nicht nur die Feierabende, sondern auch die Nächte miteinander, schliefen bis mittags durch, bis der Tag hell im Zimmer stand. Bei der Erinnerung an diese ersten Tage und Nächte lächelte Elsa. Sie mochte es, wenn alles unbekannt war und es kaum Routinen gab, sondern der Kopf ununterbrochen mit der Aufnahme neuer Eindrücke beschäftigt war.

Sie wusste nicht, ob es an ihr selbst oder an den Nächten und den Bars lag, an den langen Theken mit den hochprozentigen Pfützen, in denen sich das schummrige Licht spiegelte, oder an der vorgerückten Stunde, dass die Menschen ihr gern persönliche Dinge anvertrauten. Vielleicht lag es an Elsas Schweigen. Die meisten Leute redeten mehr als sie, ohne Pausen, in die man mit einer eigenen Geschichte hätte hineingrätschen können. Elsa beantwortete die meisten Fragen mit einer Gegenfrage. Sie hätte eine hervorragende Barkeeperin abgegeben. Nachts an der Theke suchten die Menschen einen Zuhörer, keinen Redner.

Georg hatte leise, nachdenkliche Töne in jener Nacht angeschlagen. Zuerst gab es die üblichen Fragen. In welcher Stadt und welchem Lokal Elsa vorher gearbeitet hatte, woher sie ursprünglich stammte, ob sie Geschwister hatte. »Einen Bruder«, sagte Elsa, »und du?« Die Zunge schwer vom Alkohol, antwortete Georg: »Ich habe mir immer einen Bruder gewünscht.« Elsa hatte diesen Satz schon häufig gehört. Alle Einzelkinder wünschten sich Geschwister, und zwar solche, wie man sie aus Kinderbüchern und Filmen kannte. Aber in Wirklichkeit wurde man nicht gefragt, man bekam irgendwen vor die Nase gesetzt und mit dem musste man dann zurechtkommen. Das vergaßen die Einzelkinder beim Herbeiwünschen gern.

Georg erzählte weiter, dass vor allem seine Mutter noch

ein Kind hatte haben wollen. Er sollte jemanden zum Spielen bekommen, einen Bruder, mit dem er sich mit einer Taschenlampe unter der Bettdecke verstecken und Geheimnisse teilen könnte, jemanden, auf den er achtgeben könnte. Seine Eltern hätten es immer wieder versucht, sagte Georg, und Elsa fand es befremdlich, dass es Eltern in dieser Form wohl erlaubt war, ihren eigenen Kindern von ihrem Sexleben zu berichten, als würde die funktionale Ebene des Akts die vergnügliche auslöschen. Nichts als Sex bedeutete es aber; wer versuchte, ein Kind zu machen, der schlief so oft wie möglich miteinander, zu allen Uhrzeiten und mehrmals hintereinander. Bei Georgs Eltern hieß es noch mehr, Arztbesuche und Gesundheitschecks, auch damals kannte die Medizin bereits Mittel und Wege. Doch die Ärzte fanden ganz anderes, winzige Tumore, die sich im Mutterleib verbissen hatten, und letztendlich entfernte man Georgs Mutter die Gebärmutter, und mit den Träumen von Taschenlampen und Geheimnissen unter der Bettdecke war es vorbei.

Er hatte das entschuldigend vorgebracht, als sei es eine Erklärung dafür, dass er trotz seiner achtundzwanzig Jahre noch zu Hause wohnte. Er habe seine Eltern nicht alleinlassen wollen, beteuerte er, als müsste er so lange bleiben, dass es für zwei Söhne reichte. Georg wusste, dass Elsa bereits mit fünfzehn von zu Hause ausgezogen war. Das Hotelrestaurant, in dem sie ihre Lehre absolviert hatte, sei zum Pendeln einfach zu weit von ihrem Elternhaus entfernt gewesen, hatte sie Georg erzählt, und was das eigentlich für ein komischer Begriff sei, Elternhaus. Sie hatte Georg bis heute nicht viel von sich erzählt. Er wusste nicht, dass ihr Vater nicht mehr lebte, er wusste nicht, dass sie die Schule freiwillig abgebrochen hatte, er wusste nicht, dass sie seit ihrem Auszug ihre Mutter und ihren Bruder nicht mehr gesehen hatte, und schon gar nichts wusste er von Elsas Sehnsucht nach dem Meer.

Mittlerweile kannte sie diesen Blick in die Ferne, den Georg beim Erzählen bekam, der ihn von Anfang an von seinen Kollegen Robert und Max unterschieden hatte. Wie man einem Auto hinterherschaute, in dem ein geliebter Mensch saß, der weit weg fuhr und lange dort bleiben würde. Ein Blick, der wehtat, wenn man ihn sah. Diese Miene setzte Georg zum Beispiel auf, wenn man ihm eine Illusion raubte. Elsa hatte das schon ein paarmal provoziert. »Die Landung auf dem Mond war nur eine Inszenierung«, hatte sie gesagt und Georg hatte jemand Liebes ins Auto steigen sehen. »Im Bermudadreieck sind gar nicht so viele Schiffe verschwunden, wie immer behauptet wird«, hatte Elsa gesagt und das Auto war losgefahren. »In Russland wird bei großen Paraden per Flugzeug eine chemische Substanz in den Himmel abgelassen, damit es nicht regnet«, hatte sie gesagt und das Auto war an der nächsten Kreuzung der Vorfahrt beraubt und von einem Laster überrollt worden.

In Wirklichkeit wusste Elsa nicht viel von Russland, dem Bermudadreieck oder vom Mond, es sei denn, es war in einem Spionagefilm vorgekommen. An keinem dieser Orte war sie je gewesen, und wen sie sich im Auto hätte vorstellen sollen, um denselben Blick wie Georg hinzubekommen, wusste sie auch nicht. Manchmal sagte sie etwas nur, damit er so schaute.

Sie stieß die Hintertür auf und trat ins Freie. Es schien ewig her zu sein, seit sie mit Georg an diesem Tag hier in der Tür gestanden hatte. Die Hoflampe erhellte ein Halbrund um die Hintertür, die Mülltonnen standen abseits im Dunkeln, dahinter türmte sich der Wald auf. Sie steckte sich eine Zigarette an. Plötzlich zersprang über ihr die Glühbirne: ein Britzeln, ein Funkenschlag, ein Knall und auf dem Hof wurde es finster. Die Schatten machten einen Satz auf Elsa zu. Sie wich zurück, zog hastig an ihrer Zigarette, der rote Glutpunkt leuchtete heller und zischte. Unter ihrer Hand die raue Hauswand. Einatmen, ausatmen. Der Wald kam näher. Sie drückte sich fester an die Wand, spürte Steinchen an ihren Fingern, am Hinterkopf. Sie schrumpfte um eine Kopflänge, war wieder Elli, stand ganz allein da.

★

Sie hatte damals alle sorgenvollen Augen niedergestarrt, alle helfenden Hände abgewehrt, alle Fragen mit einem Kopfschütteln beantwortet. Die Nachbarin Alma hatte sie als Letzte verscheucht, die extra bei Elli geblieben war, als David und Ellis Mutter mit in den Krankenwagen gestiegen waren. Aber Elli stieß sie fort. Eine Weile stand sie nur so da, unter der Eiche, dem berechneten Mittelpunkt des Landkreises, und sah zu, wie die Sonne aufging. Irgendwann setzte sie sich in Bewegung und ging hinunter zum See. Sie konnte kaum die Füße heben. Seltsam, dass die schlimmsten Dinge leise geschahen. Es hätte einen lauten Donnerschlag geben müssen, eine spürbare Erschütterung, einen Schrei. Aber die Häuser standen still, Autos fuhren, Menschen gingen spazieren, die Sonne funkelte auf dem Wasser.

Elli ging um den See, der Himmel hing nah und fest über ihrem Kopf. Sie lief bis nach Limberg, vorbei an dem niedergebrannten Maifeuer. Brandgeruch lag in der Luft, ein Haus war wie das andere, sie bildeten Fluchten, durch die sie sich hindurchschob. Der Abstand zwischen den Häusern war geschrumpft, sie standen enger beieinander als am Tag zuvor. Elli wünschte, ihr würde irgendetwas wehtun, sie wünschte sich einen starken, kaum auszuhaltenden Schmerz.

Von den folgenden Stunden behielt sie nur Trümmer in ihren Manteltaschen zurück: einen zerdrückten Pappbecher, Zellophanpapierchen, einen Busfahrschein. Erst am Abend des Ersten Mai kehrte sie nach Hause zurück. Das Haus sah aus wie gewohnt. Kein Putz bröckelte, keine Wand war herausgefallen, kein Ziegel herabgestürzt.

Elli fragte sich, wo sie ihren Vater wohl hingebracht hatten. Ob er im Arbeitszimmer auf der Liege lag oder weit weg im Krankenhaus, in einem Bett, in einer Kühlschublade, wo? Sie blieb vor der geöffneten Haustür stehen und horchte ins Haus hinein. Es atmete, aus und ein, die Wände blähten sich auf und fielen wieder zusammen, die Fenster stur auf Elli gerichtet. *Tip, top, tip, top* überquerte sie die Schwelle. Als die Klinke der Tür zum Arbeitszimmer in ihrer Hand lag, wanderte ihr Herz nach oben, es schlug sich den Hals hinauf und dort, wo es einmal gewesen war, blieb es leer. In ihren Ohren toste es, gleich würde das Trommelfell bersten und Elli selbst in tausend Einzelteile zerspringen. Sie hielt die Luft an, drückte die Klinke herunter und öffnete mit einem Ruck die Tür. Die Liege war leer. Erleichterung breitete sich in Elli aus, strömte durch die Blutbahn und machte alles weich, sie spürte ihre Knie nachgeben, sie schwankte. Heftig schlug sie die Tür zu, der Knall hallte durchs Haus. Endlich löste etwas eine spürbare Erschütterung aus. Wie zur Antwort knarrte es auf der Treppe. Im Halbdunkel auf dem Treppenabsatz stand David, die zusammengepressten Lippen ein gerader Strich. Elli floh ins Wohnzimmer. Ihre Mutter stand zwei Schritte von der Fensterfront entfernt und blickte hinaus in den Garten. Die Stehlampe brannte, der schwache Lichtschein reichte gerade weit genug, um sie und den leeren Sessel von Ellis Vater zu erfassen, der Rest des Zimmers verlor sich, die Wände waren nicht zu sehen, es schien nirgends ein Ende zu geben.

Ursel hatte die Schultern nach oben gezogen, was sie noch größer und dünner erscheinen ließ. Draußen war es dunkel, Teile des Raums spiegelten sich in den Scheiben. Elli schaute ihre Mutter nicht direkt an, sondern das Spiegelbild im Glas, was den Abstand zwischen ihnen verdoppelte. Ursel erwiderte Ellis Blick, aber keiner von ihnen rührte sich. Sie standen einfach nur da und machten gemeinsam das Zeichen fürs *Schweigen*.

★

Die Restauranttür flog auf und krachte neben Elsa an die Wand. Licht drang aus dem Flur nach draußen. Georg, Robert und Max knufften sich in die Seiten, schubsten sich, deuteten Boxschläge an. Sie waren in die allabendliche Diskussion vertieft, wo sie die kommenden Stunden verbringen sollten. Sie bemerkten Elsa gar nicht. Sie kam hinter der Tür hervor und sagte: »Lasst uns tanzen gehen.« Ihre Stimme ungewohnt dünn und zittrig. Auf der Tanzfläche könnten sie ihren erschöpften Körpern den Rest geben. Sie spürte die Unentschlossenheit der anderen, fühlte selbst die Verhärtung der Füße und Waden, ein steinerner Panzer umschloss jeden Zentimeter Haut, es war ein langer Tag für alle gewesen. »Morgen Nacht wird es noch schlimmer, da können wir immer noch in einer Bar rumhängen«, bekräftigte Elsa. Mäßig motiviert setzten die Jungs sich Richtung Parkplatz in Bewegung, wo Georgs Auto stand.

Schon von Weitem sahen sie die Scheinwerfer der Diskothek suchend über den Nachthimmel wandern, um die letzten Irrlichter einzufangen. Es war nicht viel los, die meisten würden morgen ausgehen, zu den Feuern, um in den Mai zu tanzen und den Feiertag danach auszuschöpfen. Die Jungs steuerten zielstrebig die Bar an, Elsa die Tanzfläche in der Nähe der Boxen. Sie überließ sich den rhythmisch flackernden Lichtern und den Bässen, die durch den Boden direkt in ihre müden Füße hineinpochten. Es war ihr gleichgültig, welche Musik gespielt wurde, Hauptsache, es pulsierte im Takt und nahm ihren Herzschlag mit. Die Versteinerung gelangte von ihren Füßen in die Blutbahn, befiel schleichend den gesamten Organismus, sickerte in den Kopf hinein und betäubte alles.

Etwas Schweres hing an ihrer Hand. Elsa öffnete die Augen. Es war Georg. Außer ihm war niemand zu sehen, ein paar leere Gläser standen auf der Theke, bunte Papierschnipsel leuchteten auf dem Boden. Hatte Elsa sich gerade überhaupt noch bewegt oder nur reglos mit vibrierenden Fußsohlen auf der Tanzfläche gestanden? Bereitwillig ließ sie sich Richtung Ausgang ziehen. Mit Beinen aus Stein stakste sie hinter Georg her zum Auto. Es war nicht weit bis zu ihm.

»Warum schlafen wir nicht mal bei dir?«, fragte er. Georg lallte nicht, hatte aber offenbar genug getrunken, dass er diese Frage nicht scheute.

»Lieber zu dir«, sagte Elsa.

Er war noch nie in ihrer Wohnung gewesen, ab und zu fragte er, aber sie wich jedes Mal aus. Sie wollte sich ihre Wohnung nicht mit Georg darin vorstellen, wollte sich nicht an seinen Anblick in ihren vier Wänden gewöhnen. Sonst würde sie eines Tages den leeren Stuhl anschauen und denken: das ist Georgs Stuhl, und später: das ist seine Seite des Bettes. In Elsas Wohnung gab es kaum Rituale, von Anfang an hatte sie bei Georg übernachtet, verbrachte nur die seltenen freien Tage allein in ihrer Wohnung. Der schwer zu ertragenden Stille darin setzte sie Geräusche entgegen, beinahe ununterbrochen liefen DVDs. Sie besaß die wohl umfangreichste Sammlung an Zeichentrickfilmen, Western, Gaunerkomödien und die komplette James-Bond-Reihe. Für einen Moment wünschte sie sich, Georg würde mit ihr zu ihrer Wohnung fahren, jetzt sofort, würde lautstark darauf bestehen, eingelassen zu werden, würde sich nicht mehr mit vagen Ausreden zufrieden geben. Doch Georg war längst mit etwas anderem beschäftigt, murmelte etwas Unverständliches vor sich hin und drehte den Zündschlüssel. Kurz darauf hielten sie vor seinem Haus.

Georgs Eltern wohnten im Erdgeschoss, er in der Einliegerwohnung im ersten Stock. Sie verfügte über zwei Zimmer, Küche und Bad. Er verbrachte hier nicht viel Zeit. Er kam zum Schlafen her, stand zur Mittagszeit auf, aß mit seinen Eltern und schraubte anschließend an seinem Auto herum, bis er ins Restaurant musste. Er hatte kaum glauben können, dass Elsa keinen Führerschein besaß. »Was hast du denn mit achtzehn gemacht?«, fragte er. Der achtzehnte Geburtstag war ein Meilenstein in seinem Leben gewesen, ein Punkt, an dem sich Dinge änderten. Elsa sagte, sie habe anderes zu tun gehabt, außerdem mache sie sich nichts aus Autos. In Wirklichkeit stimmte das nicht, schon oft hatte sie bereut, nicht fahren zu können. Zwar machte sie sich nichts aus Autos als solchen, aber die Vorstellung, jederzeit in alle Richtungen entwischen zu können, gefiel ihr. Nicht ganz zufällig lag ihre eigene Wohnung in unmittelbarer Nähe des Bahnhofs.

Die frische Luft linderte das Brennen in den Augen. Der Tag brach bereits an und ließ ahnen, dass es schönes Wetter geben würde. Nicht mehr lange und die Sonne würde Georgs Zimmer fluten. Fernab von den Dämonen der Dunkelheit hielt Elsa es sogar für möglich, dass auch sie etwas Schlaf finden würde.

Er schloss die Tür auf und schob Elsa ungeduldig die Treppe hinauf. Sie hatte Mühe, nicht zu stolpern. »Überraschung!«, rief er und machte einen Schritt ins Schlafzimmer. Elsa prallte gegen undurchdringliche Finsternis. Kein kleiner Spalt am Fenster ließ einen Schimmer von draußen herein. Elsa klammerte sich an Georgs Hand. »Ich habe Rollläden für dich angeschraubt, damit dich das Licht morgens nicht mehr weckt«, sagte er stolz, zog sie ins Zimmer und schloss die Tür. Nichts war mehr da. Elsa nicht, die Welt nicht, nur noch ihre Hand, wo sie Georgs berührte. Sie taumelte, der Gleichgewichtssinn war außer Gefecht gesetzt. Sie schob ihre Finger über Kreuz in Georgs, suchte seinen Körper, die großflächigste Berührung, alles andere fiel ins Nichts.

Es war ein neues Gefühl, mit ihm zu schlafen, ohne ihn zu sehen, fast fand Elsa Gefallen daran, hätte sich nur nicht immer wieder ein widerspenstiger Gedanke in der Dunkelheit verirrt und sehnsüchtig auf ein längst erloschenes Lichtsignal aus der Vergangenheit gewartet. Wie eine Ertrinkende griff Elsa nach der festen, warmen Haut in der Gegenwart. Sie hörte Georg schnaufen, angenehm real lag sein Gewicht auf ihr, und schließlich spürte sie, wie sich das letzte bisschen

Spannung entlud. Der Panzer der Versteinerung brach auf und Elsas Körper blieb erschöpft zurück. Georgs Finger lösten sich aus ihren, sein Gewicht verlagerte sich auf ihren Arm, der ausgestreckt neben ihr liegen musste.

Georgs Atem wurde leise und gleichmäßig, der Druck auf ihren Arm nahm zu. Er war eingeschlafen. Sie spürte die zu weiche Matratze im Rücken, konzentrierte sich darauf, zeichnete in Gedanken ihre eigenen Konturen nach, wo sie den Untergrund berührten, der einzige Kontakt zur Wirklichkeit. Ein Kribbeln breitete sich in den Fingerkuppen aus, schoss glühend die Finger hinunter in die Handfläche hinein, sprang über das Handgelenk, prickelte Richtung Ellenbogen die Haut hinauf und ließ nur eine Ahnung von einem Arm hinter sich zurück, etwas Brachliegendes. So musste sich ein Phantomschmerz anfühlen, das dumpfe Ziehen von etwas, dessen Anwesenheit man noch wahrnahm, obwohl es einen längst verlassen hatte. Bei Elsa wurde der Schmerz nicht durch ein fehlendes Gliedmaß ausgelöst, sondern im Gegenteil durch einen kompletten Körper zu viel, und der gehörte Georg.

Plötzlich atmete Georg unregelmäßig und hektisch, als bekäme er schlecht Luft, manchmal stockten seine Atemzüge, setzten für Sekunden aus, bis er laut nach Luft schnappte, dass es durch seine Zahnlücke zischte. Er atmete aus und nicht mehr ein. Elsa tastete mit der freien Hand nach seinem Brustkorb und zählte: einundzwanzig, zweiundzwanzig, dreiundzwanzig, vierundzwanzig, fünfundzwanzig – da sog er die Luft wieder ein, sie spürte, wie sich seine Lunge füllte, wie sich die Brust unter ihrer Hand hob.

Sie befreite ihren eingeklemmten Arm. Sie gab sich keine Mühe, das vorsichtig zu tun, sondern zog den Arm unsanft an sich und drückte dabei, so fest sie konnte, nach oben, gegen Georgs Körper. Elsa wollte, dass er aufwachte. Georg schnaubte, wälzte sich in die Dunkelheit, weg von ihr. Elsa lag allein im Nirgendwo und löste sich auf. Sie hatte das Gefühl, einzelne Gliedmaßen würden sie im Wechsel verlassen, eine Hand, ein Fuß, ein ganzes Bein. Manchmal konnte sie nicht einmal bestimmen, wo der Phantomschmerz saß, ob er wirklich einen Körperteil oder nicht etwas ganz anderes befallen hatte. Seit dem Tod ihres Vaters hatte niemand die Einsamkeit ausfüllen können, die Elsa in der Dunkelheit überrollte. Die Sekunden, die in der Küche in rasender Schnelle verstrichen, waren in der Nacht zäh und quälend.

Inzwischen musste draußen heller Tag herrschen. Angestrengt horchte sie. Es war kein Geräusch zu hören. Kein Geschirrklappern, keine Stimmen, nicht von der Wohnung unten, nicht von der Welt vor dem Fenster, keine Schritte auf dem Gehsteig oder Autos auf der Straße, nichts, was einen Aufschluss über die Tageszeit zugelassen hätte. Georg hatte ganze Arbeit geleistet. Er musste die Rollläden in der kurzen Zeit zwischen Mittagessen und Schichtbeginn angebracht haben. Es war typisch für ihn, er dachte präventiv und pragmatisch: Wenn das Licht schuld war an Elsas Schlafproblemen, an ihrer gereizten Wortknappheit nach dem Aufstehen und den tief sitzenden Schatten unter den Augen, dann musste das Licht eben weg.

Sie streckte ihren Arm aus, der wieder zu prickeln anfing, aber sie konnte Georg nicht erreichen, er musste an den äußersten Rand des Bettes gerutscht sein. Elsa traute sich nicht, den Teil der Matratze zu überqueren, wo sein Körper gelegen hatte, wo vermutlich eine warme Kuhle zurückgeblieben war.

Elsa war viel kleiner als er, sie würde die vorgewärmte Fläche nicht ausfüllen können. Sie würde darin versinken und die Kälte käme Stück für Stück auf sie zu.

Es ängstigte sie, keine Begrenzungen des Raumes sehen zu können. Ihr Fuß suchte die Bettkante, sie schwang die Beine über den Rahmen und setzte sich auf. Um der Angst beizukommen, rief sie sich in Erinnerung, was sie bei Licht so oft betrachtet hatte: die Wände voller Fotos und Poster, die Georgs Kindheit und Jugend illustrierten, seine Idole von ALF bis hin zu Pop- und später Heavy-Metal-Bands, dazwischen Bilder von Astronauten, Segelschiffen, Boxern und Frauen. Georg schien nie etwas abzunehmen, sondern immer nur neue Dinge hinzuzufügen, die Erinnerungen überlappten sich, kaum eine Stelle war noch frei. Sogar ein Foto von Elsa hing in der Nähe des Bettes, das einzige, was ihm bisher von ihr zu ergattern gelungen war, mit wehendem Haar und verwischten Gesichtszügen, weil sie sich während der Aufnahme schwungvoll zur Seite gedreht hatte.

In der gläsernen Vitrine neben der Tür Pokale und Medaillen von siegreichen Box-Wettkämpfen, es war das Erste, was man sah, wenn man das Zimmer betrat. Aber lagen daneben die Hanteln, oder stand dort eine der Boxen, an die eine Gitarre gelehnt war, auf der vielleicht einmal Tonleitern oder die ersten Noten von »Stairway to Heaven« gespielt worden waren, bis eine Saite riss, die bis heute nicht ersetzt worden war? Elsas Vorstellungskraft drang nicht vor durch die Dunkelheit, die sie umgab.

Vorsichtig tastete sie sich am Bettrahmen entlang, ständig in der Befürchtung, über etwas zu stolpern, ein vergessenes Detail. Sie hätte sich blind zurechtfinden müssen, hier blieben alle Dinge dort, wo sie liegen gelassen wurden, als habe Georgs Mutter die Standorte markiert, um nach dem Putzen alles punktgenau zurückzustellen. Für Georg sollte nicht erkennbar sein, dass seine Mutter in der Wohnung gewesen war, um sauber zu machen, das war eine stille Übereinkunft. Nichts sollte die Illusion seiner Unabhängigkeit zerstören. Als könne Georg glauben, er sei im Besitz einer selbstreinigenden Wohnung, die auf wundersame Weise jeglichen Staub verschluckte, in der es immer nach Kaugummi und frischer Wäsche roch, ein Wunderbaum im Wohnformat. Als sei seine Mutter sich sicher, dass, solange alles an seinem Platz blieb, auch Georg an seinem Platz bleiben würde. Irgendwann würde sein Leben an den Wänden in mehreren Schichten übereinanderliegen wie alte Tapeten, noch mit vierzig würde er zum Mittagessen die Treppe zu seinen Eltern hinuntergehen und danach ins Lokal.

Elsa stellte sich vor, dass seine Mutter zunächst eine Weile in der Tür stehen blieb und sich alles genau einprägte auf einer Art mentaler Umgebungskarte, bis hin zu den Socken, die neben das Bett gefallen waren, weil Georg sie beim Schlafengehen anbehielt und erst später abstreifte im Schlaf. Wie oft mochte sie wohl seine Socken aufgehoben haben, nachdem sie die Vorhänge aufgezogen und ihr verschlafenes Kind ins Bad geschickt hatte? Wie viele alltägliche Handgriffe verrichtete man unbewusst, ohne noch über sie nachzudenken? Die Tage waren voll automatischer Bewegungen, Kleinigkeiten, die erst ins Gewicht fielen, wenn sie überflüssig wurden. Sicher war es für Georgs Mutter nicht leicht gewesen, sich das Wecken abzugewöhnen nach all den Jahren; so war es mit den Gewohnheiten, man wurde sie so schnell nicht los. Georg

hatte erzählt, dass seine Mutter eines Tages die Vorhänge aufgezogen und sich zu ihm umgedreht hatte, wie jeden Morgen,
um dann erschrocken vor dem Bett zu stehen, in welchem ein
Kopf mit braunem Pferdeschwanz neben ihrem Sohn aus der
Decke herausschaute. Von diesem Tag an sei sie nicht mehr
nach oben gekommen, um ihm die Vorhänge aufzuziehen,
sagte Georg, sie habe nie ein Wort darüber verloren, sondern einfach ein zusätzliches Gedeck auf den Frühstückstisch
gestellt, auch dann noch, als das Mädchen mit dem braunen
Pferdeschwanz längst keine Rolle mehr in seinem Leben gespielt hatte.

*Du weißt gar nicht, wie oft deine Mutter hier hinaufsteigt, wie
sie plötzlich auf halber Treppe realisiert, dass sie nicht mehr er-
wünscht ist, dass die Zeiten, in denen sie einen kleinen Jungen
hatte, unwiderruflich vorbei sind. Manchmal schon mit der Tür-
klinke in der Hand, ehe sie sich besinnt, vielleicht wirft sie sogar
bei geöffneter Tür einen wehmütigen Blick auf ihren schlafenden
Sohn. Vielleicht erst gestern, woher willst du es wissen?* Aus dem
Frühstück war das Mittagessen geworden, weil Georg nicht
mehr früher aufstand, um Punkt halb eins stand alles auf dem
Tisch. Georg hatte Elsa von einem vierten Teller auf dem
Tisch erzählt, der für sie gedacht sei. Elsa aber dachte an den
Bruder, aus dem nichts geworden war: *Georgs Mutter stellt den
Teller auf den Tisch und denkt an zwei Söhne, immer wieder fallen
ihre Blicke auf den leeren Teller, weil es schön ist, so zu tun, als ob,
aber Georgs Vater findet es bedrückend, und er lässt seine Zeitung
absichtlich sinken, um den Teller darunter zu verbergen.*

Sie hatte sich bis zur Tür vorgearbeitet. Kalt und beruhigend fest lag der Metallgriff unter ihren Fingern. Sie riss die
Tür auf und kniff in Erwartung des hellen Tageslichts die Au-

gen zusammen. Ein kurzes Stechen, der Beweis dafür, dass die Zeit nicht stehen geblieben war. Als sei es die pure Sehnsucht nach Licht, die Elsa um den Schlaf brachte.

Enttäuschung empfing sie auf der anderen Seite. Nichts blendete, nichts gleißte. Sie stand im trägen Dämmer eines halbherzigen Morgens des letzten Tages im April.

Umrisse traten hervor, Georg ein undeutlicher Decken-berg, der kein Geräusch mehr von sich gab, nicht einmal ein Schnaufen. Alle ihre Gliedmaßen waren noch da, Elsa schaute sicherheitshalber nach, trotzdem saß der Phantomschmerz in ihrem Innern und breitete sich aus. Sehnsucht vielleicht oder Schuldgefühle, ungedämpft nach all den Jahren. Sie stellte sich vor, dass Sehnsucht sich wie Hunger anfühlte und Schuld-gefühle wie eine überbordende Fülle. Der Phantomschmerz aber pulsierte, dehnte sich aus und zog sich zusammen, und das war noch einmal etwas ganz anderes.

Sie sammelte ihre verstreuten Kleider ein. Sie ließ nie etwas hier. In das Regalfach, das Georg für sie freigemacht hatte, hatte sie anstandshalber zwei T-Shirts gelegt, die sie manchmal zum Schlafen anzog und die alle paar Tage frisch gewaschen und kantengenau gefaltet waren. Sie ging ins Bad. Sollte doch Georg allein dort im Dunkeln bleiben, wo die Zeit unendlich langsam verstrich. Seit einigen Tagen schon liefen Elsas Augen vor Müdigkeit im Energiesparmodus, darum bemüht, die ver-schwommenen Farbfelder zu einer glaubhaften Umgebung zusammenzusetzen. Sie stellte sich unter die heiße Dusche, es brannte auf der Haut. Anschließend drehte sie das Wasser kalt. Schauer jagten über ihren Körper.

In ein Handtuch gewickelt blieb sie auf dem Badewannen-rand sitzen. Der kurze Energieschub, den ihr das kalte Wasser verschafft hatte, verflog. Ihre Schicht begann um drei. Georg würde nicht vor dem Mittagessen aufstehen. Sie horchte an der Wand, klopfte ein Fragezeichen gegen die Kacheln, zweimal kurz, zweimal lang, zweimal kurz:

. . — — . .

Keine Antwort.

Elsa zog alles an, was sie eingesammelt hatte, trotzdem blieb das Gefühl, dass etwas Wichtiges fehlte. Im Treppenhaus verband eine Steintreppe in einem halbrunden Schwung den ersten Stock mit dem Erdgeschoss und führte entweder zur Haustür hinaus oder, folgte man der Richtung des Handlaufs, in die untere Wohnung hinein. Eine Wand bestand aus Glasbausteinen, die anderen Wände waren verputzt mit grobem Material und schwungvollen Strichen. Elsa blickte hinunter in den Raum, der sich müde und grau vor ihr öffnete. Es war sicher erst sechs oder sieben, wohin ging man um diese Uhrzeit? Sie setzte sich auf die oberste Steinstufe, umfasste die kühlen Kanten mit ihren Händen, ihr Kopf sank zur Seite gegen die Wand. Unten auf dem Fliesenboden entdeckte sie zwei kindshohe Vasen, mit Bauernmalereien verziert. Weidenäste reckten sich daraus empor und streckten die Zweige aus, als suchten sie ihren Osterschmuck.

Ellis Mutter hatte früher nie den Blumenschmuck vergessen. Sie flocht Jahreszeitenkränze und hängte sie an die Türen. Buchsbaum und bunte Bänder zu Ostern, getrocknete Kornblumen und Getreideähren im Herbst, Tannen- und Stechpalmenzweige im Winter. In den Vasen wechselten sich Forsythien, Flieder, Weidenkätzchen, Pfingstrosen und Amaryllis ab. Bis zum Tod von Ellis Vater, als die Fliederzweige ihren schweren, süßlichen Geruch verströmten, bis die weißen Blüten zu Boden fielen, wo sie noch monatelang liegen blieben. Die Stiele gammelten im Wasser vor sich hin und der faulige Geruch zog durchs gesamte Haus.

Plötzlich klappte eine Tür. Erschrocken sprang Elsa auf. Georgs Vater stand im Bademantel am Fuß der Treppe und schaute zu ihr hoch. Weil ihr nichts Besseres einfiel und sie sich gerade mit einer Hand an der rauen Wand abstützte, sagte sie: »Schöner Putz.« Und als wäre es das Selbstverständlichste der Welt, als könnte man im Morgengrauen mit einer fast fremden Person im Hausflur über nichts Besseres sprechen als über Strukturputz, antwortete Georgs Vater: »Hab ich selbst gemacht«, und schlug mit der Faust gegen die Wand, wie um zu beweisen, dass dieses Haus so schnell nicht zusammenfiel.

Ehe Elsa sich versah, hatte Georgs Vater sie in die untere Wohnung bugsiert und schob sie vor sich her in die Küche. Georgs Mutter stand am Kühlschrank und holte kleine, in weißes Papier eingeschlagene Päckchen heraus. »Guten Morgen«, sagte sie, als hätte sie Elsa erwartet, als hätten sie sich in den letzten drei Monaten jeden Morgen zum Frühstück getroffen. Dabei waren sie sich nur wenige Male begegnet, zwischen höflichen Floskeln.

Die Küche war winzig. Hänge- und Unterschränke waren an allen vier Seiten sorgfältig um Fenster und Türen herumgebaut, um auch den letzten Fleck auszunutzen. Der quadratische Tisch musste zwangsläufig in der Mitte stehen, das Zentrum des Morgens. Elsa wusste nichts von diesen Morgen, genauso wenig wie Georg, seit Jahren fanden sie ohne ihn statt. Beim ersten Zusammentreffen, als Georg Elsa genötigt hatte, sich bei seinen Eltern vorzustellen, hatten sie alle dicht gedrängt um den Tisch gestanden.

»Das ist Elsa«, hatte Georg einfach gesagt.

»Klein, aber fein«, hatte seine Mutter geantwortet, Elsas Hand geschüttelt und gelacht. Elsa hatte sich wegen des eigentümlichen Kommentars zu ihrer Körpergröße noch unbehaglicher in ihrer Haut gefühlt, bis Georgs Mutter die Abzugshaube getätschelt und die Worte »klein, aber fein« wiederholt hatte, da hatte Elsa begriffen, dass es auf die Küche bezogen war. Bald darauf hatte sie sich verabschiedet, mit einer Dringlichkeit in der Stimme, als müsse ein Zug erreicht werden.

Georgs Vater stand zu dicht hinter ihr. Obwohl er sie nicht berührte, spürte sie seine Nähe. Sie rückte einen Schritt zur Seite und hielt sich an der Zeitung fest, die er ihr im Flur entgegengestreckt hatte wie einem Apportierhund. Elsa zerknitterte das Papier zwischen ihren Fingern. Sonst war Georg die Legitimation für ihre Anwesenheit, das »wir« in seinen Sätzen, der leichte Druck seiner Hand in ihrer, das verschwörerische Augen-zur-Decke-Drehen, wenn seine Mutter anfing, aus dem unerschöpflichen Pool von Georgs Vettern und Cousinen Geschichten zu erzählen.

»Kannst du nicht schlafen? Armes Mädel, ihr seid doch sicher spät nach Hause gekommen?« Freundlich blickte Georgs Mutter Elsa an, fast besorgt. Elsa hatte keine Ahnung, wie sie die beiden ansprechen sollte. Herr und Frau Hellwig? Georg nannte sie »Mama« und »Papa«, schlichte, alltägliche Worte, in denen eine liebevolle Verbundenheit mitschwang, um die Elsa Georg beneidete. Elsas Eltern hatten sich von ihr und David mit Ursel und Jost ansprechen lassen. »Wir sagen ja auch nicht Tochter oder Sohn zu euch«, hatten sie gesagt.

Auch äußerlich war die Zugehörigkeit der Familie Hellwig unverkennbar. Sie alle verfügten über dieselbe bärige Statur mit breiten Kreuzen, dazu die empfindliche Haut und diese hellroten Haare, deren Farbe bei Georgs Eltern allmählich ausblich. Die beiden trugen blütenweiße Frotteebademäntel, es roch nach Weichspüler. Die Ärmel reichten ihnen kaum bis zu den Handgelenken und die Schienbeine lagen blank, Erwachsene in Kinderkleidern. Oberhalb des Halses war Georgs Mutter zurechtgemacht: rostroter Lidschatten, leichtes Rouge und perfekt in Wellen gelegtes Haar, über dem ein Haarnetz schimmerte, das die Frisur wohl im Schlaf schützen sollte, ein Zugeständnis an die frühe Tageszeit. Sie hatte ihre Arbeit unterbrochen und sah Elsa erwartungsvoll an. Elsa hatte die Frage noch nicht beantwortet. Unbeholfen sagte sie: »Ja, nein, es geht. Entschuldigung, ich bin noch nicht ganz wach.« Ohne Georg fühlte sie sich wie ein ungebetener Gast, ein Störenfried in der morgendlichen Idylle. Sie hätte sich wohler gefühlt, hätte sie auch einen Bademantel getragen.

Georgs Vater stand unverändert in der Türzarge, die er beinahe ganz ausfüllte, in der Breite gleichsam wie in der Höhe. »Setz dich«, sagte er, drückte sich an Elsa vorbei und schubste sie dabei Richtung Stuhl – entweder absichtlich oder weil einfach zu wenig Platz war. Sie schob sich seitlich auf die Sitzfläche, stieß mit der Lehne gegen die Unterschränke. Das Radio dudelte im Hintergrund, irgendein Hit-Sender, das Schlechteste von gestern und vorgestern und das Schlechteste von heute.

Die ersten Sonnenstrahlen des Tages fielen durch die Gardinen und fächerten sich über der bunten Wachstuchtischdecke auf. Zwei Frühstücksbretter standen auf dem Tisch. Georgs Mutter fuhr fort, Päckchen auszuwickeln, das Einschlagpapier knisterte. Wortlos nahm Georgs Vater einen Stapel kleiner Teller aus dem Schrank und hielt sie einzeln nacheinander hoch. Mit traumwandlerischer Sicherheit ließ Georgs Mutter in genau den richtigen Momenten Käseecken und Wurstzipfel fallen, die Georgs Vater in einer flüssigen Bewegung mit den Tellern auffing. Er verteilte sie auf dem Tisch.

Weitere Frühstücksutensilien folgten. Georgs Mutter nahm sie aus den Schränken, ließ sie in der Luft los und Georgs Vater griff sie dort auf. Sie bewerkstelligten das, ohne zu sprechen oder sich anzusehen, zwei Schwerkraftakrobaten. Elsa konnte nicht umhin sich vorzustellen, was passieren würde, wenn Georgs Vater eines Tages nicht mehr da wäre: *Hände greifen ins Leere, Dinge fallen zu Boden, Geschirr zerspringt auf den Kacheln.*

Obwohl fast die ganze Tischplatte bedeckt war, fand Georgs Vater für alles einen Platz. Am Ende war es ein kompliziertes Muster aus Schraubgläsern, Tellern, Plastikdosen, Tassen und Besteck. »Du musst das nicht die ganze Zeit festhalten.« Georgs Vater nahm Elsa die Zeitung weg und legte sie außer Reichweite.

Ihres Halts beraubt, wusste Elsa nicht, wohin mit ihren Händen. Sie legte sie flach vor sich auf die Tischkante. *Alle Vöglein fliegen hoch!* Die Worte des alten Kinderspiels kamen ihr in den Sinn. Sollte die Zeitung das erste einbehaltene Pfand sein, musste es einen Weg geben, sie zurückzugewinnen. Mit viel Mühe unterdrückte Elsa den Drang, mit den Fingern auf die Tischplatte zu trommeln, den Vers laut zu singen und die Hände dazu in die Luft zu werfen. Glücklicherweise stellte Georgs Mutter ihr in diesem Moment eine Tasse Kaffee hin, eine winzige Verschiebung der Ordnung auf dem Tisch, die etliche andere nach sich zog. »Ein Kaffee reicht mir, danke«, beeilte Elsa sich zu sagen, bevor der Versuch, ein drittes Gedeck dazuzuquetschen, möglicherweise eine unüberschaubare Kettenreaktion auslöste. Dankbar nahm sie die Tasse und trank.

Der Kaffee war stark und frisch gebrüht, wie man ihn auf dem Land trank, wenn man vom Kartoffelacker kam und die

Erde noch unter den Nägeln klebte. Vermutlich hatte sie einen solchen Kaffee das letzte Mal bei Alma und Erich in Weidenheim bekommen. In Gasthöfen wurde so etwas nicht serviert, da sparte man am Pulver. Sie hätte den beiden längst einmal schreiben sollen, eine Postkarte, die Alma an den Kühlschrank hängen und betrachten könnte. Aber Elsa hatte all die Jahre nicht geschrieben, es wäre merkwürdig, plötzlich damit anzufangen.

Diese Gedanken waren immer da, um diese Zeit im Jahr häufiger als sonst, weil Elsa oft an ihren Vater denken musste und so müde war, dass sie das Abdriften ihrer Gedanken kaum mehr kontrollieren konnte. Auslöser waren Kleinigkeiten, ein bestimmter Geruch, eine unbewusste Geste oder ein Wort mit »Gold« – alles konnte einen Bezug zu früher herstellen. Wenn sie in den Morgenstunden wach lag, tastete sie manchmal nach Georgs Puls. Das Klopfen beruhigte sie, die Wärme der Haut.

Elsa versuchte, sich wieder auf die Gegenwart zu konzentrieren, auf die Melodie im Radio und auf die Sonnenstrahlen, die fröhlich über die silbernen Schraubdeckel der Marmeladengläser flirrten. Sie nahm einen zweiten Schluck aus ihrer Tasse. Wohltuend breitete sich der kräftige Geschmack im Mund aus.

Offenbar zufrieden mit dem Tisch ließ Georgs Mutter sich auf den Stuhl neben Elsa fallen und blickte sie erwartungsvoll an. *Alle Vöglein fliegen hoch!* Erneut war Elsa versucht, die Hände hochzureißen. Sie klammerte sich an der Tasse fest und trank in kleinen Schlucken. Zwischen Georgs Eltern in ihren weißen, duftenden Bademänteln fühlte sie sich unwohl. Sie trug die Kleider von gestern Nacht, sie mussten nach Alkohol und Zigarettenrauch riechen.

Georgs Eltern hatten etwas gegen Zigaretten, oben rauchte Elsa am offenen Fenster. Georg rauchte nur ab und zu, ohne Sehnsucht oder Dringlichkeit, er rauchte zum Zeitvertreib, wie er Karten, Billard oder Tischtennis spielte, er konnte es genauso gut lassen. Er mochte es nicht, wenn Elsa nach dem Sex aufstand und sich ans Fenster stellte. »Warum hörst du nicht auf?«, hatte er einmal gefragt. »Mir zuliebe?« Und Elsa hatte zurückgefragt: »Warum fängst du mir zuliebe nicht richtig damit an?«

Es waren nicht so sehr die Zigaretten, die Elsa ans Fenster trieben, sondern Georgs Fragen, die zuverlässig nach dem Sex aufkamen, als müssten den körperlichen Vertraulichkeiten auch gedankliche folgen. Deshalb hielt Elsa ihre Ohren nach draußen in die Nacht, wo der Wind in den Bäumen rauschte. Es rauschte, als Georg fragte, ob sie zusammen in Urlaub führen, in die Berge oder ans Meer, sie könnten das planen und vorbereiten, er habe jetzt ein Navigationsgerät. Sie könnten einen Ort ins System eingeben und dann gelangten sie sicher ans Ziel, sagte er und Elsa lehnte sich so weit aus dem Fenster, dass Georg glauben musste, sie habe ihn nicht gehört.

Sie wusste nicht, ob es für sie beide andere Orte gab als das Restaurant und die Nächte danach, geschweige denn ein Ziel, das sie gemeinsam erreichen könnten. Sie passten gut zusammen in Bars, in Georgs Zimmer, vielleicht auch noch an den Küchentisch seiner Eltern. Wobei die Tatsache, dass Elsa hier saß und Kaffee trank, während Georg seelenruhig oben schlief, vermutlich schon ein Wink in die falsche Richtung war. Alles musste sich immerzu steigern. Nach dem Frühstück mit den Eltern kam der Kurzurlaub, danach verlängerte Wochenenden und ausgewachsene Ferien, Weihnachtsfeste und Jahreswechsel, das Zusammenziehen und immer weitere Schritte zu zweit, bis man im hohen Alter Hand in Hand starb. Auf dieser Vorstellung beruhten alle Werbe- und Kinofilme, die Seifenopern und Krimiserien mit melancholischen Kommissaren, die an diesem Lebensideal ein ums andere Mal zu scheitern drohten. Die meisten Leute erreichten dieses Ziel nicht, brachen den Versuch vorzeitig ab oder kamen versehrt dort an, allein und unglücklich darüber. Elsa hatte nicht vor, bei diesem Irrsinn mitzumachen. Wenn sie zufällig gleichzeitig mit Georg einen Tag frei hatte, was selten vorkam, weil sie jede Zusatzschicht annahm, zog sie sich unter einem Vorwand zurück. Sie brauche mal einen Tag für sich oder habe Wichtiges zu erledigen, einmal hatte sie sogar gesagt, sie fahre eine Freundin besuchen, in einer anderen Stadt. Was Georg mit jeder Minute seiner Freizeit anstellte, wusste Elsa genau. Er ging ins Fitnessstudio oder bastelte an seinem Auto herum, boxte im Verein oder war mit den Jungs unterwegs. Abgesehen von Elsas freien Tagen und der überschaubaren Zeitspanne zwischen Aufstehen und Arbeitsbeginn waren sie zusammen. Bis zu seiner Frage mit dem gemeinsamen Urlaub hatte er nie angedeutet, dass ihm das nicht reichte.

Ein paar Nächte nach seiner Urlaubs-Frage war er ihr ans Fenster gefolgt, hatte sich auch eine Zigarette angesteckt und sich neben Elsa in die Nacht gehängt. Und als wäre das genauso gut, wie sich eine Bettdecke über den Kopf zu ziehen und eine Taschenlampe anzuknipsen, als müsste man sich dort Geheimnisse anvertrauen, sagte Georg unvermittelt: »Ich liebe dich«, und Elsa antwortete: »Also gut, vielleicht können wir ein paar Tage zusammen rumfahren.«

Es war ein abstrakter Gedanke gewesen, jetzt stand er wie ein gepackter Koffer vor der Tür. In wenigen Tagen hatten sie frei und würden losfahren. Immerhin wurde Elsa die Rollläden für ein paar Nächte los. Vielleicht könnte sie Georg schonend beibringen, dass es ihr lieber wäre, sie abzuschrauben.

Elsa hatte alles um sich herum vergessen. Jetzt realisierte sie wieder, wo sie sich befand. Die Küche war geschrumpft, Georgs Eltern noch näher gerückt, mit ineinander verschlungenen Händen. Elsa sah ihre eigenen Eltern vor sich, Hand in Hand, wie es hätte sein können, nein, wie es hätte sein sollen. »Eines Tages, ich saß auf der Treppe vor der Schule, da hat er mir aufgeholfen und meine Hand danach einfach nicht mehr losgelassen.« An diesen Satz von Ursel erinnerte sie sich gut, so oft hatte sie ihn gesagt, selbst erstaunt darüber, dass es so etwas gab. Im Radio knackte es, Töne fiepten unerträglich laut, ein Morsecode ohne Sinn. Elsa griff nach ihrer Tasse und bemerkte, dass ihre Hand zitterte.

»Alles in Ordnung?«, fragte Georgs Mutter besorgt.

Elsa konnte kaum einen klaren Gedanken fassen. »Tut mir leid, ich muss jetzt wirklich los«, sagte sie und rückte so heftig mit dem Stuhl zurück, dass er mit Wucht gegen die Unterschränke krachte. Vor Schreck ließen Georgs Eltern ihre Hände los und machten auf ihren Stühlen einen kleinen Hüpfer. Umständlich wand Elsa sich aus der Lücke heraus, floh aus der Küche und aus dem Haus. Als sie einen Blick zurückwarf, kam es ihr so vor, als stünde es nicht gerade, als sei es an einer Seite nach unten gesackt.

Im Takt atmen

Normalerweise mochte Elsa den Weg von Georg zu sich nach Hause. Fünfundzwanzig Minuten, ohne mit jemandem Schritt halten zu müssen, ohne von Küchenkommandos angetrieben oder an einer Hand gezogen zu werden. Sie ging die Strecke sogar, wenn sie spät dran war, wenn es nur dafür reichte, sich zu Hause frische Sachen anzuziehen, ehe sie wieder aufbrechen musste zum Lokal, in diesem Gang, den Georg ihren »Stechschritt« nannte. In diesen Minuten taktete ihr Puls sich ein, das gleichmäßige Auftreffen der Sohlen auf dem Asphalt das Metronom, dessen Rhythmus vom Herzen aufgenommen wurde.

Doch heute konnte Elsa den Takt nicht halten. Es war zu früh am Morgen, die Sonne stand niedriger, es gab mehr Verkehr als sonst, die Grünphasen für die Autos dauerten länger und die Wartezeiten an den Fußgängerampeln zwangsläufig auch. Ihr kam es vor, als seien die vertrauten Wegzeichen über Nacht entfernt und durch andere ersetzt worden. Eine Bank war verschwunden, eine Litfaßsäule stand plötzlich im Weg, ein Baustellenschild forderte dazu auf, die Straßenseite zu wechseln. Sie geriet ins Stolpern, Autos hupten. Endlich konnte sie ihr Haus sehen, das Fachwerk, ihre Fenster unterm Dach, von denen man über die Schienen auf den Bahnhof schaute.

Sie hatte Schwierigkeiten, die Tür aufzuschließen, wusste nicht, ob es an der Müdigkeit lag. Jede Faser ihres Körpers sehnte sich nach Entspannung, jeder ihrer Gedanken danach, für einen Moment ausgeschaltet zu werden – nach tiefem, traumlosem Schlaf. Sie legte ihren Schlüsselbund auf das Telefontischchen. Im selben Augenblick klingelte das Telefon und Elsa nahm, ohne nachzudenken, den Hörer ab.

»Hallo?«

Ein Räuspern drang an ihr Ohr. So fing beinahe jedes Gespräch mit ihrer Mutter an.

»Du bist ja zu Hause?« Ursel klang überrascht.

Warum rufst du an, wenn du denkst, ich sei nicht da?, dachte Elsa.

»Ich habe es gestern schon einmal versucht«, fuhr ihre Mutter fort.

»Bei uns ist viel los. Es ist warm geworden … und morgen der Feiertag …« Elsa zuckte bei diesem einfachen Wort zusammen. Es war seltsam, den Todestag ihres Vaters als Feiertag zu bezeichnen. Sie hörte zittrige Atemzüge. Seit Jahren bestand ihre Mutter nur aus einer Stimme. An ihrem Atmen und der Art des Seufzens konnte Elsa ihre Verfassung einschätzen, meistens schwermütig, manchmal eine überraschende, fast kindliche Euphorie, die oft etwas mit dem Garten zu tun hatte oder mit David und die nie lang andauerte.

»Was machst du denn so?«, fragte Elsa.

»Nichts Besonderes.«

»Der Garten muss schön aussehen, hier fängt gerade alles an zu blühen«, sagte Elsa aufmunternd.

»Ich weiß nicht. Ja, vielleicht hast du recht.«

»Die Forsythie vor dem Haus?«

»Die ist weg. Sie hat den späten Frost nicht überstanden«, sagte Ursel und Elsa wünschte, sie hätte nicht danach gefragt.

Schweigen floss durch die gesamte Länge des Telefonkabels, über sechshundert Kilometer Ungesagtes in der Leitung zwischen ihnen, Elsa spürte, wie es aus dem Hörer drang, ihre Wange streifte und sich im Zimmer verteilte, den Sauerstoff verdrängte. »Ich muss gleich los zur Arbeit, ich bin spät dran«, sagte sie und meinte, Erleichterung am anderen Ende zu hören, als habe das Atmen sich um eine winzige Nuance verändert.

»David kommt heute Abend. Wir gehen zusammen zum Friedhof. Morgen. Morgen ist …«, sagte ihre Mutter.

»Ja, ich weiß«, unterbrach Elsa sie schnell.

»Rufst du mal an?«, fragte ihre Mutter. *Ihr seid doch Geschwister.*

»Ich komme bestimmt nicht vor zwei oder drei Uhr nachts aus dem Restaurant raus und muss morgen auch schon früh wieder dort sein.«

»Letztes Jahr haben sie die Einfahrt blockiert, das ganze frisch gerodete Holz haben sie oben vom Waldrand hier herunter geschleppt, dass ich mit dem Auto nicht mehr vom Hof konnte. Das halbe Dorf musste mit anpacken, um es zurückzubringen. Das ist kein Schabernack mehr, das geht weit darüber hinaus.«

»Ja, ich weiß, das hast du mir erzählt. David ist doch da, er wird sich schon darum kümmern, dass nichts passiert. Ich muss jetzt wirklich los.«

Eine weitere Welle Schweigen schwappte aus dem Hörer heraus.

»Also gut«, sagte Ursel, »bis bald, Elli.«

»Ja.«

Das Räuspern, als Elsa auflegte, war ihr eigenes. Es klang genau wie das ihrer Mutter zu Beginn des Telefonats. Wenn

Elsa sich das Haus vorstellte, fehlten am Zaun ein paar Latten, der Schlingknöterich war durchs Dach gewachsen und überwucherte das halbe Haus.

Sie fühlte sich schwer. Das »bald« ihrer Mutter stand im Raum, sperrig und doch vage, es hatte in jeder ihrer Wohnungen gestanden und war immer mit umgezogen, immer ein Stück weiter gen Norden. *Vielleicht klingelt das Telefon gleich ein zweites Mal und sie traut sich zu sagen: »Bitte komm.«*

Elsa besaß kein Handy. Sie wollte sich nicht einmal vorstellen, wie es wäre, immer und überall erreichbar zu sein. Ihr Telefon war ein schlichter Apparat, die Schnur reichte vom Flur bis ins Schlafzimmer. Es gab keinen Anrufbeantworter, kein Band, auf dem man eine Nachricht hinterlassen oder um Rückruf bitten konnte. *Was passiert, wenn man schweigt? Wird es aufgezeichnet? Könnte man minutenlang schweigen, bis es piepst, bis das Band voll ist? Würde der Angerufene es später in ganzer Länge abhören müssen, getrieben von der Vorstellung, dass der Anrufer ganz am Ende doch noch einen Laut über die Lippen bringt?*

Es war nicht mehr daran zu denken, sich hinzulegen oder auch nur umzuziehen. Elsa zog nicht einmal die Jacke aus, nahm ihren Schlüssel und verließ die Wohnung, wie sie sie betreten hatte. Sie wollte gehen, egal wohin, einfach in Bewegung sein.

In der Fußgängerzone wich sie mehreren Leuten mit Klemmbrettern aus. Man erkannte sie schon von Weitem an ihren konformen Jacken und den fröhlichen oder ernsten Mienen, dem jeweiligen Anlass angepasst. Tierschützer, Ökostromanbieter, Atomkraftgegner, Spendensammler. Kämpfer gegen alle Ungerechtigkeiten der Welt waren auf den Beinen. So großen Problemen fühlte Elsa sich nicht gewachsen. Sie schlug Haken, um ihnen auszuweichen, ließ das Stadtzentrum hinter sich, lief durch eine Laubenkolonie, vorbei an Tennisplätzen und Vereinsheimen.

Ohne es zu merken, hatte sie den Weg zum Restaurant eingeschlagen. Normalerweise nahm sie den Bus Richtung Stadtrand, heute ging sie die gesamte Strecke zu Fuß. Mit jedem Schritt wurde sie ruhiger, die Hindernisse wurden weniger. Sie würde Stunden vor Schichtbeginn im Restaurant auftauchen, aber Elsa dachte an die Arbeitsliste, die man ihr sicher in die Hand drücken würde, mit Aufgaben, die sie Punkt für Punkt abhaken könnte.

Vor dem Lokal blieb sie stehen. Es war gerade einmal zehn Uhr. In der Küche würde man sich über ihr Auftauchen wundern, vor allem bei ihrem ohnehin stattlichen Arbeitspensum. Elsa nahm jede Zusatzschicht an, die ihr angeboten wurde, und mit so viel Übereifer machte man sich bei den Kollegen nicht gerade beliebt. Sie drehte ab und lief den kleinen Feldweg am Waldrand entlang. Die Sonne schien warm und erzeugte ein Flackern in der Luft. Nach ein paar Hundert Metern führte der Weg auf unbebautes Gebiet und gab einen weiten Blick in die Niederung frei, rechts auf die Stadt, links über Felder, die sich bis zum Horizont erstreckten. Elsa blieb am Waldrand im Schatten der Bäume neben einem Hochsitz stehen. In der Ferne konnte sie ein paar Gestalten mit zwei Traktoren erkennen, die Holz aufschichteten und zu einem Scheiterhaufen für die Walpurgisnacht zusammenschoben. Von Elsas Platz aus klang das Brummen der Motoren nicht lauter als zwei kleine Insekten.

★

Die Tage nach dem Tod ihres Vaters waren in einzelne Momente zerfallen, die durch nichts mit dem vorherigen Leben verbunden waren. Die Zeitrechnung veränderte sich, spaltete sich auf in ein Vorher und ein Nachher. Das erste Aufwachen. Sekundenlang fühlte sich alles vertraut an. Bis auf die Stille. Früher hatten Ellis Tage mit ihrer Mutter aufgehört und mit ihrem Vater wieder angefangen. Für den Abend waren seine Gute-Nacht-Geschichten zu spannend gewesen, Elli hatte kein Auge mehr zugetan, deshalb hatte er sie auf den Morgen verlegt und es ihrer Mutter überlassen, die von ihm heraufbeschworenen Geister am Abend wieder zu vertreiben. Selbst seit Elli längst allein ins Bett ging und sich keine Geschichten mehr erzählen ließ, hatten sie das Ritual beibehalten: Ursel sagte ihr am Bett Gute Nacht und Jost Guten Morgen. So wartete Elli am Morgen mit geschlossenen Augen auf das Geräusch der Tür, seine Schritte auf dem Boden, das Einsetzen seiner Stimme. Gleich ist er da, dachte sie noch beim Aufwachen, bis die Erinnerung an die Nacht zum Ersten Mai und den verlorenen Tag in ihr Bewusstsein sickerte. Sie spürte ein Gewicht auf dem Brustkorb, als hätte ihr Vater persönlich sich dorthin gelegt und sei leblos und schwer geworden. Es schien Stunden zu dauern, bis sie es schaffte, sich gegen das Gewicht hochzukämpfen und aufzustehen. Sie zog die schwarzen Kleider vom Vortag an und öffnete die Zimmertür. Kein Holz knarrte, keine Stimmen drangen herauf, nicht das leiseste Geräusch. Sie ging die Treppe herunter und öffnete die Küchentür. Die Blicke ihrer Mutter und ihres Bruders trafen sie unvorbereitet. Niemand sagte etwas. Als Elli an David vorbei ins Regal griff, um sich eine Tasse herauszuholen, wich er zur Seite, als wolle er nicht von ihr berührt werden.

Später der Besuch des Arztes, der unbeholfen Ursels Hand tätschelte und Elli wie einem Kleinkind über den Kopf strich. Das Wort »Herzinfarkt« wurde in den Raum gestellt. Eine schwache Erklärung für das, was keiner begreifen konnte: das endgültige Verschwinden einer Person. Eine Tatsache, an die sie trotz aller Vorsicht immerzu anstießen und sich blaue Flecken holten.

Plötzliche Geschäftigkeit. Ununterbrochen wurden Telefonate geführt, klingelten Leute an der Tür, kam Alma vorbei mit Töpfen voller Essen. Ab und zu der Blick auf den See, sich hinlegen, die Augen zu- und aufmachen, wieder aufstehen. Es kam Elli vor, als seien ihre Augen schwächer, als sei sie am Morgen plötzlich kurzsichtig oder weitsichtig geworden. Irgendwann die Kirche, den Mund bewegen, ohne Töne von sich zu geben, der Sarg, ein Blumenmeer, Seidenbänder mit Buchstaben, nicht schlucken können, nicht reden. Elli schüttelte so viele Hände, ihre Hand wurde kleiner und durchsichtig.

Sie schlug in Büchern nach und las alles über Herzinfarkte, was sie finden konnte. Die ersten Minuten nach einem Herzinfarkt waren entscheidend für den Fortgang. Die erste Stunde wurde Goldene Stunde genannt. Elli war einfach nicht schnell genug gewesen. Sie hatte den richtigen Zeitpunkt verpasst. Sie suchte nach Fakten, fand medizinische Beschreibungen von Durchblutungsstörungen in den Herzkranzgefäßen, von Schmerzen in der Brust, die in die Schultern, die Arme und den Unterkiefer ausstrahlten, Statistiken über das Herzinfarktvorkommen in unterschiedlichen Ländern und damit eine Pro-Kopf-Wahrscheinlichkeit. »Überlebensaussichten hängen

sehr stark von der umgehenden Einlieferung in ein Krankenhaus ab« war zu lesen. *Wie lang hat Jost auf dem Boden gelegen?*
Hat es als einfaches Stechen im Herzen angefangen, von dort aus-
gestrahlt, alle Nervenstränge durchzuckt und gelähmt, bis in die
Fingerspitzen hinein? Hat er noch etwas gesagt, nach mir gerufen?
Hat er gemerkt, dass ich gar nicht da war? Die Zeit ließ sich aus-
einanderziehen oder zusammenquetschen wie ein Schifferkla-
vier. Und keiner konnte einem genau sagen, wie das mit dem
Sterben vor sich ging, was im Kopf passierte in diesen letzten
Sekunden, ob sie sich dehnten und unendlich lang waren für
den, der starb. Oder ob sie im Gegenteil einem schnellen Fall
glichen, einem Hinabstürzen in die Tiefe, und ob man auf
dem Boden aufschlug, bevor man wusste, wie einem geschah.

*

Der Motorenlärm war plötzlich näher, Elsa sah die beiden
Traktoren auf sich zufahren, das Licht reflektierte auf den
Scheiben und blendete sie. Die Sonne stand nun höher und
hatte Elsa eingefangen, ungewohnt intensiv das natürliche
Licht auf der Haut. Ihr Kopf war heiß, sie atmete laue Luft.
    Sie ging zum Lokal zurück. Über dem Haupteingang hing
jetzt eine riesige neue Plastikplane mit der Aufschrift »XXL-Mega-Tempel«. Der Chef hatte sie schon mit dem beginnenden
Frühling in Auftrag gegeben. Damit auch die kleinsten Kinder
zahlender Gäste Bescheid wussten, war neben dem Schriftzug
die Zeichnung eines Schweins, das sich selbst mit der Gabel
piekte und die Augen rollte. Der Kinderteller hieß »Schweinchen Babe«. Entweder war es ein bewusster sadistischer Sei-
tenhieb oder der Chef war sich wirklich nicht darüber im Kla-

ren, wie makaber es war, das Gericht nach einem Lieblingstier vieler Kinder zu benennen und ihnen so zu suggerieren, dass sie das süße Schweinchen gerade verspeisten. Der Nachwuchs der Schnitzelkönige wurde regelmäßig gemästet. Mit dem Training konnte man nie früh genug anfangen, es spielte keine Rolle, ob es um Eiskunstlauf oder Riesenschnitzel ging. Ehrgeiz war Ehrgeiz.

Der Chef ließ keine Missverständnisse mehr zu, was auf den Tisch kam. Die Schnitzel waren vom Schwein, nicht vom Kalb. Seitdem vor Kurzem die Kontrolleure von der Lebensmittelüberwachung dem Lokal einen Besuch abgestattet und mit ihren argwöhnischen Mienen jeden Winkel des Lokals untersucht hatten, mit dem Ergebnis: »Betrug am Gast!«, hatte der Chef es auf der Karte korrigiert. Noch während die Kontrolleure da waren, hatte er das gemacht. »Nicht nötig, dass Sie noch einmal wiederkommen«, hatte er gesagt und mit einem Edding in jeder Speisekarte bei »Wiener Schnitzel« das »Wiener« durchgestrichen. Ungerührt hatte er sein Essen degradiert. Elsa wusste, dass die Ruhe täuschte, er konnte binnen Sekunden vom Flüstern zum unkontrollierten Schreien wechseln. In einem Western hätte er einen guten Banditen abgegeben, wäre aber sicher einer der Ersten gewesen, den irgendwer von hinten erschoss. In seine Speisekarte ließ er sich nicht hineinreden. Einzig seine beiden Kinder hatten einmal sein Herz erweicht, mit der Bitte nach Fischstäbchen auf der Karte. Seitdem gab es den »Nemo-Teller«.

Die Lebensmittelkontrolleure hatten sich am Anblick des Chefs geweidet. Das Erwischen bei einem Verstoß gegen die Bestimmungen hatte ihnen sichtlich Vergnügen bereitet, und auch Elsa hatte sich ein schadenfrohes Lächeln nicht verkneifen können. Mit jeder Tilgung Wiens hatten sich die Gesichter aufgehellt und seither waren sie nicht wieder im Lokal erschienen. Den Gästen war es egal, dass Wien gestrichen war, ihr kapitales Interesse galt den XXL-Angeboten.

An der Sauberkeit des Lokals hatten die Kontrolleure nichts auszusetzen gehabt. Es gab nicht viel, das Dreck hätte verursachen können. Der Chef war clever genug, darauf zu achten, dass die Masse an Fett regelmäßig gewechselt und bis hin zu den Gittern der Abzugshaube alles täglich gründlich gereinigt wurde.

Die Lebensmittel waren fein säuberlich in Tüten, Dosen und Gefrierbeuteln verschlossen. Es handelte sich fast ausschließlich um Convenience Food: gefrorener Pressfisch (vermutlich samt geschredderter Flossen, Gräten und Kopf), gefriergetrocknete Gemüsewürfel, pulverisierte Saucenkonzentrate. Auf Anweisung des Chefs mischten sie überall gekörnte Brühe oder sogenannte »Würze« unter, die in riesigen Eimern eingekauft wurde und deren einheitlicher Geschmack sich landesweit in den Restaurants ausbreitete. Georg hatte Elsas Abneigung dagegen nicht verstanden, »ist doch wie Brühe in Pulverform«, hatte er gesagt und Elsa hatte ihm nicht widersprochen, obwohl sie wusste, dass es eine kuriose Mischung aus Eiweiß, Schimmelpilzen, Innereien, Farbstoff, Fett und Zucker war.

Einige Autos standen bereits auf dem Gästeparkplatz. Am Hintereingang des Restaurants war niemand zu sehen. Keiner, der rauchte oder heimlich telefonierte. Vermutlich waren alle mit dem Vorbereiten des Mittagsservice beschäftigt. Vielleicht würden sie Elsas unverhoffte Hilfe mit offenen Armen begrüßen.

Im Umkleideraum war es angenehm frisch, durch die Kippfenster drang kühle Luft. Man sah Elsa die erneute schlaflose Nacht an, bläuliche Schatten lagen ihr unter den Augen, die Wangen waren gerötet von der Sonne. Sie sah aus, als hätte sie bereits eine Doppelschicht hinter sich. Beim Einfädeln der an Spielsteine erinnernden Kugelknöpfe in die dafür vorgesehenen Schlitze der Kochjacke rutschte sie immer wieder ab. Sie knotete sich die Schürze um und klemmte eines der strapazierfähigen blau karierten Grubentücher an der Seite fest. Die Kochmütze ließ sie weg, sie konnte sie nicht leiden, ein billiges genormtes Fabrikat, das ihr bei jeder Bewegung in die Stirn rutschte. Oben in der Küche lag ein Stapel davon bereit, falls die Kontrolleure erneut kamen.

Mit jedem angelegten Kleidungsstück straffte sich Elsas Rücken, der Kopf verlor etwas von der müden Schwere, so machte sie ein paar Zentimeter an Größe gut. Trotzdem blieb das unbehagliche Gefühl, dass ihr die Arbeitskleidung heute nicht passte, dass sie etwas zu klein war oder etwas zu groß.

Das Licht in der Hauptküche blendete nach dem Aufstieg aus dem Souterrain. Es nahm die Schatten aus Elsas Blick, die Dinge wirkten klar und scharf wie nur selten in den letzten Tagen. Sie hatte gehofft, alle wären zu beschäftigt, um ihrem Erscheinen besondere Aufmerksamkeit zu schenken, doch es herrschte ein gemächliches Tempo.

Sie kannte die Kollegen längst nicht so gut wie die Jungs vom Abend. Die Frühschicht lag vom Alter her eine Generation über ihr und blickte Elsa erstaunt an.

»Wo kommst du denn jetzt her?« Der Chef klang verärgert, als sei Elsa zu spät zu ihrer Schicht erschienen. Er stand den

XXL-Gerichten auf seiner Karte in nichts nach, ein Koloss, vielleicht hatte er die Portionen einfach seiner Körpergröße angepasst. Elsa hatte sich zwar daran gewöhnt, dass sie den meisten Leuten nur bis zum Kinn reichte, ihm gegenüber kam sie sich allerdings wie ein Zwerg vor. Sie drückte das Kreuz durch und wartete ab. »Das kriegst du aber nicht bezahlt, wenn du ungefragt früher anfängst«, sagte der Chef. Die Bemerkung war unnötig, hier wurde nichts extra bezahlt, die Arbeitstage waren kaum in geregelte Stunden aufzudröseln, man blieb so lang, bis man fertig war.

»Ich will einfach irgendwo mit anpacken«, sagte Elsa so beiläufig wie möglich, aber innerlich spannte sie alle Muskeln an, bis es schmerzte, die Finger, die Arme, die Schulterblätter, den Nacken hinauf bis zu der Stelle im Kopf, wo der Wille sitzen musste.

Der Chef bleckte die Zähne und verzog sein Gesicht zu einem schadenfrohen Lächeln. Elsas Vater hätte seine helle Freude an seinem Gebiss gehabt; ein Zwangsbiss wie aus dem Lehrbuch. Elsa erinnerte sich an einige Mittagspausen in der Praxis. Ihr Vater hielt Gipsgebisse in die Höhe und verschob die beiden Hälften gegeneinander, um Elli die verschiedenen Fehlstellungen zu erklären: Zwangsbiss, Kopfbiss, Kreuzbiss, Überbiss. Als er ihr den Zwangsbiss zeigte, schob er den Unterkiefer weit nach vorn, sodass die untere Zahnreihe sogar über die Oberlippe hinausragte, und sagte: »Denen mit Zwangsbiss kann es ins Maul regnen.« Elsa fürchtete weitere Fragen ihres Chefs, doch das persönliche Leben seiner Angestellten interessierte ihn glücklicherweise nicht. Er freute sich über ein paar Stunden kostenlose Arbeitskraft, hob sein Messer und zeigte Richtung Kühlkammern: »Von mir aus. Ran an die Schnitzel, aber bleib aus dem Mittagsservice raus, sonst bringst du alles durcheinander.«

»Jawohl, Chef«, antwortete Elsa erleichtert.

Im Fleischkühlhaus schnappte sie sich eine Kiste bereits portionierter Fleischstücke und trug sie in die Vorbereitungsküche. Durch den offenen Durchgang konnte sie direkt in die Hauptküche sehen. Ab und zu sprang einer der Köche zu ihr herein und wühlte sich durch die Berge von Gefrorenem in der Truhe, die jeden Morgen neu befüllt wurde aus den Vorräten von unten. Sie warf einen sehnsüchtigen Blick in die Hauptküche, wo das Team langsam in Fahrt kam. Am liebsten wäre sie dazugesprungen, um sich in die Kette aus rhythmischen Handgriffen einzureihen.

Sie brachte die Fleischbrocken mit einem mehrfachen Schmetterlingsschnitt in eine schnitzelähnliche Form, dann drehte sie eins nach dem anderen durch die Mangel. Ein Freund des Chefs hatte die Vorrichtung nach seinen Vorgaben gebaut: Zwei genarbte Eisenwalzen quetschten das Fleisch platt und perforierten es, so wurden alle Fasern zerstört. Mechanische Bewegungen, dazu die Müdigkeit, Elsas Gedanken trieben davon. Während sie kurbelte, sah sie die Situation wie in einem Zeichentrickfilm vor sich: Die Schnitzel hatten ein Gesicht und erwachten zum Leben, bäumten sich auf und schrien, wenn der erste Bolzen sie am Fuß erwischte und erbarmungslos zwischen die Walzen zog. Ähnlich war es manchem Gegner in den frühen James-Bond-Filmen ergangen. Elsa kurbelte, die Walzen quietschten, das Geschrei verstummte. Nicht einmal in einem Zeichentrickfilm hätten sich diese Fleischlappen noch einmal zur Wehr gesetzt.

Das Fleisch war geschmacksneutral. Die Tiere waren so

schnell hochgezüchtet worden, dass es hauptsächlich aus Wasser und Konservierungsstoffen bestand. Nur die Würzpanade und das Bratfett sorgten für ein bisschen Geschmack. Pappmaché wäre im Ergebnis ähnlich, vermutlich aber teurer gewesen. Es roch nach Elend. Bald würde jede Grundsubstanz gleich schmecken und nur noch mit unterschiedlichen Aromastoffen versetzt werden, und auf den Speisekarten stünde »hausgemacht«.

Elsa hatte schon anders gekocht. Sie hatte in einem recht guten Betrieb gelernt, obwohl auch dort ein harter Chef regiert hatte. Die Zusammenarbeit war oft nicht leicht gewesen, da waren im Service bei hohem Stresspegel auch mal die Töpfe geflogen. Aber in seinen ruhigen Momenten hatte er die Lehrlinge zur Seite genommen und ihnen die unterschiedlichen Schneidetechniken, Garmethoden, Fonds und Saucen beigebracht. Nie würde Elsa vergessen, wie er ihr eine große Kiste Wurzelgemüse hingestellt und sie angewiesen hatte, es zu putzen und in feinste Brunoise mit exakt drei Millimeter Kantenlänge zu schneiden. Elsa hatte insgesamt anderthalb Arbeitstage damit zugebracht. Immer wieder war ihr Lehrmeister aufgetaucht und hatte penibel zu große oder schiefe Würfel aussortiert und Elsa zur Sorgsamkeit ermahnt. Mit der Zeit waren die Würfel perfekt geworden. Als sie es endlich geschafft hatte, hatte er die ganze Kiste feiner Würfel genommen und sie ungeniert in einen Saucenansatz geschüttet, in dem die makellose Brunoise zur Unkenntlichkeit verkochte.

Hier war dieses Wissen oder besondere Fingerfertigkeit nichts wert. Vor einigen Wochen hatte Elsa dem Chef vorgeschlagen, die Brühen selbst aus den Gemüseabschnitten und Resten zu kochen. Das sei günstiger, sagte sie, denn Geld-Sparen war das einzige Argument, das ihr Chef gelten ließ. Er hatte jedoch nichts als ein höhnisches Lachen dafür übrig gehabt, damit müsse sie schon in die Hochnäsigen-Gastronomie gehen, aber da würde auch nur mit Wasser gekocht. Er war sich offensichtlich darüber im Klaren, dass er auf der Bewertungsskala von anspruchsvoller Kochkunst verdammt weit unten stand. Elsa empfand widerwilligen Respekt für ihn, denn die meisten schönten ihren eigenen Betrieb, beteuerten, bei ihnen würde noch richtig und frisch gekocht, und schütteten zeitgleich Bratkartoffeln aus der Tüte in eine Pfanne und warfen Chicken Nuggets in die Fritteuse. Elsas Chef hingegen sagte, seine Gäste seien Schwachköpfe und zufrieden, solange das Essen schnell auf den Tisch kam, preisgünstig war und die Portionen größer als die Mägen waren. Auf beiden Seiten ging es ums Geld und die Menge, nicht um Qualität. Gast und Gastgeber hatten sich gegenseitig verdient. Wie war sie hier gelandet? Elsa konnte es sich nicht mehr erklären, ihr stur nach Norden zum Meer gerichteter Blick hatte sie vor vielem die Augen verschließen lassen.

Als das letzte Schnitzel plattiert und auf ein Silbertablett geschichtet war, füllte sie drei große Plastikwannen mit Mehl, flüssigem Vollei und ein paar Packungen Würzbröseln. Sie brauchte beide Hände, um die riesigen Fleischlappen zu mehlen, durch das Ei zu ziehen und in den Bröseln zu wälzen. Sie schichtete sie in 5er-Boxen und verstaute sie in der Kühlung. Nahm man mehr, lief man Gefahr, dass sie später nicht schnell genug verarbeitet wurden und zu lange im Warmen lagen.

In der Hauptküche wurde das Tempo wieder gedrosselt. Der gröbste Ansturm war vorüber und die Kette zerbrach in einzelne Personen. Jeder säuberte seinen Arbeitsplatz und schob sich dabei im Vorbeigehen ein paar Bissen des produzierten Überschusses in den Mund, Reste von Fehlbestellungen oder übrig gebliebene Pommes. Rund siebzig Prozent der Megaportionen landeten im Müll.

Elsa machte sich ans Mise en Place für den Abend. Die Kalte Küche war nicht gerade ihr Lieblingsposten. Sie schnitt kopfweise Eisbergsalat in mundgerechte Stücke und wusch sie in einer großen Wanne. Die müden Blätter ließ sie einen Moment länger im Wasser treiben und gab ein paar Löffel Zucker hinzu. So wirkten die welken Stellen schnell wieder frisch und knackig. Vitamine brachte das zwar nicht zurück, aber die sah man ohnehin nicht. Hauptsache, alles war straff. Eines Tages würde das bestimmt auch die Kosmetikindustrie für sich entdecken: Glucose-Bäder als Verjüngungskur für die Haut, oder gab es das längst? Elsa kannte sich nicht aus mit Kosmetik, am Pass staunte sie über die aufwändig hergerichteten Kellnerinnen-Fingernägel, verziert mit Mustern und Strass. Es war ein Wunder, dass nicht mehr Teller zu Bruch gingen.

Elsas Nägel waren kurz geschnitten, die Haut mit unzähligen kleinen Schwielen, Narben und Feuermalen gekennzeichnet. Das gehörte zum Beruf dazu. Einem Koch, der makellose Hände hatte, war kaum über den Weg zu trauen. Zwei kleine goldene Kreolen in den Ohren waren der einzige Schmuck, den Elsa trug, sogar in der Küche während der Arbeit. Ihr Vater hatte ihr erzählt, alle Seemänner trügen diese Ringe im Ohr. Falls sie über Bord gingen und ertranken, bezahlten sie damit Neptun, um eingelassen zu werden in sein Unterwasserkönigreich, statt in finstere Bereiche der Tiefsee abgetrieben zu werden, wo sie von Raubfischen oder anderen Kreaturen aufgefressen wurden. Starb hingegen ein Matrose auf hoher See, nähte man ihn mit einer Kanonenkugel als Gewicht in Segeltuch ein, bevor man ihn von einer Planke ins Wasser gleiten ließ, hatte ihr Vater erzählt, und dann kamen die Seejungfrauen. Elsa hatte sich die Ohrlöcher nach seinem Tod stechen lassen und die goldenen Kreolen angezogen, sobald sie die Gesundheitsstecker entfernen konnte. Seitdem hatte sie sie nicht mehr abgelegt.

Sie tauchte ihre Arme ins Eiswasser, wirbelte mit kreisenden Bewegungen die Salatblätter umeinander, bis sie an der Oberfläche zu tanzen begannen. Allmählich wurden ihre Arme in dem Wasser taub. Am liebsten wäre sie hineingesprungen, um gegen die Müdigkeit zu kämpfen. Sie spürte die schlaflose Nacht in jeder Zelle. Arme, Schultern und Füße doppelt so schwer wie sonst, als habe sich die Schwerkraft heute besonders auf sie konzentriert. Sie durfte einfach nicht stehen bleiben, musste sich in Bewegung halten. Sie fischte die Salatblätter aus dem Becken und machte sich auf den Weg in die zweite Kühlkammer. Dort angekommen, erinnerte sie sich nicht mehr daran, was sie in der Kühlung gewollt hatte. Die Kälte musste ihr schlagartig in den Kopf gestiegen sein und hatte offenbar das Gehirn vereist. Plötzlich war Georg da. Er blieb am Eingang stehen, zaghaft, fast scheu, als begegneten sie sich zum ersten Mal.

Mit ersten Malen kannte Elsa sich aus, es gab nichts Schöneres. Die letzten Male machten ihr zu schaffen. Sie hatte sich so oft zu erinnern versucht, wann sie mit ihrem Vater was zum letzten Mal gemacht hatte, hatte Kalender zurate gezogen, aber bei den meisten Dingen ließen sich die Zeitpunkte nicht mehr genau bestimmen. Sie hatte den Ereignissen keine Bedeutung beigemessen, weil sie ja nicht gewusst hatte, dass es letzte Male sein würden. Nur bei der Mission in der Walpurgisnacht damals war sie sich im Vorhinein bereits sicher gewesen, dass es die letzte Aktion dieser Art mit ihrem Vater sein würde, wenn auch nicht mit dieser Endgültigkeit.

Wenn Elsa sich aus einer Küche und damit aus einer Stadt und einem Leben verabschiedete, machte sie es kurz und schmerzlos, ein »polnischer Abgang«, zwei Mal auf den Tisch geklopft und raus. In Restaurantküchen war das üblich, man fing die Jobs von heute auf morgen an und genauso schnell war man manchmal wieder weg.

»Ich habe dich vermisst heute morgen«, sagte Georg.

»Ich konnte nicht schlafen«, sagte Elsa und grub ihre Hände in einen Berg aus Karotten. Sie begann, wahllos Gemüse in eine leere Kiste zu werfen.

»Haben die Rollläden nicht geholfen? Du schläfst fast gar nicht mehr in letzter Zeit.« Es klang nicht vorwurfsvoll, sondern besorgt.

»Das wird schon wieder«, sagte sie zu laut und wenig überzeugend. Ihr Hals fühlte sich kratzig an und wund, als hätte sie heute schon sehr viel geredet. Georg kam auf sie zu und würde sie jeden Moment umarmen. Elsa klemmte schnell die Gemüsekiste mit einer Hand vor ihren Bauch und hielt ihn so auf Abstand. Sie wollte nicht wieder zwischen diese Arme von Georg geraten, der wohl glaubte, man könne die richtige Antwort aus ihr heraus- und gleichzeitig das Glück in sie hineinpressen. Im Vorbeigehen strich sie ihm mit der freien Hand über den Unterarm, der mit Gänsehaut überzogen war.

Tanz in den Mai

Endlich war es Abend. Sie standen in der Küche bereit: der Chef als Brüllaffe am Pass, Elsa in der Kalten Küche und an einer der Mikrowellen, Georg an den Fritteusen, Max an Grill und Bräter, Robert am Herd und weiteren Mikrowellen für die Gemüsebeilagen und Saucen, Emra und der Spüli als Springer überall, wo sie gebraucht wurden.

Es ging schleppend. Die Bestellungen tröpfelten nur herein, immer wieder drohte Elsa vor Müdigkeit vornüberzukippen. Hier eine Suppe aufwärmen, da eine Schaufel Kartoffelsalat auf dem Teller platzieren und ihn zur Grillstation weiterschieben, ein paar Garnituren für Schnitzelplatten herrichten. Ein überflüssiges Relikt aus alten Zeiten, um Frische zu suggerieren: unmarinierte Salatblätter mit Tomatenschnitzen und getrocknete Petersilie aus der Vorratspackung auf dem Tellerrand. Das meiste davon landete später in der Tonne.

Flaute. Flaute bei den Bestellungen, seichter Wellengang im Kopf, Elsa fühlte, wie es darin hin und her schwappte. Sie legte ihre Hände auf das Metall der Arbeitsfläche vor sich, hörte die Uhr ticken, jede einzelne Sekunde. Sie hörte das Saugen der Abzugshauben, das Zirpen der Kühlschubladen, fühlte, wie sich in der Tatenlosigkeit die Haare an ihren Unterarmen aufstellten, als Max ein Messer über den Wetzstahl zog. Die Küche war wie ein Motor, der ab und zu überdrehte und dann absoff.

Der Chef verschwand im Gastraum. Die Jungs lehnten an den Arbeitstischen ihrer Stationen, redeten und warteten auf den nächsten Schub. Elsa konnte es nicht mehr hören, die Geschichten von durchgemachten Nächten, die sich nur in Nuancen voneinander unterschieden.

Endlich kam eine Bestellung. Robert hielt den Bon in der Hand und las laut vor. Elsa spannte die Muskeln an, bereit loszuspringen. Aber für sie war kaum etwas dabei. Sie schöpfte Suppe aus einem Eimer, erhitzte sie in der Mikrowelle und warf gefriergetrocknete Gemüsewürfel hinein. Wie Schwämme sogen sie sich mit Brühe voll, bekamen eine gummiartige Konsistenz. Petersilienstaub dazu und raus. Wieder Leerlauf. Elsa strich über die silberne Metallkante des Arbeitstisches, hin und her, *alle Vöglein fliegen hoch!*, in ihrem Kopf prickelte es.

Ihre Lehre lag einige Jahre zurück, aber sie erinnerte sich gut an diese hochkonzentrierten Stunden, als sie versucht hatte, aus Karotten und Sellerie akkurate Streifen, die sogenannten Julienne, zu schneiden oder Kartoffeln in Halbmonde zu tournieren, gegen die natürliche Form der Lebensmittel. Diese Zeit war voller Entdeckungen gewesen, Erfolgserlebnisse und Fehlschläge lagen sehr dicht beieinander. Die Tage und Wochen waren vorbeigeflogen, zählbar nur anhand der wöchentlichen Telefonate mit ihrer Mutter, in denen mehr Sekunden mit Schweigen gefüllt waren als mit Gespräch.

Elsa suchte sich ein paar frische Gemüsereste. Sie zog sich an einen frei stehenden Arbeitstisch zurück, von dem aus sie die anderen im Blick hatte. Die waren so sehr in ihr Gespräch vertieft, dass sie nicht einmal bemerkten, dass Elsa sich absonderte. Sie entschied sich für Brunoise. Schnell war die erste Karotte in Scheiben zerlegt, gestiftelt und gewürfelt. Licht und Stimmen verschmolzen zu einem Rauschen. Allmählich ließ das Prickeln in Elsas Kopf nach, sie achtete bloß auf das Heben und Senken des Messers, kreisend schnitt es wie von selbst, die Spitze haftete am Brett wie ein Magnet an Metall. Fast meditativ, Elsa bestand nur aus der Bewegung. Sie betrachtete von weit weg, wie die einzelnen Scheiben vom Messer wegkullerten, wie die Klinge sie anschließend in exakt drei Millimeter breite Streifen zerteilte und dann in Würfel schnitt. Plötzlich verlor das Brett den Halt und rutschte weg. Sie hatte vergessen, ein feuchtes Schwammtuch unterzulegen, wie sie es einmal gelernt hatte. Für diesen Gedanken blieb ihr noch Zeit, während sie spürte, dass die Klinge des Messers nicht mehr durch Karotte, sondern durch das weiche Fleisch ihres Daumens drang, als wäre es Butter.

»WIR SIND HIER NICHT IN EINEM SCHEISS-STERNE-RESTAURANT!« Die Worte schlugen Elsa entgegen, begleitet von einem feinen Sprühregen aus Spucke. Sie blinzelte, hielt die Augen mit Mühe geöffnet. Der Chef riss seine Hände schwungvoll hinter den Körper, als breite er die Arme zum Fliegen aus. In einem Zeichentrickfilm wäre er mit seinem zornroten Kopf geradewegs durch die Decke geschossen. Eine Druckwelle wallte durch Elsas Adern, Wut oder Adrenalin oder beides, ein Erdbeben, dessen Epizentrum sie selbst war. Eine Hand umklammerte noch den Griff des Kochmessers, die andere war unter dem Grubentuch verborgen. Zwischen die Karottenbrunoise auf dem Brett war das Blut getropft. Elsa presste den verletzten Daumen gegen die Arbeitsplatte. Der Druck dämpfte den Schmerz. Auge in Auge standen sie und der Chef sich gegenüber, jeder mit einem Messer in der Hand, bereit zum Showdown. Die Welt vor Elsa verschwamm, einzelne Details traten deutlich hervor. Sie sah die Schweißtröpfchen auf der Stirn des Chefs glitzern. Seine Nasenflügel bebten, die Haut war rotfleckig, ein Augenlid zuckte nervös. Diese Küche ist zu klein für uns beide, dachte Elsa. Es blieb ein unausgesprochener Gedanke, denn der Chef kam ihr mit Worten zuvor: »Wenn. Ich. Sage. Es. Wird. Die. TK-Ware. Benutzt. Dann. Wird. Die. TK-Ware. Benutzt. Und. Nichts. Anderes.« Er sprach verdächtig leise, die Stimme vibrierte.

Auf der Arbeitsfläche stand das Brett mit der Karottenbrunoise, keine Kante länger als drei Millimeter. Insgeheim freute es Elsa, dass etwas so Kleines einen so großen Wutausbruch entfachen konnte. Sie konnte sich ein Lächeln nicht verkneifen. Der Chef rückte dicht vor sie und zischte mit geschlossenen Zahnreihen: »Ist. Hier. Irgend. Etwas. Witzig?« Elsa zwang sich, dem Blick standzuhalten. *Wer zuerst zurückzuckt, verliert.* Sie schüttelte den Kopf und drückte den Daumen fester gegen das Metall.

Der Unterkiefer des Chefs schob sich unnatürlich weit nach vorn, als habe er sein Kiefergelenk ausgehängt. Elsa dachte zum zweiten Mal an diesem Tag an die Gipsgebisse ihres Vaters und die zugehörige Erklärung: »Das ist ein typischer Zwangsbiss, so einem kann es ins Maul regnen.« Stille sank in die Küche. Keiner bewegte sich, alle starrten Elsa an. Sie hatte den Satz laut ausgesprochen. Georg hielt das mit gefrorenen Pommes gefüllte Drahtnetz in der Schwebe über der Fritteuse, Max stach mit der Fleischgabel in die Luft, Robert klammerte sich am Stiel der Kasserolle fest, der Spüli war bis zu den Ellenbogen im Schaum versunken, die Hände einer Kellnerin, die am Pass nach zwei Tellern ausgestreckt waren, stoppten mitten in der Bewegung. In dem betretenen Schweigen dröhnten die Küchengeräusche unerträglich laut: Ein

Wassertropfen löste sich von Georgs Hand und explodierte im heißen Fett, der Herd simmerte vor sich hin, die Milch in der Kasserolle blubberte, der Spülautomat für Teller und Besteck pumpte lautstark das Wasser ab. Der Mund des Chefs war weiter in dieser komischen Haltung verzogen. Elsa wusste, sie sollte besser nichts mehr sagen, aber inmitten der Sprachlosigkeit konnte sie einfach nicht aufhören, das Schweigen der anderen zog ihr die Worte förmlich aus dem Mund: »Mit ein paar gezielten Übungen kann man so eine Gebiss-Fehlstellung problemlos behandeln.«

Die Schockstarre des Chefs war schlagartig beendet, seine Faust krachte auf das Brett. Elsa zuckte zusammen. Die Karottenwürfel machten ebenfalls einen Satz, kullerten über den Rand des Tisches hinaus und stürzten auf den Boden. Elsa wäre gern auf Würfelgröße geschrumpft. Alle Augen waren fassungslos auf sie gerichtet. Der Schmerz wallte ihren Arm hinauf. Sie schloss die Augen. Bevor ihr Bewusstsein in die Dunkelheit hinter den Lidern sinken konnte, holte ein erschrockener Ruf sie zurück. Sie spürte, wie sich die Blicke von ihr lösten und öffnete die Augen. Die überkochende Milch aus Roberts Kasserolle ergoss sich knisternd über die Herdflammen. Der Bann war gebrochen, alle gerieten in Bewegung: Robert flüchtete samt Kasserolle Richtung Kühlraum, Max mit der Fleischgabel hinterher. Georg versenkte die Pommes im Fett und schaute in den sich bildenden Strudel aus Blasen. Die Kellnerin schnappte sich unter dem grimmigen Blick des Chefs die Teller und stürzte damit in den Gastraum. Der Spüli öffnete den Spülautomaten und verschwand in einer Dampfwolke. Emra hatte längst das Weite gesucht. So einsam war sich Elsa inmitten des laufenden Betriebs noch nie vorgekommen.

Jetzt, wo die anderen sie nicht mehr beobachteten, grabschte der Chef nach ihrem Handgelenk und löste damit den Druck auf ihren Daumen. Von der Wunde aus erfasste eine Schmerzwelle Elsas Körper, ihre Beine gaben nach, sie wusste nicht, ob sie selbst schwankte oder der Boden unter ihr, die Wände färbten sich dunkel und stürzten in einem Sternenregen in sich zusammen. Der letzte sichtbare Punkt war ein winziger Karottenwürfel auf silbernem Metall. Sie klammerte sich an ihn, bildete sich ein, sie könnte die perfekt rechtwinkligen Kanten und die feine Maserung der Oberfläche erkennen. An diesem Würfel hielt Elsa sich fest und um ihn herum konnte sie den Raum wieder Gestalt annehmen lassen: zuerst die silberne Arbeitsplatte unter dem Würfel, den geriffelten Küchenboden eine Ebene tiefer; die Wände schwangen an ihren Platz zurück, die Decke verlieh der Küche Festigkeit, die Sterne zerstoben und Elsa spürte ihre Füße erstaunlich fest auf dem Boden stehen.

Der Chef legte ihre Hand unter dem rot verfärbten Tuch frei. Ein tiefer weißer Schnitt zog sich längs über die Innenseite des Daumens und füllte sich mit frischem Blut. Ein Tropfen perlte herunter. Der Chef wandte ruckartig die Augen ab. Eine solche Regung hatte Elsa bei ihm noch nie gesehen. Sie hob die Hand höher. Wie magisch angezogen blickte er erneut auf die Wunde. Elsa sah mit Genugtuung, wie die Farbe aus seinem Gesicht wich und die Haut von einem grünlichen Schimmer überzogen wurde. Als sie selbst auf den Schnitt schaute, wurde ihr ebenfalls flau. Schnell wickelte sie das Grubentuch wieder um den Daumen.

»Wann ist deine nächste Schicht?«, wollte der Chef wissen. Er wusste genau, dass er für morgen alles verfügbare Perso-

nal eingeteilt hatte, um den erwarteten Ansturm zu bewälti-
gen.

»Morgen und übermorgen noch.«

In der Küche rührte sich etwas. Die anderen kamen vorsichtig zurückgeschlichen, um die nächsten Bestellungen abzuar-
beiten. Alle taten so, als würden sie das Geschehen ignorieren, aber Elsa war sicher, dass sie gespannt dem Wortwechsel
lauschten. Der Chef kontrollierte die mickrige Reihe offener
Bons an der Magnetleiste.

»Danach hast du Urlaub?«

»Ein paar Tage. Wir wollten ein bisschen rumfahren, Georg und ich, aber wir können das auch verschieben ...«, sagte
Elsa und glaubte, Georg aus dem Augenwinkel kleiner werden zu sehen.

»Du gehst jetzt ins Krankenhaus, die sollen sich das ansehen und nähen, wenn es nötig ist. Morgen und übermorgen
bleibst du zu Hause. Mach deinen Urlaub, danach sehen wir
weiter. Georg, du machst zwei Mal Doppelschicht!«, rief er
über die Schulter, ohne den Blick von Elsa abzuwenden.

»Das ist nicht nötig«, sagte Elsa, »ich kann arbeiten.«

»Was hier nötig ist, entscheide immer noch ich!«

Die Tür zum Gastraum flog auf, eine der Kellnerinnen stol-
zierte herein und wedelte mit einem langen Bon, aus der Stube
dröhnten Anfeuerungsrufe. Offenbar wollte jemand versuchen, Schnitzelkönig zu werden. Wer das Monsterschnitzel innerhalb von fünfundvierzig Minuten samt Beilagen aß, musste
nicht bezahlen. Der einzige Preis war, anschließend eine Woche mit einer Pappkrone auf dem Kopf im Bett zu liegen und
sich vor lauter Bauchschmerzen nicht mehr rühren zu können.

Elsa sah den Chef flehend an.

»Ich will dich hier die nächsten Tage nicht sehen, so etwas dulde ich in meiner Küche nicht. Ich werde mir überlegen, wie es weitergeht«, sagte er und kehrte ihr den Rücken zu. Die Auseinandersetzung war beendet.

Der Personalraum kreiselte um Elsa herum. Auf keinen Fall durfte sie sich hinsetzen – sie würde nie wieder aufstehen können. Ihre Küchensachen zog sie sich nicht aus. Einhändig wäre es schwierig, außerdem wollte sie jetzt nicht dieses beklemmende Gefühl des Fremdseins heraufbeschwören, das die Straßenkleidung in ihr auslöste. Sie würde nur schnell die Schuhe wechseln, sich ihre Jacke überwerfen und gehen. Plötzlich war Georg da, strich ihr über den Rücken und fragte: »Soll ich dich bringen?« Schwer und besitzergreifend blieb seine Hand auf ihrer Schulter liegen. Bevor sie antworten konnte, tauchte der Chef in der Tür auf. Wortlos packte er Georg am Arm, und obwohl beide gleich groß waren, wirkte es, als würde ein Kind an der Hand seines wütenden Vaters hinausgezerrt. Die Tür fiel zu. Elsa war so erleichtert darüber, allein zu sein, dass sie sich Georg gegenüber schäbig vorkam.

Die Hände ihres Vaters hatten immer an der richtigen Stelle gelegen: an der Neige des Halses zwischen Ohr und Schlüsselbein, an der Senke im Rücken, um den Hinterkopf. *Heile, heile Segen. Sieben Tage Regen.* Ihr war nach Sturm zumute.

Auf dem Weg hinaus begegnete Elsa niemandem mehr. Es war nicht weit bis zum Krankenhaus, vielleicht fünfzehn Minuten zu Fuß. Trotz der Dunkelheit beschloss sie, zu gehen, die frische Luft tat ihr gut. Das Grubentuch hatte sie um den Finger geschlungen und festgedreht. Es ging steil den Hang hinauf, sie keuchte, in ihrem Daumen pulsierte es, heiße Stiche zuckten durch den Arm. Einem Impuls folgend bog sie zum Waldrand ab.

Sie musste sich ungefähr an derselben Stelle wie am Morgen befinden. Nur schwach drang der Schein der letzten Straßenlaterne an den Fuß der Bäume. Elsa biss die Zähne zusammen und wagte sich vor ins Dunkel. Rechts von ihr breitete sich in einiger Entfernung das Meer der Stadtlichter aus. Links lagen die Felder dunkel und stumm, aber in der Mitte brannte der riesige Scheiterhaufen lichterloh. Vor dem Schein des Feuers hoben sich menschliche Schatten ab, einzelne Gesichter wurden flackernd erleuchtet und schwebten körperlos in der Luft, Musikfetzen wehten zu Elsa herüber. Erschöpft lehnte sie sich an einen Baum und betrachtete von Weitem das Treiben.

*

Nach der Trauerfeier war das Haus voller Menschen gewesen. Die Großeltern, die es damals noch gegeben hatte, waren über Nacht kinderlos geworden. In schwarzen Trauergewändern saßen sie vor einer riesigen Platte mit Beerdigungswecken, hielten sich an den Händen und sagten: »Kinder sollten nicht vor ihren Eltern sterben.« Die unvermeidliche Frage tauchte auf, was denn eigentlich genau geschehen war. David blickte in die Runde und sagte: »Fragt doch Elli. Elli war dabei.«

*

Elsa hörte diese Worte wie ein Flüstern in sich selbst. Sie meinte, David in der Nähe des Feuers zu sehen, zwischen den

anderen vermummten Gestalten. Sie hielt es nicht mehr unter
dem Baum aus, wollte weg von der Wiese und dem lodernden
Feuerschein, weg vom Waldrand. In den letzten Jahren hatte
sie in der Walpurgisnacht immer gearbeitet, im Neonlicht der
Küche, mit fliegenden Händen und dem Kopf voller Bestellungen. Mit klaren Zurufen, an die sie sich halten konnte. *Jawohl!*

Stolpernd erreichte sie die Straße. Die Lichter der Straßen-
laternen stürzten herab und zersprangen auf dem Asphalt,
hingen im nächsten Moment unversehrt in ihren Vitrinen und
leuchteten schwach in die Nacht. Elsa konnte kaum noch die
Füße heben. An der nächsten Kurve entdeckte sie eine Telefonzelle und hielt Schritt für Schritt darauf zu. Als sie die Tür
hinter sich schloss, atmete sie aus. Zum Glück fand sie genug
Münzen in ihrem Portemonnaie und rief ein Taxi.

Reglos stand Elsa in der dunklen Nacht in ihrer kleinen Ka-
bine aus Licht und wartete. Es war gut, ringsum so dicht von
Wänden umgeben zu sein, denn sie konnte sich kaum noch
auf den Beinen halten. Sie neigte sich zur Seite, schmiegte die
Wange an die wohltuend kühle Scheibe und schloss die Augen.

Es klopfte. Benommen stieg Elsa aus ihrer Lichtkabine, deren Tür ihr von einem angenehm kleinen Mann aufgehalten
wurde. Sie setzte sich auf den Rücksitz des Taxis und schaute
während der Fahrt aus dem Fenster, um sich nicht unterhalten zu müssen.

Im Krankenhaus konzentrierte sie sich auf Kleinigkeiten: die
Sommersprossen des Pflegers am Empfang der Notaufnahme,
die weißen Karteikarten des Adressfächers auf der Theke, das
rote verschiebbare Rechteck, das auf dem Kalender den letz-

ten Apriltag umarmte. Die Anmeldeprozedur war ihr nach den vielen Jahren Küchenarbeit vertraut, kaum jemand hatte so viele Impfstoffe im Körper wie Köche. Sicherheit kehrte in Elsas Bewegungen zurück. Sie reichte die Krankenkassenkarte über die Theke, füllte ein Formular aus, machte Kreuze, hob statt einer Erklärung einmal kurz das Handtuch vom Daumen und deckte ihn wieder zu. Sonnengelbe Fußspuren auf dem Boden wiesen ihr den Weg ins Wartezimmer, wo sie sich in einen Plastikstuhl fallen ließ. Ihre Kochhose und -jacke waren voller Flecken. Die auf und ab schaukelnde Welt kam zur Ruhe.

Elsa mochte den Geruch in Krankenhäusern. Es war, als hätte die Luft die Geschehnisse des Tages absorbiert, sie trug einen Hauch von Schmerz in sich und versprach gleichzeitig Linderung. Es erinnerte Elsa an ihren Vater, eine Mischung aus antiseptischen Sprays, Nelken und Tränen. Die meisten wussten nicht, dass der typische Zahnarztgeruch vom Nelkenöl herrührte, gemischt mit Chlor, Phenol, Kampfer und Menthol, aber vor allem Nelken. Ihr Vater hatte den Duft früher in Wolken nach Hause getragen, selbst seinen frisch gewaschenen Hemden hatte er angehaftet, wie ein Parfum.

Elsas Daumen pulsierte. Sie wunderte sich, dass man es von außen nicht sah. Auf der Sitzbank gegenüber saß eine alte Frau. Sie trug Mantel und Hut, die Füße standen parallel nebeneinander auf dem Boden, die altmodische Handtasche hatte sie auf ihren Knien abgestellt und beide Hände über den Verschluss gelegt. Ihr Blick fiel ins Leere. Sie wirkte, als warte sie auf den Bus. Sie hätte einem Bild von Edward Hopper entsprungen sein können. Jahrelang hatte Elsa nicht mehr an die Bilder gedacht, die in der Praxis ihres Vaters gehangen hatten.

Darauf einzelne Menschen, die inmitten einer öffentlichen Situation sehr privat wurden, und das allein durch ihre Augen – erleuchtete Fenster in der Dunkelheit, in denen für einen Moment die Idee eines anderen Lebens aufglomm. Je länger Elli die Figuren früher betrachtet hatte, umso weniger hatte sie von ihrer Umgebung wahrgenommen, war Teil des Bildes geworden. Die Farben breiteten sich aus und legten sich um sie herum, bis nichts mehr existierte als der Blick auf die vereinzelte Figur, in dem sich etwas aufspannte, ein verschwörerisches Gefühl. Eine Kartenabreißerin in einem Kinosaal: Während alle anderen gebannt auf die Leinwand starrten, hatte sie sich an die Wand gelehnt und die Augen nach unten gerichtet, zwar geöffnet, aber der Gegenwart entrückt, allein inmitten der Zuschauermenge. Oder die Frau mit Hut, die in einem Café einem leeren Stuhl gegenübersaß. In ihrem Rücken lag die Nacht, ausgebreitet wie ein gerahmtes Gedächtnis in Öl, in das die Spiegelung der Deckenlichter wie eine Landebahn in die Dunkelheit leuchtete. Die Figuren wirkten in sich gekehrt, abwesend, wie es Elsa manchmal kurz vor dem Einschlafen gelang, nach einem langen, anstrengenden Tag in der Küche.

Die Frau, die Elsa gegenübersaß, befand sich nicht im Krankenhaus. Sie war irgendwo, wo alle wohlauf waren. Und während Elsa sie anschaute, überkam sie das Gefühl, selbst Teil dieser Welt zu werden. Der Warteraum verblasste, der Schmerz im Daumen schwand, Schläfrigkeit durchströmte sie und machte alles warm.

Wieder holte ein Klopfen Elsa in die Gegenwart zurück. Das gleichmäßige Geräusch wurde verursacht von den klappernden Absätzen der Krankenschwester. Sie sah jung aus, kaum älter als achtzehn oder neunzehn, ein wenig schmächtig, als sei ihr der Kittel zu groß. Dieser Eindruck wurde jedoch weggewischt, als sie ohne eine Spur Scheu oder Unbeholfenheit an die alte Dame herantrat, sie sanft, aber resolut unter dem Arm fasste und auf die Füße zog. »Frau Holler, Sie sitzen ja schon wieder hier. Sie müssen nicht warten. Kommen Sie, ich bringe Sie in Ihr Zimmer zurück. Dort können Sie sich ausruhen. Für heute sind Sie genug durch die Weltgeschichte gewandert«, sagte sie und lächelte. Als sie Elsas Blick bemerkte, zwinkerte sie ihr fröhlich zu. Mit der Hilfe eines Gehwägelchens, das Elsa vorher nicht bemerkt hatte, bewegten die beiden sich den Gang hinunter und verschwanden durch eine Tür.

Elsa sah sich genauer um. In dem kargen Raum gab es wenig Möglichkeiten zur Zerstreuung, keine Kinderspielecke, nur das übliche Zeitschriftensortiment und einen Ständer mit Broschüren. Verschwendung, keiner wollte in Wartezimmern Broschüren über Krankheiten lesen, die einen befallen könnten. Wer in der Notaufnahme saß, dem half keine Broschüre über Vorsorge mehr, dem war längst etwas zugestoßen, was ihn zur Sorge hatte übergehen lassen.

»Kommen Sie bitte?« Dieselbe Krankenschwester führte Elsa in einen Behandlungsraum. Mit sicheren Handgriffen platzierte sie Elsas verletzte Hand auf der Armlehne und maß ihr am anderen Arm den Blutdruck. Ihre Hände waren glatt und angenehm kühl, drückten Elsas Arm nicht zu fest oder zu lange, gerade so, dass es tröstlich war. Sie kritzelte eine Notiz auf eine Karte, bevor sie mit federnden Schritten und einem »Es kümmert sich gleich ein Arzt um Sie« das Zimmer verließ. Im Schrank klirrten Glasfläschchen aneinander.

Der Arzt ließ nicht lange auf sich warten. Hätte er keinen weißen Kittel getragen, wäre Elsa nie auf die Idee gekommen, dass er ein Arzt sein könnte. Er war mindestens sechzig, hatte zerzaustes, irgendwie farbloses Haar, struppige Augenbrauen und einen Vollbart. Er würdigte Elsa keines Blickes, las das Krankenblatt, murmelte vor sich hin, griff nach ihrem Arm und wickelte den Daumen aus dem Tuch. Ohne eine Regung erkennen zu lassen oder den Blick von der Verletzung abzuwenden, stellte er Ein-Wort-Fragen, während er Elsas Hand hin und her drehte: Arbeitsunfall? Allergien? Impfschutz? Er forderte sie auf, den Daumen zu krümmen und zu strecken. Elsa bekam die obligatorische Tetanusspritze. Unter einer Lampe säuberte und desinfizierte der Arzt die Wunde, seine Hände waren unangenehm warm und schwitzig. Er klammerte den Schnitt zusammen und legte einen Verband an. Dabei sagte er mit teilnahmsloser Stimme, sie habe Glück gehabt, die Klinge sei nur ins Fleisch gedrungen, Sehnen und Nerven seien unverletzt. Die Wunde ziepte und brannte.

»Soll ich Sie krankschreiben?« Zum ersten Mal sah der Arzt Elsa an. Jetzt, wo die Wunde zugedeckt war, hatte er wohl bemerkt, dass an dem verletzten Daumen ein Mensch hing.

»Wie bitte?«

Er blickte übertrieben eindringlich und ernst: »Ich schreibe Sie für zwei Wochen krank.«

Nicht nötig, wollte Elsa sagen, schwieg dann aber, einer Eingebung folgend. Sie hatte keine Lust, mit ihm über falsch verstandene Arbeitsmoral in der Küche zu diskutieren.

»Sie müssen vorsichtig sein mit Anstrengung, Hitze und Feuchtigkeit. Ziehen Sie sich einen Handschuh über, wenn Sie duschen oder abwaschen wollen. Ansonsten ist es gut, wenn viel Luft an die Wunde kommt.«

Elsa nahm das Päckchen mit Verbandsmaterial an sich, das er ihr reichte, und war froh, dass sie keine Hand frei hatte, um seine zu schütteln.

Zu ihrer Enttäuschung war das Wartezimmer leer geblieben. War die Versehrten-Quote in der Walpurgisnacht nicht deutlich höher als in anderen Nächten? Elsa setzte sich auf ihren alten Platz, das Verbandsmaterial auf dem Schoß. Seltsam, wie schnell man Dinge als zu sich gehörig empfand und automatisch zu ihnen zurückkehrte; zu demselben Sitzplatz im Wartezimmer, im Bus, auf einer Bank im Park, am eigenen Esstisch. War es eine Art Beruhigung, alles immerzu aus demselben Blickwinkel zu betrachten? Elsa ließ den Hinterkopf gegen die Wand sinken. Sie schloss die Augen, ließ den vertrauten Geruch in sich hineinströmen und versuchte, ihn so lange wie möglich in sich zu behalten. Wenn sie gekonnt hätte, sie hätte nie wieder ausgeatmet.

Ursel, die Königin des Wartens. Den ganzen Tag hat sie heute gewartet. Ich weiß es. Darauf, dass Jost erneut stirbt. Sie ist durch das Haus gestrichen und hat nur das Ticken der Standuhr gehört, jede einzelne verdammte Sekunde. Jeder Zeigerschritt eine Erinnerung. Weißt du noch, weißt du noch? Sie zeigt David Fotos. Sie tippt auf Jost, vorsichtig, als fahre sie ihm durchs Haar. Wovon es keine Bilder mehr gibt, davon erzählt sie. Und wenn sie sich nicht mehr genau erinnert an irgendein unwichtiges Detail, schlägt sie sich die Hände vor das Gesicht. Sie weint nicht, sie schluchzt. Sie vergisst nichts und vergisst alles. Das sind die einzigen Dinge, die sie noch gleichzeitig machen kann, schluchzen und sich erinnern und Davids Hand in ihrer zerquetschen. Sie kann nicht mehr über dem Boden schweben, sie stützt sich immer ab. Das ganze Jahr über wartet sie auf diesen Tag. Die letzten vierundzwanzig Stunden sind die schlimmsten. Die Uhr tickt unaufhörlich: Er ist fort. Und wenn der Tag vorbei ist, geht es einfach wieder von vorne los, jedes Jahr aufs Neue. Es wird nie aufhören.

Jemand nahm neben Elsa Platz und seufzte. Es war die Krankenschwester. Sie schlüpfte aus ihren Schuhen und wackelte mit den Zehen. Durch die hautfarbene Strumpfhose hindurch sah Elsa roten Lack auf ihren Fußnägeln. Sie rieb sich die Augen mit den Knöcheln ihrer Zeigefinger, wie ein kleines Kind, das Müde-Sein spielte. Elsa stellte fest, dass sie sich, das Alter betreffend, tüchtig verschätzt hatte. Feine Fältchen lagen kranzförmig um die Augen, ein paar graue Strähnen zogen sich durch die braunen Haare. Ein zweiter Seufzer entfuhr ihr. In einem anderen Ton, als Elsa ihn von ihrer Mutter gewohnt war. Obwohl es erschöpft klang, war es ein zufriedenes, beinahe freudiges Geräusch.

»Ich kann keinen Schritt mehr gehen. Frau Holler, die alte Dame von vorhin, habe ich heute vierzehn Mal auf ihr Zimmer zurückgebracht. Ab zehn Mal spendiert mir ihr Sohn ein Eis. Immer wieder zieht sie sich an und setzt sich ins Wartezimmer. Dann sitzt die alte Dame hier wie ein Denkmal, hält ihre Handtasche fest und wartet. Ich habe keine Ahnung, worauf.«

»Vielleicht kann man nicht anders, wenn man neben einem Wartezimmer wohnt. ›Die alte Dame‹, so haben wir bei uns zu Hause die große Standuhr genannt«, erzählte Elsa. Sie hatte keine Übung darin, mit Frauen ein Gespräch zu führen. Die Krankenschwester wirkte anders als die Kellnerinnen, kein bisschen affektiert, aber auch nicht schüchtern. Sanftmütig, dachte Elsa, froh darüber, dass sie nicht fragte, was Elsa hier noch verloren hatte. Fast konnte Elsa sich einbilden, sie seien miteinander verabredet gewesen. Wahrscheinlich konnte man es sich in diesem Beruf nicht leisten, mit Fremden erst warm werden zu müssen. »Wussten Sie schon immer, dass Sie Krankenschwester werden wollen?«, fragte sie neugierig.

Die Schwester legte den Kopf schief, wie zum Nachdenken, die Antwort aber kam schnell: »Nein, im Gegenteil. Ich wollte Goldschmiedin werden. Eigentlich ist das falsch ausgedrückt, ich bin Goldschmiedin.«

»Was ist passiert?«

»Mein Vater war Goldschmied, genauso wie mein Großvater und mein Urgroßvater. Ich war das einzige Kind. Es war klar, dass ich die Werkstatt übernehmen würde. Ich kann meiner Familie keinen Vorwurf machen, ich habe es selbst nie infrage gestellt. Aber irgendwann gab es einen Moment, ich weiß nicht mehr, warum es ausgerechnet da passierte. Ich meine, es gab keinen greifbaren Auslöser. Ich ging die Straße entlang zu der Werkstatt, wie fast jeden Morgen in den zwanzig Jahren davor, und brachte es plötzlich nicht mehr über mich, die Tür aufzuschließen. Ich wusste, wie die alte Glocke über der Tür klingeln würde, welches Geräusch die Rollos machten, wenn ich sie nach oben schnellen ließ, wie der feine Metallstaub vom Bohrer in die Luft gewirbelt wurde, bei der anstehenden Gravur eines Trauringes. Ich kannte all das und fand es mit einem Mal unerträglich, immer nur Metall und Instrumente in den Händen zu halten und nichts Lebendiges.«

»Wie ist es weitergegangen?«

»Ich habe den Laden nicht aufgeschlossen. Ich bin einfach daran vorbeigegangen.«

»Was hat Ihr Vater dazu gesagt?«

»Er hat getobt. Aber ich glaube, er war auch stolz und erleichtert. Insgeheim hat er wohl immer gemerkt, dass ich dort nicht glücklich war. Was ist mit Ihnen?«

»Ich bin Köchin«, sagte Elsa. Sie versuchte, es stolz klingen zu lassen. Angesichts der Erinnerung an die Fleischlappen und das Mikrowellengemüse ein zum Scheitern verurteiltes Unterfangen, das absichtslos von einem Schulterzucken begleitet wurde.

»Das habe ich mir schon gedacht«, lachte die Krankenschwester und wies auf Elsas Kleidung. »Macht es Sie auch glücklich?«

»Darüber habe ich noch nie nachgedacht«, sagte Elsa und stellte überrascht fest, dass das die Wahrheit war.

Die Schwester antwortete: »Sie sind so jung. Sie können noch alles werden, was Sie wollen.«

»Sicher«, sagte Elsa. »Meine Eltern haben früher gedacht, dass ich einmal Malerin werden würde. Ich saß stundenlang mit Farben und Papier am Tisch.«

»Und Sie selbst?«

»Ich wollte nie Malerin werden. Ich wollte zu einer der Figuren auf den Bildern werden. Die Bilder habe ich recht schnell gemalt. Und anschließend lange davorgesessen und mir vorgestellt, es könnte wirklich passieren.«

»Sie werden schon das Richtige finden.« Zum Glück wechselte sie, wieder ganz umsorgende Krankenschwester, das Thema: »Werden Sie abgeholt? Soll ich jemanden anrufen?«

Elsa wollte den Kopf schütteln, besann sich aber anders. Es

war doch traurig, wenn man verletzt im Krankenhaus saß und niemanden zum Anrufen hatte. »Ein Taxi bitte«, sagte sie.

Beim Hinausgehen bemerkte sie, dass das rote Rechteck des Kalenders immer noch den letzten Apriltag umrahmte, obwohl die große Uhr daneben anzeigte, dass es bereits nach Mitternacht war.

Bevor sie den ersten Schritt in ihre Wohnung machte, schaltete Elsa das Licht ein. Sie schob die Kette vor die Tür. Sie lauschte. Sie wurde das Gefühl nicht los, dass es irgendwo in der Wohnung raschelte. Sie ging systematisch vor. In der Küche fing sie an: Sie öffnete jede Tür und jede Schublade, sah sogar in den Kühlschrank und den Backofen. Im Flur und im Bad ging es weiter, bis ins Schlafzimmer, sie öffnete alle Türen, die es in der Wohnung gab, als ließe die Angst sich so besiegen. Ihre Mutter hatte das früher vor dem Schlafengehen gemacht, wenn Elli sich gefürchtet hatte. Aber nichts war mehr wie früher. Aus jedem Versteck drang das Seufzen ihrer Mutter, *weißt du noch, weißt du noch?*

Erschöpft fiel Elsa aufs Bett. Sicher würde sie Stunden brauchen, um einzuschlafen, dachte sie – und war weg.

Sollbruchstellen

Ellis Mutter hatte damals nur noch aus Händen bestanden. Immerzu verkrumpelten sie etwas und strichen es dann wieder glatt. Die Decke auf dem Esstisch, den Saum ihrer Bluse, die Hemdfalten an Davids Schultern. Ihr Blick verlor sich darin. Stapel bildeten sich in der Wohnung – aus Tellern, aus Kleidern, aus Fotografien, aus Müll. Ursel warf nichts mehr weg, weder Kassenzettel noch Werbebeilagen oder Zeitungen, als dürfe nichts verloren gehen, als wäre jedes Wegwerfen ein Verlust. Wochenlang ging das so. Sie stand wie ein Denkmal aus alten Erinnerungen dazwischen, selten freihändig, sie musste sich abstützen oder anlehnen, auf der Sessellehne, am Fensterglas, auf Elli und David. Stunden verbrachte sie im Wohnzimmer vor der Fensterfront und hinterließ Muster auf der Scheibe. Elli wischte jeden Abend die Fettspuren ihrer Finger oder ihrer Stirn vom Glas. Wahrscheinlich zeichnete ihre Mutter Bilder von vorher. Sie fügte den vorhandenen Erinnerungen einfach keine neuen hinzu, als habe sie Angst, sie könnten die Bilder von Jost überlagern. Und tatsächlich bemerkte Elli bald selbst, dass sie sich ihren Vater nicht mehr im Ganzen vorstellen konnte. Sie konnte nur Details aufrufen: zwei lang gewachsene, sich sträubende weiße Haare in seiner Braue, ein Finger, der das Nasenbein entlangstrich, die Wölbung des Kieferknochens unter dem Ohr. Es gelang ihr nicht, diese Ausschnitte zu einem Bild zusammenzufügen, ohne dass es aussah wie von einem Kubisten gemalt, eine groteske Anhäufung von Perspektiven. Und immer wieder das Bild ihres toten Vaters auf dem Waldboden, schmerzhaft und doch kostbar, weil es das letzte war.

David und Elli wechselten in diesen Wochen kaum ein Wort miteinander. Es war beinahe friedlich. Sie liefen zwischen den Stapeln hindurch, und wenn diese den Weg versperrten, verschoben sie sie vorsichtig um einige Zentimeter. Sie aßen Brote und Tiefkühlgerichte, die David aus der Stadt mitbrachte. Er benutzte das Auto ihres Vaters, weil ihre Mutter oft in ihrem Wagen saß und rauchte, als könnte es Jost jetzt noch stören, wenn es im Haus nach Zigarettenrauch roch.

Sie aßen an dem kleinen Küchentisch. Es hatte niemand entschieden, nicht mehr im Esszimmer zu essen, es war einfach so. Die Tischplatte war übersät mit Fotos und Briefen, die ihre Mutter stundenlang betrachtete und deren Positionen sie verschob, als wäre es ein zu lösendes Puzzle. Jedes Geräusch hörte sich unangemessen laut an – die Schritte, die Türen, die Stimmen. Die Stille lastete auf dem Haus, es war ein Wunder, dass es nicht darunter zusammenstürzte. Zum Schreien hätte man schon nach draußen gehen müssen, auf die andere Seite des Sees. Elli ging oft dorthin, aber schreien konnte sie nicht. Meistens blieb sie in der Nähe des Hauses, ihre Mutter ein sich nicht bewegender Punkt am Rande des Gesichtsfeldes.

Eines Morgens krachte in der Küche ein mannshoher Turm aus leeren Pappschachteln neben Elli zusammen. David fing sofort damit an, ihn wieder aufzubauen, legte Schachtel auf Schachtel, und ehe Elli sich versah, streckte auch sie die Hände nach den Kartons aus. Sie wusste nicht, was schlimmer war: dass ihre Mutter sich so gehen ließ oder dass Elli und David nichts dagegen unternahmen, sondern sie bei ihrem Verhalten auch noch unterstützten. Wenn es klingelte, öffnete keiner die Tür, obwohl Elli glaubte, ihre Mutter unter dem schrillen Ton zusammenzucken zu sehen. Wenn Ursel am Tisch plötzlich an Davids Ärmel herumnestelte, wartete er mit dem Weiteressen, bis sie ihn wieder freigab, und wenn sie sich im Wohnzimmer gedankenverloren auf Ellis Schultern abstützte, blieb Elli reglos stehen, bis sich das Gewicht von ihrem Rücken hob.

Elli und David knieten also nebeneinander auf dem Boden und bauten den eingebrochenen Turm auf. Abwechselnd legten sie Schachtel für Schachtel aufeinander, wie bei einem Spiel. Ein Scheißspiel, dachte Elli. »So kann es nicht weitergehen«, sagte sie leise zu David, ohne genau zu wissen, was sie damit meinte, ihre Mutter, die Schachteln oder David und sich selbst. »Ich glaube, sie schläft überhaupt nicht mehr. Sie legt sich aufs Bett und macht die Augen zu … aber man kann es an ihrem Atem hören, dass sie nicht schläft, er geht zu schnell, manchmal ballt sie die Fäuste. Sie liegt einfach nur da und wartet auf den Morgen.« Elli hatte geflüstert, aber ihre Stimme brandete durch das Zimmer, brach sich an den gestapelten Türmen und brachte sie ins Wanken. David schaute seine Schwester nicht an, sondern setzte stur weiter Schachteln aufeinander.

An diesem Tag ging Elli nach der Schule einkaufen. Zuerst eine Kochzeitschrift und danach alle Zutaten für eines der Rezepte. Ihre Mutter stand zwischen ihren Türmen an der Fensterfront und blickte auf den See. Entschlossen betrat Elli die Küche und trug die dortigen Stapel ab. Sie entfaltete die Schachteln und legte sie aufeinander. Das Volumen schrumpfte zusehends, proportional dazu stieg Wut in Elli auf. Sie stieß Türme um, schichtete Kartons, verschnürte sie zu Päckchen

und brachte sie in den Schuppen, füllte ganze Müllsäcke mit
Abfall. Sie öffnete Küchenfenster und -türen und stellte sich
in den Durchzug. Im restlichen Haus schlugen die Fenster zu.
Es tat gut, dem muffigen Chaos etwas entgegenzusetzen, wenigstens in einem Raum eine Art Normalität zu schaffen, eine
geordnete Welt.

Nachdem sie die Küche zurückerobert hatte, kochte sie.
Während des Kochens war die Stille im Haus weniger drückend. Dinge zischten im Fett, Wasser blubberte, die Abzugshaube rang nach Luft. Elli hatte damit gerechnet, dass David
oder ihre Mutter sich über die Veränderung beschweren würden. Aber beide reagierten darauf mit keinem Wort, sondern
nahmen es kommentarlos hin, als habe es in der Küche nie
Pappschachtel-Türme gegeben.

Von da an kochte Elli täglich, durchstöberte die Rezeptbü-
cher, alte Ausgaben mit vergilbten Seiten voller Hausmannskost. Kochen war einfacher, als sie gedacht hatte. Sie impro-
visierte nie, sondern hielt sich akribisch an Mengenangaben,
Einkaufslisten, exakt messbare Zeiträume und Temperaturen.

Um Punkt sieben Uhr trafen sie sich abends in der Küche.
An guten Tagen kam Ellis Mutter früher und deckte den Tisch.
Als sie das erste Mal zu früh erschienen war, hatte Elli irritiert
zu ihr hingeblickt, wie sie mit den Fingerspitzen um die Astlö-
cher des Küchenschranks herumgefahren war. Versuchsweise
hatte Elli drei Teller auf die Anrichte gestellt und erstaunt
zugesehen, wie ihre Mutter danach gegriffen und sie mecha-
nisch auf dem Küchentisch verteilt hatte. Fortan räumte Elli
alles Geschirr und Besteck bereit, das gebraucht wurde, und
hoffte darauf, dass es ein guter Tag werden und Ursel erscheinen würde. Ein paarmal schälte ihre Mutter sogar Karotten

und Kartoffeln, nachdem Elli ihr das Gemüse und den Schäler auf den Tisch gelegt hatte, und auch David kam hin und wieder dazu und verrichtete Hilfsdienste. Am Schweigen änderte das nichts. Vorher hatten sie allabendlich auf Teller mit Tiefkühlkost geblickt und geschwiegen, nun blickten sie auf Teller mit Rinderschmorbraten, Gänsekeulen oder Hackbraten und schwiegen. Aber beim Essen war das Schweigen erträglicher. Elli hatte sich die Regel nicht ausgedacht, mit vollem Mund sprach man nicht. Nach dem Essen deckte David den Tisch ab und spülte, Elli trocknete ab, während ihre Mutter sitzen blieb, mit den Fingern über den Tisch strich und die Krümel zu Mustern zusammenschob.

Sommer und Herbst verstrichen. David gab seinen ursprünglichen Plan, im Ausland den Zivildienst zu absolvieren, zugunsten einer Zivildienststelle in der Stadt auf und wohnte weiter zu Hause. Das Wachstum der Wohnzimmertürme stagnierte, die Fettspuren an den Scheiben wurden weniger, kleine Siege. Eine Art Normalität kehrte ein. Dann kam Weihnachten. David gab sich Mühe. Er hatte einen Baum besorgt, eine schöne, große Blautanne. Für den Weihnachtsbaum war immer ihr Vater zuständig gewesen. Stundenlang hatte er am Stand die Bäume begutachtet, bevor er sich entschieden hatte. Es war nicht leicht gewesen, seinen Ansprüchen gerecht zu werden. Wie perfekt der gefundene Baum auch war, Jost hatte immer eine Stelle gefunden, die zu kahl war. Mit dem Holzbohrer hatte er ein Loch in den Stamm gebohrt und einen extra Zweig eingesetzt, um die Lücke zu füllen. Diese Prozedur hatte er so lange wiederholt, bis er endlich zufrieden gewesen war.

An Davids Baum hätte auch er nicht viel auszusetzen haben

können. Doch er war viel zu groß für das Wohnzimmer. Ein paarmal kürzte David ihn, trotzdem mussten sie die Spitze umknicken, sodass die traditionelle Christbaumspitze in Rot und Gold jederzeit herunterzufallen und zu zerbrechen drohte. Die ausladenden Äste brachten die Schachteltürme zu Fall. Nachdem David die Pappruinen beseitigt hatte, wirkte das Zimmer schmerzlich leer und kahl. Er hatte Lametta gekauft, aber nicht daran gedacht, dass sie nur die von ihrem Vater handbemalten Weihnachtskugeln als Schmuck zu Hause hatten, die er wegen der Erinnerungen nicht aufhängen wollte. Also blieb der Baum nackt bis auf Kerzenhalter und Goldflitter.

Kartoffelsalat und Würstchen gehörten zur Weihnachtstradition, möglichst simpel, damit man Zeit für die Familie hatte. Aufwändiger wurde es erst an den Feiertagen. Doch die alten Traditionen waren auf vier Personen ausgerichtet, sie taugten nicht für drei und mussten gebrochen werden. Elli hatte das Kochbuch *Für Festtage* gekauft. Die einzelnen Zutaten auf dem Teller zu schichten war offensichtlich »in«. Doch Gestapeltes erschien ihr nach dem Einsturz der Türme taktlos. Sie entschied sich für Hühnerbrühe mit Parmesanklößchen als Vorspeise, Ragout fin in Blätterteigpasteten als Hauptspeise, Birneneis mit Zimtsahne als Dessert.

Das Suppenhuhn lag mit dem Gemüse im Wasser, als Elli Birnen putzte und viertelte. Sie kochte sie mit Zucker und Zitronensaft auf, rührte Birnengeist darunter und mixte die Masse. Sie nahm den Druck vom Knopf des Pürierstabs und klopfte den Stiel mehrmals auf den Topfrand, um die letzten Reste vom Metall zu lösen. Hartnäckig hing der Brei zwischen den Klingen. Elli fasste mit dem Zeigefinger vorn in die Messer hinein, kam dabei mit der anderen Hand versehentlich auf den Einschalt-Knopf und hörte das tiefe Brummen des Motors. Der Brei färbte sich rot, Adrenalin schoss durch Ellis Adern, Schmerz setzte ein. Hände und Knie zitterten, noch bevor sie verstanden hatte, was genau passiert war. Sie traute sich kaum, ihren Finger zu betrachten, wickelte schnell ein Handtuch darum, das sich sofort rot färbte, und suchte Hilfe. Josts Auto stand nicht mehr in der Einfahrt, David war also irgendwo unterwegs, vielleicht wollte er doch noch versuchen, anderen Baumschmuck aufzutreiben.

Ellis Mutter war an ihrem Lieblingsplatz: Sie saß am Esstisch und blickte ein Foto an. Eine ältere Schwarz-Weiß-Aufnahme von ihr, auf der sie tanzte mit schwingendem Rock, ein sehr junger Jost hielt sie im Arm und sie warf lachend den Kopf nach hinten, dass die Haare flogen. Im Hintergrund ein üppig geschmückter Weihnachtsbaum. Es war ein schlechter Tag. »Ich habe mich geschnitten, du musst mich ins Krankenhaus fahren«, sagte Elli. Keine Reaktion. Elli wiederholte den Satz drei Mal, ohne dass der Inhalt bei ihrer Mutter ankam. Elli ließ den ersten Teil weg und sagte im Befehlston: »Du fährst mich ins Krankenhaus. Jetzt.« Und ihre Mutter setzte sich tatsächlich in Bewegung.

Seit Wochen war das Auto nur als Rauchkabine benutzt worden, an der Scheibe hing innen das Nikotin in gelben Tröpfchen. Ellis Mutter saß auf dem Fahrersitz, nachdem Elli ihr die Tür aufgehalten hatte, und blickte fragend den Schlüsselbund in ihrer Hand an. Elli setzte sich auf den Beifahrersitz, nahm ungeduldig den Schlüsselbund, suchte den Autoschlüssel heraus und hielt ihn ihrer Mutter hin. Endlich schien Ursel sich zu erinnern, wie alles funktionierte. Sie startete den Wagen, ohne ihn abzuwürgen, und fuhr los.

Ursel hatte immer schon eine Schwäche für schnelles Fahren gehabt, und auch jetzt fuhr sie so rasant wie früher. Der Kies spritzte nur so unter den Rädern weg und Elli war glücklich. Sie hielt die verletzte Hand in der gesunden und stemmte die Füße gegen die Schräge des Bodens, um in den Kurven Halt im Sitz zu finden. Eigentlich war es unmöglich, mehr als zwei Zigaretten auf dieser Strecke zu rauchen, ein kurzes Stück Landstraße nur, die Stadt umrunden und den Hügel nach oben, auf dessen Spitze das Krankenhaus stand. Elli bemühte sich, das Husten zu unterdrücken. In diesem Auto durfte man nichts gegen das Rauchen sagen, weder direkt noch indirekt.

Ihre Mutter hielt vor dem Krankenhaus und machte den Motor aus, blieb aber im Wagen sitzen und steckte sich an der alten eine neue Zigarette an. Elli stieg aus und betrat die Notaufnahme. Als man sie fragte, ob sie allein gekommen sei, nickte sie. Elli füllte ein Formular aus und wurde von einer Schwester in einem weiß gekachelten Raum auf einen Stuhl gesetzt, in dessen Ecke lächerlich friedlich ein mit bunten Kugeln und Schleifen übersäter Weihnachtsbaum stand. Sie bekam Spritzen und der Finger wurde mit mehreren Stichen genäht, fast ein Mal rund um die Fingerkuppe herum. Der Finger sah aus wie etwas aus ihrer Handarbeitsstunde, bis er verbunden wurde, erst die Kompresse, dann der Mull.

Als Elli zum Auto zurückkehrte, saß ihre Mutter unverändert da, den Schlüssel in der einen Hand, eine fast aufgerauchte Zigarette in der anderen. Elli wartete geduldig, bis ihre Mutter die Zigarette ausgedrückt und sich eine neue angesteckt hatte, erst dann nahm sie ihr den Schlüssel aus der Hand und steckte ihn ins Zündschloss, und ihre Mutter reagierte, drehte den Schlüssel herum und ließ die Kupplung kommen. Manche Routinen vergaß man wohl nie, man konnte sie jederzeit abrufen, Fahrradfahren und Schwimmen verlernte man ja angeblich auch nicht. Ellis Mutter nahm die Kurven, ohne richtig hinzusehen, eine nach der anderen, an den roten Ampeln blieb sie stehen und bei Gelb fuhr sie an. Die Asche ihrer Zigarette fiel unbeachtet zu Boden, das hatte es zu Josts Zeiten nie gegeben.

Als sie zu Hause ankamen, war es genau sieben Uhr. Auf dem Herd stand ein Topf mit kaltem Wasser, in dem ein rohes Hühnchen schwamm, auf dem Küchentisch eine Schüssel Birnenbrei mit Blut. Bei diesem Anblick sank Ellis Mutter auf einen Stuhl und sagte: »Was sollen wir denn jetzt bloß essen?«

In diesem Augenblick kam David herein, schaute auf seine Mutter am Tisch und von dort zu Elli. »Was ist denn hier los?«

Elli wies mit ihrem verbundenen Finger auf die Schüssel: »Ich bin damit in den Pürierstab gekommen«, sagte sie, und David sagte: »Quatsch, wahrscheinlich hast du deinen Finger reingesteckt und angeschaltet.«

David griff zum Telefon und bestellte laut und polternd etwas zu essen. Viel Auswahl an geöffneten Lieferdiensten gab es an Weihnachten nicht, und er musste sich mit einem einfachen Imbiss zufriedengeben. Immer wieder gab David ein empörtes Schnauben von sich.

Elli ging hinunter zum See. Doch er hatte keine tröstende Wirkung mehr auf sie. Als sie zum Haus zurückkehrte, blickte sie durch die Scheibe in das dunkle Wohnzimmer. Das Licht reichte gerade aus, um ihre Mutter zu erkennen, die allein in der Mitte des Zimmers stand. Einsam sah sie aus, ohne ihre Schachteltürme. Sie stieg auf die Zehenspitzen und hob die

Arme wie zum Tanz mit einem Unsichtbaren. Sie machte zwei zaghafte Schritte, blieb stehen und schlug sich die Hände vor die Augen.

Fortan gab es keine guten Tage mehr. David war tagsüber arbeiten. Wenn Elli aus der Schule kam, stand ihre Mutter wieder an der Fensterfront im Wohnzimmer und strich mit den Fingern über die Scheiben.

Elli besuchte zwar das Gymnasium, aber ihre Schulpflicht endete in ein paar Monaten. Sie kaufte sich Zeitungen und suchte nach Angeboten für Lehrstellen, die außerhalb eines Radius von hundert Kilometern lagen. Sie schrieb Bewerbungen und telefonierte, vereinbarte Vorstellungsgespräche.

Sie ging an diesen Tagen nicht zur Schule, sie kaufte sich Zugtickets Richtung Norden und stellte sich in den Betrieben vor. Nach einigen Wochen fand sie eine Ausbildungsstelle. Dass es eine zur Köchin war, war eher Zufall, aber Elli hatte sich so sehr an die beruhigende Wirkung des Kochens gewöhnt, dass es ihr wie eine gute Möglichkeit erschien.

An seinen freien Tagen hatte mittlerweile David zu kochen angefangen. Er hatte darauf bestanden, Elli vermutete, dass er so seine häufige Abwesenheit ausgleichen wollte. Als Elli die Zusage bekommen hatte für die Lehrstelle, fand sie David und Ursel in der Küche. Er schälte Kartoffeln. Ursel saß stumm am Küchentisch und folgte Davids Bewegungen mit den Augen. Elli schluckte, nahm ihren Mut zusammen und erzählte von der Ausbildungsstelle und dem notwendigen Auszug, weil sie zum Pendeln zu weit weg war, vor allem, wenn man Früh- und Spätschichten arbeiten musste. Es sei ein kleines Hotel in der Nähe von Frankfurt, man könnte Elli dort unterbringen, sie wäre in guten Händen. Ursel blickte sie verständnislos an, David ließ die Kartoffel sinken, runzelte die Stirn, nahm die Arbeit wieder auf, ohne ein Wort zu sagen. Fast hatte Elli gehofft, er würde sie zurückhalten oder es wenigstens versuchen, immerhin wäre sie zum Ausbildungsbeginn gerade einmal fünfzehn. Aber er schwieg. Als Elli einen zweiten Schäler aus der Schublade nahm und sich setzen wollte, um ihm zur Hand zu gehen, sagte er: »Ich schaff das allein.«

★

Als Kind hatte Elsa geglaubt, indem sie die Augen schloss, könnte sie die ganze Welt verschwinden lassen. Nach dem Tod ihres Vaters fürchtete sie sich davor, die Augen wieder zu öffnen. Sie wusste, sobald sie die Augen aufschlug, war die ganze Welt da. Sie versuchte den Prozess des Erwachens in die Länge zu ziehen, die Realität so lange wie möglich vor den geschlossenen Lidern zu lassen. Spürte das Licht auf der Haut. Ein rotes Flimmern, wo der Spalt vor den Augäpfeln war. Wärme. Vogelgezwitscher übertönte die Stille, die im Haus lag und alle Räume durchdrang. Dazu der Wind im dichten Blattwerk der Kastanie vor dem Fenster, die Glockenschläge der nahe gelegenen Kirche, der ferne Motor eines Rasenmähers. Doch irgendwann konnte man nicht mehr anders, irgendwann musste man die Augen aufschlagen, und dann war die ganze Welt da.

Der Wecker stand neben Elsas Matratze und tickte unaufhaltsam, der Minutenzeiger schob sich der vollen Stunde entgegen. Um Punkt zehn Uhr drehte Elsa den Kopf und schaute das Telefon an. Es klingelte. Es war das Leichteste von der Welt, aufzustehen, den Hörer abzunehmen und »Hallo?« zu sagen. Elsa lag ganz still. Sie wusste, wer es war. Sie hatte immer vermutet, dass ihre Mutter häufiger anrief, auch wenn sie sicher sein musste, dass Elsa nicht zu Hause war. Unermüdlich klingelte das Telefon. Vielleicht lauschte Ursel dem Tuten im Hörer und stellte sich dabei vor, wie es in Elsas Wohnung schrillte, wie sich die Leute in den umliegenden Wohnungen genervt die Ohren zuhielten. Es war sein Todestag. Seit zehn Jahren wusste Elsas Mutter nicht, wohin mit ihrer Trauer, ihrem Schmerz, ihren Erinnerungen. *Weißt du noch, weißt du noch?* In einem Zeichentrickfilm hätte sich der Hörer auf dem Apparat so bewegt, dass es aussähe, als schluchze das Telefon. »Geteiltes Leid ist halbes Leid«, so hatten sie damals im Dorf mit dem Blick auf die Familie gesagt. Aber das stimmte nicht, dachte Elsa. Geteiltes Leid war doppeltes Leid. Wenn einer gerade geschafft hatte, nicht mehr daran zu denken, erinnerte ihn der andere daran.

Das Telefon klingelte: *Wo bist du denn? Ich bin so allein.*

Elsa dachte: Ich bin draußen. Das Wetter ist so schön.

Sie atmete sehr leise ein. Als könnte ihre Mutter hören, dass sie zu Hause war. Als wären sechshundert Kilometer Entfernung nicht genug. Das Telefon klingelte weiter: *Er fehlt mir so.* Wenn es Elsa nicht gelang, sie abzustellen, zog die Stimme ihrer Mutter bestickte Seidenbänder wie bei einem Trauerzug quer durch ihren Kopf: *Er war so jung. Wir hatten noch so viel zusammen vor.* Wahrscheinlich saß sie gerade auf der Treppe im Flur, drehte ihren Finger in das Spiralkabel des Telefons ein und stellte sich dabei vor, wie es wäre, wenn sie durch die Leitung hindurchkriechen und auf Elsas Seite wieder herausschlüpfen könnte – für sie die einzige noch vorstellbare Art, zu verreisen. Elsa wusste, dass ihre Mutter das Grundstück selten verließ, zum Einkaufen oder für einen Besuch beim Arzt oder auf dem Friedhof, nie länger als ein paar Stunden.

Erbarmungslos klingelte das Telefon weiter: *Weißt du noch? Manchmal denke ich, er käme jeden Augenblick zur Tür herein, lächelte mich an und sagte: »Tut mir leid, es ist spät geworden.«* Elsas Herzschlag wurde lauter und verdoppelte das Tempo, setzte zwischen jedes Sekundenticken des Weckers einen Extraschlag. Vorsichtig atmete sie aus, legte sich die Hände über die Augen und verschwand. Elsa war draußen, irgendwo in der Sonne, warm schien sie auf ihre Handrücken. Als sie die Hände hinunternahm, war das Klingeln endlich verstummt.

Sie lag auf dem Rücken und sah dem Viereck aus Sonnenlicht zu, wie es von einer Seite des Bettes auf die andere wanderte, über sie hinweg. Wie es Stück für Stück von ihrem Arm krabbelte und über die Bettdecke kroch, bis es auf der anderen Seite ankam und sich auf den Holzboden legte. Sie schob ihre Hand in das Rechteck hinein, das Sonnenlicht ließ die Haut golden glänzen. »Goldmädchen … Goldkerl … Goldkind … Goldkoch«, flüsterte sie. Das Telefon klingelte erneut. Bestimmt blickte ihre Mutter in den Spiegel neben der Treppe, sah ihr Gesicht, dem Elsas so glich, und verlor mit jedem Klingeln ein bisschen Hoffnung. *Wir machen gemeinsam das Zeichen fürs Schweigen, sechshundert Kilometer voneinander entfernt.*

Elsa stand auf und ging durch die Wohnung, ohne die Unruhe bezwingen zu können. Sie kramte ein altes Kochbuch hervor und schlug ein Rezept auf. Sie schrieb eine Einkaufsliste mit den genauen Grammzahlen der Zutaten. Sie zog sich Schuhe und Jacke an und ging hinaus zum Bahnhof. Auf der Anzeigetafel ratterten die Buchstaben, Züge verschwanden von der Bildfläche. Hannover. Hamburg. Kiel. Elsa betrachtete die Deutschlandkarte an der Wand des Reisezentrums, verweilte gedanklich an jeder Station, die sie in den letzten Jahren auf dem Weg zum Meer passiert hatte.

Der Supermarkt im Untergeschoss war durchgehend geöffnet, auch an Feiertagen. Elsa legte Lebensmittel in einen Korb, hakte eines nach dem anderen auf der Liste ab. Es dauerte lange. Sie musste viele Paprikaschoten, Auberginen und Zucchini auf die Waage legen, bis sie möglichst genau an die Grammzahlen aus dem Rezept herankam.

In der Fußgängerzone kaum eine Menschenseele, es war Nachmittag, die meisten waren in einem der Ausflugslokale, im eigenen Garten oder im Park, zum Grillen und Trinken. An der kleinen Kirche blieb Elsa stehen und spähte über den Zaun. Granit blitzte in der Sonne auf, die Schatten hinter die Grabsteine warf. Elsa kannte niemanden, der in dieser Stadt begraben war, aber als sie die frisch aufgeschütteten Gräber am Ostende des Friedhofs erblickte, konnte sie sich dennoch nicht überwinden, durch das Tor zu treten. Sie hatte das Grab ihres Vaters nie besucht. Nach dem Gedenkgottesdienst hatte Elsa sich von der Kirche ferngehalten. Man hatte ihn zum Krematorium in der Stadt gebracht und die Urne auf dem Dorffriedhof beerdigt. Sie hatte nicht daran teilgenommen. Sie wusste nicht, wie sein Grabstein aussah, ob links und rechts neben ihm andere Menschen lagen, ob ihm jemand regelmäßig frische Blumen brachte. Ein altmodisches Telefonschrillen durchschnitt die Stille und sofort war wieder das Seufzen ihrer Mutter in ihrem Kopf, ein tiefer, lang gezogener Ton. Ein paar Schritte entfernt kramte eine Frau in ihrer Tasche, zog ein Handy hervor und fing an zu sprechen. Elsa beobachtete sie und rechnete jeden Moment damit, dass sie zu ihr herüberkam und ihr den Hörer reichte mit den Worten: »Ist für Sie.« Elsa spürte die Hände ihrer Mutter auf den Schultern, wie sie sich mit ihrem ganzen Gewicht auf ihr abstützte. Hastig machte sie sich auf den Heimweg.

Sie breitete den Einkauf auf dem Tisch aus. Tomatenmark, Kräuter, Knoblauch, eine Zwiebel, eine Aubergine, zwei Zucchini, rote und gelbe Paprika, Karotten, Tomaten, Champignons und ein Paket Reis. Sie zog ihre Kochkleidung von gestern an und band sich ein Geschirrtuch um den Kopf. Trotz der Empfehlung des Arztes zog sie sich keinen Gummihandschuh über. Das Gefühl von Plastik auf der Haut würde sie nicht ertragen, nicht heute.

Elsa konnte die bereits verheilten Verletzungen an ihren Händen wie Wegmarken auf einer Landkarte lesen und einzelnen Küchen und Städten zuordnen. Auch der neue Schnitt am Daumen würde eine Narbe hinterlassen. Als Zeichen, dass Elsa ganz unten angekommen war. Sie hatte sich systematisch dorthin gekocht, hatte immer, ohne nachzudenken, die nächstbeste Stelle im Norden angenommen, auch wenn es qualitativ gesehen ein Abstieg gewesen war. Was sollte nach dem XXL-Mega-Tempel noch kommen? *Sie können machen, was Sie wollen.*

Elsa ließ sich Zeit. Zuerst das Mise en Place. Das große Schneidbrett fixierte sie mit einem feuchten Schwammtuch an der Unterlage. Sie kochte Wasser, enthäutete und entkernte die Tomaten. Sie putzte Gemüse, schnitt es erst in Julienne und dann in Brunoise, je nach Sorte mit einem halben Zentimeter bis hin zu nur einem Millimeter Kantenlänge, sie achtete auf Konformität. Wenn sie ihren Daumen aus Versehen streifte oder etwas damit griff, jagte ein Stich den Arm hinauf. Sie versuchte alles einhändig zu bewerkstelligen und den Daumen vom Wasser fernzuhalten. Nichtsdestotrotz färbte der Verband sich mit der Zeit rot.

Bunte Würfel-Häufchen bedeckten die Arbeitsplatte. Elsa besann sich auf das, was sie einmal gelernt hatte. Sie briet das Gemüse hintereinander, damit jede Sorte ihren spezifischen Geschmack behielt. In dieser gemächlichen Geschwindigkeit hatte sie lange nicht mehr gekocht. Der Reis war im Salzwasser aufgesetzt. Bevor sie ein Lorbeerblatt mit den Nelken an der Zwiebel festpinnte, rieb Elsa die Nelke sanft zwischen ihren Fingern und sog den Geruch ein. Wenn das Telefon klingelte, *wie eine Turmuhr, immer zur vollen Stunde, wahrscheinlich sieht Ursel auf die Uhr, sagt sich: Ich versuche es in einer Stunde noch einmal, immer wieder aufs Neue,* hielt Elsa die Hände in der Schwebe und wartete, bis es aufhörte.

Einen Teil ihrer Ausbildung hatte sie im Service absolvieren müssen: das sorgfältige Eindecken von langen Tafeln für große Gesellschaften, die sich nach dem Menüaufbau richtenden Bestecke, die Menagen, das Einsetzen der polierten Gläser mit weißen Handschuhen. Wenn die Gäste Platz nahmen, zerstörten sie das perfekte Bild innerhalb weniger Sekunden. Verschob man nur ein Glas in einer Reihe von zwanzig Gläsern um einen Zentimeter, geriet alles andere aus dem Lot.

Da das Rezept für vier Personen ausgelegt war, deckte Elsa auch den Tisch für vier ein. Zu ihrer Beruhigung wollte sie Servietten falten, zu einem Ahornblatt, einem doppelten Tafelspitz, einer Krone, Lilie, Seerose, einem Schwanenhals. Doch sie fand nur eine Rolle Küchenkrepp. Sie rief sich die Grundgedecke in Erinnerung, richtete Besteck, Gläser und Teller exakt aufeinander aus, der ganze Tisch bestand aus Linien, Winkeln und Formen. Fast ihr gesamtes Geschirr stand darauf, sie hatte nicht viel. Es gab keine Tischdecke, ehemalige Senfgläser mit bunten Bildern von Zeichentrickfiguren ersetzten die Wein- und Wassergläser, zusammengewürfeltes Besteck, zerkratzte Teller mit Spuren von Goldrand. Das Hin- und Herrücken der Einzelteile, das Herstellen von Verbindungslinien, das Ausrichten der Dinge auf dieselben Fluchtpunkte hatte etwas Meditatives. Alles hatte den richtigen Abstand zueinander, die Teller zwei Finger breit von der Tischkante entfernt, drumherum vorbildliche Symmetrie.

Es war dunkel geworden. Elsa zündete Kerzen an und stellte den Leuchter an seinen Platz auf dem Tisch. Sie öffnete eine Flasche Rotwein. Kein Glas war mehr im Schrank. Um die Ordnung nicht zu zerstören, trank Elsa den Wein aus einer Tasse.

Um Mitternacht läutete es an der Tür. Sie dachte sofort an ihre Mutter. Sechshundert Kilometer in einer Stunde? Unmöglich!, beruhigte sie sich und öffnete. Es war Georg.

»Ich war gestern schon hier, nach meiner Schicht. Aber du hast nicht aufgemacht.« Irgendwie schaffte er es, sie trotz seiner Größe von unten her anzuschauen.

»Ich war im Krankenhaus.«

»So lange?«

»Ich musste warten.«

»Du brauchst wirklich ein Handy. Dann kann ich dich jederzeit erreichen. Ich schenk dir eins«, sagte er und nahm behutsam Elsas verletzte Hand in seine. Nachdenklich strich er über den Verband, über den roten Fleck. Die Zaghaftigkeit seiner Hände nervte Elsa.

»Wir sehen uns doch die ganze Zeit. Wer sonst soll mich

schon anrufen? Warum warst du hier?«, versuchte Elsa Georg von seinen Telefonideen abzulenken.

»Ich wollte nach dir sehen. Lässt du mich rein?«, fragte er.

Zögerlich trat sie zur Seite. Georg schlüpfte in die Wohnung. Elsa schloss die Tür hinter ihm, drehte sich um und lehnte sich an. Sie seufzte nicht, obwohl ihr danach zumute war. Georg blickte sich neugierig im Flur um, ohne ihre Hand loszulassen. Hatte er sich ihre Wohnung so vorgestellt?

Es war Elsa unangenehm, wie er sich umsah, als könnte er sie anhand der Wohnung neu bewerten. Sie versuchte, alles durch seine Augen zu betrachten, als sehe sie es zum ersten Mal: Der Flur war groß und leer, es gab kaum persönliche Gegenstände, ein paar Jacken an der Garderobe mit hängenden Schultern, drei Paar Schuhe darunter, Turnschuhe für Frühling und Herbst, Sandalen für den Sommer, ein Paar Winterstiefel. Die Wände waren in einem freundlichen Gelbton gestrichen, so war es schon vor Elsas Einzug gewesen. Die Türen zu den Zimmern standen offen, vielleicht sah er einen Teil von Elsas Matratze, die ohne Gestell auf dem Boden lag. Aus der Küche drang das Flackern der Kerzen. An der Wand ein Spiegel, der für Elsa Georg zeigte und für Georg Elsa.

»Sieht ja wirklich schlimm aus«, sagte Georg. Sie wollte sich verteidigen, aber er blickte längst nicht mehr in der Wohnung herum, sondern auf den Verband an ihrem Daumen, auf den dunklen Fleck, der den Mull verfärbt hatte. »Warum hast du mich denn nicht wenigstens angerufen?«, fragte er.

»Gestern? Es war spät, ich wollte nur noch schlafen.«

»Schlafen?«, fragte er ungläubig. Zu oft hatte sie in der letzten Zeit neben ihm wach gelegen. »Was haben die denn im Krankenhaus gesagt?«, fragte er weiter.

Sie können alles machen. Elsa blickte auf den Verband an der Hand, die immer noch in Georgs lag, und zog ihn Richtung Küche. »Hast du Hunger?« Im Vorübergehen im Spiegel zwei sich haltende Hände: eine große, in der die kleine fast gänzlich verschwand.

»Wartest du auf jemanden?«, fragte Georg. Seine Schultern hingen herunter wie die von Elsas Jacken. Er stand vor dem perfekt gedeckten Tisch, das Essen auf dem Herd war kalt geworden. Elsa hatte nichts angerührt, hatte beim Kochen immer wieder probiert und abgeschmeckt, sodass sie danach nicht mehr hungrig gewesen war. Auf dich, wollte Elsa sagen, aber dann sah sie auf den für vier Personen eingedeckten Tisch. Es hätte komisch geklungen.

»Ich habe geübt«, sagte sie. »Ich habe mir meine alten Bücher genommen und alles so gemacht, wie ich es einmal in der Ausbildung gelernt habe.« Sie vermied es, Georg in die Augen zu sehen.

Er streckte die Hand nach einem der Teller aus, ließ sie wieder sinken und sah Elsa verständnislos an. »Wozu?«, fragte er.

Elsa ignorierte die Frage. »Kommst du direkt von der Schicht? War es sehr schlimm?«

Georg schwieg. Elsa war sich darüber im Klaren, was er wollte. Georg wollte teilen. Von Anfang an hatte er ihr bereitwillig die Hälfte abgegeben. Die Hälfte von seinem Schokoladenkuchen, die Hälfte von seinem Cocktail, die Hälfte von seinem Bett. Aber seine Hälften abzugeben war ihm nicht genug, er wollte von Elsa andere Hälften zurück, es war ein Tauschgeschäft. Er wollte die Hälfte ihrer Erinnerungen, die

Hälfte ihrer Gedanken, die Hälfte ihrer Pläne. Georg hatte seinen Teil hergegeben und Elsa hatte nicht bezahlt.

Sie nahm all ihren Mut zusammen. Wenigstens einen Teil der Wahrheit war sie ihm schuldig. »Georg? Ich werde mir eine andere Arbeit suchen.«

Während des Kochens hatte sie diesen Gedanken immer wieder hin und her bewegt, ohne zu einer Entscheidung gekommen zu sein. Erst in diesem Moment, als sie es laut sagte, wurde ihr klar, dass es keine andere Möglichkeit gab. So kurz war sie bisher noch in keinem Restaurant geblieben, aber sie spürte, dass es noch darüber hinausging, dass es nicht reichen würde, nur das Lokal zu wechseln und einen kleinen Schritt Richtung Meer zu machen. Es war Zeit, den ganzen Weg auf einmal zu gehen.

Auch Georg sah überrascht aus. »Ist das unbedingt nötig?«

Sie suchte fieberhaft nach einem Grund für ihr Fortgehen, etwas Triftiges, das Georg gelten lassen müsste. »Du warst doch dabei. Ich wurde quasi gefeuert. Ich kann nicht zurück.«

»Übertreibst du nicht ein bisschen? Er hat nur gesagt, dass du ein paar Tage zu Hause bleiben sollst. Du bist verletzt. Da ist doch nichts dabei. Der beruhigt sich schon wieder, hat er bisher doch immer.«

»So ein Schnitt ist kein Grund, einen einzigen Tag zu Hause zu bleiben. Ich habe mit schlimmeren Verletzungen weitergekocht und du auch. Er will mich schikanieren, das ist alles. Er will, dass ich ein paar schlaflose Nächte habe und bange, ob er mich behält. Aber die Genugtuung lasse ich ihm nicht.«

»Aber …«

»Nein, nichts ›aber‹. Ich will nicht mehr für jemanden arbeiten, der seine eigenen Gäste als Schwachköpfe bezeichnet und eimerweise gekörnte Brühe und Farbstoff ins Essen mischt. Weißt du eigentlich, was das ist? Diese Würze ist nichts als Dreck, getrocknete, gemahlene Tierabfälle. Niemand würde es essen, wenn er wüsste, was es ist.«

Georg schluckte. Er sah verletzt aus. Kleinlaut lenkte er ein: »Ich höre mich einmal um, ob woanders jemand gesucht wird. Es wird nicht schwierig sein. Das Wetter wird besser, überall ist mehr los als im Winter. Köche werden gebraucht.«

»Ich werde nicht in der Stadt bleiben. Ich meine, ich werde mir woanders eine neue Arbeit suchen. Weg von hier.«

»Weg aus Hildesheim?« Genauso gut hätte Elsa sagen können, sie wandere nach China aus. »Wo willst du denn hin?«, bohrte er weiter.

»Irgendwohin.«

»Du kannst nicht einfach weggehen«, sagte Georg.

»Ich bin ja nicht aus der Welt«, sagte Elsa. Sie wussten beide, dass das nicht stimmte. Elsa würde zwar nicht aus der Welt als solcher, wohl aber aus Georgs Welt verschwinden. Es war schwer genug, eine Beziehung aufrechtzuerhalten, wenn man in unterschiedlichen Lokalen arbeitete. Lagen die Lokale in verschiedenen Städten, war es geradezu undenkbar.

Elsa ging auf Georg zu, zog seinen Kopf zu sich herunter und küsste ihn. Sie ließ die Augen geöffnet, sah, wie er seine zusammenkniff. Seine Arme blieben teilnahmslos hängen. Elsa wollte ihn dazu bringen, sie zu umarmen, drückte ihn einen Schritt nach hinten, gegen die Wand. Aus seinen Haaren strömte der Küchengeruch. Widerstrebend ließ Georg sich von ihr ins Schlafzimmer ziehen. Zwei Mal versuchte er etwas zu sagen, aber jedes Mal erstickte sie seine Worte in einem neuen Kuss, bis er seinen Widerstand aufgab und endlich die Arme um sie schloss.

Die Bewegungen liefen wie in einem über lange Zeit einstudierten Ritual ab, jeder wusste genau, was dem anderen gefiel. Die konkreten Gedanken verflüchtigten sich und reihten sich fetzenweise aneinander, die Erinnerungen, die den ganzen Tag über durch Elsas Kopf geschwappt waren, zogen sich zurück. So musste es bei Ebbe an der Nordsee sein. Elsa mochte es, wenn sie sich nur dem Fühlen überlassen konnte, obwohl ihr das nur für die Zeitspanne von ein paar Minuten gelang. Ein ziemlich kurzer Moment, sie selbst zu sein. Sex und Kochen waren die einzigen Gelegenheiten, zu denen es ihr möglich war, für eine Weile nicht an die Vergangenheit zu denken. Doch diesmal blieb der erlösende Moment des Höhepunkts aus. Sie spürte Georgs Verunsicherung, die Verwunderung darüber, dass auf ihren Körper plötzlich kein Verlass mehr war. Er gab sich Mühe, strengte sich an. Elsa betrachtete Georgs Gesicht. Er hatte die Augen geschlossen und den Mund geöffnet, sie musste an einen Fisch denken, der zu lange an der Luft war. Auch die Geräusche, die ihm entfuhren, klangen fremd, wie das Winseln eines Tieres, eher verzweifelt als freudig. Vielleicht spürte er auch, dass etwas anders geworden, dass es ein Abschied war. Elsa versuchte sich zu konzentrieren und spielte schließlich, was sie zu fühlen nicht mehr imstande war.

Georg stellte diesmal keine Fragen, als sie mit dem Kopf auf seiner Brust lag. Ein paarmal setzte er an und blieb dann doch stumm, einzig ein leise geflüstertes »Überleg es dir noch einmal« kam über seine Lippen, worauf Elsa sich eine Zigarette anzündete.

Bald schlief er ein. Elsa empfand seine Anwesenheit als störend. Mit jedem Atemzug nahm er etwas von ihr weg und fügte etwas von sich hinzu. Sie löste sich vorsichtig von ihm und zog sich an. Sie öffnete ein Fenster, verließ das Schlafzimmer und schloss die Tür hinter sich.

Die Kerzen waren heruntergebrannt, das Wachs hatte merkwürdige Gebilde auf dem Tisch hinterlassen. Der Erste Mai war vorüber. Mit einem Glas Wasser in der Hand stellte Elsa sich ans geöffnete Küchenfenster und schaute auf den Bahnhof. Die Schienen glänzten im Laternenlicht. Die Bahnsteige waren leer, es war zu spät für Reisende oder die Stadt war einfach zu klein. Plötzlich schlossen sich Georgs Arme von hinten um sie, legten sich über Kreuz auf ihren Brustkorb, fast wie im Schwitzkasten. Sie zuckte zusammen und machte sich los, stieß Georg von sich. Gröber, als sie beabsichtigt hatte. Er war nackt, und in seiner Nacktheit sah er verletzlich aus.

Sie mussten ein ungleiches Paar abgeben, wie sie sich da gegenüberstanden: klein, schmal und angezogen neben groß, breit und nackt. Gemeinsam hatten sie nur die blasse Haut. Obwohl Georg ihr körperlich um ein Vielfaches überlegen war, fühlte Elsa sich in diesem Moment als die Stärkere.

»Ich fahre ans Meer«, sagte sie.

»Wir können unseren Urlaub am Meer machen. Ich kenne einen schönen Ort an der Nordsee. In drei, höchstens vier Stunden können wir dort sein.«

Elsa schüttelte den Kopf: »Nein.«

»Ich muss morgen arbeiten, danach fahren wir los.«

»Nein«, sagte Elsa noch einmal. »Ich möchte allein ans Meer. Nicht im Urlaub, ich möchte dort bleiben.«

»Wir suchen uns zusammen eine neue Stelle. Auch am Meer, wenn du willst.« Beschwörend schaute er sie an.

»Du willst hier weggehen? Das glaubst du doch selbst nicht. Ich weiß nicht einmal, ob ich weiter Köchin sein will. Was, wenn ich etwas ganz anderes machen möchte?«

»Was denn?«

»Ich weiß es nicht. Aber ich weiß, dass ich hier wegmuss.«

»Warum?«

»Weil hier nichts vorangeht.«

»Du redest so, als wärst du vor irgendwas auf der Flucht.«

»Ich bin nicht auf der Flucht. Ich laufe nicht weg, ich laufe wo hin, ich habe ein Ziel.«

»Und was ist mit uns?«

»Kannst du nicht einfach sagen: ›Viel Glück‹?«

Sie ertrug den zutraulichen Blick nicht, der immer noch daran glaubte, dass sie nur übermüdet war, dass ein paar Stunden Schlaf reichen würden, um sie wieder zur Vernunft zu bringen.

»Was ist denn auf einmal los mit dir?«, fragte Georg.

»Nichts ist mit mir los, das ist es ja. Ich will nicht in dreißig Jahren immer noch in diesem Nest sitzen und Schnitzel braten. Mag sein, dass dir das reicht, mir ist es nicht genug.«

»Aber was soll denn am Meer plötzlich anders sein? Was willst du da?«

»Ich möchte allein sein. Ohne dich«, rief Elsa.

Georgs Blick stürzte in sich zusammen, alles Hoffnungsvolle zerbrach. Elsa wünschte, er würde verschwinden. Sie schloss die Augen. Sog Luft durch die Nase ein. Konzentrierte sich. Hörte. Nichts regte sich um sie herum. Ob er sie noch ansah? Elsa schob die Arme vor ihren Bauch. Blieb er so lange dort stehen, bis sie die Augen wieder öffnete? Sie schluckte schwer. Geh, geh weg!, dachte sie. Wie zur Antwort hörte sie ein Schlurfen und Rascheln, Türen gingen auf und zu. Es fiel ihr schwer, nicht hinzusehen, sich nicht zu vergewissern, was um sie herum geschah. Sie drückte sich die Finger in die Seiten, erfühlte die Rippen. Dann hörte sie die Wohnungstür ins Schloss fallen und spürte: Sie war allein.

Im Haus des Chefs brannte kein Licht. Der Kies der Auffahrt knirschte laut. Bewegungsmelder erfassten Elsa und ließen eine Reihe kniehoher Laternen entlang des Weges aufflammen. Im Haus blieb es dunkel und still. Der braune Umschlag mit ihrer Krankschreibung und der rasch geschriebenen Kündigung lag federleicht in ihrer Hand. Wie von selbst sprang er in die Luft und verschwand hinter der Einwurfklappe des Briefkastens. Als sei damit jegliches Gewicht verschwunden, glitt Elsa auf dem Rückweg lautlos über den Kies.

Der Taxifahrer betrachtete sie skeptisch. Wer brachte zu dieser frühen Stunde Post zu dunkel daliegenden Häusern und ließ sich im Anschluss direkt zum Bahnhof fahren, nur mit einem Rucksack als Gepäck? Elsa hatte auf der Fahrt zum Haus des Chefs den Briefumschlag absichtlich so gedreht, dass der Taxifahrer den Absender erkennen konnte. Zwar krakelig per Hand geschrieben, aber immerhin keine ausgeschnittenen, aufgeklebten Buchstaben, wie er bestimmt befürchtet hatte. Der Ruck, der durch ihren Körper ging, als der Wagen anfuhr, setzte sich in ihrem Inneren fort.

Das Reisezentrum der Bahn öffnete gerade die Türen. Elsa warf einen kurzen Blick auf die Deutschlandkarte. Bahntrassen überzogen das Land wie ein Spinnennetz. Im Zentrum ihr

Elternhaus, von dort führten alle Wege fort. Sie suchte nach Linien, die am Meer endeten. Es kam nicht darauf an, welche Stadt es war, ob Nord- oder Ostsee. Sie hatte die Ankunft am Meer lange genug hinausgezögert. Neun Jahre hatte sie gebraucht für eine Strecke, die man an einem einzigen Tag hätte zurücklegen können.

Land gewinnen

Elsa saß allein in einem Zugabteil und sah nicht nach draußen. Sie las nichts und hörte keine Musik, sondern hatte die Augen geschlossen und den Kopf zur Seite sinken lassen. Wer im Vorbeigehen einen Blick in das Abteil warf, würde denken, sie sei eingeschlafen. Aber sie schlief nicht. Sie saß in Fahrtrichtung und war versunken in das dumpfe Surren der Räder auf den Schienen und das leichte Vibrieren des Bodens, das die Geschwindigkeit, mit der sie unterwegs war, angenehm spürbar machte. Ihre Hände lagen rechts und links auf den Armlehnen. Schwer zu sagen, ob es der Zug war, der zitterte, oder Elsa selbst. Beinahe hatte sie das Gefühl, ihr Körper bewege sich aus eigener Kraft vorwärts. Mit jeder Sekunde, die verging, und jedem Meter, den sie hinter sich ließ, fühlte sie sich leichter.

Vor dem Bahnhofsgebäude spürte sie zuerst den Wind. Er kam aus allen Richtungen gleichzeitig und griff ihr beherzt in die Haare. Die Sonne stand hoch, vereinzelt waren Wolken zu sehen. Sie folgte den Schildern mit der Aufschrift »Promenade« durch die kleine, schnurgerade verlaufende Fußgängerzone. Die Leute um sich herum bemerkte sie kaum. Alles in ihr drängte ans Ziel. Die Pflastersteine unter ihren Füßen wurden zu Sand, der Boden weich und nachgiebig. Vor ihr lag das Meer. Ein schier endlos langer Steg führte vom Ufer hinaus und mündete in einer Plattform über dem Wasser. Elsa traute sich nicht dort hinaus. Sie lief an der Uferlinie auf und ab, als könnte eine der Wellen den entscheidenden Hinweis geben.

Das Wasser spülte nichts als Fragen an Land, die vor ihren Füßen im Sand versickerten.

Schließlich überwand sie sich und betrat den Steg, *tip, top, tip, top, tip, top, tip, top, tip, top, tip, top, tip, top, tip, top.* Unruhe ergriff sie, etwas zog sie nach draußen, die Schritte wurden größer, die Sohlen trommelten auf das Holz, Elsa rannte. Außer Atem erreichte sie die Plattform, dem Meer so nah, wie sie nur sein konnte. Oben Himmel, unten Holz, rundum Wasser. Die Sonne blendete, strahlte von der Meeresoberfläche zurück in die Augen. Es fehlte nicht viel und der Wind trüge sie davon. Der Himmel öffnete sich über ihr, stieß in der Ferne mit dem Wasser zusammen. Hier endete nichts, hier fing alles erst an. Die Weite ängstigte sie.

Immer wieder hatte ihr Vater erzählt, das Meer beruhige ihn. Er könne stundenlang auf und ab gehen und müsse an nichts denken, als spüle ihm das Meer geradewegs durch den Kopf und nehme alle Probleme mit sich. Jetzt war Elsa endlich angekommen und verstand nicht, wie das Meer einen nicht aufwühlen konnte mit seiner Kraft und Gier. Was hatte ihr Vater am Meer empfunden, das ihr verwehrt blieb?

Gemessen an seiner Größe bot es vergleichsweise geringen Trost. Sie war nicht sicher, welche Art von Erlösung sie sich vom Meer versprochen hatte und warum sie sich nur in so kleinen Schritten darauf zubewegt hatte. Vielleicht hatte sie die ganze Zeit geahnt, dass es nicht helfen würde. Solange sie auf dem Weg gewesen war, hatte sie nicht darüber nachdenken müssen. Sie war nur auf das Erreichen des Meeres konzentriert gewesen, als warte dort eine Zukunft auf sie. Jetzt lag eine unendliche Leere vor ihr. *Ich kann alles machen.* Aber alles war zu viel auf einmal, sie musste irgendwo anfangen. Aus der

Menge mit allem musste sie genau eine Sache herausfischen, und vielleicht erging es ihr wie in dem Kinder-Angelspiel: Sie erwischte keinen Fisch, sondern den löchrigen Stiefel. Der Wind riss an Elsas Jacke, die sich aufblähte wie ein Segel. Das Meer rauschte so laut, dass es jeden Schrei überdecken würde. Aber Elsa blieb stumm. Sie legte sich die Hand an den Hals, an die rechte Neige zwischen Ohr und Schlüsselbein, und bald war das die einzige Stelle an ihrem Körper, die sich noch warm anfühlte und lebendig.

Frierend und durchgeschüttelt vom Wind verließ sie den Steg. Sie wandte sich vom Meer ab, ging parallel zur Küste zwischen den Häusern hindurch, wo die wärmende Sonne sie wieder erreichte. In allen Hotels wies man sie ab. Der Ort sei über Wochen ausgebucht, hieß es, es sei bereits erstaunlich warm für diese Jahreszeit, sagte man wenig hoffnungsvoll.

Es war bereits früher Abend. Elsa ging am Dünenkamm entlang, das Meer in spürbarer Nähe. Sie ließ die Ortschaft hinter sich. Die Landschaft wurde wilder, als zwischen den Dünen ein weißes, reetgedecktes Haus auftauchte, ein weiteres Hotel.

Zu Elsas Glück war ein Doppelzimmer kurzfristig abgesagt worden. Trotz Sonder-Arrangement kostete es eine irrwitzige Summe, aber das kümmerte sie nicht, sie wollte nur eines: sich ausruhen. Da sie im Alltag seit Jahren nicht viel Geld verbrauchte, hatte sie trotz des dürftigen Lohns eine kleine Rücklage auf dem Konto. Im Preis inbegriffen seien ein Fünf-Gänge-Menü am Abend aus der hauseigenen Sterneküche und zwei Übernachtungen, sagte die Dame an der Rezeption. Leider habe das Zimmer keinen Meerblick, fügte sie bedauernd hinzu. Elsa war froh darüber. Hauptsache, sie konnte bleiben.

Im Zimmer fühlte Elsa nichts. Es war unberührt und hell, zarte Weiß-, Grau- und Blautöne und die Wäsche frisch gestärkt. Nichts war dem Zufall überlassen, jede einzelne Falte präzise gelegt, das Deckbett aufgeschlagen, als könnte man in der ungewohnten Umgebung plötzlich vergessen haben, wie man darunter gelangte. Im Fenster rauschte der Wind über die Landschaft. Plötzlich tauchte ein Bild vor Elsa auf: ihr Vater in den Dünen, das Gesicht von Strandhafer verdeckt. Fröstelnd wandte sie sich ab. Nicht einmal unter der Daunendecke wollte ihr richtig warm werden. Sie blickte auf die leere Seite neben sich. Ein Zimmer für zwei. Unruhig stand sie auf und ließ sich ein Bad ein. Sie tauchte den Kopf ins Wasser, das ihr in die Ohren gluckerte und die Stille unhörbar machte. Sie blieb so lange in der Wanne liegen, bis ihre Haut rosig und warm war.

Die sechzig Sitzplätze des Restaurants waren großzügig in dem lang gezogenen Raum verteilt. Die meisten Tische waren mit zwei bis vier Personen besetzt, im hinteren Teil gab es auch zwei größere Runden vor einem Kamin, der im Winter sicher für eine behagliche Stimmung sorgte. Elsa war die Einzige, die ohne Begleitung da war. Die Längsseite war gesäumt von Fenstern, in denen die Dünenlandschaft sich blau färbte, ein paar Strandkörbe bildeten helle Flecken im schwindenden Licht. Von der erhöht liegenden Terrasse aus musste man das Meer sehen können. Auf der dem Kamin gegenüberliegenden Seite war die offene Küche. Modern und doch altmodisch anmutend, mit viel Gusseisen und Messing. Ein Schaustück, auf das die vorderen Sitzplätze ausgerichtet waren, kein Gast wandte ihm den Rücken zu. Hier arbeiteten die Köche direkt vor den Gästen. Der Pass, der aussah wie aus weißer Keramik gefertigt, war von einer Wärmebrücke überspannt und verband beide Bereiche. Es spielte keine Musik, die gesamte Geräuschkulisse ergab sich aus dem Küchengeschehen und war überraschend leise.

Eine Dame im grauen Kostüm begrüßte Elsa, es sei eine Freude, sie als neuen Gast willkommen heißen zu dürfen. Sie führte sie zu einem kleinen Tisch nahe der Küche. Elsa konnte von ihrem Platz direkt auf den Pass blicken und war froh, dass sie sich so weniger komisch dabei fühlte, allein an einem Tisch zu sitzen. Einen Besuch in diesem Restaurant gönnte man sich ganz offensichtlich zu besonderen Anlässen – Elsa hingegen hatte sich einfach hierher verirrt. Ein älteres Paar am Nachbartisch musterte sie argwöhnisch. Offenbar passte sie nicht ins Bild. Hier war alles hellblau, grau und weiß, weiß, weiß, selbst die Gäste. Hatten sie sich abgesprochen, dass nur dezente maritime Farben zu tragen waren? Bloß Elsa hatte niemand Bescheid gesagt. Sie trug Jeans, silberne Turnschuhe und einen roten Kapuzenpullover. Bei ihrem Aufbruch hatte sie wahllos die erstbesten Sachen aus dem Schrank gegriffen und in den Rucksack gepackt, es würde höchstens für eine Woche reichen. Beschämt hielt Elsa die Hand mit dem fleckigen Verband unter der Tischplatte versteckt.

Die Kellnerin gab unterdessen nicht zu erkennen, ob sie ihren Aufzug unpassend fand. Sie goss ihr mit einem Lächeln Wasser ein und fragte, da Elsa ja zum ersten Mal zu Gast sei, ob es Probleme gebe, von denen sie wissen sollten. Die Kellner bildeten offenbar ein Kollektiv, ein großes »Wir«, mit dem sie die Gäste ansprachen. Probleme? »Ich bin kopflos von zu Hause losgefahren, ich habe nicht einmal eine ordentliche Tasche gepackt, niemand weiß, wo ich gerade bin«, murmelte Elsa.

»Wie bitte?« Die Kellnerin legte abwartend den Kopf schief. Sie hatte ihre Hände vor dem Bauch gefaltet wie zum Gebet.

»Ich habe keinerlei Allergien oder Unverträglichkeiten, ich esse alles«, sagte Elsa und die Kellnerin strahlte und wünschte einen genussvollen Abend.

Die Köche trugen einheitliche Kleidung, eine dunkelgraue Brigade, die von einem Koch in makellosem Weiß angeführt wurde. Er gab die Ansagen am Pass. Knapp und in gedämpfter Lautstärke hörte Elsa die üblichen Kommandos: »Zwei Meeräschen sind abgerufen, danach machen wir ein Kalbskotelett, einen Strandsalat und zwei Mal Meerwolf«, sagte die Weißjacke mit heller Stimme und stellte zwei schwere weiße Teller unter die Wärmebrücke. »Also zwei Mal Meeräsche, los geht es!«

»Jawohl«, antworteten gemäßigt verschiedene Stellen der Küche. Die Bewegungen ließen trotz Schnelligkeit keine Hektik erkennen, ein komplizierter, aber gut einstudierter Tanz. Elsa hätte sich am liebsten eine Schürze umgebunden und sich zwischen die Köche gereiht. Sie schob sich die Hände unter die Oberschenkel, um sich daran zu hindern, die Tischdekoration zu zerpflücken. Wann hatte sie zum letzten Mal als Gast in einem Restaurant gesessen? Das Stillsitzen machte sie nervös. Aber was war diese Küche anderes als eine Bühne? Elsa lehnte sich zurück und betrachtete die Aufführung.

Eine neue Kellnerin – oder war es dieselbe? – verdeckte die Sicht und stellte eine Schieferplatte auf den Tisch. Kleine Töpfchen, Gläser und Schalen waren darauf verteilt. Sie erzählte etwas dazu, aber Elsa konnte kaum folgen, nur einzelne Wörter blieben hängen: Steinpilzessenz, Pilzkrapfen, Gurkentatar, Blaumuscheln, Algencreme, eine geräucherte Kartoffel ... da war die Kellnerin schon wieder weg.

Nicht alle Bezeichnungen konnte Elsa noch den vor ihr liegenden Häppchen zuordnen. Muschelschalen waren in ein Salzbett gedrückt, das mit Algen verziert war. In einer Austernhälfte eine Art weiße Creme, aus der sie ein paar frittierte Krabbenköpfe anschauten. In den anderen Schalen Miesmuscheln auf etwas Grünem, eine Art Kompott. Wie aß man diese Dinge? Was durfte man mit den Händen anfassen? Waren die eingedeckten Bestecke alle für den ersten Gang gedacht?

Auf gut Glück fing Elsa bei den Muscheln an und arbeitete sich im Uhrzeigersinn voran. Je mehr sie aß, um so weniger Gedanken machte sie sich um Tischmanieren. Alles war sehr intensiv und konzentriert, dichte Aromen in unterschiedlichen Konsistenzen. Federleichter Schaum mit buttrigen, erdigen Streuseln und etwas Fruchtigem. Manches cremig, anderes knusprig, salzig, scharf, süß und bitter, alles zugleich und doch gut voneinander zu unterscheiden.

Am Pass baute der Küchenchef neue Teller auf. Man reichte ihm kleine Silbertabletts und Kupferpfännchen nach vorn. Selbst der Herd schien die Lautstärke dem Ambiente angepasst zu haben, sachte brutzelte das Fleisch in den Pfannen. Zwei Mal trugen Kellnerinnen und Kellner rohe, marmorierte Fleischstücke auf Schieferplatten zu den Gästen. Wohl zur Begutachtung der Qualität, bevor das Fleisch in der Pfanne, im Ofen und schließlich auf den Tellern landete.

Elsa beobachtete fasziniert die Hände des Kochs. Große Pranken, denen man solch filigrane Arbeit kaum zutraute. Mit

Fingerspitzengefühl arrangierten sie entweder direkt, manchmal auch mit einer Pinzette, kleinteilige Bestandteile auf den Tellern. Saucen wurden mit Pinseln auf das Porzellan aufgetragen, Schäume aus dem Siphon in ausgehöhlte geschmorte Zwiebeln gespritzt, einzelne Kräuterblättchen und hauchdünne Brotsegel platziert. Kleine Stillleben, die mit Porzellan-Gloschen verdeckt wurden. Eine Kellnerin und ein Kellner brachten sie an Elsas Nachbartisch und hoben gleichzeitig die Gloschen. Es war ein »Dreierlei« von irgendwas und »ein Duett« von etwas anderem, das wie ein vergoldetes Türmchen in grüner Landschaft aussah. Einer der Köche trat hinzu und gab dem Herrn einen Löffel Bröselartiges aus einer silbernen Schale auf den Teller.

Elsa stellte sich solche Gerichte im XXL-Mega-Tempel vor: Dreierlei vom Konservierungsstoff, gefolgt von einem Duett aus der Tiefkühltruhe, verziert mit einem Glutamat-Schäumchen. Ihren Chef – Ex-Chef, verbesserte sie in Gedanken –, wie er mit einem rohen Riesenschnitzel an einen Tisch trat und die miese Fleischqualität hervorhob, flankiert von drei Kellnerinnen in durchsichtigen Blusen, die alles mit einem Schlag Ketchup, Mayonnaise und Senf aus großen Eimern garnierten. Ein Lachen stieg in Elsa auf und ließ sich nicht unterdrücken, es brach sich den Weg frei nach draußen. Sie konnte nicht aufhören. Sie presste sich die Stoffserviette vor den Mund, verschluckte sich an einem Krümel und begann zu husten, bis ihr die Tränen über die Wangen liefen.

»Stimmt etwas nicht mit dem Essen?«

Elsa wischte sich die Tränen aus den Augenwinkeln und blickte auf. Sie hatte eine der Kellnerinnen erwartet. Doch vor ihr stand der Koch in der weißen Jacke. Er sah sie ungehalten an. Ein Mann mit dunklem Haar, dichten Augenbrauen und einem Bartschatten, vielleicht um die fünfzig, eher klein, mit einem leichten Bauchansatz. Elsa war es unangenehm, vor ihm zu sitzen, so fühlte sie sich noch kleiner, als sie ohnehin war. Am liebsten wäre sie aufgesprungen, wollte aber nicht noch mehr Aufsehen erregen. Ihre beiden Tischnachbarn schauten verstohlen zu ihr herüber. Wie sollte sie sich erklären?

»Ich habe so etwas noch nie gegessen«, sagte sie und hörte selbst, dass man das positiv und negativ auslegen konnte. Sie wedelte, um Worte ringend, mit der Hand. »Ich komme gerade aus einem Lokal, das ›XXL-Mega-Tempel‹ heißt. Ich bin dort quasi gestrandet. Oder hier, je nachdem, wie man die Sache betrachtet.«

Der Koch blickte ein wenig milder. »Klingt, als bräuchten Sie besonders gutes Essen, um das wieder zu vergessen«, sagte er.

»Das werde ich nie vergessen. Ich war nicht als Gast dort, ich habe in der Küche gearbeitet.« Die Worte »Ich bin Köchin« brachte sie ihm gegenüber nicht über die Lippen.

»An manche Dinge erinnert man sich wohl auch besser. Damit sie sich nicht wiederholen«, sagte er.

»Ich wusste nicht, dass es Essen wie dieses hier gibt.«

»Ich war mit acht Jahren zum ersten Mal in einem Sternerestaurant. Meine Eltern haben mich mitgenommen. Sie dachten, ich würde etwas Kleines, Günstiges von der Kinderkarte bestellen. Stattdessen ließ ich mir Austern und Hummer bringen. Ich probierte mich durch die komplette Welt der exklusivsten Aromen«, sagte er. Man hörte, dass er diese Geschichte nicht zum ersten Mal erzählte. Er trug die weiße Jacke, er war der Mann, der die graue Brigade nach seiner Vorstellung dirigierte. Einige der Gäste waren seinetwegen hier, wenn nicht alle außer Elsa, die nicht einmal wusste, wie er hieß. Sein Blick schweifte aus dem Fenster, dann wieder zurück zu Elsa: »Was haben Sie bestellt? Das Fünf-Gänge-Menü?«

»Es gehörte zum Zimmer-Arrangement. Viel mehr kann ich mir, fürchte ich, auch nicht leisten«, antwortete Elsa kleinlaut.

»Das kriegen wir schon hin. Es ist schön, wenn junge Leute hierherkommen und sich für das Essen interessieren«, sagte er, drehte sich um und kehrte zu seinem Posten am Pass zurück. Neben Elsa blitzte es. Die Frau nebenan hatte eine Kamera gezückt und von oben die Teller fotografiert. Elsa hätte nicht gedacht, dass Gäste in einem Sternerestaurant ihr Essen fotografierten. Im XXL-Mega-Tempel hätten sie auf den Tisch klettern müssen, um ihre Portion auf ein Bild zu bekommen. Erneut fühlte Elsa dieses hysterische Lachen in sich aufsteigen, und sie kippte das Glas Wein, das ihr eine weitere Kellnerin eingeschenkt hatte, in einem Zug hinunter. Vom Nachbartisch aus schoss, über die getönte Brille hinweg, ein strenger Blick zu ihr herüber.

Gang auf Gang folgte, wie es in der Menükarte gestanden hatte. Zwischendurch tauchte immer wieder die Weißjacke auf. »Probieren«, sagte der Koch und stellte ihr im Vorbeigehen kleine Tellerchen auf den Tisch. Für Elsa war es, als esse sie zum ersten Mal in ihrem Leben. Bouillabaisse mit Kartoffel-Oliven-Creme und Sauce Rouille, Lamm auf Wiesenkräuterpüree mit Buttermilchschaum und irgendetwas Scharf-Süß-Knusprigem, allerhand mit Muscheln, Wattschnecken, geschmorte Radieschen mit Joghurtpuder, Krabbenchips, eine gebackene Auster auf Champagnerkraut. Ihre Zunge fühlte sich taub an vor lauter unterschiedlichen Aromen, es war überfordernd und gleichzeitig wie ein Rausch. Noch nie hatte sie solche Produkte probiert, vor allem nicht so aufwändig zubereitet und fein arrangiert. Als sie schon nichts mehr essen konnte und das Dessert, das zum Glück vor allem aus Eis bestanden hatte, das ihre Geschmacksnerven beruhigt und heruntergekühlt hatte, längst hinter ihr lag, brachte die Weißjacke drei schmale Tranchen Fleisch zu ihr an den Tisch. Sie waren von feinen Fettäderchen durchzogen. Es musste sich um das Fleisch handeln, das ein paarmal an Elsa vorbeigetragen worden war.

»Wagyu-Beef. Die simpelsten Sachen sind oft die besten«, sagte der Koch. Elsa wies auf den abgeräumten Tisch vor ihr. Es war kein Besteck mehr da. »Einfach mit den Fingern in die Sauce béarnaise stippen und essen«, befahl der Koch.

Elsa gehorchte. Er blieb am Tisch stehen und beobachtete sie. Das Fleisch war zart und saftig, das Fett überhaupt nicht unangenehm, sie brauchte kaum zu kauen, es war innen weich und außen kross, Salzkristalle knisterten. Sie leckte sich verstohlen den Saft von den Fingern und der Koch schaute zufrieden. »Sehen Sie sich unten im Weinzimmer um, bevor Sie abreisen«, sagte er und verschwand, bevor Elsa sich bei ihm bedanken konnte.

Sie trat auf die dezent beleuchtete Terrasse. Von der Bank auf dem höchsten Punkt blickte sie über die Dünen aufs Meer. Die kühle Luft neutralisierte die Wärme, die während des Essens in ihr aufgestiegen war. Das Meeresrauschen klang friedlich, vermochte Elsa aber immer noch nicht zu beruhigen. Sie hörte ihm lange zu.

Zum Menü hatten nur zwei Gläser Wein gehört, und doch drückte es am Morgen hinter Elsas Augenlidern, als sei sie verkatert. Es musste die Nachwirkung des Essens sein. Trotz des

schweren Kopfes raffte sie sich auf und fragte nach dem Weinzimmer.

Der Raum bestand zur Hälfte aus Glaswänden, von denen man in das Weinlager sehen konnte. Interessanter als die
Aberhundert Flaschen war für Elsa jedoch ein großes Holz-
regal, in dem Unmengen an Kochbüchern standen. Sie setzte
sich an den massiven Holztisch und blätterte sich durch die
Bücher. Die meisten waren signiert, auf einigen war der Koch
aus dem Restaurant zu sehen, wie er mit Rüben und Fischen
in den Händen vor dem weißen Hotel posierte. Elsa las und
betrachtete die Bilder, erfuhr etwas über die Philosophie hinter den Gerichten, die sie gestern probiert hatte. All das war
weit entfernt von dem »Kochen«, was sie in den letzten Jahren
erlebt hatte.

Den Rest des Tages verbrachte sie auf ihrem Zimmer. Sie
hatte das »Bitte nicht stören«-Schild an den Türknauf gehängt
und voll Freude begriffen, dass wirklich niemand sich darüber
hinwegsetzen würde. Sie hatte sich aus dem Hotelrepertoire
einige DVDs mit Reportagen und Dokumentationen über Köche und ihre Restaurants ausgeliehen. Väter, die ihren Söhnen
ihr Handwerk beibrachten. Kleine Kinder mit Kochmützen
und in den kleinen Händen riesig wirkenden Kochlöffeln zwischen Edelstahltöpfen, in die sie selbst hineingepasst hätten.
Das Herantasten an neue Techniken. Plötzlich wurden medizinische Laborgeräte verwendet. Fleisch wurde sous-vide ge-
gart, lag mit Aromen vakuumiert für mehrere Stunden oder
gar Tage im 60°-Wasserbad und wurde erst kurz vor dem Servieren scharf angebraten.

Elsa brauchte nicht lange, um im Internet weitere Koch-
filme zu finden. Sie blieb die halbe Nacht wach und schaute

sich durch die Mediatheken. In den letzten Jahren schienen die Kochshows die Talkshows aus dem Programm verdrängt zu haben. Erstaunt sah Elsa, dass die Köche in den Sendungen gefeiert wurden wie Rockstars. Das Publikum schien ihre Marotten und Abneigungen oder Vorlieben zu kennen. Manche kokettierten regelrecht damit und arbeiteten offensichtlich an einem bestimmten Image. Ihre Witze wiederholten sich, genauso wie ihre Anekdoten und inszenierten Kabbeleien. In den Werbespots zwischendurch tauchten sie als Werbegesichter für bestimmte Convenience-Produkte auf. Aber Elsa sah auch immer wieder Köche, die ganz auf das Kochen konzentriert waren. Die so begeistert über die Zutaten und die Zubereitungsmethoden sprachen, wie es Elsa zum ersten Mal gestern bei dem Koch des Hotels erlebt hatte und was meilenweit von dem Umgang mit Lebensmitteln im XXL-Tempel und den meisten der anderen Restaurants, in denen sie gearbeitet hatte, entfernt war. Mit der Faszination kamen die Selbstzweifel. Hatte sie überhaupt jemals richtig gekocht? Lag es nun an den Produkten oder am Umgang mit ihnen, dass das Essen gestern anders geschmeckt hatte, so pur und deutlich?

Am nächsten Morgen ging Elsa ein letztes Mal zum Meer. Obwohl es nicht gehalten hatte, was sie sich von ihm versprochen hatte, fühlte sie sich befreit, ja, fast euphorisch. Hier hörte die Welt nicht länger auf. Die Möglichkeiten lagen vor ihr, wie ein Boot, mit dem man in See stach. Sie hatte gelesen, dass es in keiner deutschen Stadt so viele Sternerestaurants gab wie in Hamburg. Die Stadt lag zwar nicht direkt am Meer, aber es würde beruhigend sein, es in der Nähe zu wissen.

Teil 2

Landungsbrücken

Elsa stand auf dem Bahnsteig des Hamburger Hauptbahnhofs. Die Menschen bewegten sich so schnell, dass sie an Kontur verloren. Ein herkömmlicher Arbeitstag ging zu Ende, die Ersten waren auf dem Weg in den Feierabend, Pendler traten die Heimreise an. Andere trotteten zu ihrer Spätschicht in Restaurants, Bars oder Krankenhäusern. Körper huschten um Elsa herum. Geräusche zischten über sie hinweg und an ihr vorbei wie Windstöße, die ihre Jackenschöße zum Flattern brachten. Sie könnte es machen wie in jeder neuen Stadt: einen Stadtplan und ein paar Zeitungen im Bahnhofs-Presse-Shop kaufen, sich in ein Café setzen und Stellenanzeigen lesen, die Restaurants auf der Karte markieren und eine Telefonzelle suchen. Parallel könnte sie mit den Wohnungsanzeigen anfangen. Köche wurden immer gebraucht, solange man nicht zu wählerisch war. Gab es ausnahmsweise keine passende Anzeige, reichte eine Nachfrage im nächsten Restaurant. Der zweite oder dritte Tipp, den man auf diese Weise bekam, war in der Regel ein Treffer. Die Stadtpläne der Orte, an denen Elsa bisher gelebt hatte, waren ihr vertrauter als die wirklichen Straßenzüge. Doch Hamburg sollte keine beliebige Etappe auf dem Weg zum Meer werden. Sie wollte die Stadt nicht als zweidimensionale Fläche mit blauen, gewundenen Streifen für das Wasser kennenlernen, sie wollte sie spüren.

Die Bilder, die sie von der Stadt im Kopf hatte, als sie sich auf den Weg aus dem Bahnhofsgebäude heraus machte, waren bruchstückhaft, zusammengesetzt aus Filmen: der Blick aus der Vogelperspektive auf den Hafen, das Aufscheinen des Fernsehturms im Stadtpanorama, die Weltkugel an der Spitze des Atlantic-Hotels und das angegliederte Parkhaus, aus dem das Bond-Mobil herausschoss, etliche Stockwerke tief flog und in das Schaufenster einer Autovermietung krachte.

Auf dem Bahnhofsvorplatz wehte ihr klassische Musik aus den Lautsprechern entgegen. Eine unerwartete Melodie, die sie von früher kannte. Sie trieb Elsa fort, in die Stadt hinein. Ihre Welt reduzierte sich auf den nächsten Schritt. Sie lief durch unbekannte Straßen, bog ziellos ab, ließ sich treiben. Der Abstand zwischen den Häusern war groß genug, um einen Blick in den Himmel freizugeben. Eine graue, verhaltene Decke. Elsa glaubte nicht mehr ans Wetter. Nur zufällig passte der Himmel zu ihrem Gefühl: diffus, unbelastet, weder gut noch schlecht.

Das Tageslicht schwand und ließ ein zartes Glimmen in der Luft zurück. Elsa blickte in behagliche Gasträume im Kerzenschein, sah Leute in Anzügen mit gelockerten Krawatten vor ihren Gläsern an den Theken sitzen. Ab und zu Wohnhäuser, erleuchtete Fenster, fremde Leben. In einem Bistro machte sie eine Pause und setzte sich zwischen die Menschen. Sie aß ein Fischbrötchen, ein beruhigendes Klischee. Der Abend schritt voran, die Flüssigkeiten in den Gläsern wurden klarer, die Luft in den Bars rauchiger.

Ohne Hast ging sie weiter. Die Stunden verstrichen. Die Mainacht trug die Geräusche weit. Obwohl sie längere Zeit niemandem mehr begegnet war, hörte sie Gelächter und Schuhgeklapper. Sie lief, bis es gänzlich still wurde um sie herum. Auf einer Anhöhe roch sie das Wasser. Ein Turm ragte auf; groß und grau. Er steckte auf einer Stelze und sah aus, als wachte er über die Gegend. »ASTRA« stand auf dem roten Schild an der Fassade.

Treppenstufen führten den Hügel hinunter. Elsa folgte ihnen. Sie endeten an einer großen Straße. Es fuhren gerade keine Autos, stattdessen trabten zwei Hunde gemächlich den Mittelstreifen entlang. Elsa überquerte die Straße und gelangte an die Landungsbrücken.

Sie bestanden aus zwei Ebenen: durch kleine Stege verbundene Terrassen, die mit Bänken bestückt waren, unterhalb derer sich der Kai wie eine Promenade entlangzog mit jetzt geschlossenen Buden auf der einen Seite und dem Wasser mit Zugang zu den Anlegestellen auf der anderen Seite. Einige Schiffe waren mit glitzernden Lichterketten geschmückt, andere wogten als dunkle Schatten auf und ab. Elsa ging an der alten Abfertigungshalle vorbei und blickte auf die Turmuhr: Es war bereits nach vier. Außer ihr war hier niemand mehr unterwegs.

Sie stieg auf die untere Ebene hinab. Paarweise standen Poller dicht nebeneinander auf dem langen Streifen des Kais. Sie lief ans Ende, wo keine Buden mehr waren und die Laternen nur fahle Lichtkegel warfen, setzte sich auf den äußersten Poller und blickte auf die Elbe und die dahinterliegenden Docks, auf denen vereinzelt Scheinwerfer zwischen Kräne und Schiffe strahlten. In der Ferne blitzte ein paarmal ein greller Funken auf und erlosch. Unsicherheit senkte sich auf Elsas Schultern. Der Poller neben ihrem fühlte sich unendlich leer an.

Inmitten der Überarbeitung der letzten Jahre hatten Zweifel kaum Gelegenheit gehabt, an die Oberfläche zu gelangen. Das Meer war ein einfaches Ziel gewesen, das alle anderen Fragen weggespült hatte. Umso unbequemer tauchten sie jetzt auf. Wie sollte es weitergehen? War es nicht utopisch, zu glauben, ein Sternerestaurant würde sie einstellen? Ihr Mut schwand.

Sie war nicht mehr allein. Sie spürte es, bevor sie den Mann sah. Reglos stand er keine zwei Meter von ihr entfernt und blickte auf das gegenüberliegende Dock, wo sich ein Containerschiff vom Hintergrund löste und sacht aus dem Scheinwerferlicht hinaus in die Dunkelheit glitt. Wo war er hergekommen? Der Wind zauste ihm durch die braunen Haare, so dass man unmöglich sagen konnte, was für eine Frisur er eigentlich hatte. Sein Gesicht war schlecht zu erkennen, deutlich trat nur die Brille hervor, ein dicker schwarzer Rahmen mit zwei soliden Rechtecken.

Der Mann zuckte zusammen, als er Elsa bemerkte. »Entschuldige, um diese Zeit habe ich hier niemanden erwartet.« Seine Stimme klang tief und rau. Elsa meinte, Schatten unter seinen Augen zu erkennen, als hätte er länger nicht geschlafen. Die Müdigkeit ließ ihn rührend jung aussehen, dabei war er vermutlich nur ein paar Jahre älter als sie, höchstens dreißig, schätzte Elsa. Unter seinem offen stehenden Trenchcoat glänzte ein dunkler Anzug über einem grasgrünen Hemd. Er trug die eleganten Kleider mit einer Nachlässigkeit, die Elsa vermuten ließ, dass sie nicht für einen bestimmten Anlass gedacht, sondern seine Alltagskleider waren.

»Was dagegen?«, fragte er und deutete auf den Poller neben ihrem. Wenn sie »Ja« sagte, würde er verschwinden. Das wäre vernünftig. Es war mitten in der Nacht, sie war fremd hier, niemand sonst war in der Nähe. Sie schaute auf den leeren Poller, deutete ein Kopfschütteln an, und schon saß er neben ihr. Sie hätte nur wenige Zentimeter zur Seite fassen müssen, um ihn zu berühren, und sah auf die Schiffsmasten, auf die Kräne in Blau und Gelb auf den Docks, hörte die gegeneinanderschrappenden Stege, roch das Wasser und sog alles tief in sich hinein.

Der Mann zündete sich eine Zigarette an. Obwohl sie eigene in der Tasche hatte, streckte sie fragend die Hand nach seiner aus. Nicht im mindesten irritiert, reichte er sie ihr. Elsa nahm einen Zug und gab sie ihm wieder zurück, ohne den Blick vom Wasser abzuwenden. Es war, als führten sie stillschweigend ein Ritual durch, bei dem es auf die exakte Ausrichtung von ihnen, dem Turm hinter ihnen und der Wasserfläche vor ihnen ankam. Mit einem Mal schienen ihr die Farben ungewohnt und der Geruch erinnerte sie an nichts. Die Luft zitterte. Sie saßen nebeneinander auf den Pollern, rauchten und vor ihnen zog der Tag herauf, als habe er unendlich viel Zeit.

Als die Laternen auf dem Kai ausgeschaltet wurden, stand der Mann unvermittelt auf, streckte ihr die Hand hin und sagte: »Ich bin Jan.«

Sie erhob sich ebenfalls und griff seine Hand. »Elsa«, sagte sie. Es war nie wirklich ihr Rufname gewesen. Sie war von Geburt an Elli gewesen, vielleicht weil sie so klein war, ein Frühchen. In den Küchen hatten sich die meisten auf den Nachnamen beschränkt. Ein wenig fremd fühlte sich der Name Elsa auf der Zunge an, so selten hatte sie ihn selbst ausgesprochen oder gehört, ungewohnt und gleichzeitig unverbraucht.

Jan war zweiunddreißig Jahre alt und Architekt. »Ich bin hier geboren«, sagte er, und Elsa dachte, er meine geradewegs auf dem Kai. Er lachte, ein leises, heiseres Geräusch: »Leider nein, aber das hätte meinem Großvater für die Familienchronik gefallen.«

Jan stammte aus einer Großfamilie, deren Kern seit Generationen im Alten Land außerhalb von Hamburg lebte. Eltern und Großeltern waren dort fest verankert, der jüngere Teil über die Welt verstreut. Eine Schwester in Australien, eine zweite in den USA, die dritte in Frankreich. Sein kleiner Bruder habe es bisher nur bis nach Plön geschafft, sei dort aber offenbar zufrieden. Jan selbst hatte nach seinem Studium drei Jahre in einem Architekturbüro in Hongkong gearbeitet, war aber vor anderthalb Jahren zurückgekehrt. Beim Erzählen kniff er immer wieder die Augen zusammen, hob die Brille an und rieb sich die Nasenwurzel zwischen Daumen und Zeigefinger. Elsa war nicht sicher, ob er nur müde oder auch angetrunken war.

»Bist du schon wach oder noch wach?«, fragte sie.

»Noch wach, fürchte ich.«

»Kommst du oft hierher?«

»Hier kann ich gut nachdenken. Meiner Familie gehört noch ein Teil eines mittlerweile stillgelegten Lagerhauses in der Nähe. Als Kind habe ich die Schiffe beobachtet. Vor allem die Containerschiffe. Ich habe mich gefragt, wo sie herkommen. Damals habe ich mir vorgestellt, von hier aufzubrechen. Allein der Gedanke hat mich glücklich gemacht. In China habe ich dann davon geträumt, zurückzukehren. Es war unmöglich, länger fortzubleiben. Als rufe die Heimat mich zurück.« Elsa merkte, wie er in Gedanken abschweifte, weit über den Horizont hinaus. Mit deutlich lauterer Stimme nahm er den Faden wieder auf: »Um diese Uhrzeit bin ich selten hier. Ich hatte eine Abgabe im Büro, das heißt durcharbeiten und wenig Schlaf. Ich baue Modelle. Heute Abend habe ich einen dringenden Auftrag fertiggestellt. Ich wollte ein Feierabendbier trinken und nach Hause gehen. Aber die Vorstellung von meiner leeren Wohnung hat mich deprimiert. Kennst du das? Wenn man tagelang unter Menschen ist und sich nach nichts als seinen eigenen vier Wänden sehnt, und wenn man endlich da ist, hält man die Stille nicht aus? Ich bin durch die Gegend spaziert. Na ja, und dann ist es wohl doch mehr als ein einziges Wegbier geworden«, sagte er und schnipste entschuldigend gegen den Hals der Bierflasche, die Elsa vorher nicht bemerkt hatte. Der helle Ton vibrierte in der Luft. Er wirkte verlegen über diese lange Rede nach dem ausgiebigen Schweigen.

Elsa dachte an ihre Wohnung in Hildesheim, an die stillen Stunden, wenn sie von den Nächten bei Georg heimgekehrt war und die Zeit bis zu ihrer Schicht hatte überbrücken müssen, daran, wie sie die Wohnung mit den Stimmen aus Filmen angefüllt hatte.

»Was ist das für ein Gebäude?«, fragte sie und wies auf den Turm hinter ihnen.

»Das Astra-Hochhaus«, sagte Jan und hob erneut seine Bierflasche, wo derselbe Schriftzug wie auf dem Haus zu sehen war. Elsa erkannte Herz und Anker darüber. »Du bist wohl noch nicht lange hier? Entschuldige, ich weiß nicht einmal, wo du herkommst«, sagte er.

»Vom Bahnhof. Es ist mein erster Tag in Hamburg«, sagte Elsa knapp. *Der erste Tag meines Lebens.*

Jan veränderte seine Haltung. Mit durchgedrücktem Kreuz wirkte er mit einem Mal wach und energisch. Er breitete die Arme Richtung Wasserseite aus, drehte sich um die eigene Achse und schloss Elsa in die Geste mit ein. »Hamburg: Das ist Elsa. Elsa: Das ist Hamburg«, sagte er, wie man zwei Partygäste einander vorstellt. Seine Hand deutete zum Schluss auf das Astra-Hochhaus und Elsa konnte nicht anders, als einen Knicks turmwärts anzudeuten.

Um sie herum erwachte die Stadt. Autos eroberten die Straße zurück und der Verkehrslärm erfüllte die Luft. Jan nahm Elsa ins Schlepptau und holte Kaffee und warme Brötchen an einer der Buden, die nach und nach öffneten. Die Reste der Nacht wurden mit langen Besenstrichen vom Asphalt gekehrt. Sonnenschirme wurden aufgespannt, Stühle und Tische aufgebaut und Menütafeln aufgestellt.

Jan und Elsa setzten sich auf die obere Terrassenebene der Landungsbrücken. Krümel fielen zu Boden. Ein Mädchen mit Piratentuch auf dem Kopf blieb kurz neben ihrer Bank stehen, bis es von den Möwen Richtung Kai gelockt wurde. Jan stand auf und trat ans Geländer der Terrasse, Elsa folgte ihm. Als ein paar Touristen den Steg betraten, um zu fotografieren, schob sie sich in den Bildhintergrund, wie einen Beweis.

Später lief sie neben Jan her, ohne auf den Weg zu achten. Sie hätte sich überall auf der Welt befinden können, in irgendeiner Stadt. Sie überquerten einen Kanal. Man geht nicht mit einem Fremden mit – die besorgten Eltern-Worte lagen ihr auf der Zunge. Elsa lehnte sich über das Geländer einer Brücke und spuckte ins Wasser.

In Hammerbrook waren die Gebäude weniger verspielt. Grau und kompakt reihten sie sich nebeneinander in die Höhe. An die Stelle von Wohnungen traten Büros und Lagerhallen. Die Fassaden bestanden aus Glas und glatten Betonflächen, keinerlei Läden oder Cafés zierten die Erdgeschosse. Nur eine Tankstelle durchbrach die Einheit der Bauriesen.

Jan führte Elsa auf den Hof eines der älteren grauen Klötze. Dunkelgrau blätterte von Hellgrau, verwaschene, unleserlich gewordene Graffitis füllten die Zwischenräume. Durch eine massive Eisentür gelangten sie in den Schwerlastaufzug. Mühsam schob sich die Metallkiste Zentimeter für Zentimeter nach oben.

Elsa fühlte ihren Puls schneller werden, aber nun war es zu spät, um sich zu fürchten. Es ruckte, die Türen quietschten und öffneten sich direkt in den Raum. Vor ihnen breitete sich eine Fläche aus, vielleicht zweihundert Quadratmeter, mit mehreren Inseln darin: drei Sofas, weiter hinten ein Mischpult und Berge von Schallplatten, am anderen Ende der Halle die Küche, abgegrenzt durch ein Quadrat aus weißem PVC auf dem Waschbeton. Kein Wunder, dass Jan sich hier einsam fühlte. Eine Längsseite der Halle war dicht von Fenstern durchsetzt, die Querseiten nur spärlich, die zweite Längsseite bestand aus glattem Beton. Eine Ecke war so dunkel, dass man nur ahnen konnte, dass der Raum dort endete.

Um über die umstehenden Gebäude hinwegzusehen, lag die Wohnhalle zu tief, der Blick wurde begrenzt durch die roten Backsteine des alten Fabrikgebäudes gegenüber. Erst wenn man an die Scheiben herantrat, konnte man den Himmel sehen.

Das Tageslicht reichte für eine Hälfte der Halle, der Rest lag im Trüben. Im Abseits erkannte Elsa helle, unförmige Gebilde, die sie an Möbel erinnerten, die man mit weißen Stoffbahnen abgedeckt hatte, in deren Kuhlen sich nun der Staub sammelte. *Als sei jemand für eine Weile fortgegangen.* Am liebsten wäre sie umgedreht und zurück an die Landungsbrücken gelaufen, wo einem der Astra-Turm im Rücken stand wie eine Gewissheit und von vorn der Wind wehte, bevor er sich stadtauswärts Richtung Küste verlor.

Jan zog sie an der Hand durch den Raum, direkt auf die weißen Objekte zu. Elsas Nackenhaare stellten sich auf. Er ließ ihre Hand los und riss mit Schwung die Tücher hoch. Staub rieselte auf sie herab. Welten kamen zum Vorschein: aufgebockte Platten mit Miniaturlandschaften und -gebäuden, die nur darauf warteten, zum Leben erweckt zu werden. Kleine Menschen bevölkerten die Modelle, saßen erstarrt auf Parkbänken unter Bäumen, eine alte Dame beugte sich herunter und fütterte Tauben. Alles war detailgenau bemalt und wirkte täuschend echt, als habe man die Welt bloß für eine Sekunde angehalten.

Außer der Wohnküchenhalle gab es noch das Bad, Jans Zimmer und das »kleine Zimmer«. Das kleine Zimmer war ein karger Raum mit nichts als ein paar Umzugskisten, auf denen »S« stand.

»Was bedeutet S?«, wollte Elsa wissen.

»Sara«, antwortete Jan. Elsa dachte, er würde weitersprechen, und schwieg abwartend. Sein Blick veränderte sich. Er schaute ähnlich, wie Georg Elsa angeschaut hatte, als er langsam begriffen hatte, dass sie ohne ihn fortgehen würde. Dieser Blick, der wehtat, wenn man ihn sah. Jan schüttelte die Erinnerung ab und blickte verlegen zur Seite, stieg über ein unsichtbares Hindernis und ging zur zweiten Zimmertür, hinter der sein Schlafzimmer lag. Es bestand aus fünfzig Quadratmetern, vollgestopft mit Kram: überquellende Regale mit Schachteln und Rollen aus Gummi, Papier, Metall- und Kunststoffplatten. Das Bett nahm den kleinsten Teil des Zimmers ein.

»Hier drin wohnst du?«, fragte Elsa ungläubig.

Jan lachte und ging in die Halle zurück: »Ach, ich wohne eigentlich hier überall.« Er machte zwei Tassen Tee mit Rum wie für Schiffbrüchige. Immer wieder wechselte er die Schallplatten und trommelte mit den Fingern dazu auf den Tisch.

Gegen Mittag lag Elsa auf einem der Sofas, halb zwischen Schlaf und Traum, als sie ein Schleifgeräusch hörte. Sie schlug die Augen auf und beobachtete Jan, wie er das Sofa, das im rechten Winkel zu ihrem stand, in die Parallele schob, dicht an ihres heran, bis sich die Sitzkanten berührten. Er zog seine Brille ab und legte sich ihr gegenüber. Ohne die schwarzen Rahmen sah er weniger blass aus. Doch auch bei ihm zeigte sich, wovor kein Brillenträger gefeit ist: Das Gesicht wirkte nackt und verletzlich ohne die Gläser.

Ihre Augen verloren eine Dimension nach der anderen, formten sich von Kugeln zu Kreisen, zu Strichen, verschwanden. Atemzüge, Herzschläge. Jan griff Elsas Hand, nahm sie hoch und legte sie sich in den Nacken. Warme Haut. Gleich würde er sie küssen. So war es immer gewesen, in allen vergangenen Städten. Kleine Blicke und Gesten, ein kaum wahrnehmbares Zwinkern, plötzlich bebende Körper, drängendes Umarmen, man war ja erwachsen. Und Elsa hatte einen neuen Gefährten für ein paar Wochen oder Monate, solange sie es eben in der Küche und der Stadt hielt. Bis sie weiterzog.

Sie kannte die kleinen Zeichen. Sie wusste, wie man im richtigen Moment die Augen niederschlug, wann man die Luft anhielt und den Kopf ein wenig zur Seite neigte. Wenn Spannung entstand, wie vorhin an den Pollern oder jetzt, in genau diesem Moment, in dem ihre Hand auf seiner Haut lag. Er würde sich gleich zu ihr beugen oder Elsas Kopf zu sich ziehen. Doch Jan regte sich nicht mehr. Seine Atemzüge wurden ruhiger und seine Hand lag kraftlos über ihrer. In dieser vertrauten, intimen Geste fühlte Elsa sich plötzlich seltsam zu Hause. Vorsichtig strich sie ihm durch die Haare, die sich wie Daunen anfühlten, fedrig und leicht. So lange grub sie ihre Finger hinein, bis sie die Haare besser kannte als Jan.

In den folgenden Stunden wachte Elsa auf und schlief ein, ohne ein Gefühl für die Uhrzeit. Die vielen schlaflosen Nächte holten sie ein. Manchmal lag Jan ihr gegenüber, wenn sie die Augen aufschlug. Am Abend stand er in der Küche und strich Brote. Er sei hellwach, sagte er, sein normaler Schlafrhythmus völlig aus den Fugen.

»Man gewöhnt sich daran«, sagte Elsa. *Man kann sich an alles gewöhnen.*

Sie aßen die Brote im Stehen in der Küche. Fragen erwachten in Jan. Elsa hatte das Gefühl, ganz vorn anfangen zu müssen. Zum ersten Mal seit vielen Jahren erzählte sie vom Tod ihres Vaters. Die Walpurgisnacht erwähnte sie nicht, nur den Herzinfarkt und die drückende Stille in ihrem Elternhaus nach dem Unglück. Dass es schwierig gewesen sei mit ihrer Mutter, den Schachteltürmen und David, sagte sie und erzählte von der beruhigenden Wirkung des Kochens und von ihrem Entschluss, Köchin zu werden. Sie sprach von ihren unterschiedlichen Stationen, die sie schließlich nach Hamburg geführt hatten.

Jan interessierte sich vor allem dafür, was jetzt kommen würde, was sie plante. Sein Blick war nach vorn gerichtet. Da die unmittelbare Vergangenheit zu Elsas zukünftigen Plänen dazugehörte, erzählte sie ihm ausführlicher vom XXL-Mega-Tempel. Georg erwähnte sie nicht, beschrieb aber den Chef und sein Essen in allen Facetten, beschönigte nichts. Es kam ihr absurd vor, dort bis vor ein paar Tagen noch gekocht zu haben. Sie endete mit ihrer Begegnung mit dem Koch im Strandhotel und der spontanen Idee, sich in Hamburg wieder nach oben zu arbeiten. »Ich suche mir einen Job in einer Küche, die okay ist. Dann sehe ich weiter, ob ich in ein oder zwei Jahren einen Fuß in ein hochklassiges Restaurant bekomme.«

»Warum nicht jetzt gleich?«, fragte Jan. Er verlor keine Zeit, holte seinen Computer, hackte auf die Tasten, bis er eine Liste mit Hamburgs besten Restaurants gefunden hatte. Einen solchen Tatendrang kannte Elsa von sich selbst nur, wenn es darum gegangen war, sich die nächstbeste Stadt Richtung Norden auszusuchen.

Sie bremste ihn: »Ich kann nicht einfach in einen Sterneladen marschieren und sagen, dass ich dort arbeiten will.«

»Warum denn nicht?«, fragte Jan herausfordernd zurück.

»Weil es naiv ist. Ich habe keine Referenzen«, erklärte Elsa ihm, »geschweige denn eine gute Geschichte. Solche Köche haben sich zum vierten Geburtstag einen Schneebesen gewünscht und perfekte Mousse au Chocolat gemacht. Sie sind zu Köchen geboren worden. Außerdem habe ich meine Sachen nicht hier«, beteuerte sie, »ich muss zurückfahren und meine Ausrüstung holen. Das hier ist alles, was ich dabeihabe.«

Jan blickte auf ihren Rucksack, wischte aber ihre Argumente mit einer läppischen Handbewegung beiseite: »Gehen wir eben morgen einkaufen. Wenn du noch zwei Jahre wartest, hast du dir zum vierten Geburtstag immer noch keinen Schneebesen gewünscht. Und zwei Jahre älter bist du auch.«

»Für die Sterneküche bin ich jetzt schon ziemlich alt«, sagte Elsa, »die fangen mit sechzehn, siebzehn an, nicht erst mit vierundzwanzig.«

»Mit sechsundzwanzig schon gar nicht«, konterte Jan.

Er hatte recht. Es war ihr zweiter Tag in Hamburg und schon war sie in die gewohnte Haltung verfallen. Dieses Herauszögern, wie sie ein Ziel anvisierte und dann weit von sich schob, als wollte sie es gar nicht wirklich erreichen.

»Was soll ich denen denn erzählen, wo ich vorher gearbeitet habe?«

»Versuch es doch mit der Wahrheit«, sagte Jan.

Seine Überzeugung, dass die Gegenwart stärker war als die Vergangenheit, war unerschütterlich. Jeder müsse doch davon angetan sein, wenn sich jemand zum Besseren verändern wolle, auch ein Sternekoch, meinte Jan. Er glaubte nicht daran, dass man zum Lernen zu alt sein konnte. Vor wenigen Wochen hatte er angefangen, Gitarrenunterricht zu nehmen. Klar würde er nie mehr ein Wunderkind auf dem Instrument sein, gab er zu, aber wenn er so weitermachte, würde er spätestens mit vierzig ganz gut Gitarre spielen. Neben seinem positiven Elan erblassten Elsas Zweifel.

Inseln aus Licht

Zwei Tage später stand sie in der strahlenden Mittagssonne vor dem »Brunners«, wie es in schnörkellosen grauen Lettern auf der weißen Fassade zu lesen war. Elsa war erleichtert, dass Jan im Büro war und nicht sehen konnte, wie sie sich vor dem Restaurant auf der Straße herumdrückte. Es war irrsinnig, hier um eine Stelle zu bitten. Aber wie hatte Jan gesagt? Was hatte sie schon zu verlieren? *Alles. Haltung. Hoffnung. Mein neues Ziel.* War ein unerreichbares Ziel nicht besser, als an einem erreichbaren zu scheitern? Jan war vermutlich nicht oft in seinem Leben gescheitert. Alles schien ihm leicht von der Hand zu gehen. Die Begegnung mit ihm war ein guter Start für Hamburg gewesen. So gut, dass Elsa erwartete, dass bald etwas Negatives geschah. Um Ausgleich zu schaffen. Es wurde immer ein Ausgleich geschaffen.

Gestern hatte sie gemeinsam mit Jan in einem Laden für Berufsbekleidung eine einfache Kochhose und Sicherheitsschuhe gekauft und sich an die Landungsbrücken gesetzt, auf dieselbe Bank wie am Tag ihres Kennenlernens. Elsa betrachtete sie als ihre, genauso wie das äußerste Pollerpaar am Ufer. Jan hatte in seinem Anzug ausgesehen wie bei ihrer ersten Begegnung, selbst bei Übermüdung saß alles an ihm perfekt, nur die Haare wehrten sich gegen ein aufgezwungenes Prinzip, wechselten alle halbe Stunde die Frisur. Es schien das einzig Unstete an ihm zu sein. Neben ihm auf den Landungsbrücken mit dem Astra-Turm im Rücken hatte sich alles ganz leicht angefühlt.

Schwer zu sagen, warum ihre Wahl auf das Brunners gefallen war. Genau genommen war es nicht Elsas erste Wahl gewesen. Bei zwei Restaurants hatte sie vorher angerufen, doch als sie ihre letzte Arbeitsstelle erwähnt hatte, hatte man sie abgewimmelt. Die erste Frage war in jedem Restaurant, wo man vorher gearbeitet hatte. Es war die Visitenkarte, und die gab es nicht im XXL-Format. Deshalb hatte sie für das Brunners gar nicht erst versucht, einen Termin zu vereinbaren. Ihre einzige Chance bestand darin, persönlich vorzusprechen. Jan hatte ihr zugestimmt. Gestern war ihr das logisch vorgekommen, jetzt erschien es ihr größenwahnsinnig.

Die Webseite war schlicht, auf Informationen zum Lokal und zu den Speisen reduziert. Die Worte »frisch« und »hausgemacht« suchte man vergeblich. Die Bilder der Gerichte sprachen für sich: natürlich aussehende Nahrungsmittel, nicht übertrieben in geometrische Formen gezwungen oder molekular verändert; eine überschaubare Menge auf den Tellern, ohne dabei nach Spatzenportionen auszusehen, die einen hungrig das Lokal verlassen und nach der nächsten Currywurst Ausschau halten ließen; keine Garnituren oder andere Ablenkungsmanöver auf den Tellern. Elsa hatte es vom Süden bis in den Norden erlebt: Getrocknete Petersilie, Paprika- und Zimtstaub auf den Tellerrändern hefteten sich als hartnäckige Erinnerung an die Ärmel der Gäste. Im Brunners gehörte der Tellerrand dem Gast. Ein Stern im *Guide Michelin*, 16 Punkte im *Gault Millau*, ein Gastraum mit Wintergarten, 72 Sitzplätze, 20 Mitarbeiter (Chefkoch Brunner, Köche, Küchenhilfen, ein Spüli, ein Restaurantleiter, die Kellner, ein Sommelier, Azubis), ein Extraraum für kleine Feiern, weiße Leinentischdecken und Servietten, poliertes Silberbesteck, edle Sektflöten, weißes Porzellan ohne Dekor und lebendige Blumen auf den Tischen.

Die Köche trugen weiße Jacken und schwarze, bodenlange Schürzen, die Kellner individuell unterschiedlich geschnittene schwarze Jacketts über weißen Hemden. Das Restaurant war in zwei Schüben geöffnet, mittags und abends. Es gab Menü-Angebote, oder man stellte sich aus der Karte seine Gänge selbst zusammen. Ein Commis de Rang wurde gesucht, ein Jungkoch, was Elsa genau genommen nicht mehr war. Köche in ihrem Alter erkochten sich bereits den ersten Stern. Sie machte sich nichts vor: Sie war spät dran und würde auf der untersten Stufe einsteigen müssen. Zumindest musste sie es versuchen. In ein »normales« Lokal konnte sie später immer noch gehen, sprach sie sich selbst Mut zu.

Auf den Fotos hatte das Restaurant kleiner gewirkt, weniger einschüchternd. Es war Dienstag und der Gastraum bis auf den letzten Platz besetzt. Von der gegenüberliegenden Straßenseite beobachtete Elsa die gediegenen Gestalten des Service, die mit tänzerischer Leichtigkeit zwischen den Tischen hindurchschritten, Teller platzierten oder abräumten. Sie verließen den Gastraum durch eine silberne Schwingtür, schlugen einen Bogen nach links und waren nicht mehr zu sehen. Elsa sah dem Treiben zu. Jetzt würde sie den Chef ohnehin nicht sprechen können. Ab und zu blitzte seine weiße Kochjacke zwischen den Gästen auf. Er mochte so um die fünfzig sein. Ein kompakter, kleiner Mann, vielleicht eine Handbreit größer als Elsa, erstaunlich schmal für einen Koch. Die Gäste lächelten mit ihm um die Wette, wenn er an ihren Tisch trat. Elsa ertappte sich dabei, wie sie mitlächelte.

Nach und nach leerte sich der Gastraum. Sie hatte den Chef eine Weile nicht gesehen, als die letzten zwei Gäste das Restaurant verließen. Die Betriebsamkeit in der Hofeinfahrt nahm zu. Lieferanten kamen und gingen. Wenn Elsa nicht bald ihr Glück versuchte, würde das Abendgeschäft anfangen und sie müsste morgen zurückkehren. Vor allem müsste sie heute Abend Jan gegenübertreten und zugeben, dass sie zu feige gewesen war, um nach einer Anstellung zu fragen.

Der Torbogen neben dem Restaurant führte auf einen großzügigen Hinterhof. Vor der Tür zur Küche saßen an einer Biertischgarnitur in der Sonne die Köche und aßen. Sogar zwei Frauen waren darunter. Die jüngere der beiden saß am Rand, ein großes, stämmiges Mädchen mit gerötetem Gesicht. Sein Blick streifte Elsa. Sie nutzte die Gelegenheit und fragte nach dem Chef. Das Mädchen nickte Richtung Küche: »Einfach rechts halten, in den Vorraum, links den Gang entlang bis zum Ende. Da ist das Büro«, sagte es. »Aber nenn ihn bloß nicht ›Chef‹!«, fügte das Mädchen hinzu und widmete sich wieder dem Essen.

Elsa betrat die Küche. Der Kontrast zum Sonnenlicht war so groß, dass sie einige Sekunden nichts sah als Schwärze. Sie blinzelte, grelle Flecken tanzten vor ihr, rote und gelbe Lichtreste auf der Netzhaut, Blitzlichter von draußen. Langsam gewöhnten sich ihre Augen an das Kunstlicht, die Dunkelheit wurde von helleren Tönen verdrängt. Silbern glitzernd nahm die Küche Gestalt an.

Es erweckte nicht den Eindruck, als sei hier gerade eben noch gearbeitet worden. Blank glänzende Flächen umliefen den Raum, unterbrochen von wenigen Durchgängen. Gas- und Induktions-Kochfelder bildeten die Mitte, sie waren von allen Seiten aus zu erreichen. Darüber hingen Schneebesen und Schöpfkellen. Die Wände voller Regale, Schränke und Metallleisten, an welchen handgeschriebene Listen hefteten.

»Pardon.« Elsa wurde zur Seite geschoben. Ein Koch wuchtete einen Sack mit Knochen an ihr vorbei und warf ihn auf den Tisch. Daneben ging es ein paar Stufen hinunter. Lautes Geklapper und Maschinengebrumm dröhnte von dort herauf – die Spülküche.

Der Pass öffnete sich zu einem Vorraum. Eine doppelte Schwingtür mit Milchglaseinsätzen führte von dort in den Gastraum. Brotschneidetisch, Kaffeestation und Kasse säumten den Laufweg. An der Pinnwand neben der Tür befahl ein Zettel mit dicken schwarzen Buchstaben: »Lächeln nicht vergessen!« Elsa verzog automatisch die Lippen.

Eine Schlucht aus Gloschen, Brotkörbchen, Besteckbehältern, Tischwäsche, Gläsern, Tassen und Kerzenständern erstreckte sich bis zum Büro. Die Tür zu dem kaum schuhkartongroßen Raum stand offen. Er war bis unter die Decke mit Ordnern vollgestopft. Sogar vor dem schmalen Fenster stapelten sich Bücher, Hefter und Ablagekörbe, sodass trotz des Sonnenscheins draußen schummriges Licht herrschte. Am Schreibtisch hinter dem Computer saß der Chef. Nicht Chef – Brunner, korrigierte Elsa sich selbst. Sie klopfte an den Türrahmen.

»Ja?«, fragte er, ohne den Blick vom Bildschirm abzuwenden.

»Haben Sie einen Moment für mich Zeit?«, fragte Elsa zaghaft.

Brunner schaute auf. Dunkle, wache Augen. Die obersten Knöpfe seiner Kochjacke waren geöffnet. Auf der Brusttasche eingestickt in Rot ein schwungvolles »J. Brunner«.

»Ich suche Arbeit«, sagte sie.

»Normalerweise schickt man mir eine Bewerbung«, murmelte er, wieder im Bildschirm versunken.

Sollte sie aufgeben? »Wenn ich eine Bewerbung geschickt hätte, hätten Sie mich niemals hergebeten«, sagte Elsa.

Brunner hob den Blick und musterte sie. »Und warum nicht?«, fragte er.

Das lief ja prima. Statt ihrer Vorzüge musste sie nun aufzählen, was gegen sie sprach.

»Ich habe von meinem letzten Arbeitgeber kein Zeugnis. Ich könnte eines besorgen, aber es wäre vermutlich das schlechteste der Welt.«

Brunner machte keine Anstalten, sich dazu zu äußern, aber jetzt hatte sie seine volle Aufmerksamkeit.

»Das Essen war es auch. Mein Chef hat gesagt, ich sei nicht in einem Scheiß-Sternerestaurant.«

»Ach, und da hast du gedacht, dann gehst du eben in ein Scheiß-Sternerestaurant?«

Natürlich war Elsa selbst daran schuld, dass er misstrauisch war. Aber sie hatte sich für den direkten Weg entschieden und legte ihre Karten auf den Tisch.

»Das Restaurant heißt XXL-Mega-Tempel. Falls Sie sich vorstellen können, was das bedeutet. Ein sehr schlechtes Zeugnis von dort müsste hier doch als Referenz gelten.«

Jetzt blickte Brunner sie unverhohlen neugierig an. Sein Fingernagel klackerte nachdenklich auf dem Tisch.

»Zwei Wochen«, sagte er.

Elsa verstand nicht.

»Du kannst zwei Wochen mitkochen, dann sehen wir, ob es passt.«

»Warum?«, platzte es aus ihr heraus. »Sie müssen doch genug Bewerber haben, die aus guten Restaurants kommen?«

Das Grinsen ließ ihn weicher wirken. Doch die Augen blickten unverändert durchdringend. Sicher duldete er weder Faulheit noch Fehler.

»Man weiß nie, was man kriegt. Egal, wo jemand vorher gearbeitet hat. Ein Koch kann direkt aus einem Drei-Sterne-Laden kommen, und womöglich hat er dort nichts anderes gemacht, als ein Jahr lang Brot zu rösten. Hat es alles schon gegeben. Ich überzeuge mich lieber selbst. Wenn jemand aus einem XXL-Restaurant direkt hierherkommt, ist er zwar vermessen, aber nicht dumm. Du hast Courage, das ist gut. Wir fangen um 9 Uhr morgens an, um 10 Uhr ist Mitarbeiteressen und Besprechung, um 17 Uhr dasselbe. Schluss ist, wenn Schluss ist. Sonntag ist Ruhetag. Caro kann dir die Umkleide zeigen.«

»Jetzt sofort?«

»Willst du mitarbeiten oder nicht?«, fragte er zurück und tippte mit tanzenden Fingern auf der Tastatur. Elsa war abgemeldet.

Als sie auf den Hof trat, ließ der Lichtwechsel sie erneut erblinden. Diesmal war alles weiß. Umso mehr fühlte sie das Neuland unter ihren Füßen. Roch den warmen Asphalt. Spürte die Sonne auf ihrem Gesicht. Hörte entfernt den Verkehr rauschen. Langsam traten aus dem Gleißen zart die Umrisse der umliegenden Häuser hervor, wie mit Bleistift gezeichnet. Farben und Details kehrten zurück, Dinge, die Elsa vor Aufregung vorher entgangen waren: eine große Kastanie mit einer Bank darunter, bunte Papierlaternen in den Ästen, ein kleiner Kiosk gegenüber dem Hofdurchgang. Zum ersten Mal kam ihr der Gedanke, dass es gut wäre, ein Handy zu besitzen. Aber sie hatte ohnehin weder Nummer noch Namen oder Adresse von Jans Büro.

Keiner der anderen Köche trug seinen Namen auf die Jacke gestickt, alles hier geschah in Brunners Namen. Als Elsa schüchtern in die Runde nach Caro fragte, erhob sich das Mädchen, das ihr den Weg zum Büro erklärt hatte.

»Lehrling im zweiten Jahr«, erklärte es, während es Elsa wieder hinein- und eine Treppe hinunterführte. Offenbar machte ein Stern im *Guide Michelin* keinen Unterschied, das Personal landete überall im Keller.

Caro zog sich das verschwitzte Tuch vom Kopf und warf es in einen der großen Wäschewagen voller Leinen. Im Vorbeigehen griff sie Textilien aus den Regalen und drückte sie Elsa in die Hand. Ihr Blick fiel auf den ramponierten Verband an Elsas Finger. »Kannst du damit überhaupt arbeiten?«, fragte sie. Elsa nickte und war Caro dankbar, dass sie nicht weiter nachfragte, sondern ihr einen Kasten an der Wand zeigte, der als Pflaster-Spender fungierte. Die Wunde war leicht entzündet. Elsa desinfizierte sie und wickelte großzügig das extra für die Küche geeignete, blau leuchtende Pflaster um den Daumen.

Der Umkleideraum war noch kleiner als das Büro, abschließbare Spinde und eine Toilettenkabine nahmen die Hälfte des Platzes ein. Elsa versank in der weißen Kochjacke.

»Falls du länger bleibst, können wir eine kleinere bestellen«, meinte Caro, während Elsa sich die Ärmel nach oben krempelte. Caro reichte ihr eine Serviette. »Du kannst auch eine Kochmütze haben, wenn du willst. Aber wir Mädchen benutzen alle das.« Mit geschickten, schnellen Bewegungen faltete sie ein zweites Tuch und band es sich um die halblangen Haare. Elsa machte es ihr nach. Das gestärkte Leinen legte sich fest um ihren Kopf und hielt die Gedanken zusammen.

Die Küche war kaum wiederzuerkennen. Die Arbeitsflächen waren bedeckt mit Schneidbrettern und Edelstahl-Behältnissen, in denen die für den Service vorbereiteten Lebensmittel in der Kühlung verstaut wurden. Caro nannte sie »Bemeris«. Elsa benutzte den Ausdruck selbst seit Jahren und sie hatte auch irgendwann einmal gelernt, warum sie so hießen. Aber sie konnte sich einfach nicht mehr daran erinnern. In den letzten Jahren hatte sie das nie gekümmert, doch in dieser hochglanzpolierten Küche wog das Unwissen schwer, es flüsterte: »Du gehörst hier nicht hin, du bist keine von uns.«

Die Silberoberflächen reflektierten das nüchterne Licht in alle Richtungen. Die Tür zum Hof war geschlossen, die Welt ausgesperrt. Elsa zuckte unter Caros lauter Stimme zusammen, als sie quer durch die Küche rief: »Das ist Elsa. Sie arbeitet zwei Wochen mit.« Die meisten sahen auf, nickten oder winkten, bevor sie wieder in ihre Arbeit versanken. Nur einer beäugte sie ungeniert: Louis, der Souschef. Elsa hätte ihn eher einem Tätowierstudio statt einem Sternerestaurant zugeordnet. Die hochgekrempelten Ärmel legten die bis zu den Handgelenken mit bunten Bildern bedeckten Unterarme frei. In seinen Ohren steckten münzgroße Scheiben. Wenn er sie herausnahm, könnte man durch seine Ohrläppchen hindurchsehen. Das Stoffband um seinen kahl rasierten Schädel sollte wohl verhindern, dass ihm der Schweiß von der Stirn tropfte. Man sah, dass er trainierte, seine Arme waren vom Oberkörper abgewinkelt und die massive Statur schob sich mit einem Anflug von Arroganz zwischen den anderen Köchen hindurch und kam unmittelbar vor Elsa zum Stehen.

Er war der Einzige, der älter aussah als sie, die anderen wirkten auf sie wie Mädchen und Jungen, vermutlich alle unter zwanzig, ein junges Team. Trotzdem war Elsa die Kleinste, das hörte wohl nie auf. An dumme Sprüche wie »Na wenigstens nimmst du nicht viel Platz weg« hatte Elsa sich über die Jahre gewöhnt, aber Louis ließ keinen Kommentar dazu ab. Für heute solle sie Caro in der Patisserie zuarbeiten. Froh, sich an das stämmige Mädchen halten zu können, folgte Elsa Caros knappen Erklärungen durch die Küche.

In der Patisserie würde es nicht allzu sehr auffallen, dass Elsa keine eigenen Messer dabeihatte. Sie lagen in ihrer Hildesheimer Wohnung. Außer für das Ratatouille vor wenigen Tagen waren sie seit Monaten unberührt geblieben. Im XXL-Mega-Tempel war es nicht üblich gewesen, eigene Messer mitzubringen, alle benutzten dieselben Werkzeuge, die der Chef in Großpackungen besorgte. Hier im Brunners war es nicht zu übersehen, dass jeder Koch seine speziellen Messer besaß und selbst pflegte. Caro warnte Elsa eindringlich davor, sich aus den mit Namen beschrifteten Messerschubladen zu bedienen. Einzig die soliden Messer, die mit einem roten Punkt am Griff markiert waren und an Magnetleisten hingen, standen allen frei zur Verfügung.

Die Patisserie war nicht mehr als eineinhalb Quadratmeter silberne Arbeitsfläche in der Nähe der Kühlräume, die direkt an die Hauptküche grenzten, um die Wege während des Service kurz zu halten.

Im Kühlraum für Milchprodukte atmeten sie Wolken in die Luft. Zu zweit passten sie gerade so hinein. Caro erklärte das Vorratssystem und wies darauf hin, welche der Regalbretter einzelne Köche für sich beanspruchten. Das betraf fast alle Regale, Elsa würde sich jedes bisschen Abstellfläche hart erkämpfen müssen.

Die Küchen waren in fast allen Restaurants so klein wie möglich, um nicht einen Zentimeter Boden zu verschenken, den man mit zahlendem Publikum füllen konnte. Hier war es nicht anders. Die kalten Vorspeisen wurden auf Tellern vorbereitet und übereinander in ein Gestell geschoben, um Platz zu sparen. Da die Desserts logischerweise am Ende der Menüs an der Reihe waren, blieb ihnen mehr Zeit für die Vorbereitung. Elsa hatte noch nie in der Patisserie gearbeitet. Die winzigen Metallinstrumente zum Fertigen von Pralinen sahen aus wie aus der Puppenküche. Teilweise erinnerten sie Elsa an die Zahnarztbestecke in der Praxis ihres Vaters. Caro zeigte ihr geduldig, wie man Schokoladenrohlinge mit Erdbeereis füllte, mit heißer Schokolade verschloss und kühlte, bevor das Eis im Innern schmolz.

Anschließend strich Elsa Hippenteig durch Schablonen auf Backmatten aus Silikon. Was bei Caro leicht ausgesehen hatte, kostete sie unendliche Mühe. Immer klebte sich der eiweißreiche Teig dort fest, wo er nicht hingehörte, oder bildete unschöne Unebenheiten, wenn sie die Schablone nach oben zog. Es dauerte ewig, bis sie genügend davon vorbereitet hatte. Im Ofen brauchte das Gebäck nur wenige Minuten. Es musste innerhalb von Sekunden in die abschließende Form gebracht werden, solange es noch heiß und biegbar war.

Es gab keine Ruhepause. Mit einem Eierköpfer zerteilte Elsa rohe Eier so, dass ein sauberer Rand entstand. Eiweiß und Eigelb leerte sie getrennt in zwei Bemeris. Dann musste das zarte Häutchen von der Innenseite der Eierschalen abgelöst werden. Die ersten zwei Eier zerbrachen ihr in den verschwitzten Händen, bis sie eine Technik gefunden hatte, wie man die Haut vom Rand lösen konnte. Anschließend wurden die Eier ausgewaschen und erhitzt, um sie zu sterilisieren. Später würde darin ein Ziegenjoghurtsorbet mit Pfirsichkompott und Zabaione angerichtet werden.

Caro schnitt in atemberaubender Geschwindigkeit kandierte Zitronen- und Orangenschalen in feine Streifen. Louis tigerte von einem Posten zum nächsten. Er probierte, lobte oder tadelte, gab Tipps. Die Consommé, die ein schmaler Junge auf der anderen Seite von Elsas Arbeitsplatz gekocht hatte, gefiel ihm nicht. »Die muss geklärt werden«, sagte er und wandte sich an Caro: »Habt ihr Eier?«

»Vier«, sagte sie.

Louis grinste. »Was denn, ihr habt auch jeder zwei?«, fragte er zurück.

»Darauf kannst du wetten«, antwortete Caro und reichte ihm den Bemeri, in den Elsa das Eiweiß gegeben hatte.

Brunner tauchte auf. Trotz der steigenden Hektik, weil das Restaurant jeden Moment die Türen für den Abend öffnete, nahm er sich die Zeit, Caros Zitronensorbet zu probieren.

»Es ist wieder zu süß. Du musst mit Zitronenschale nachjustieren. Nimm auch ein bisschen von dem Weißen unter der Schale dazu. Ich weiß, es wird gesagt, man soll es nicht verwenden, weil es bitter schmeckt. Aber ich will ein paar Bitterstoffe im Sorbet. Die sind ja nicht per se schlecht, im Gegenteil, viele davon entgiften. Das Problem ist, dass sich manche Köche hinstellen und pauschal Dinge über Nahrungsmittel behaupten und die Leute es glauben. Jetzt züchten sie die Stoffe sogar aus den Produkten heraus. Wenn die Deutschen die Bitterstoffe mehr zu schätzen wüssten, wären sie gesünder. Die Italiener haben das längst begriffen. Artischocken, Oliven, Chicorée, alles bitter.« Er sagte es resigniert, fast traurig. Elsa konnte sich gut vorstellen, dass er einmal geglaubt hatte, jeden von gutem Essen überzeugen zu können. Restaurants wie der XXL-Mega-Tempel bewiesen das Gegenteil. Sie war überrascht, dass man in einem Etablissement wie dem Brunners an ähnliche Grenzen stieß, wenn auch auf wesentlich höherem Niveau.

Die Wärmelampen, die über einer Hälfte des Passes die Speisen während des Anrichtens warm hielten, brannten. Der kalte Pass war für Salate und Desserts. Die Tellerheizschränke summten, die ersten Amuse-Gueules verließen die Kalte Küche. Statt einer Kellnerklingel war von Louis am Ansagerposten ein gemäßigtes »Service bitte!« zu hören, sobald alle Teller für einen Tisch zur Abholung bereitstanden. Viel mehr bekam Elsa nicht mit. Die Maschine, die die Bons mit den Bestellungen ausdruckte, ratterte wie ein Fahrtenschreiber.

Schneller als erwartet wurden die ersten Dessert-Bons zu ihnen durchgereicht und an die Leiste über ihrem Arbeitsplatz geheftet. Ohne dass auch nur eine Sekunde zum Innehalten blieb, gab Caro ihr Anweisungen. Im Lauf des Abends schlug Elsa so viel Zabaione über dem heißen Wasserbad auf, dass ihr Arm taub wurde.

Zum Menü-Angebot gehörte eine Auswahl an süßen Kleinigkeiten, und sie hatten alle Hände voll damit zu tun, sie anzurichten. Ein ganzes Arsenal an Fruchtsaucen stand in Plastikflaschen bereit. Unter Caros Händen verwandelten sich kleine Tröpfchen in unterschiedlichen Farben zu bunten Mustern. Bevor sie die Saucen auftrug, testete sie den Inhalt auf ihrem Handrücken. Am Saucier-Posten hatte Elsa gesehen, dass die Griffe der kleinen Kupferpfännchen mit Gewebeband beklebt und beschriftet waren. Auch der Entremetier hatte seine vorbereiteten Gemüsepfännchen mit Zettelchen markiert. Zu groß war die Verwechslungsgefahr im Stress.

Die meisten Köche hatten ihre Posten sauber geputzt und die Lebensmittel versorgt, als Elsa aufsah, um die letzten zwei Dessertteller an den kalten Pass zu bringen. Louis und der schmale Junge, dessen Consommé zu trüb gewesen war, gingen Bestelllisten durch. Bis Mitternacht musste die Ware für den nächsten Tag geordert sein.

Brunner kam dazu. Elsa hatte gedacht, er habe das Restaurant längst verlassen. Die meisten ihrer Chefs hatten inmitten des Service das Weite gesucht und Feierabend gemacht. Schließlich bezahlten sie ihre Angestellten für die Arbeit. Brunner blieb. Nach Küchenschluss schien er entspannter als den ganzen Tag über. Die rastlosen, alles prüfenden Augen kamen zur Ruhe. Der Junge nutzte die Chance, ihn zu fragen, ob man Milch klären konnte. Statt eine einfache Antwort zu geben, schwenkte Brunner einen Topf Milch über dem Herd und fing an, Eischnee mit einem Teigschaber hineinzurühren. Auf diese Art befreite man normalerweise eine Brühe von den Trübstoffen. Der Junge schöpfte in verschiedenen Abständen einen Löffel Flüssigkeit heraus und hielt ihn neben einen Löffel Milch. Sie beugten sich darüber und verglichen die Transparenz.

Elsa schaffte es am Ende kaum noch aus den Schuhen. Beine und Füße fühlten sich fremd an. Ihr verletzter Daumen sah schlimm aus. Durch die fehlende Luft war die Haut darunter weiß und aufgequollen. Nur der Spüler war noch in der Küche und ein paar Kellner im Vorraum, als sie die Tür aufstieß und auf den Hof stolperte. Die Nachtluft legte sich angenehm frisch auf ihr Gesicht. In den Schatten unter der

Kastanie bewegte sich etwas. Eine Gestalt löste sich aus dem Dunkel und trat in den weichen Schein der Laterne. Es war Jan. Er lächelte.

Es geht mir gut

Als Elsa am nächsten Tag aufwachte, wusste sie zunächst nicht, wo sie war. Von ihrem Schlafplatz aus erspähte sie einen schmalen Streifen Himmel über Blättern und Backstein. Der Tag lauerte hinter den Häusern. Sie erinnerte sich. Jan hatte ihr eine Matratze in das kleine Zimmer geräumt und es »Gästezimmer« getauft. Saras Kisten waren in eine dunkle Ecke der Halle gewandert, die kümmerliche Beschriftung zur Wand gedreht.

Jans Zimmertür stand weit offen, eine Zeitung lag zusammengefaltet auf dem Küchentisch, in der Thermoskanne war Kaffee. Von Jan keine Spur. Er war gern der Erste im Büro. In den Morgenstunden schaffte er so viel wie nie. Keine Telefone klingelten, keine Kunden kamen vorbei, nur wenige Mails trudelten ein, mit deren Beantwortung so früh keiner rechnete. Elsa stellte es sich ähnlich vor wie die Stille in der Nacht am Ende einer Küchenschicht.

Der Kaffee dampfte noch. Kräftiger Filterkaffee, durch einen Porzellanfilter per Hand aufgegossen. Das war nicht das einzig Unzeitgemäße, Altmodische an Jan. Eine Ambivalenz, denn er mochte moderne Technik, hatte ein Smartphone und den neuesten Tablet-Computer, reagierte auf die unterschiedlichen Signaltöne seiner Geräte. Dennoch las er die Zeitung, weil das Papier so schön knisterte, meist erst abends, wenn die Schlagzeilen längst überholt waren. Er benutzte Streichhölzer, hörte Schallplatten, der Fernseher war ein riesiger, schwerer Klotz ohne Fernbedienung und im Bad lagen Rasierpinsel und Klappklinge. Er war sehr speziell in seiner Auswahl von Möbeln und Gegenständen, mit denen er sich umgab. Während Elsa die meisten Dinge nach ihrer praktischen Seite bewertet und gekauft hatte, zählte für Jan die Ästhetik. Dinge, deren Form er nicht mochte, benutzte er nicht. Es war erstaunlich, wie er es auf diese Art geschafft hatte, so viel Kram anzuhäufen.

Elsas Daumen sah ein wenig besser aus, obwohl die Wunde jetzt mehr schmerzte als am vergangenen Tag. Wahrscheinlich hatte sie es gestern bei all dem Stress einfach nicht bemerkt. Sie würde den Finger erst im Restaurant neu verbinden, um so viel Luft wie möglich an die Wunde zu lassen.

In der Halle war es trotz des warmen Maiwetters kühl. Wie mochte es hier erst im Winter sein? Elsa wärmte ihre Hände an der Tasse und suchte auf der großen Stadtkarte, die hinter Jans Modellen an der Wand hing, den Weg zum Brunners. Zu Fuß zu gehen würde ihr guttun. Die Nervosität ließ sich durch den Takt gleichmäßiger Schritte im Zaum halten.

Das Restaurant lag in der Nähe des Planten un Blomen. Richtung St. Georg, über die Alster, dann durch den Park und drei Querstraßen weiter. Zu Fuß müsste es in einer guten Stunde zu schaffen sein. Auf dem Küchentisch hinterließ Elsa eine Frage auf einem Zettel:

Warum heißen die Edelstahlbehälter Bemeris?

In Hammerbrook war vom Wetter wenig zu erkennen, der Himmel lag wie Puzzleteile zwischen den Häuserkanten. Bald wurden die hohen Bürogebäude abgelöst durch niedrigere Bauten: Hotels, Geschäfte, Bars, eine Ziegelkirche. Alte Häuser, mehr Menschen als Autos. Auf der Brücke zwischen Binnenalster und Alster öffnete sich der Himmel, eine blaue

Decke, mit Zirruswolken übersäht. *Federwolken: Vorboten einer Warmfront.*

Kaum vorstellbar, dass die Außenalster zufrieren konnte. Wenn die Dicke der Eisdecke zwanzig Zentimeter maß, gab man die Alster frei und die Stadt war um einen Eis-Park reicher. Im letzten Winter hatte man zum ersten Mal seit vielen Jahren das Alstereisvergnügen gefeiert. Jan hatte Elsa Fotos gezeigt von Menschen mit Schlittschuhen, Fahrrädern und Kinderwagen auf dem Eis, Buden am Rand hatten heiße Getränke und Essen verkauft, ein buntes Gewusel. Sie wünschte, sie könnte das einmal erleben. Doch bis dahin dauerte es noch Monate, wenn es überhaupt so weit kam.

Im Park verlor sie auf den gewundenen Wegen die Orientierung. Doch der Fernsehturm, an dessen Position auf der Karte sie sich erinnerte, erhob sich über das Grün und lenkte sie an einem japanischen Teehaus vorbei ins Schanzenviertel. Das Brunners lag in einer breiten Allee, auf beiden Seiten von alten Kastanien gesäumt. Cafés, Restaurants, Geschäfte und Wohnhäuser, die richtige Mischung aus Wirtschaftskraft und Heimeligkeit.

Unweit des Hofeingangs reihten sich hinter einer Bushaltestelle acht Telefonzellen auf. Keine geschlossenen Kabinen, sondern gewölbte Schalen aus Hartplastik, die den Straßenlärm vom Sprecher abschirmten und Elsa an die Haartrockner früher im Schwimmbad erinnerten. Diese paar Meter erschienen Elsa länger als der gesamte Weg zuvor. Jeder Schritt stellte dieselbe Forderung: ein Anruf bei ihrer Mutter, die seit einer guten Woche nichts von ihr gehört hatte, die nicht einmal wusste, dass sie in Hamburg war. Die Telefonzellen flüsterten nicht ihren Namen, es war ein Gefühl, das von ihnen ausging. Wie ein unterirdisches Beben drang es über den Boden in Elsas Füße und setzte eine Wellenbewegung in Gang, eine Lähmungserscheinung, die bis in ihr Herz wallte, durch den Hals strömte und deren letzte Ausläufer gegen ihre Schädeldecke brandeten. *Ich rufe an, wenn die zwei Wochen Probezeit vorbei sind. Wenn ich einen Vertrag in der Tasche habe. Wenn ich sagen kann: Ich bin jetzt in Hamburg, ich habe einen neuen Job, in einem richtigen Restaurant, und eine neue Wohnung. Ich habe keine Zeit für einen Besuch, nicht jetzt, ich muss immerzu arbeiten. Es geht mir gut.*

Obwohl Elsa pünktlich in der Küche auftauchte, waren die anderen bereits mitten in der Arbeit. Die festgelegten Zeiten existierten nur auf dem Papier. Vor Beginn des Service musste jeder Posten sein Mise en Place erledigt haben, egal wie früh er damit anfangen musste.

Elsa hatte vergessen, wie es war, zu lernen. Sich unzulänglich zu fühlen, nicht schnell genug zu sein, Angst zu haben, etwas falsch zu machen. Ein einzelnes Porzellanschälchen im Brunners kostete mehr als ein komplettes Service im XXL-Mega-Tempel. Von den Lebensmitteln ganz zu schweigen. Dazu kam der Druck, sich beweisen zu müssen. Vierzehn Tage waren nicht viel Zeit, um zu zeigen, dass sie hierhergehörte.

Die meisten Köche trauten Elsa auf den ersten Blick wenig zu. Das mochte zunächst als Nachteil erscheinen, aber genau genommen hatte sie so die Überraschung auf ihrer Seite. Bevor sie jemanden bat, ihr etwas vom obersten Regal zu reichen, schwang sie sich behände auf die Arbeitsfläche und angelte mit einem Kochlöffel nach dem gewünschten Gegenstand. Vom Vakuum hartnäckig festgehaltene Schraubdeckel löste sie mit ein paar kräftigen Schlägen eines Messergriffs auf den Rand. Eine Kokosnuss erforderte weniger Kraft als Intelligenz: ein Mal mit einem Mörserstößel rund um den Äquator geklopft und die Schale sprang ohne Widerstand auf.

Offensichtlich hatte Brunner den anderen nicht erzählt, woher Elsa gekommen war. Immer wieder fragten sie neugierig, bei wem sie gearbeitet hatte. Aufmunternd erzählten sie Anekdoten aus ihrer eigenen Laufbahn. Manche hatten eine Weile unter denselben Küchenchefs gedient und imitierten sie überspitzt, die Dialekte, Gesten und Schimpftiraden. Alle Chefköche auf diesem Niveau waren wohl Freaks. Es gehörte schon eine Portion Verrücktheit dazu, ein solches Leben zu führen. Auf dem Weg zu einem Michelin-Stern absolvierten junge Köche lange Wanderjahre. Quer durch Deutschland und Europa arbeiteten und aßen sie sich, fuhren Hunderte Kilometer, um in einem bestimmten Restaurant essen zu gehen, zeigten sich die Fotos später auf ihren Handys und posteten sie im Internet. Sie bestritten Wettbewerbe und kochten auf Events. Eine fremde Welt für Elsa, eine, die der Kochelite vorbehalten war. Sie schwieg beharrlich, gab nur knappe, ausweichende Antworten, dass die Betriebe, in denen sie vorher gearbeitet hatte, nichts Besonderes gewesen seien, solide gutbürgerliche Küche eben. Irgendwann würden die anderen schon müde werden, sie auszufragen, dachte sie.

Auch in der Sternegastronomie waren Frauen in der Minderheit. Caro meinte, man sei entweder zu hübsch, um ernst genommen, oder zu hässlich, um als Frau anerkannt zu werden. Selbst hier in der Sterneküche schienen die Jungköche nur wenige Frauen wegen ihrer Kochkünste zu verehren. Ihre Vorbilder waren Männer mit zwei oder gar drei Sternen, die entweder mit feinheimischer regionaler Küche oder der experimentellen Molekularküche glänzten.

Viele der Produkte hatte Elsa noch nie in der Hand gehabt. Zum Beispiel das fein marmorierte Wagyu-Beef, das man im Hotel am Meer auf Schieferplatten roh zu den Gästen getragen hatte. Es verlor beim Braten kaum an Volumen, die feinen Fettäderchen lösten sich auf und durchtränkten das rosige Fleisch.

Die höheren Preise auf der Speisekarte kamen aber nicht allein durch die hochwertige Qualität zustande, sondern waren auch der Arbeitszeit geschuldet, die für die Zubereitung aufgewendet wurde. Milchiges Muschelkochwasser wurde geliert, gekühlt und millimeterdünn aufgeschnitten. Später änderte es, über das warme Muschelragout gestülpt, die Konsistenz. Garnelen wurden entdarmt, ohne ihnen dabei den Rücken aufzuschneiden: ein kleiner Stich mit dem Messer, dann pulte man mit einer auf einen Korken gesteckten Nähnadel den Darm vorsichtig heraus. Für Hobbyköche hatte man die »Garnelenpinzette« auf den Markt gebracht. Brunner meinte abfällig, wenn man einen hochgestochenen Namen erfinde und es ein paar Köche im Fernsehen benutzen lasse, könne man alles verkaufen. Elsa war unsicher, ob seine Verachtung den Käufern oder den Köchen galt, die ihren Namen für minderwertige oder überflüssige Produkte hergaben.

Brunner unterschied strikt zwischen Restaurant- und Familienessen. Nicht alles, was in eine Restaurantküche gehöre, gehöre auch in einen Privathaushalt. Das Fernsehen habe das Familienessen verdorben. Viele hätten mittlerweile Metallringe zum Anrichten der Speisen zu Hause. Kein Kartoffelpüree komme mehr als beherzter Haufen auf die Teller, obwohl das zu einem familiären Essen viel besser passe. Besonders harsch kritisierte Brunner die Zuschauer der TV-Kochsendungen. Wie konnten sie einerseits den Gesundheitsreden der Fernsehköche Glauben schenken und sich gleichzeitig nicht darüber wundern, dass dieselben Figuren in den Werbepausen für Fast-Food-Ketten und Light-Geflügel-Aufschnitte warben?

Ganz konnte er sich diesem »Zirkus«, wie er es nannte, aber doch nicht entziehen. Das Restaurant musste sich trotz aller Liebe zum Kochen auch rentieren. Die Jungköche sprachen ehrfürchtig über Köche wie Ferran Adrià, der mit seinem Restaurant El Bulli Geschichte geschrieben hatte. Die Speisen hatten als legendär gegolten, zwei Sterne hatte er sich erkocht. Sein Restaurant war nur wenige Monate im Jahr geöffnet gewesen, in der anderen Jahreshälfte hatte er sich mit einer ausgesuchten Kochbrigade zurückgezogen, experimentiert und neue Gerichte entwickelt. Die Reservierungsanfragen hatten die Kapazitäten um ein Vielfaches überschritten. Trotzdem hatte sich das Restaurant nicht halten können. Die Kosten hatten die Gewinne immens übertroffen, obwohl einige Köche sogar kostenlos für ihn gearbeitet hatten, nur um für eine Weile ein Teil dieser avantgardistischen Küche sein zu dürfen.

Brunner reduzierte den Zirkus auf ein erträgliches Minimum und beschränkte sich, was das Fernsehen anging, auf eine kleine, regelmäßige Kochshow, in der er vorkochte, ohne sich mit Hobbyköchen abgeben zu müssen. Das sorgte für einen gewissen Bekanntheitsgrad, der dem Geschäft zuträglich war, ohne ihn in der Profiwelt vom ernst zu nehmenden Koch auf einen Fernsehkoch herunterzustufen.

Vieles, das Elsa ausschließlich als Fertigprodukt kannte, wurde im Brunners selbst hergestellt. Garnelenfarce dünn ausgestrichen, im Backofen getrocknet und später in heißem Fett zu knusprigen Chips ausgebacken. Jakobsmuscheln aus den Schalen gebrochen und der Muskel vom Corail getrennt. Knubbelige, merkwürdig geformte Zitronen in Salz und Früchte in Senfsud eingemacht. Durch Dokumentationen und Bücher waren ihr Vakuumierer, Thermalisierer und Dörrapparat zwar ein Begriff, aber sie wusste nicht, wie man sie bediente. Hier wurde Gemüse im eigenen Saft und Fleisch im Vakuum mariniert. Vieles wurde getrocknet und dadurch knusprig: Pilze, Früchte, die goldglänzende Haut geräucherter Sprotten. Manches davon hätte Elsa intuitiv weggeworfen. Sie pulte die runden Erbsenkerne aus den Schoten und blanchierte sie, anschließend drückte sie die winzigen grünen Kugeln aus ihren dünnen Häutchen, sodass sie in zwei Halbkugeln zerfielen. Die Häutchen wurden in einem Zucker-Essig-Wasser geköchelt, im Trockenautomat weiterverarbeitet und später als kandierte Erbsenschale über das Arrangement aus Erbsen-Pfefferminz-Püree und Nordseeknieper gestreut.

Elsa wechselte fliegend die Position, je nachdem, wer am lautesten rief. Die Postenköche arbeiteten ihre Listen Punkt für Punkt ab. Von beinahe jedem konnte Elsa etwas übernehmen. Obwohl die Sitzplätze im Brunners begrenzt waren und keine Massenproduktion erfolgte, verbrachte sie manchmal mehrere Stunden mit derselben Aufgabe. Sie drehte Spaghetti aus Kartoffeln und legte sie in Wasser mit Stärke, damit sie sich nicht verfärbten. Anschließend wickelte sie die Kartoffelschnur fest, und ohne dass sie sich überlappte, um drei blanchierte grüne Spargel, bis nur noch die Köpfe herausschauten. Jedes Mal, wenn die Schnur riss, musste sie von vorn anfangen.

Lotte, neben Caro die zweite Frau in der Küchenmannschaft, hatte den Saucier-Posten inne. Elsa hatte noch nie eine Frau in der Position erlebt. Sie war zuständig für Saucen und Ragouts, aber auch Fleisch und Geflügel. Elsa staunte, in welcher Geschwindigkeit sie ein Schwarzfederhuhn in seine Einzelteile zerlegte. Es sah so einfach aus: die Oberschenkel abspreizen und am Gelenk durchtrennen, die Flügel am Ellenbogengelenk abschneiden; rechts und links des Brustbeins mit dem Messer entlangfahren, das übrig gebliebene Flügelgelenk durchhacken und die Brüste herauslösen, dann am Bruststück die Flügelhaut vom Knochen lösen und daran entlang mit dem Messerrücken nach unten schaben. Am Ende lagen auf ihrem Brett sauber geputzte Keulen, Flügel, Brüste mit einem in die Luft gereckten Knochen und ein Berg aus Karkassen, die für Saucenansätze und Fonds gebraucht wurden.

Die Zeit voller blasser, strukturloser Lappen ohne Knochen hatten Elsa viele der Grundlagen aus ihrer Lehrzeit vergessen lassen. Sie hatte mit fertig vorbereiteter Putenbrust, gefrorenen Hähnchenschnitzeln und gepressten Chicken Nuggets gearbeitet. Was bei Lotte in Sekundenschnelle vor sich ging, dauerte bei Elsa zehnmal so lang. Das Messer wollte nie in dieselbe Richtung wie sie, rutschte vom Knochen ab und fuhr zu tief ins Fleisch. Lotte zeigte ihr, wie sie mit ein paar knappen Bewegungen die Gelenke auseinanderspringen lassen und so Flügel und Keulen einfacher abtrennen konnte.

Der erste volle Arbeitstag im Brunners war im Nu zu Ende. Der Fußweg vom Brunners zurück nach Hammerbrook reichte gerade aus, um die Hitze und das Licht loszuwerden, das Elsa in der Küche absorbiert hatte. Das Adrenalin, das während des Service ausgeschüttet wurde, wich der Erschöpfung. Aus St. Pauli riss der Strom von Feierwütigen auf den Straßen nicht ab. Auch am Jungfernstieg, den sie von Ferne sah, als sie die Alster überquerte, war noch Leben. Die Weltkugel des Atlantic-Hotels leuchtete blau. In St. Georg begegneten ihr die letzten Menschen. Hinter der S-Bahn-Trasse an der Station Hammerbrook wurde es zwischen den schlafenden Büroriesen still. Die Wohnhalle schwebte leuchtend in der Dunkelheit, eine warme Insel.

Sie trat aus dem Aufzug heraus. Jans Zimmertür war einen Spalt weit geöffnet, das Zimmer dunkel. Vorsichtig drückte Elsa die Tür auf. Jan schlief friedlich. Elsa zog sich in die Halle zurück. Die Thermoskanne stand kopfüber auf dem Abtropfgitter, ein blauer Zettel leuchtete auf dem Küchentisch. Elsa las:

Bemeri: ist wohl eingedeutscht für Bain-Marie, das Wasserbad. Die Schalen werden in Kühl- oder Warmhaltevorrichtungen eingelassen, je nach Bedarf.

Schlaf gut,

Jan

Natürlich! Wie hatte Elsa das vergessen können? Sie hatte die Begriffe während ihrer Ausbildung gelernt. Über die Jahre hatte sie die deutsche Aussprache »Bemeri« übernommen, ohne sich an die Herkunft zu erinnern. Wie viel ihres Wissens lag brach, das ihr in den kommenden zwei Wochen in der Küche fehlen würde? Und was hatte sie nie gelernt, was in der Sterneküche Routine war?

Die Zeitung lag in ihre Einzelteile zerfleddert über die Sofas verteilt, zwischen Plattenhüllen, einem Pullover, zwei Schuhen. Elsa ging zum Plattenspieler und ließ die Nadel auf die erste Rille sinken. Es knackte in den Lautsprechern, Geigenklänge strömten heraus, verteilten sich mit kleinen, gezupften Sprüngen über den Boden in alle Richtungen und trotz gedämpfter Lautstärke erfüllten sie die große Halle bis in den letzten Winkel. Elsa spazierte zu dem aufgedeckten Modell und stellte sich vor, wie Jan zu der Melodie darum herumgestreift war, wie die Modellbaufiguren in seiner Vorstellung zum Leben erwacht waren, wie er sich selbst auf ihre Größe geschrumpft und die Räume und Gebäude in ihrer vollen Größe erkundet hatte. Die asiatisch anmutenden Klänge erinnerten sie an das, was Jan ihr in den vergangenen Tagen von seiner Zeit in Hongkong erzählt hatte. Die Musik beschwor Bilder vor ihr herauf, die wahrscheinlich aus unterschiedlichen Filmen zusammengesetzt waren: dampfende Gassen, plötzlich einsetzende Schauer, das unaufhörliche Klappern von Mahjong-Steinen im Hintergrund *und von Jans Fingern auf allem, was er finden kann*. Sie wusste, dass Hongkong mit Sara in Zusammenhang stand. Jan hatte ihr Fotos gezeigt. Ein Bild nach dem anderen, dabei redete er über Gebäude und Baustile und Gerüste aus Bambusstangen, auf denen die Bauarbeiter barfuß herumturnten. Elsa hörte bald nicht mehr zu, griff gierig jedes Bild, suchte darauf nach Sara, suchte nach dem Hauch einer Ahnung davon, wie sie aussah, wie sie war, eine Hand wenigstens oder eine Haarsträhne, ein Schuh am Bildrand. Doch wenn Menschen auf den Bildern waren, waren es Fremde oder Jan. Er selbst schien nur Gebäude oder Gegenstände fotografiert zu haben und Sara ihn, oder er hatte die Bilder von ihr aussortiert und nur die Gebäude übrig gelassen, über die er nie müde wurde, zu erzählen.

Lebendige und Modellbaufiguren

Die kommenden Tage glichen sich. Elsa wachte im Gäste-zimmer auf und fand die Wohnung leer vor. Bei einem Kaffee hörte sie die Schallplatte, die Jan am Morgen auf dem Platten-teller liegen gelassen hatte, ausnahmslos schnelle Soul-Stücke, in deren beschwingtem Rhythmus sie die Wohnung verließ. Seit sie als Letzte im Restaurant aufgetaucht war, fuhr sie morgens ein paar Stationen mit der S-Bahn. Vom Bahnhof Dammtor aus lief sie durch den Park. Wenn die Zeit es zuließ, rauchte sie auf der Bank vor dem japanischen Teehaus noch eine Zigarette. Es war umgeben von niedrigen Wasserläufen, in denen sich Goldfische tummelten. Alles dort wirkte wohl-platziert und geordnet. Hölzerne Stege führten übers Wasser.

Kurz bevor Elsa die Telefonzellen erreichte, beschleunigte sie ihren Schritt. Doch der Ruf in ihrem Innern passte sich dem Tempo an, wurde jeden Tag lauter und fordernder, dröhnte durch ihren Kopf. Sie unterdrückte den Impuls, stehen zu blei-ben und einen der Hörer abzunehmen, um ihre Mutter an-zurufen. *Bald rufe ich an. Wenn ich weiß, wo ich bleibe, es kann nicht mehr lang dauern. Ich bin gleich da.* Es war zu einem Man-tra geworden, das sie beschwörend in sich hineinflüsterte.

Sobald sie sich im Personalraum das Kopftuch umband, verstummte der Ruf. Die Zeit lief in einer anderen Geschwin-digkeit ab. Mittlerweile kannte Elsa die Rituale, die den Ar-beitstag einteilten. Bei der morgendlichen Besprechung ver-sammelten sich die Köche im Vorraum oder im Hof um einen Tisch mit Brötchen, Honig, Marmelade und Aufschnitt. Sie legten die Tagesempfehlungen fest, die sich aus den Resten an Produkten ergaben, die als Nächstes verbraucht werden mussten. Brunner legte großen Wert darauf, nichts zu verschwenden. Das konnte er sich bei der hochpreisigen Ware nicht leisten. Die Restaurantleiterin kam dazu, um sie über eventuelle Vorbestellungen und Eigenheiten der Gäste zu informieren. Vegetarisch, vegan, lactosefrei, Allergien gegen Nüsse, Steinobst oder Schalentiere, Abneigungen gegen bestimmte Gewürze oder Innereien, die Liste war lang. Die Sonderwünsche hatten in den letzten Jahren drastisch zugenommen. Wer etwas auf sich hielt, der aß nicht alles, was man ihm vorsetzte, sondern war wählerisch. Mittlerweile hatte sich die Küche ein festes Repertoire für alle Fälle und Jahreszeiten erarbeitet. Die Restaurantleiterin führte akribisch Buch darüber, sodass, selbst wenn zwischen dem Restaurantbesuch einer Person zwei ganze Jahre lagen, der Gast nie dasselbe Alternativ-Gericht zwei Mal angeboten bekam, es sei denn, es war sein ausdrücklicher Wunsch.

Bei dieser Besprechung standen alle unter Strom, denn die Vorbereitungszeit bis zum Mittagstisch war knapp bemessen. Die meisten setzten sich nicht einmal hin, sondern schrieben im Stehen ihre To-dos auf einen Zettel und schoben sich mit der anderen Hand ein Brötchen in den Mund, bevor sie an ihre Posten eilten. Zu Elsa waren sie freundlich, nicht zuletzt weil sie ihnen unliebsame Arbeiten abnahm, die sie sonst selbst hätten erledigen müssen. Noch erwartete man nicht von ihr, eine vollwertige Arbeitskraft zu sein, sondern betrachtete sie als Bonus. Dennoch belastete es sie, so viel langsamer als die anderen zu sein.

Zweimal am Tag, bevor die Restauranttür für die Gäste

aufgeschlossen wurde, schallte Louis' lauter Ruf durch die Küche: »Deck schrubben!« Alle Arbeitsflächen wurden abgewaschen, die Böden gescheuert, Wasser zischte über die heißen Platten, es schäumte, Dampf stieg auf, die Vorboten des Sturms. Die Sprache unterschied sich nicht erheblich von der einfacher Küchen. Auch hier war man »in der Scheiße«, wenn man dem Zeitplan hinterherhinkte, und wem ein Fehler untergeschoben wurde, sagte, irgendjemand »wolle ihn ficken«. Während des Service zog der Ton merklich an, wurde lauter und bestimmter.

Die XXL-Schnitzel waren geduldig gewesen, der Großteil des Essens war ohnehin kalt heruntergeschlungen worden. Hier hing der Erfolg davon ab, dass das Zusammenspiel funktionierte. Das Essen musste heiß und gleichzeitig zu den Gästen. Jedes Gericht bestand aus verschiedenen Bausteinen, und jeder Baustein war einem Koch zugeteilt. Wenn alle Personen an einem Tisch etwas Unterschiedliches bestellten und ein einzelner Koch bei der Zubereitung seiner Komponenten nicht in der Zeit war, mussten alle von vorn anfangen und ein kleines Vermögen landete im Müll.

Bei der Nachmittagsbesprechung ging es vergleichsweise gemächlich zu. Bei schönem Wetter aßen sie im Hof, was Caro mit dem zweiten Azubi für das Personal gekocht hatte. Die Grenze zwischen Küchen- und Service-Personal, wie Elsa sie in der Vergangenheit kennengelernt hatte, war aufgeweicht und durchlässig. Man arbeitete zusammen. Hier würde es Elsa auf Dauer nicht möglich sein, sich in der Küche zu verstecken. Von den Köchen wurde erwartet, ab und zu mit in den Gastraum zu gehen, um die Komposition der einzelnen Komponenten und die Zubereitungsmethoden zu erklären oder um eine besondere Zutat auf einem Teller zu platzieren. Für jeden Koch gab es zwei Kochjacken: eine für die Vorbereitungsphase und eine für den Gang in den Gastraum. Elsa war es bisher erspart geblieben, nach draußen zu den Gästen zu gehen, worüber sie erleichtert war. Dennoch sonderte es sie auch von den anderen ab, die sich so zwischendurch Lob und Anerkennung von den Gästen abholten.

Das vielleicht Gewöhnungsbedürftigste im Brunners war für Elsa, dass ständig alles probiert wurde. Überall in der Küche standen Löffel in mit Wasser gefüllten Metallbechern. Man nahm einen, probierte und steckte ihn ins Wasser zurück. Brunner verlangte es. Nichts durfte über den Pass gehen, ehe es nicht jemand gekostet hatte.

Die Mitarbeiterbesprechungen führten Louis oder Brunner. Während der Vorbereitungszeit tauchte Brunner nur sporadisch in der Küche auf, die meiste Zeit saß er in seiner Schuhschachtel von Büro, war bei seiner Fernsehaufzeichnung und Gourmet-Veranstaltungen oder er traf sich mit Lieferanten und Kunden. Während der Service-Zeiten tauchte er gern unvermittelt am Herd auf und probierte sich durch alle Töpfe, übernahm eine Weile die Ansagen am Pass, wischte unsichtbaren Schmutz von den Tellerrändern. Er sprach selten ein Lob aus, tätschelte eher nach dem Probieren einer Sauce oder eines Fleischs anerkennend die Schulter des zuständigen Kochs. Für die Azubis und die neuen Mitarbeiter fand er stets einige Minuten Zeit. Elsa merkte schnell, dass es eine seltene Gelegenheit war, Fragen an ihn loszuwerden, denn während Bestellungen abgearbeitet wurden, blieb dafür keine Zeit. Sie versuchte, das Gesprächsangebot bestmöglich zu nutzen. Neugier war Brunner lieber als Schweigen und seine kritischen Äußerungen brachten fast immer einen Mehrwert. Elsa spürte deutlich, wie viel sie noch zu lernen hatte. Sie nahm sich vor, in den freien Stunden zu Hause mit den ihr unvertrauten Produkten zu üben, bis sie beim Tempo und bei den Gesprächsthemen mithalten konnte.

Brunner war kein Fatalist, was seine Speisekarte anging. Extremismus könne er sich nicht leisten, das sei etwas für Lokale ohne Stern. Er sagte das, als wäre der Stern ein Fluch. Das sei er auch, meinte Brunner, nur ohne Stern könne man kochen, wie man wolle. Er selbst hatte sich seinen ersten Stern mit dreißig erkocht. Nach einigen Jahren hatte er ihn verloren, was dazu führte, dass viele Gäste sich abwandten und das Restaurant ums Überleben kämpfen musste. Nach drei harten Jahren gelang es ihm endlich, sich den Stern zurückzuerobern, und seitdem verteidigte er ihn erfolgreich. Nach über zehn Jahren in Folge mit dieser lang ersehnten Auszeichnung schien es nun, als sei er gar nicht mehr unbedingt glücklich darüber. Bevor er zum ersten Mal den Stern verliehen bekam, sei alles einfacher gewesen, erzählte er. Sobald man die Auszeichnung erhalte, müsse man Erwartungen erfüllen und versuchen, den Stern zu halten.

Moralisch fragwürdige Produkte wie Gänsestopfleber setzte er nicht offiziell auf die Karte, aber da endete sein Spielraum. Wenn ein Stammgast vor einem Besuch anrief und darauf bestand, wurde ihm jede gewünschte Zutat kredenzt. Solche Sonderwünsche abzuweisen, konnte Brunner sich nicht leisten, vor allem nicht bei wiederkehrenden Gästen, die mit jedem Besuch mehrere Hundert Euro daließen.

Wenn er so redete, beschlich Elsa das Gefühl, dass er den Stern am liebsten abgeben würde. Aber hatte man ihn einmal erhalten, ließen einen die Tester nicht mehr in Ruhe. Man entkam ihnen nicht, sie würden ihn in jedes noch so einfache Etablissement verfolgen und bewerten, ob er wollte oder nicht. Wenn die Lieferanten eintrafen und ihm ganz besondere Schätze anboten, glänzten seine Augen vor Begeisterung und ein zufriedenes, aufgeregtes Lächeln umspielte seine Lippen. Elsa hegte Zweifel, ob er wirklich bereit wäre, das aufzugeben. Auch wenn er manche seiner Gäste verachten mochte, genoss er es sichtlich, sich von ihnen feiern und bewundern zu lassen.

Mehrmals am Abend drehte Brunner seine Runde durch den Gastraum. Er musste sich sehen lassen. Die Gäste kamen, um ihn zu treffen, mit ihm zu plaudern, ließen sich Kochbücher signieren und manchmal mit ihm fotografieren. Beim Gang durch die Schwingtür drehte sich alles. Auf der Gastseite war er ein höflicher, zuvorkommender, vollkommen relaxter Mann. Auf der Küchenseite war er ein Zappelphilipp, vor allem seine Augen standen nie still. Er sah Nahrungsmittel und Hände, aber kaum die Gesichter der Köche. Mit dem typischen Kochbuckel richtete er hochkonzentriert Teller am Pass an und annoncierte Bestellungen. Geschah ein Fehler, wurde etwa an einem Tisch eine falsche Sauce nachgeschenkt, ließ er nicht locker, bis er den Ursprung und den Schuldigen lokalisiert und zurechtgewiesen hatte. Er hatte einen siebten Sinn dafür, wenn etwas schiefgelaufen war, und duldete nicht, dass sich Fehler wiederholten. Nur Louis vertraute er vorbehaltlos. Einer von beiden war immer vor Ort.

Äußerst selten ließen die Kellner es zu, dass ein Gast durch die Schwingtür bis an den Pass trat, um persönlich mit Brunner zu sprechen. Sein Gesicht veränderte sich dann innerhalb des Bruchteils einer Sekunde vom strengen Kritiker zum lockeren Gastgeber. Elsa konnte nicht sagen, welche der Gäste er wirklich schätzte und welche ihm lästig waren. Sie alle gehörten zum Geschäft. Für das Service-Personal gab es genaue Charakterisierungen der verschiedenen Gästetypen und Verhaltensmaßregeln für den Umgang mit ihnen. Natürlich hütete man sich, die Gäste das wissen zu lassen. Es gab die Besserwisser, die Knauserigen, die Redseligen, Neugierigen und Argwöhnischen, die Nörgler. Und ein paar Ausnahmen. Gäste, die man sympathisch fand, zum Beispiel solche, die lang gespart hatten, sich aber kein ganzes Menü leisten konnten. Einmal war Elsa der Missmut in der Küche aufgefallen, als ein Bon annonciert worden war. Zwei Gäste hatten jeweils einen Hauptgang und ein Dessert bestellt. Leise hatte Elsa bei Caro nachgefragt, warum alle über den Bon stöhnten. Die beugte sich zu ihr und flüsterte: »Sie werden daran nicht viel Freude haben, man wird davon nicht satt, man isst hier besser mindestens fünf Gänge bis zur Zufriedenheit.«

Am schlimmsten waren nach Aussage der Kellner die »Sachkundigen«. Sie hielten sich für verkannte Kochgenies und mäkelten an allem herum, kehrten ihr Bücherwissen nach außen und bestanden darauf, besser über die Perfektion des Essens Bescheid zu wissen als alle erfahrenen Köche zusammen. Sie reisten durch Europa und schulten ihre Gourmet-Gaumen, tätschelten den Köchen allzu vertraulich den Arm und zogen später über sie her oder schmückten sich mit ihren Namen und nannten sie »gute Freunde«. Zumindest so lange, bis eine schlechte Kritik erschien.

Die Zeitspanne vom ersten bis zum letzten Bon verbrachte Elsa in einer Art Trance. Die Geschwindigkeit übertraf alles, was sie kannte. Eine Ansage jagte die nächste, Elsa sprang hin und her, sorgte für Nachschub, rüttelte an den kleinen Pfännchen und Sauteusen, damit nichts anbrannte, schäumte Saucen auf, arrangierte Vorspeisenteller, platzierte winzige Kräuterblättchen einzeln mit einer Pinzette auf den Gerichten. Nach diesen Stunden beseitigte sie mit tauben Gliedern die Spuren des Tages. Die Postenköche versorgten ihre Reste und verstauten sie in den Kühlräumen, schrieben ihre Listen für den nächsten Tag und gaben eilige Bestellungen weiter. Brunner und Louis standen nicht selten vornübergebeugt am Pass und kritzelten Blätter mit Entwürfen zu Gerichten voll. Zwei Nachteulen, die erst nach Mitternacht richtig wach wurden. Die neue Karte entstand nicht am Herd, sondern auf dem Papier. Nachts probierten sie Ideen aus und justierten die Details, bis alles stimmte. Die Teller waren Stillleben, es wurde genau festgelegt, welche Komponente wo und wie platziert wurde. Farben und Formen spielten eine ebenso große Rolle wie der Geschmack. Die Zeichnungen erinnerten Elsa an Jans Entwürfe.

Sie ging zwischen dreiundzwanzig Uhr abends und zwei Uhr morgens nach Hause. Lange Zeit hatte sie nicht mehr so viele Nächte allein verbracht. Richtig allein war sie aber auch jetzt nicht. Jan ließ jeden Abend die Lichter für sie brennen. Seine Tür stand immer einen Spalt weit offen, Elsa konnte nicht sagen, ob es Absicht war oder ob die Tür nicht richtig schloss. Sie überprüfte es nicht.

Wo Jan war, war Musik. Elsa hatte die letzten Jahre in Stille verbracht, wenn man von Dorfdiskotheken und Bars absah. Musik war das kaum gewesen, und Elsa hatte sich ohnehin nur dem Bass überlassen. Kaum mehr als die alltäglichen Geräusche waren zu ihr durchgedrungen. Die Stille und die Einsamkeit, vor der sie sich immer gefürchtet und sich deshalb bei Georg und vor ihm anderen verkrochen hatte, waren jetzt von Musik erfüllt. Nachts sanfte Klänge, morgens schwungvolle Gute-Laune-Stücke.

Am ersten Wochenende nach Elsas Ankunft in Hamburg gab es eine Veränderung in der Morgenroutine, denn Jan war zu Hause, als sie aufstand. Wenn auch schlafend. Sie schob seine Zimmertür gerade so weit auf, dass sie ihn sehen konnte. Das Sonnenlicht, das von den Scheiben gegenüber reflektierte, hatte sich zu ihm gelegt.

Zum ersten Mal lag keine Gute-Laune-Musik auf dem Plattenteller, sondern dieselbe Musik, die Elsa in der Nacht bereits gehört hatte, und die trägen Klänge halfen ihr kaum, in Schwung zu kommen. Fünf Tage im Brunners hatte sie überstanden, es kam ihr wie Monate vor, so viel Neues war auf sie eingeprasselt. Der freie Sonntag würde ihr guttun.

Nicht allein wegen Jans Anwesenheit war an diesem Tag etwas anders. Elsa konnte es nicht genau orten, eine diffuse Unruhe hielt sie in Bewegung. Sie kochte Wasser und goss Kaffee auf, heute würde sie die Kanne für Jan stehen lassen. Auf dem Küchentisch fand sie eine Notiz von ihm, die sie gestern übersehen haben musste:

Ich hol dich morgen nach der Arbeit ab.

Jan

Die Unruhe schlug Wellen in Elsas Körper. Es war Vorfreude auf den Feierabend und den darauffolgenden Ruhetag – ein neues Gefühl. Plötzlich hatte sie Schwierigkeiten, aus ihrer dürftigen Garderobe ein T-Shirt auszuwählen. Morgen müsste sie endlich waschen und so bald wie möglich einkaufen gehen, wenn sie unter der Woche einmal frei hatte.

Alles in ihr federte auf dem Weg zur Arbeit, die Schritte, die Gedanken, nichts stand still. Als sie die Reihe der Telefonzellen passierte, schien es beinahe, als sei der Ruf undeutlicher geworden, als ginge er im Rausch ihrer Gefühle und dem Herbeisehnen des Feierabends unter. Im Restaurant war ans Schichtende nicht mehr zu denken. Es herrschte Hektik. Zum normalen Samstagsgeschäft kam eine Reservierung im Saal hinzu, ein Geburtstag mit zwanzig Personen. Bei dem Gastgeber handelte es sich um Wiesner, ein Stammgast des Hauses. Die anderen klärten Elsa auf. Wiesner war um die fünfzig, Erbe eines Vermögens, das sich die Familie über Generationen mit der Herstellung von Prothesen erarbeitet hatte. Er kam seit über zwanzig Jahren ins Brunners, auch als das Lokal den Stern verloren hatte und viele Gäste sich abwendeten, blieb er Brunner treu. Ein oder zwei Mal im Jahr kochte er sogar einen Tag lang mit. Für nichts war er sich zu schade, und niemals hätte er sich selbst einen Gourmet genannt. Einer der wenigen, die sich nicht mit den Kulissen zufriedengaben, die von der Gastronomie selbst aufgebaut wurden, die das Arbeitspensum nicht scheuten: den Schweiß, die Schwielen, Brandblasen und Schnittwunden an den Händen, die verkrampften Muskeln nach einer Vierzehn-Stunden-Schicht.

Leute von diesem Schlag gab es nicht viele. Es wurde alles dafür getan, die Realität von den Gästen, die sich das Etablissement leisten konnten, fernzuhalten. Elsa hatte im Lauf der Jahre einiges erlebt, und was ihr die anderen Köche in den letzten Tagen erzählt hatten, ließ sie zu dem Schluss kommen, dass es in der gehobenen Gastronomie genauso oder sogar schlimmer zuging. Die Jungköche hatten berichtet, dass man in manchen Lokalen während des Service nicht einmal Zeit hatte, auf die Toilette zu gehen. Dass man eine heiße Pfanne mit teurem Fleisch nicht losließ, sondern sich die Finger verbrannte. Alles andere war unverzeihlich.

Hatte ein Koch mit der Jagd nach den Sternen begonnen, stand er unter so großem Druck, dass die Nerven dünn wurden. Mit dem »rauen Ton« in der Küche kokettierte man in der Öffentlichkeit, ohne auszusprechen, welche Formen das mitunter annahm. Brunner war vergleichsweise harmlos. Er hielt seinen Stern jetzt so lange, hatte die Schmach des Verlusts schon einmal überstanden und sich wieder aufgerappelt. Aus seinem Ärger über Fehler machte er keinen Hehl, und diese heftigen, aber kurzen Gewitter reinigten die Luft. Er hatte es nicht mehr nötig, sinnlos herumzubrüllen.

Die Vorbereitungen liefen auf Hochtouren, sie mussten die doppelte Arbeit in derselben Zeit schaffen. Zum ersten Mal sollte Elsa während des Service einen eigenen Posten bespielen. Zwar nur für das zehngängige Geburtstagsmenü, was einfacher war, weil alle dasselbe auf die Teller bekamen und sie nicht mehrere unterschiedliche Sachen gleichzeitig koordinieren musste. Trotzdem war es eine Herausforderung.

Elsa war für das erste der zwei Desserts verantwortlich, eine Art Karotten-Müsliriegel mit Joghurtsorbet. Sie schmeckte selbstständig die Müsliriegelmasse ab, hielt die Luft an, als Louis probierte, und würzte mit seiner Unterstützung noch einmal nach, sodass Brunner bei seiner Kontrolle zufrieden damit war.

Pünktlich um 19.30 Uhr schickten sie das Amuse Gueule.

Kaum hatte ein Gang die Küche verlassen, wurde bereits der nächste vorbereitet. Elsa gab sich beim Anrichten ihres Desserts besondere Mühe. Sie legte je einen Riegel auf die Teller, streute geraspelte Karotten darüber und setzte eine Nocke Joghurtsorbet darauf, in das Louis sofort noch einen der selbst gebackenen Karottencracker steckte, bevor das Eis schmolz. Als es servierfertig war, forderte er Elsa auf, mit den Kellnern an den Tisch zu gehen und den Gästen das Joghurtpuder als Krönung auf die Teller zu geben.

»Aber so kann ich doch nicht rausgehen«, sagte Elsa und wies auf die ihr viel zu große Jacke.

Louis wischte das beiseite. »Du hast das Dessert gemacht, du gehst es mit servieren. Wir machen es zu zweit, du die Fensterseite, ich die Wandseite.«

Lotte, die den Wortwechsel mitbekommen hatte, zog kurzentschlossen ihre Jacke aus und reichte sie Elsa. Auch in dieser Jacke versank sie wie ein Kind in Erwachsenenkleidern. Sie krempelte die Ärmel auf und versuchte, mit aufrechtem Rücken Würde auszustrahlen. Sie nahm das Porzellantöpfchen mit dem Joghurtpuder und folgte Louis und den Kellnern mit zitternden Knien. Nach dem Kunstlicht in der Küche sah sie im Saal bei Kerzenschein zunächst kaum, wo sie hinlief. Die Gesichter der Gäste verwischte Flecken, fröhliches Gelächter und Gläserklirren. Louis war an einer Ecke des Tisches stehen geblieben und wies Elsa mit einer Geste an, sich zuerst um den Gastgeber zu kümmern, der an der Stirnseite saß. Sie stäubte mit ihrem Löffel das Puder auf seinen Teller, erklärte, was es war, und wartete mit dem Weitermachen, bis er probiert hatte. Seine Augenlider zitterten vor Genuss, »Ausgezeichnet«, sagte er und tätschelte Elsa die Schulter, die sich nun daranmachte, gleichzeitig mit Louis die Teller der anderen Gäste zu vervollständigen.

Zurück in der Küche tat sie so, als sei es keine große Sache gewesen, aber innerlich bebte sie noch vor Freude über den Erfolg. Dennoch durchströmte sie Erleichterung, als das zweite und letzte Dessert die Küche verließ. Beim Schicken des Menüs waren ihr keine gravierenden Fehler unterlaufen. Zwei Mal waren ihr vor Aufregung die filigranen Rote-Bete-Chips zerbrochen, die in das Erbsen-Minze-Püree gesteckt wurden, doch sie hatte vorsorglich ein paar mehr davon vorbereitet und hatte sie problemlos ersetzen können. Ihr Körper war elektrisch geladen. Ein Kellner trug ein großes Tablett voller Biergläser in die Küche. Wiesner lade das ganze Küchenpersonal ein, sagte er und stellte die Gläser ab, die in der Restwärme der Küche sofort beschlugen.

Kurz vor Mitternacht glänzten die Silberoberflächen. Feiertagsstimmung brach aus. Brunner ließ zwei Flaschen Champagner springen. Nach einer Woche voller Küchenstress, Hektik und einiger harter Worte im laufenden Betrieb machte er reinen Tisch und stieß mit allen an, um mit guter Laune in den freien Tag zu gehen. Auch Elsa bekam ein Glas. Louis öffnete die Tür zum Hof weit und ließ frische Luft herein. Der Entremetier und der Poissonnier schwangen sich auf die Arbeitsplatte, baumelten mit den Beinen, nippten an ihren Gläsern und sprachen mit einem gelösten Brunner über einen demnächst stattfindenden Wettbewerb für Jungköche, an dem sie teilnehmen wollten. Plötzlich stand Jan im Rahmen der Hoftür, eine dunkle, schmale Gestalt zwischen all dem Weiß und Silber der Küche, die Hand an die Stirn gehoben, um die ungewohnte Helligkeit von seinen Augen abzuschirmen. Elsa hatte das Gefühl, ihn eine halbe Ewigkeit nicht mehr gesehen zu haben. Sie stürzte auf ihn zu und wollte ihm in die Arme fallen vor Freude, noch beschwingt von der Geschwindigkeit und dem Alkohol. Doch Jans Hand war im Weg und die Umarmung endete in einem ungelenken Zusammenprall. In Jans Handfläche lag eine winzige Modellbaufigur, eine Frau mit karierter Hose, Kochjacke und -mütze, ein Rotschimmer auf den Wangen. »Es war gar nicht so leicht, eine Köchin aufzutreiben«, sagte er.

Sie ließen sich in die Nacht wehen. Als sie die Außenalster erreichten, änderte sich Jans Stimme. Der typische Hamburger Tonfall, den man sonst bei ihm kaum hörte, brach sich Bahn. Übertriebene Höhen und Tiefen veränderten die Sprachmelodie. Elsa hatte den Stadtführer vor sich. Jan hatte während seines Architekturstudiums nebenher Bustouren begleitet. An den Landungsbrücken begannen und endeten sie, er hatte im oberen Stockwerk des Busses am Mikro gesessen und die Touristen durch die Speicherstadt über die Alster bis nach St. Pauli geführt, zur Hochsaison vier oder fünf Runden hintereinander. »Und wir bleiben links, meine Damen und Herren«, sagte er und Elsa wandte ihren Blick hinüber zum Hotel Atlantic. »Hier hat der legendäre James Bond gewohnt. Manch einer erinnert sich vielleicht an die Verfolgungsjagd, an der Weltkugel vorbei ins Parkhaus. Unvergessen, wie er sein Auto fernsteuerte, es mehrere Stockwerke tief flog und geradewegs ins Fenster einer Autovermietung krachte. Und das ist wirklich ein Wunder, wenn man bedenkt, dass das betreffende Gebäude etwa einen Kilometer vom Atlantic-Hotel entfernt liegt.« So reihten sich seine Anekdoten aneinander.

Sie tranken Astra im Gehen und machten einen Schlenker

nach St. Pauli bis zum Astra-Turm. Jan zeigte ihr den Eingang zum alten Elbtunnel. Elsa war überrascht, wie nah die Landungsbrücken vom Brunners aus lagen. Sie war jeden Abend direkt nach Hammerbrook gelaufen. Die Schiffe wogten auf und ab, das Wasser war in Bewegung, Menschen zogen umher. In der Nähe ihrer Poller stand eine Gruppe Jugendlicher und grölte. Sie waren zu nah und zu laut. »Wohin jetzt?«, fragte Elsa und Jan sagte: »Zu Peter«, und ging voraus.

Die kleine, schlauchförmige Bar in St. Georg trug nirgends einen Hinweis auf einen Namen. »Herrenfrisör« stand auf dem schmalen, heruntergekommenen Schild über der Tür. Jan sagte, man wisse einfach, dass sie Peters Bar hieß. Sie bestand aus kaum mehr als einer Theke mit Barhockern. Im Schaufenster befand sich auf einem Podest der einzige noch freie Tisch mit zwei Plätzen. Jan zog Elsa hinauf und sie setzten sich. Die Bar war gequetscht voll, entlang der Theke und der gegenüberliegenden Wand waren alle Hocker besetzt, Leute standen dazwischen mit ihren Gläsern in den Händen. Wer zur Toilette wollte, musste sich zuerst einen Weg durch die Menge bahnen. Ein Schild deutete zwar an, dass es irgendwo einen kleinen Raucherraum geben musste, aber in der Bar schien sich keiner um das Rauchverbot zu scheren. Sogar dem Barmann klemmte eine Zigarette im Mundwinkel.

Auf den erhöhten Sitzplätzen saßen Elsa und Jan exponiert wie zwei Ausstellungsstücke, ausgeleuchtet von einem Scheinwerfer über der Bar. Passanten blickten im Vorbeigehen zu ihnen hinein wie auf eine Bühne. Elsa zog die Schultern zusammen.

»Mir ist es unbehaglich, wenn mich alle anschauen. Als stünde man unter Beobachtung«, sagte sie.

»Es ist vielmehr andersherum«, meinte Jan und scheuchte sie von ihrem Stuhl auf. Er griff sich die Lehne und positionierte beide Stühle nebeneinander hinter dem Tisch. So saßen sie Seite an Seite und blickten nach draußen in die Nacht wie auf ein Theaterstück, das sich vor ihnen abspielte, der Ausschnitt Straße mit den Laternen vor dem Kiosk gegenüber wurde zum Bühnenbild, die Passanten zu Statisten, Jan und Elsa zum Publikum.

»Besser?«, fragte er.

»Perfekt.« Sie zog eine Zigarette aus der Schachtel, steckte sie sich in den Mund und beugte sich zur Kerze herunter.

Jan hielt sie zurück: »Wenn man eine Zigarette an der Kerze anzündet, stirbt ein Seemann.«

»Das ist doch nur eine Legende. Weil die Seemänner früher im Winter, wenn sie nicht zur See fahren konnten, ihr Auskommen durch das Herstellen von Streichhölzern bestritten«, erinnerte Elsa sich, verwundert darüber, dass Jan die Geschichte nicht kannte.

»So nah am Hafen geht man mit so etwas kein Risiko ein«, konterte er und reichte ihr seine Zündhölzer.

Später führte Jan sie durch die Menge. Überrascht stolperte sie hinter ihm eine Treppe hinunter, die sie vorher nicht bemerkt hatte. Ein kleiner Tanzraum öffnete sich, mit vergilbten Tapeten und gedämpften Lichtern und einer zweiten kleinen Theke. Sie bezahlten einen obligatorischen Euro und bekamen einen Stempel auf die Innenseite des Handgelenks gedrückt. Sie quetschten sich auf die ziemlich überfüllte Tanzfläche. Die Musik hätte von Jan ausgesucht sein können. Sie tanzten bis zum Morgen.

Letzte Blicke zurück

Am nächsten Tag wachte Elsa auf einem Sofa in der Halle auf. Jan lag ein paar Meter entfernt auf einem anderen Sofa, beide Hände unter den Kopf geschoben, die Brille auf der Stirn. Sie konnte sich nicht daran erinnern, dass sie beschlossen hatten, hier zu schlafen. Überhaupt konnte sie sich nicht an die Entscheidung erinnern, schlafen zu gehen. Auf dem Küchentisch standen eine halbvolle Flasche Wodka und zwei kleine Schnapsgläser. Die Zeitung lag verstreut auf dem Boden. Elsa suchte den Immobilienteil und setzte Wasser auf. Letzte Nacht hatte sie mehrmals das Thema Wohnungssuche angeschnitten, ohne dass Jan darauf eingegangen war. Er hatte ihr nicht angeboten, bei ihm einzuziehen, und sie hatte nicht direkt gefragt. Mittlerweile war sie sich sicher, dass sie in Hamburg bleiben würde, egal, ob Brunner sie nun einstellte oder nicht. Die Stadt war groß, in irgendeinem Restaurant würde man sie schon gebrauchen können.

Die Wohnungsanzeigen klangen belanglos. Sie konnte sich keine Zimmer dazu vorstellen, fragte sich automatisch, wie weit die Wohnungen wohl von hier entfernt lagen. Niemand wohnte in Hammerbrook. Es gab keine Mehrfamilienhäuser, nur Büroklötze und diese eine Wohninsel mittendrin. Von ihrer Arbeitsstelle konnte sie die Wohnungssuche auch nicht abhängig machen. Vielleicht blieb sie ja gar nicht im Brunners, sondern musste weitersuchen und landete am Ende in einer Fischbrötchenbude am Hafen. Sie faltete die Zeitung mehrmals zusammen und erinnerte sich an die Schulzeit. Wie oft genau man eine Zeitung falten musste, damit sie bis zum Mond reichte, wusste sie nicht mehr, wohl aber, dass es wesentlich weniger Male waren, als man zunächst vermutete. Elsa dachte an die Wohnung in Hildesheim, für die sie immer noch Miete bezahlte, mit einem in fröhlichem Gelb gestrichenen Flur. Die Wohnung, die Georg nur ein einziges Mal betreten und wieder verlassen hatte. Hatten sie sich überhaupt richtig getrennt? Elsa hatte nicht gesehen, wie er gegangen war, wahrscheinlich wartete er jeden Tag auf ihr kleinlautes Erscheinen, auf ein Zeichen, einen Anruf oder vielleicht eine Postkarte. Jetzt schlief sie kurze Nächte in einem Gästezimmer, kam bei der Arbeit im Restaurant kaum mit und war nicht sicher, ob sie in zwei Wochen noch hier war. Sie wusste nicht, wie man Hummer, Krebse oder Langusten auslöste und zubereitete, im Schlaf panierte sie XXL-Schnitzel in einer XXL-Küche, in der nur sie selbst normale Größe hatte, eine Miniaturfigur in der richtigen Welt. Das Meer war kein Trost mehr in der Ferne. Konnte sie das Tempo bei Brunner auf Dauer durchhalten? Bekäme sie überhaupt die Chance dazu? In einem ganz normalen Lokal zu arbeiten, wäre völlig in Ordnung. Mehrmals hatte Elsa das zu Jan gesagt und es sogar selbst geglaubt. Hauptsache, sie müsste nie wieder XXL-Portionen kochen, die ihr das Gefühl gaben, ein Zwerg zu sein. Insgeheim aber, wenn sie nachts aus dem Restaurant kam und nach Hause ging, wünschte sie sich nichts mehr, als dass es immer so bliebe. Die Verletzung an ihrem Daumen war weder besser noch schlechter geworden und ihre Mutter wusste immer noch nicht, dass sie in Hamburg war. Alles befand sich in der Schwebe, ähnlich wie in Jans still stehenden Modellbauwelten.

In den Lautsprechern knisterte es. Guten-Morgen-Musik setzte ein: Sunny. Jan legte sich in einem stummen Gruß die Handkante an die Stirn und verschwand im Bad. Entweder war er verkatert, oder er war heute nicht besonders redselig. Elsa legte ihr Ohr an den Beton und hörte das Wasserrauschen durch die Wand. Sie goss Kaffee auf und stellte Jan eine Tasse bereit. Er kam in Hemd und Hose aus dem Bad zurück, als müsste er zur Arbeit, nahm den Kaffee mit in seine Modell-Ecke und zog eines der Tücher ab.

Elsa legte sich auf das Sofa und sah ihm zu. Er war ständig in Bewegung. Zeichnete am Reißbrett einen Schnitt in Tusche und hängte ihn auf, warf eine Skizze mit Kreide auf das schwarz gefärbte Rechteck an der Wand, schob etwas auf der Modellbauplatte an eine andere Stelle, schnitt ein Stück Styrodur mit einem heißen Draht zu, machte sich Notizen. Währenddessen knetete er in seinen Händen unablässig aus einer weichen Masse Gebilde für ein weiteres Modell. Es sah aus wie ein Tanz, dachte Elsa, und über dem Gedanken schlief sie ein.

Als sie aufwachte, stand vor ihr auf dem Tisch eine Platte mit Broten. Jedes Viertel mit etwas anderem belegt, es gab Gurkenfächer und Perlzwiebeln. Sogar Weintrauben-Käse-Spieße. In den Sechzigern wären sie ein Schmuckstück auf jedem Buffet gewesen, fehlten nur noch der Mett-Igel, Radieschenmäuse, gefüllte Eier und Fliegenpilzkörbchen aus Tomaten mit Mayonnaise-Tupfen. Vom Anrichten verstand Jan etwas. Der Modellbau war nichts anderes, abgesehen davon, dass man das Ergebnis nicht essen konnte.

Elsa hatte Jan bisher nur Brote essen sehen. Nie war ein Topf oder eine Pfanne unter den abgespülten Sachen gewe-

sen. Hatte sich sein Essverhalten an seine Lebensweise angepasst? Oder war es umgekehrt? Er tat meist viele Dinge gleichzeitig. Wenn er saß, trommelten seine Finger auf dem Tisch
oder sein Fuß zuckte im Rhythmus der Musik. Er aß im Stehen oder Gehen, selten mit Konzentration, manchmal merkte
er vermutlich nicht einmal, was er gerade kaute, weil seine
Gedanken mit etwas anderem beschäftigt waren.

Jan hielt ruckartig inne, blickte auf und winkte Elsa aus
der Ferne zu. Mit einem zweiten Kaffee ging sie zu ihm. Jan
streckte die Arme nach oben und dehnte seinen Körper, bevor
er ihr die Tasse abnahm.

»Woran arbeitest du?«, fragte sie.

Das Modell stand zwischen ihnen.

»An einem Einfamilienhaus.«

Das Erdgeschoss bestand neben Flur und Bad aus einem
einzigen großen Zimmer, bei dem Elsa irgendetwas komisch
vorkam. Sie ging um das Modell herum auf Jans Seite. Er
drückte ihr sanft die Hände auf die Schultern und sie ging in
die Hocke, sodass sie sich auf Augenhöhe mit der Grundfläche
befand. Da konnte sie es erkennen: Jan hatte auf einer Seite
des Zimmers ein niedriges, breites Fenster eingeplant, das direkt über dem Boden begann und nicht über Kniehöhe hin-
ausreichte.

»Wofür soll denn das gut sein? Ein Fenster für die Katze?«

»Stell es dir im Maßstab 1:1 vor. Das Grundstück liegt erhöht am Rand eines Dorfes. Auf dieser Seite«, Jan setzte die
Hand flach am Fuß des Fensters an, »liegen Wiesen und Weiden, die bis zum Horizont reichen, nach Westen«, sagte er
und bewegte seine Hand außerhalb des Modells in die Ferne.
»Jetzt stell dir vor, dass der Boden im Wohnraum aus Holz ist,

und vor dem Fenster liegt ein dicker Teppich. Wenn du dich dort hinlegst, befindest du dich auf einer Ebene mit der umliegenden Gegend. Du hast den gesamten Blick frei und abends siehst du die Sonne untergehen, als würdest du mitten in der Landschaft liegen. Das ist ein ganz anderes Gefühl, als im Sitzen oder Stehen nach draußen zu schauen. Beinahe, als sei die Landschaft eine Verlängerung deines Körpers, als würden sich deine Nerven über die Gegend ausbreiten wie eine Decke.«

Elsa spürte Jans Beine in ihrem Rücken und lehnte sich vorsichtig an. »Was ist das?« Sie deutete auf ein abseits stehendes Modell, mit kleinerer Grundfläche als der Rest des Hauses. Vielleicht gehörten sie auch gar nicht zusammen.

»Ein Teil des Dachbodens. Das Pendant zum Fenster im Wohnzimmer. Ich plane ein Podest. Vier Quadratmeter als reine Liegefläche. Direkt darüber befindet sich in der Dachschräge ein großes, längliches Fenster. Dann hast du den freien Blick nach oben.«

»Himmel und Erde, machst du in Esoterik?«

»Wenn, dann Feng Shui.« Er ging zu einem Regal. Ohne die Stütze seiner Beine geriet Elsa ins Wanken. Sie stand wieder auf.

Jan kramte in einem Stapel Zeitschriften herum, drückte ihr ein aufgeschlagenes Magazin in die Hand und tippte auf das Bild: ein Berg, grün bewachsen. Am Hang, der zu einer Küste hin abfiel, stand ein Hochhaus. In der Mitte des Hauses war ein Loch, als hätte man über mehrere Stockwerke ein großes Rechteck herausgeschnitten. »Es heißt, in jedem der Berge rund um Hongkong lebt ein Drache. Die Aussparung ist für den Drachen im Berg dahinter, damit er trotz des Gebäudes noch aufs Wasser schauen kann«, erklärte Jan.

»Hat jemand den Drachen schon einmal gesehen?«

»Nicht dass ich wüsste. Sie wissen einfach, dass er da ist.«

»Das klingt, als hättest du Fernweh.«

»Hongkong hat mir kein Glück gebracht«, sagte er.

Elsa dachte an Saras Kisten in der Ecke. »Bist du dort, wenn du abends die Geigenmusik hörst?«, fragte sie und biss sich im selben Moment auf die Lippen. Mit einem ertappten Blick sah Jan sie an. Er atmete flach, schien nachzudenken. Dann erzählte er von Sara. Sein Blick bekam wieder dieses unstete Flackern, das selten vorkam, vermutlich, weil er sich nicht oft in Erinnerungen an Vergangenes verlor.

Seine Worte klangen wie die Zusammenfassung eines Filminhalts: Sie lernten sich in der Schule kennen und wurden ein Paar, als sie siebzehn waren. Sie studierten gemeinsam in Hamburg, alles passte perfekt, sie fing an, Möbel zu bauen, Jan Gebäude zu entwerfen. Als sich die Gelegenheit ergab, nach China zu gehen, um andere Büros und Baustile kennenzulernen, begleitete sie ihn. Die Welt öffnete sich, sie entdeckten viel Neues und waren sich selbst Heimat genug. Als Jan genug hatte von der Ferne, kehrte Sara mit ihm nach Hamburg zurück. Doch hier konnten sie nicht mehr an ihr vorheriges Leben anknüpfen. Sie liebten sich, keine Frage, taten es immer noch, fügte Jan hinzu. Aber sie mussten sich eingestehen, dass das nicht reichte, um zusammenzubleiben. Sie wollten unterschiedliche Dinge vom Leben. Immer häufiger zog es Sara fort, in andere Städte und Länder, und ihre Abwesenheiten dauerten länger. Von einer Beziehung hatte man kaum noch sprechen können, wenn sie nach eineinhalb Monaten in Kairo bereits nach fünf Tagen in Hamburg wieder in eine andere Richtung aufgebrochen war. Die Stadt war Sara zu klein geworden und die Welt um Jan herum ebenfalls. »Da nützt die größte Wohnung nichts«, sagte er. Vor zwei Wochen sei sie endgültig ausgezogen, eine Woche bevor Elsa in Hamburg gelandet war.

Trotz seiner sachlichen Worte hatte Elsa das Gefühl, dass er traurig war. Er hatte leise und schnell gesprochen, ohne ihr in die Augen zu sehen, sondern einen Punkt irgendwo hinter ihr fixiert, wo nichts war als graue Betonwand.

»Wo ist sie jetzt?«, fragte Elsa.

»New York, Detroit, Boston, ich weiß es nicht genau.«

Er erzählte eine Geschichte von einem europäischen Investor, der eine Bank in Hongkong hatte bauen lassen und sich wunderte, als nach der Eröffnung die Kunden ausblieben. Zu spät klärte man ihn auf, dass die Zacken, die das Gebäude krönten und auf die umliegenden Bauten zeigten, als Affront und schlechtes Omen verstanden wurden.

Elsa hörte kaum zu. Jan hatte seine Stadtführer-Stimme. Der Stadtführer war schlagfertig, unnahbar und beantwortete jede ernste Frage mit einem Scherz. Trotz seiner Erzählung bekam sie Sara nicht zu fassen, kein persönliches Detail. Ob sie dunkle Haare hatte, ob sie Lippenstift trug, Röcke oder Hosen bevorzugte, ob sie eine heimliche Leidenschaft für eine peinliche Band hegte oder eine Vorliebe für schlechte Filme hatte. Sie blieb eine diffuse Gestalt, die Jans Blick in die Ferne trieb, weit weg von Elsa.

Am darauffolgenden Samstag lief die vierzehntägige Probezeit ab. Bei der Morgenbesprechung wartete Elsa nervös auf ein Zeichen von Brunner. Sie versuchte vergebens, Blickkontakt herzustellen. Kein Auge zwinkerte, keine Hand winkte sie heran. Ohne sie anzusprechen oder anzusehen, war er plötzlich verschwunden. Erst nach dem Mittagsgeschäft, das ewig zu dauern schien, ließ er Elsa zu sich ins Büro rufen.

»Ich habe gestern gesehen, wie du Kohlrabi geschält hast«, sagte er unvermittelt. Konnte man beim Schälen von Kohlrabi schwerwiegende Fehler begehen? Bestimmt war sie zu langsam gewesen. Elsa hatte den untersten Strunk abgeschnitten, dann vorsichtig mit dem Messer die Schale gelöst und sie abgezogen, und so das fein geäderte Fleisch darunter freigelegt. Als ein Kollege es ihr gezeigt hatte, hatte er einfach mit einem großen Messer die Kohlrabi oben und unten geköpft und anschließend großzügig die Schale abgeschnitten, sodass von der Oberflächenstruktur nichts mehr zu sehen gewesen war. Auch die Radieschen hatte Elsa mit ihrer eigenen Technik geschält und sich von Louis einen Anpfiff eingehandelt, weil sie so lange dafür gebraucht hatte. Hatte er Brunner gesagt, sie würde es nicht schaffen?

»Du hast noch viel zu lernen.« Sein Ausdruck hatte etwas Strenges, Unnachgiebiges. Elsa schrumpfte. So schnell war es also vorbei. Brunner sprach weiter: »Aber du hast einen Sinn für die Lebensmittel. Du fasst sie richtig an, willst sie nicht verletzen. Das kann ich niemandem beibringen. Manche beherrschen komplizierte Techniken, aber das nützt mir nichts, wenn sie die Produkte nicht verstehen.« Er sah sie forschend an. Elsa versuchte, nicht zu blinzeln. War das der Versuch, sie zu trösten, bevor er sie rausschmiss? »Du arbeitest heute deine Schicht fertig. Am Montag brauchst du nicht zu kommen.«

Ihr Herz zersprang. Sie würde ihrer Mutter nichts von ihrem gescheiterten Versuch, in der Sternegastronomie Fuß zu fassen, erzählen. Sie würde zu den Telefonzellen gehen und sie anrufen, ihr sagen, dass sie auf der Suche nach einer neuen Arbeitsstelle sei, weil ihr die alte nicht mehr gefallen habe. Das Meer als Ziel hatte sie verloren. Doch Brunner war noch nicht fertig. »Am Dienstag kommst du und wir machen einen Vertrag. Die Probezeit ist sechs Monate«, sagte er und grinste.

Elsa stürmte durch den Gang und die Küche nach draußen auf den Hof und rannte zu den Telefonzellen. Sie riss den Hörer vom ersten Apparat, warf die aus der Hosentasche hervorgekramten Münzen ein, wartete auf das Freizeichen, wählte die Nummer. Horchte auf die Stimme und sagte: »Ich brauche eine Nummer in Hamburg. Von einem Architekturbüro.« Ihre Mutter könnte sie später immer noch anrufen, dachte Elsa und beschloss, sich endlich ein Handy zuzulegen.

Ungeduldig wippte Elsa auf den Zehenspitzen. Der Schwerlastaufzug schob sich nervtötend langsam nach oben. Kaum hatten sich die Türen geöffnet, huschte sie durch den Spalt in die Wohnhalle. Es war ungewöhnlich hell, Lichter blendeten. Sie tauchte durch die Lichtflecken zur Sofainsel und entdeckte Jan nicht. Sie machte einen Bogen durch seine offen stehende Zimmertür und sah ihn nicht. Sie drehte ab zu den Modelllandschaften: verlassene Gegenden. Sie fühlte sich wie ein Kind, das Flugzeug spielt und unwillkürlich hoben sich ihre Arme. Vielmehr ein Arm, den anderen zog das Gewicht der Tasche nach unten, ein verletzter Flügel. Sie lachte, als sie ihr Spiegelbild im Fenster sah, vor dem Dunkelblau der Stadt. Wo war Jan? Sie flog in die Ecke der Halle, die bisher finster und abgesehen von Saras Kisten leer gewesen war, wo jetzt Scheinwerfer strahlten. Elsa kam näher. Gesichter bedeckten den Boden. Inmitten der Fotos kauerte mit gekrümmtem Rücken eine Gestalt. Elsa bremste ab, verlor an Geschwindigkeit, sprang über zwei am Rand liegende Bilder und kam knapp vor ihr zum Stehen. Sie blickte auf.

»Hi«, sagte ein Mann, den Elsa noch nie gesehen hatte.

»Hi«, antwortete sie und ließ die Arme sinken.

Das musste Lorenzo sein, Jans Sandkastenfreund. Jan hatte ihr schon von ihm erzählt. Er war Fotograf. Obwohl der Halbitaliener eine kleine Wohnung in Hamburg hatte, war er oft tagelang bei Jan und verschwand dann plötzlich für ein paar Tage oder auch Wochen, zu seiner Freundin Eva nach Rom oder zu einem Auftrag, bis er mit einem Stapel Bilder zurückkehrte.

Elsa hatte sich Lorenzo nicht bildlich vorgestellt, trotzdem war sie von seinem Äußeren überrascht. Sommersprossen zogen sich über das Gesicht. Sein Haar war aschblond, der Bart mehr als drei Tage alt, und seine Kleidung wirkte abgetragen, die Farben fahl. Die Fingernägel waren kurz geschnitten, die Finger vom Nikotin gelb verfärbt. Er sah vernachlässigt aus, fast verwahrlost. Es war schwer, ihn sich neben Jan vorzustellen, der sich, ohne aufzufallen, unter die Gäste im Brunners hätte mischen können. Lorenzo würde man eventuell nicht ins Restaurant lassen oder man hielte ihn für einen exzentrischen reichen Erben und wäre froh, wenn er den Laden wieder verließ. Lorenzo stellte sich nicht vor und fragte auch nicht, wer Elsa war und was sie hier machte. Er sagte schlicht: »Deine Tüte bewegt sich.«

Elsa verstaute die beiden Hummer, die von der Wärme munter geworden waren, im Kühlschrank. Sie hatte sie im Restaurant zum Einkaufspreis bekommen, um zu üben und zu feiern. Sie meinte, die Fühler gegen die Innenseite der Tür klackern zu hören.

Die Fotos lockten sie zurück zu Lorenzo. Er bereitete eine Ausstellung vor, eine Porträt-Serie im Quadrat-Format. Alle infrage kommenden Bilder hatte er auf dem ungenutzten Fleck Boden ausgelegt. Er schritt zwischen ihnen hindurch, betrachtete und sortierte sie. Sie zeigten Kindergesichter, deren Blicke überall in den Raum fielen. Für Elsa hatten sich die Gesichter von Babys und Kleinkindern immer zum Verwechseln geähnelt, doch Lorenzo war es gelungen, völlig verschiedene Nuancen einzufangen. Die Umgebung spielte dabei keine Rolle, er hatte sich ganz auf die Gesichter konzentriert. Auf keinem der Fotos war eine weitere Person zu sehen, keine Hand, kein Arm, nicht einmal ein Schatten.

Elsa sah ihm dabei zu, wie er Gesichter verschob, manche davon umdrehte, mit der weißen Seite nach oben. Am Ende blieb eine Reihe übrig. Von links nach rechts betrachtet entwickelte sich der Ausdruck in den Gesichtern. An den Beginn der Serie hatte er das Bild eines Babys gesetzt, wobei Elsa nicht erkennen konnte, ob es sich dabei um einen Jungen oder ein Mädchen handelte. Auf dem Gesicht lag eine überirdisch wirkende Zufriedenheit, die Augen waren geschlossen, eine Hand lag neben der Wange und sah aus, als hielte sie etwas fest. Das zweite Bild zeigte ein anderes Kind, mit halb geöffneten Augen und Lippen, das leicht ratlos und verschlafen wirkte. Je weiter die Reihe fortschritt, umso tiefer gruben sich Gefühle in die Kindergesichter ein: von Erstaunen über Erschrecken bis hin zu Empörung, Zorn und Verzweiflung. Das letzte Porträt bildete ein kleines Mädchen ab, auf dessen Wangen noch Tränenspuren glänzten, das dabei aber nicht wütend, sondern vielmehr traurig wirkte. Eine Hand hing in der Luft neben dem Kopf des Mädchens, wie an einen Faden angebunden, im Handgelenk nach unten abgeknickt. Vielleicht um Tränen abzuwischen, vielleicht ein unfähiger Versuch, jemandem nachzuwinken, vielleicht nur eine verlorene Hand, die jemand losgelassen hatte.

»Ich bin einer von ihnen. Das ist meine Geschichte.«, flüsterte Lorenzo. Er hielt die Hände in der Schwebe vor seinem Bauch und blickte auf seine gelben Finger. Elsa wusste nicht, was sie sagen sollte, und hielt ihm ihre Schachtel Zigaretten hin. Er schüttelte den Kopf und griff nach seinem Stativ, auf das er sich stützte wie auf ein drittes Bein. Er stand vor dem letzten Bild und sah darauf hinunter. In seinen Augen fiel etwas zusammen. Wie Jan, wenn er seine Brille abnahm, nackt wirkte, so wirkte nun Lorenzos Gesicht. Er blickte Elsa in die Augen: »Meine Mutter hat meine Familie verlassen, als ich kein halbes Jahr alt war. Ich kann mich nicht an sie erinnern«, sagte er mit fester Stimme, wie etwas, das er schon oft gesagt hatte, in der Hoffnung, den Worten dadurch die Traurigkeit zu nehmen.

Die Kindergesichter zeigten ein Gefühl in allen Nuancen. In aller Unklarheit und Verwirrung. Empfindungen waren selten klar. Sie waren eine seltsame Ansammlung von Irritationen. In den letzten zwei Wochen hatte Elsa kaum an ihren Vater gedacht, nicht einmal am Morgen in dem Moment kurz nach dem Aufwachen, wo sie die Gedanken an ihn oder vielmehr ihre Gefühle für ihn seit seinem Tod verlässlich antraf. Die vielen neuen Eindrücke bei Jan und bei der Arbeit hatten die Erinnerungen überlagert, die Gegenwart war stärker gewesen. Wenn Elsa an seinen Tod dachte, konnte sie jedes einzelne der Kindergesichter durch ihr eigenes ersetzen. Im

Bruchteil einer Sekunde wechselte das Gefühl, es war unstet, durcheinander und mit keinem einzelnen Wort hinlänglich zu beschreiben. So war es jeden Morgen gewesen, nach dem Aufwachen, wenn das Wissen um die Geschehnisse allmählich ins Bewusstsein zurückkehrte und nur der Phantomschmerz blieb. Lange Zeit hatte sie keine Bilder mehr so angesehen, sich nicht getraut, sich selbst darin zu suchen, den Bezug zu ihrem Leben, das intuitive Zulassen eines Gefühls. Bereits zum zweiten Mal seit ihrer Ankunft in Hamburg sprach Elsa vom Tod ihres Vaters. Lorenzo erzählte sie sogar von der Walpurgisnacht, wie sie sich heimlich weggeschlichen und später ihren Vater auf dem Waldboden entdeckt hatte. Von den quälenden Tagen danach. Sie war verblüfft, wie leicht es ihr fiel, mit ihm zu reden. Sie machte keinen Hehl aus ihren Schuldgefühlen. »Wenn ich heute versuche, mir sein Gesicht vorzustellen, gelingt es mir nicht. Ich sehe immer nur Paul Newman vor mir, obwohl er ihm gar nicht ähnelte. Wir haben oft ›Der Clou‹ zusammen gesehen und das Geheimzeichen nachgemacht«, schloss Elsa und strich sich mit dem Zeigefinger das Nasenbein hinunter.

Lorenzo rührte sich nicht. Er versuchte nicht, sie zu trösten, er hörte nur zu, und als sie fertig gesprochen hatte, streckte er die Hand aus, nahm Elsa die Schachtel Zigaretten aus der Hand, schüttelte eine aus der Packung und hielt sie ihr hin.

Lorenzo rauchte nicht. Die Verfärbungen an seinen Fingern kamen von der Entwicklerchemie, erklärte er. Er sprach fließend Deutsch, aber mit einer eigentümlichen Melodie, als endete jeder Satz mit einem Fragezeichen. Während er Elsa in der Küche assistierte, brachte er ihr die Wörter für die Zutaten auf Italienisch bei.

Jan kam mit zwei Sixpacks Astra unter dem Arm in die Halle. Die beiden Hummer waren gekocht. Ansehnlich leuchteten sie in tiefem Orange auf dem Holz des Küchentischs. Lorenzo stand auf dem Stuhl und fotografierte. Elsa hielt eine Silberschüssel im Arm und schlug mit einem Schneebesen eine Sauce béarnaise auf.

Das Essen gestaltete sich schwierig mit Jans dürftiger Küchenausstattung. Elsa durchsuchte die Schubladen nach etwas, womit man die Scheren knacken oder die Hummer längs zerteilen konnte. Schließlich holte Jan den Werkzeugkasten und sie behalfen sich mit Hammer und Nussknacker direkt auf der Tischplatte. Mit den Fingern zogen sie das Fleisch aus den Zangen und tunkten es in die Sauce. Lorenzo schoss Fotos von Elsa und Jan und den orange leuchtenden Schalen, die bald die ganze Tischplatte bedeckten. »Ich muss meine Messer und meine Sachen holen«, sagte Elsa.

Sie brach direkt am nächsten Morgen auf, in der Frühe, als Jan und Lorenzo noch friedlich auf den Sofas in der Halle lagen und schliefen. Sie hatten angeboten, sie mit Lorenzos Auto hinzufahren, aber Elsa hatte abgelehnt. Sie wollte die beiden nicht in die Rückwärtsbewegung einbinden, die sie hinter sich bringen musste.

»Ist es in Ordnung, wenn ich meine Sachen zunächst hier abstelle und mir dann in Ruhe eine Wohnung suche?«, hatte sie Jan gefragt. Er hatte den Kopf geschüttelt, als wollte er, dass sie die Wohnung sofort verließ. »Bleib doch. Das Zimmer gehört dir.«

Zuerst hatte sie sich über das Angebot gefreut; als Jan sie allerdings den Rest der Nacht »Mitbewohnerin« genannt hatte, war Elsa sich nicht sicher gewesen, ob ihr dieses kategorische Siegel wirklich gefiel.

Die Zugfahrt in ihr altes Leben war unangemessen kurz. Der Bahnhof, die Stadt, ihre Straße – nichts brachte etwas in ihr zum Schwingen. Sie schloss die Wohnungstür auf. Fast erwartete sie, Georg im Flur anzutreffen. Erst gute zwei Wochen war es her, dass sie sich hier gegenübergestanden hatten. Nicht einmal im Briefkasten war eine Nachricht von ihm, nur Werbezettel und eine unkommentierte Kündigungsbestätigung aus dem XXL-Mega-Tempel.

Elsa ging ohne Hast vor. Es war nicht viel Arbeit. Einige der Möbel hatte sie mit der Wohnung gemietet und blieben hier. Ihre persönlichen Dinge passten in fünf Umzugskartons. Drei große Säcke füllte sie mit Müll. Alles andere stellte sie auf den Bürgersteig, sogar die Matratze und die meisten ihrer Kleider. Sie passten nicht mehr zu ihr, sie würde sich in Hamburg neue kaufen. Elsa blickte aus dem Fenster, schaute von oben zu, wie die Dinge verschwanden. Viele Leute gingen auf dem Weg zum Bahnhof oder von dort kommend die Straße entlang, blieben stehen, stöberten in den Kisten, trugen etwas weg. Elsas Habseligkeiten verstreuten sich in alle Winde.

Sie klebte vorbereitete Etiketten mit Jans Adresse auf die Umzugskartons. Ihre Vermieterin, die im Erdgeschoss wohnte, würde dem Transportdienst aufschließen. Für zwei Monate legte Elsa ihr die Miete in bar auf den Tisch. Damit war die letzte Verbindung gekappt.

»Wohin hat es Sie denn so plötzlich verschlagen?«, fragte die Vermieterin.

»Ich habe eine Stelle in Hamburg«, sagte Elsa stolz und murmelte etwas von Sterneküche und *Guide Michelin,* ohne den

Namen des Restaurants zu nennen. Schließlich war es vorerst nur für die nächsten Monate. Wenn sie es schaffte, sich dort zu halten, könnte sie es aussprechen. Vielleicht würde sie ihrer Mutter nur erzählen, dass es ein gehobenes Restaurant war, ohne den Stern zu erwähnen. Um nicht die Niederlage eingestehen zu müssen, sollte sie die Probezeit nicht überstehen. Mit der Messertasche über der Schulter ging sie zum Bahnhof. Sie blickte nicht zurück.

Spät am selben Abend erreichte sie Hamburg. Statt nach Hammerbrook zu fahren, machte sie sich auf den Weg zum Restaurant, wo heute Ruhetag war. Vom Bahnhof Dammtor aus nahm sie den gewohnten Weg zum Brunners. An der ersten Telefonzelle in der Reihe stoppte sie, nahm den Hörer ab und horchte. Das Atmen ihrer Mutter. Das Seufzen. Die Stille. *Vielleicht sitzt sie in diesem Moment auf den Treppenstufen im Flur, das Telefon auf dem Schoß, und nimmt ab und zu den Hörer ab, um zu sehen, ob die Leitung in Ordnung ist. Klingt das Freizeichen immer gleich?* Elsa hörte dem Ton zu, bis er in ihrem Kopf nachhallte.

Sie trat vor die großen Glasfenster des Restaurants. Im Gastraum herrschte sparsame Beleuchtung. Die Stühle waren nicht hochgestellt, es sah aus, als könnten die Gäste jeden Moment eintreffen. Ein seltenes, friedliches Bild. Kam das dem Gefühl nahe, das die Leute an Silvester ergriff? Das sie dazu brachte, über ihre Fehler nachzudenken und gute Vorsätze zu fassen? Die Illusion, dass etwas im Leben neu begann, dass man ein anderer Mensch werden konnte? So musste es wohl sein. Elsa hatte es bis jetzt nie empfunden. Silvester war eine der besten Gelegenheiten gewesen, sich in der Küche zu verkriechen und erst im Morgengrauen wieder sich selbst zu spüren. Aber eigentlich brauchte man keinen Jahreswechsel, um zu beschließen, sich zu verändern. Man brauchte nicht einmal das Meer. Elsa betrachtete ihr Gesicht in der Scheibe. In den letzten Jahren war sie ihrer Mutter noch ähnlicher geworden. Neun Jahre waren eine lange Zeit. Vielleicht hieß, etwas Neues anzufangen, auch, dass man etwas anderes aufgeben musste. Man konnte die Geister nicht vertreiben, solange jemand da war, der sie rief. Elsa warf einen Blick die Straße hinunter, auf der sie in den letzten zwei Wochen hierher gegangen war, die Reihe der Telefonzellen entlang. »Es geht mir gut«, flüsterte sie und wusste, sie würde ihre Mutter so bald nicht anrufen. Dann ging sie in die entgegengesetzte Richtung davon, schlug einen Bogen rückwärtig um das Restaurant, sodass sie nicht mehr an den Telefonzellen vorbeigehen musste. Von nun an ihr täglicher Weg.

Saisonware und Holunderblüten

Die Mitarbeiter nannten das Brunners schlicht »den Laden«. Mit der Jahreszeit wandelten sich auch die Produkte in der Küche. Erdbeeren und Rhabarber wurden abgelöst von Kirschen und Brombeeren, dann kamen Hagebutten, Pflaumen, Aprikosen, Weintrauben und Quitten. Beim Gemüse folgten auf die Mairüben Erbsen und rote Bete, danach Mais, Kürbis und Rosenkohl. Ansonsten hätte Elsa kaum bemerkt, wie die Wochen und Monate verstrichen. Fünf bis sechs Tage pro Woche stand sie im Restaurant und ging danach zu Fuß nach Hammerbrook. Wenn sie gegen Mitternacht oder später nach Hause kam, schlief Jan meistens. Er ließ die Lichter für sie brennen; selbst wenn er einmal nicht da war, leuchtete ihr die Halle schon von Weitem entgegen. Die eine Stunde, die es nach dem Heimweg noch dauerte, bis Elsa ruhig genug zum Schlafen war, verbrachte sie dort.

Jan verteilte seine Habseligkeiten, wie ein Rasensprenger Wasser versprühte. Einer seiner Schuhe konnte im Bad liegen und der andere unter dem Küchentisch. Er schien die Dinge einfach dort, wo er stand, fallen zu lassen, wenn er gerade nichts mit ihnen anzufangen wusste. Nicht einmal die Möbel waren vor ihm sicher, sondern wanderten durch die Halle. Dazu kamen Lorenzos Fotos auf dem Boden, die Filmdosen und Flaschen mit Entwicklerchemie zwischen den Lebensmitteln im Kühlschrank. Alles war in Bewegung. Wenn Elsa nachts in der Halle ankam, ruhte zunächst ihr Blick auf dem Raum wie auf einem Finde-den-Unterschied-Bild. Sie versuchte, sich zu erinnern, wie es am Morgen ausgesehen hatte, und glich beides miteinander ab. Welche Platte auf dem Plattenteller gelegen hatte, ob die Sofas verschoben worden waren und welches Modell aufgedeckt gewesen war, ob vielleicht eine neue kleine Figur darin Platz gefunden hatte. So setzte sie sich Jans Tag zusammen. Sie hinterließ Zettel mit Fragen auf dem Küchentisch und fand nachts die Antwort. Die asiatischen Geigen lagen regelmäßig auf dem Plattenteller, die Kisten von Sara standen unverändert in der Ecke der Halle, staubige, schwere Klötze.

An ihrem freien Tag, der Elsa zusätzlich zum freien Sonntag jede Woche zustand, war sie unterwegs. Der Tag lag immer unter der Woche, denn die Samstage waren ein seltenes Privileg der Mitarbeiter, die schon länger im Brunners arbeiteten als sie. Daher war Jan an ihren freien Tagen im Büro und sie sahen sich erst abends.

Elsa erkundete die Stadt, besuchte Restaurants, Kinos und Museen. Wenn Lorenzo gerade in Hamburg war, nahm er sie mit in Ausstellungen. Manchmal waren es anerkannte Künstler in namhaften Galerien, fast ebenso oft Bekannte von ihm, die in improvisierten Locations ihre Arbeiten zeigten. Anfangs hatte Elsa Bedenken, ob sie bei den Gesprächen mithalten könnte. Alle dort machten »irgendwas mit Kunst« und direkt in der ersten Unterhaltung wurde sie auch prompt gefragt, in welcher Kunstrichtung sie arbeitete. Mit äußerstem Unbehagen antwortete sie kleinlaut, sie sei »bloß Köchin«, und erwartete, damit uninteressant als Gesprächspartner zu sein. Doch ihre Befürchtung erwies sich als unbegründet. Die Leute schienen regelrecht angetan davon zu sein, jemanden mit »einem richtigen Beruf« zu treffen. Sie seufzten, als sei das ein Ziel, an dem sie selbst gescheitert waren. Als hätten sie je versucht, Koch oder Krankenpfleger oder Kassierer zu werden. Einige von ihnen arbeiteten in Cafés, betonten aber, dass sie »eigentlich Kunst machten«. Die Widersprüchlichkeit ihrer Aussagen schien ihnen nicht aufzufallen. Ein normaler Beruf reichte nicht als Lebensberechtigung. Elsa hatte das Gefühl, dass »Kunst machen« ihrem Leben erst Sinn gab, wenn er auch nicht wirklich greifbar war. Als hätten sie ohne diese Definition nicht gewusst, wozu sie auf der Welt waren. Irgendwie konnte sie es verstehen, mit dem Kochen ging es ihr ähnlich.

Lorenzo ergriff in größeren Gruppen selten das Wort und lächelte oft. Er war einer der wenigen, der auf die Berufsfrage ganz geradlinig antwortete, er sei Fotograf. Seine Kunst machte er nebenbei, sein Geld verdiente er hauptsächlich mit Auftragsarbeiten und offenbar hatte er nicht das Bedürfnis, allen mitzuteilen, dass er auch »künstlerisch« tätig war. Wenn Elsa nicht nach Gesprächen zumute war, spazierte sie mit einem Getränk in der Hand durch die Ausstellungsräume und betrachtete die Bilder. Sie hatte einiges nachzuholen.

Die Samstage bildeten eine Konstante. Nach ihrer Schicht holte Jan sie im Brunners ab. Die Kollegen hielten ihn für ihren Freund und sie ließ sie in dem Glauben. Es machte vieles leichter, Annäherungsversuche blieben aus. Bei gutem Wetter streiften sie in diesen Nächten zusammen durch die Stadt, bei schlechtem Wetter gingen sie schnurstracks zu Peter. Jan ging so gern in Peters Bar, weil es dort kaum Touristen gab. Und die wenigen blieben nie lange. Wenn sie nach einem Caipirinha oder einem Cappuccino fragten, bekamen sie zu hören: »Keine Heißgetränke, kein Eis, keine Cocktails, keine Strohhalme. Nur Bier, Wein und Schnaps.«

Oft machten Elsa und Jan nicht einmal für ein Getränk an der Theke halt, sondern stiegen gleich die schmale Treppe hinunter in den Tanzbereich, wo die Musik Gespräche überflüssig machte. Elsa tat es gut, sich nach einer harten Arbeitswoche dem Rhythmus zu überlassen, bis Körper und Kopf müde genug zum Schlafen waren.

So attraktiv Jan war, so wenig hatte er seine Bewegungen unter Kontrolle. Seine Füße hielten den Takt, aber Oberkörper und Arme kamen nicht hinterher. Das hinderte ihn keineswegs am Tanzen, er schien sich überhaupt nie zu genieren. Mit einem schiefen Lächeln bezeichnete er sich selbst als Bewegungslegastheniker. Nicht immer verstand Elsa, was er sagte, wenn er sich zu ihr herunterbeugte und die Hand vor seinen Mund wölbte, entweder wegen der lauten Musik oder wegen seines Atems an ihrem Ohr. Lorenzo kam manchmal dazu, wobei er nie tanzte, sondern verlässlich an der Theke hockte oder sich mit seiner Kamera unter die Leute mischte.

Oft kehrten sie erst am Morgen zurück und schliefen auf den Sofas in der Halle wie am ersten Tag und der Sonntag verstrich in einem Schlaf- und Wachzustand. Er begann immer mit Musik, die Jan aussuchte und ein Indikator für seine Stimmungslage war. Es gab Regen-Musik, Ich-bin-auf-dem-Sprung-Musik, Ich-will-noch-dösen-Musik, Sprich-mich-besser-nicht-an-Musik.

Später, nach Kaffee, Duschen und Zeitunglesen bastelte Jan an seinen Modellen und Entwürfen, Elsa probierte sich im anderen Teil der Halle an Gerichten und neuen Zutaten, die sie für die Arbeit im Brunners kennenlernen musste. Sie wälzte ein dickes Kräuterlexikon, denn Kräuter bildeten ein wichtiges Element der Sterneküche. Jedem Gericht war ein bestimmtes Kraut zugeordnet. Sie wurden am Pass in kleinen Plastikschalen gewässert und krönten zum Schluss die Gerichte. Wenn Lorenzo da war, unterstützte er sie beim Kochen und fotografierte das Ergebnis. Längst könnten sie ein Kochbuch damit füllen. Er kannte sich zwar nicht mit extravaganten Produkten aus, wohl aber mit der Einfachheit der italienischen Küche. Mit ihm zu kochen war wie Urlaub. Während im Brunners alles von Checklisten und von bis auf das Gramm genau einzuhaltenden Rezepturen abhing, kochte Lorenzo nach Gefühl. Hinterher war kaum nachzuvollziehen, wie viel wovon im Essen enthalten war. Die italienischen Begriffe hörten sich liebevoll an, selbst wenn er nur etwas sagte wie carciofi, asparagi, fagioli. Als spräche er über geliebte Menschen weit weg, man könnte darauf warten, dass er Fotos aus seiner Brieftasche zückte und stolz herumreichte. Sobald er die Dinge auf Deutsch benannte, hatte man es wieder bloß mit Gemüse zu tun.

Mittlerweile hatte Elsa begriffen, dass Schlichtheit auch das Geheimnis von Brunners Küche war. So simpel die Dinge schienen, so stark veränderten sie am Ende den Geschmack. »Du musst dir die Stärken der Produkte zunutze machen, nicht ihre Schwächen«, pflegte Brunner zu sagen. Keine Zutat sollte die anderen übertünchen oder verfälschen. Es wurden nie zu viele Aromen miteinander kombiniert, vielmehr kam es darauf an, wenige in eine Balance zu bringen. Es sollte »rund« schmecken, ohne dabei langweilig zu sein, es sollte Spannung erzeugen.

Die Aromen der Kindheit vergesse man nie, sagte Brunner, sie prägten den Genusssinn. Wenn ein Koch es schaffe, diese wiederzuerwecken und dabei auf ein höheres modernes Niveau zu heben, habe er einen neuen Stammgast gewonnen. Gab man den Gästen etwas zu essen, herzhaft und lecker wie früher von ihren Großeltern, und ließ sie es in dem Wohlstand essen, den sie sich seither erarbeitet hatten, waren sie glücklich. Deshalb gebe es bewährte Kombinationen, die nicht zu übertreffen waren. Arme Ritter zum Beispiel. Oder Birnen, Bohnen und Speck. Obwohl die Großelterngeneration das Gericht wohl kaum wiedererkannt hätte. Im Brunners bestand es aus mehreren Sorten gepulter, buttriger Bohnen, einem Klecks grasgrünem Püree und Dreierlei vom Landschweinebauch: geschmort, knusprig gebraten sowie als luftiger Speckschaum, dazu gab es confierte Birnen und eine Bohnenkrautjus.

Brunner fragte Elsa einmal nach ihrem Lieblingsessen in ihrer Kindheit und Jugend. Was ihre Mutter ihr gekocht hatte, wenn sie krank war oder Geburtstag hatte, Soulfood. Diese Sachen müsse Elsa kochen, riet er, sie immer aufs Neue probieren, verfeinern und abwandeln, das sei die beste Übung. Elsa stutzte und versuchte, sich zu erinnern. Doch immer wenn sie dachte, sie hätte einen Geschmack eingefangen, wurde er vom Duft des Nelkenöls überlagert. Um die fehlende Erinnerung zu überspielen, sagte sie: »Meine Mutter war keine große Köchin. Meistens hat sie Rumfort gekocht.«

Brunner fragte neugierig, was das sei.

»Rumfort heißt: Alles, was rumliegt und fortmuss.«

Später fragte Elsa Jan nach seinem Lieblingsessen als Kind. Er brauchte keine Sekunde für die Antwort: »Holunderblütenpfannkuchen!« Er erzählte von seiner Großmutter und großen Holunderbüschen, von denen sie die Dolden abgeschnitten, sie in Bierteig getaucht und frittiert hatten. Am Ende wurden sie mit Puderzucker bestreut. Elsa hatte das noch nie probiert. Bedauernd sagte sie: »Schade, die Holunderblüte ist längst vorbei.«

»Dann machen wir das im nächsten Frühling.« Jan sagte das, als sei es eine Selbstverständlichkeit, dass Elsa dann noch hier wäre.

In den ersten Momenten mit Jan, wenn sie vom Restaurant aus in die Nacht aufbrachen, hatte sie das Gefühl, als seien sie sich vorher noch nie begegnet. Meistens hatten sie sich eine ganze Woche nicht gesehen, sie mussten sich jedes Mal aufs Neue annähern. Gewöhnlich sprachen sie nicht viel. Wenn Elsa die Stille unangenehm wurde, wenn es sie nach Worten drängte und sie doch nicht wusste, was sie sagen wollte, begann sie ein Spiel. Sie dachte sich einen Begriff für Jan aus und umgekehrt. Jeder musste durch Fragen herausfinden, was er war. Die Begriffe schrieben sie auf Klebezettel, die sie sich gegenseitig an die Stirn hefteten. Jans Tasche, die er stets bei sich trug, war eine Wunderkiste, die MacGyver zur Ehre gereicht hätte: Zettel, Stifte, Cutter, Gaffertape und Kabelbinder kamen bei Bedarf daraus zum Vorschein.

Anfangs waren sie berühmte Personen oder Figuren: Elvis, Dr. No oder Lucky Luke. Mit der Zeit wurden sie abstrakter. Dann war Jan eine Aubergine oder eine Luftgitarre und Elsa verwandelte sich in Dinge wie Sommerregen, einen Strafzettel oder den Ärmelkanal. Irgendwann ließen sie die Klebezettel weg und manchmal zog sich das Spiel über Stunden und Tage hinweg in die Länge, an denen sie sich neue Fragen per SMS schickten.

Elsa hatte sich das Handy gekauft, nachdem sie ihre Wohnung in Hildesheim aufgelöst hatte, sie ein letztes Mal an den Telefonzellen vor dem Restaurant entlanggelaufen war und sich Jans Gästezimmer in ihr Zimmer verwandelt hatte. Ihre Arbeitskollegen, Jan und Lorenzo hatten ihre Nummer, sonst niemand.

An den Sonntagen mochte Elsa am liebsten, wenn sie Jan aus der Ferne sah, seine wirren Haare, den gebeugten Rücken, die Hände, die mit schnellen Strichen Skizzen aufs Papier warfen. Manchmal köchelte nebenher eine Sauce auf dem Herd und der Geruch trieb von ihr bis zu Jan. Wenn sie gemeinsam vor den Modellen standen, ergaben sich die Worte plötzlich von selbst. Elsa stellte Fragen zu den Räumlichkeiten und der Idee dahinter, Jan erzählte bereitwillig und zeigte ihr Bilder am Computer, Animationen und Schnitte.

Elsa faszinierte dieses Sezieren eines Gebäudes, das Offenlegen aller Schichten, die vielen unterschiedlichen Perspektiven. Jan hätte einen guten Dozenten abgegeben. Es machte ihm sichtlich Freude, sie auf Besonderheiten hinzuweisen und Antworten auf ihre kritischen Fragen zu finden. Architektur und Kochen ähnelten sich. Beides wurde exakt komponiert. Für jeden Zweck gab es das passende Material und mit der Zeit lernte Elsa, die einzelnen Baustoffe für Jans Modelle zu unterscheiden: eingefärbte Acrylglasplatten und -kugeln, matt oder poliert, kaum biegbares, zähes Makrolon, elastische Polyolefine, statisch aufgeladenes Polystyrol. Am besten gefielen ihr die Acrylglaskugeln, in denen die Welt auf dem Kopf stand. Wenn sie gemeinsam vor den Modellen standen und Jan Elsa auf Details hinwies, er mit seinen zierlichen, fast mädchenhaften Fingern gestikulierte, versteckte sie ihre Hände in den Hosentaschen. Ihre Finger sahen mehr denn je nach harter Arbeit aus: kürzeste Fingernägel, rote Flecken von Brandwunden, Kratzer und Abschürfungen, wenn sie im Laden gerade viel mit Krustentieren arbeiten musste, schnurgerade Narben von Schnitten, Schwielen in den Handflächen, aufgeraute Haut. Die Wunde am Daumen, ihr Souvenir aus dem XXL-Mega-Tempel, war mittlerweile vernarbt, hob sich aber immer noch rot und unansehnlich von der Haut ab.

An den Sonntagnachmittagen machten sie gemeinsam Pause. Egal bei welchem Wetter zogen sie zu den Landungsbrücken, tranken Kaffee oder Bier und rauchten in einvernehmlichem Schweigen, mit dem Blick auf die Schiffe und dem Astra-Turm im Rücken.

Zurück in Hammerbrook kochten sie Kaffee und aßen Kuchen, den Jans Mutter am Vortag mitgebracht hatte. Elsa hatte sie noch nie getroffen. Sie kam fast jeden Samstag in die Stadt, um Einkäufe zu erledigen, und schloss den Ausflug mit einem Besuch bei Jan ab, bevor sie zurück aufs Land fuhr. Seit Elsa eingezogen war, war auch für sie ein Stück Kuchen dabei. Für Lorenzo sowieso, seit der Schulzeit war er zum Sonntagskaffee bei ihnen gewesen und zählte als Familienmitglied ehrenhalber.

Seine Mutter könne nicht besonders gut kochen, aber backen, erklärte Jan, und sie testeten sich durch die Kuchen und legten Listen an, um sie zu bewerten. Die Skala reichte von »nichtssagend« bis hin zu »herzzerreißend«. Bei Buttercremetorten schüttelten sie sich und verbannten sie auf die »Alte-Damen-Liste«. Lorenzo und Elsa malten sich gerne aus, welche davon sie auf die Dessertkarte setzen würden, wenn sie eines Tages ihr eigenes Restaurant eröffneten. Seine Freundin Eva wäre die Eiskönigin.

Eva war im Sommer für ein paar Wochen zu Besuch gewesen. Elsa hatte sie sofort gemocht. Lorenzo war Elsa immer nicht ganz vollständig erschienen, als fehle ihm ein Arm oder ein Bein. Mit Eva an seiner Seite hatte sich dieses Gefühl verflüchtigt. Der Hochsommer war so heiß gewesen, dass sie freiwillig erst nach Sonnenuntergang das Haus verlassen hatten. Eva und Lorenzo waren oft am späten Abend bei Jan und Elsa vorbeigekommen. Das Wasser war ihnen in Rinnsalen am Körper hinabgelaufen und sie hatten sich durch Rezepte für kalte Suppen gehangelt. Ein paar Nächte hatten sie an der Perfektionierung einer Gurkensuppe gearbeitet, in die sie am Ende Eiswürfel aus Wasser und pürierter Pfefferminze gelegt hatten. In diesen Wochen hatte Elsa alles über die Eiszubereitung gelernt. Lorenzo hatte eine gebrauchte Eismaschine aufgetrieben und Eva die Rezepte. Sie stammte aus Turin, wo es angeblich die besten Eisdielen Italiens gab. Seit Evas Abreise schickte sie Elsa weiterhin Rezepte zum Ausprobieren.

»Wenn wir unser Restaurant aufmachen …«, fingen Elsa und Lorenzo seitdem manchmal an. Jan lächelte darüber, stieg aber nie in die Zukunftsvisionen mit ein. Er kam immer erst in die Küche, wenn das Essen fertig war. Dann brachten Elsa und Lorenzo die Töpfe heran, erklärten ihm die Bestandteile und Jan richtete an, mit gekrümmtem Rücken wie ein Koch. Oft benutzte er keine einzelnen Teller, sondern eine große Platte, von der sie anschließend die Gerichte direkt herunteraßen. Manchmal gefiel es ihm aber auch, es wie bei Elsa im Restaurant zu machen. Sie reihten die Teller nebeneinander auf. Jeder nahm einen Topf, schritt die Reihe ab und platzierte eine bestimmte Komponente auf jedem der Teller.

Nur Winzigkeiten durchbrachen den Alltag, kaum fühlbare

Höhen und Tiefen. Immer seltener fand Elsa in der Nacht die asiatischen Geigen auf dem Plattenteller vor. Saras Kisten waren mit dem Hintergrund verschmolzen, als seien sie ein Teil der Wand. Kein einziges Mal mehr griff Jan Elsas Hand, nicht einmal im Halbschlaf, und letztendlich zweifelte sie daran, dass es überhaupt je geschehen war. Sie war Jans Mitbewohnerin, und das war immerhin besser als alle Wohnsituationen zuvor.

Jahrelang hatte sich Elsa keine Gedanken darüber gemacht, wie es nach dem Erreichen des Meeres weitergehen sollte. Jetzt war sie zufrieden damit, das Meer einfach nur in der Nähe zu wissen und ab und zu an den Elbstrand zu fahren. Im Brunners dachte sie zum ersten Mal darüber nach, ob sie irgendwann tatsächlich selbst ein Restaurant eröffnen wollte. Und auch wenn sie und Lorenzo nur im Spaß ihren Laden entwarfen, gefiel ihr die Idee, ihr eigener Chef zu sein, mit ihrem Namen auf der Kochjacke. Ein paar Jahre müsste sie noch auf diesem Niveau arbeiten. Es half ihr, die Grundprodukte kennenzulernen und zu verstehen. Auf Dauer jedoch konnte sie sich das nicht vorstellen. Es war irrsinnig, worüber man sich im Brunners Gedanken machte. Nahm man ein Gramm mehr Salz? Eine Spur Zitronenschale? Fünf Grad weniger im Ofen? Eine Minute länger im warmen Öl?

Den Umstand, kaum Freizeit übrig zu haben, hätte sie noch vor wenigen Wochen begrüßt. Seit ihrer Ankunft in Hamburg hatte er jedoch an Reiz verloren. Ihre Welt war größer geworden.

In der Gastronomie musste man sich damit abfinden, dass außer einem oder zwei Ruhetagen pro Woche nicht viel übrig blieb. Nicht zufällig waren die meisten sesshaft gewordenen

Köche mit Service-Kräften verheiratet, sonst sah man sich ja kaum. Auch Brunners Ehe hatte sich nicht gegen sein Geschäft behaupten können. Wenn Elsa zusammenzählte, wie viel Zeit sie mit Jan bisher verbracht hatte, kam sie auf gut zwanzig Tage plus ein paar Abende. Das waren nicht einmal lange Sommerferien, und davon hatten sie ein Drittel verschlafen und ein weiteres Drittel in mehreren Metern Luftlinie entfernt voneinander verbracht. Jeden Samstagabend staunte sie über sein Auftauchen in der Restaurantküche, ein dunkler Fleck in all dem Licht, ein Wunder, dass er zu ihr wollte.

Nach einigen Wochen Postenwechseln, in denen sie jeden einzelnen Koch vertreten hatte, hatte Elsa sich als Saucier etabliert. Lotte hatte das Brunners wenige Wochen nach Elsas Ankunft verlassen. In dieser Zeit hatte sie sie unter ihre Fittiche genommen. Langsam hatte Elsa sich an den Umgang mit Fleisch herangetastet. So schnell wie Lotte war sie beim Zerlegen noch nicht, aber es wurde mit jedem Tag besser. Sie mochte den Posten, er war variantenreich, von Kurzgebratenem bis zu Ragout, Gesottenem und Sous-vide-Gegartem. Es war ein erhebendes Gefühl, ein Stück Fleisch anzuschneiden und die perfekte rosafarbene, saftige Schnittfläche zu sehen. Die Saucen galten als Königsdisziplin. Wenn die Basis stimmte, konnte man sie mit ein paar kleinen Kniffen in ganz unterschiedliche Richtungen bringen. Elsa experimentierte mit Kaffee, Schokolade, Lakritz und Gewürzen.

Von allen Geräten und Küchenhelfern, die sie hier neu kennengelernt hatte, war ihr der Teigschaber das liebste Werkzeug. Lotte hatte ihn ihr zum Abschied geschenkt. Es war kein normaler Teigschaber, wie sie ihn schon hundertfach in der Hand gehabt hatte. Er war viel kleiner als ein gewöhnlicher, kaum größer als ein Teelöffel, mit einem Griff aus dünnem, gebogenem Metall und einer schmalen, flexiblen Kappe. Mit ihm blieb kein noch so kleiner Saucenrest irgendwo hängen. Elsa benutzte ihn täglich und gab ihn ungern aus der Hand, nahm ihn sogar nach der Arbeit mit nach Hause.

Die sechs Monate Probezeit gingen dem Ende entgegen, der Oktober war gerade vorbei und die Tage waren so kühl, dass sie die Personalmahlzeiten im Vorraum einnahmen. Es war an einem Donnerstag, als Brunner sie aufforderte: »Elsa, du kriegst diesen Samstag frei. Mach dir bitte über das Reh Gedanken. Wir brauchen es für die Dezemberkarte.« Er lehnte im Durchgang zum Vorraum und trocknete sich die Hände. Zum ersten Mal gab er Elsa samstags frei und überließ ihr ein komplettes Hauptgericht. Sie war sich darüber im Klaren, dass dies nicht nur ein Vertrauensbeweis war, sondern auch eine letzte Probe vor dem festen Vertrag. Das Fleisch war nur ein kleiner Teil der Aufgabe. Es galt, die richtige Zusammenstellung und Form für jede Komponente auf dem Teller zu finden.

»Zuerst möchte ich ein paar Skizzen sehen. Die sprechen wir durch und dann kannst du hier einen Probeteller kochen. Aber halte dich mit den Nelken zurück«, betonte Brunner und drohte mit dem Finger. Er hatte ihre Schwächen in den letzten Monaten kennengelernt und wusste von ihrer Vorliebe für das Gewürz. »Außer dir findet keiner Gefallen daran, wenn ein Gericht nach Zahnarztpraxis schmeckt«, sagte er.

»Bis auf die Zahnarztkinder!«

Mit einer Flasche Champagner in der Tasche machte Elsa sich nach der Schicht auf den Heimweg. Hammerbrook lag wie gewohnt dunkel und still. Unmittelbar hinter dem S-Bahnhof hob sie den Blick. Es war der erste Punkt, von dem aus man die Wohninsel in der Nacht leuchten sah. Doch diesmal war alles finster. Elsa beschleunigte ihren Schritt. Bestimmt hatte sie sich getäuscht. Auf den nächsten Metern des Weges war das Lagerhaus von Gebäuden verdeckt. Hinter der Ecke müsste die Lichtinsel auftauchen. Sie bog um die Kurve. Nichts.

Sie zögerte, aus dem Aufzug heraus in das Dunkel der Halle zu treten, wollte aber auch keine Lampe anschalten. Alles sollte so bleiben, wie Jan es hinterlassen hatte. Von der Stadt draußen drang kaum Helligkeit herein, und das einzige Innenlicht kam von der Sofainsel, wo Verstärker und Plattenspieler durch zwei bescheidene rote Punkte ihre Bereitschaft kundtaten. Elsa hob den Tonarm und bewegte ihn auf die Platte zu. Der Teller begann sich zu drehen. Mit einem Knacken sank die Nadel auf die Schallplatte. Rauschen. Ungewohnte Klänge flossen aus den Boxen, sanft und doch schnell, dazu Gesang in einer Sprache, die Elsa nicht kannte, vielleicht portugiesisch, auf jeden Fall verstand sie den Text nicht. Auch die Musik verstand sie nicht, der Rhythmus war seltsam unstet, wechselte die Geschwindigkeit und ließ nicht zu, dass man sich auf ihn einstellte. Was sollte diese fremde Musik auf einmal?

Jans Zimmertür war fest geschlossen. Elsa legte die Hand auf die Klinke, nahm sie wieder herunter. In der Ecke mit den Modellen, die von der Außenbeleuchtung in einen diffusen Schimmer getaucht war, erkannte sie nur diese merkwürdig geformten Stoffgebilde wie bei ihrem ersten Besuch in der Halle. Doch der Schein trog. Als sie sich näherte, sah Elsa erleichtert, dass eines der Modelle aufgedeckt war. Allerdings fand sie nicht die kleinste Veränderung im Vergleich zur vorigen Nacht, als habe Jan gar nicht daran gearbeitet.

Sie trat an das größte Fenster in der Küche. Es reichte bis zum Boden und war breiter als die Spanne ihrer Arme. Unten breitete sich blau die Gegend aus, vereinzelt von Lichtpunkten durchzogen. Elsa lehnte sich nach vorn, bis ihre Stirn das kühle Glas berührte, und blickte wie durch die Öffnung eines Guckkastens auf die nächtliche Welt. Hinter ihr schwoll die Musik an, es trommelte schneller aus den Lautsprechern, dann brach das Stück abrupt ab.

Am Morgen war die Halle unverändert, Jans Zimmertür geschlossen. Elsa ließ sich Zeit, trank eine zweite Tasse Kaffee und streifte durch die Halle, ohne dass Jan auftauchte. Eine Unruhe ergriff von ihr Besitz, sie konnte kaum stehen bleiben, wanderte in jede Ecke des Raumes. Und da sah sie es: Die Kisten von Sara waren verschwunden. Unmöglich zu sagen, wann das geschehen war. Sie konnten bereits seit Wochen weg sein, ohne dass Elsa es bemerkt hatte. Und doch war sie sich sicher, dass die Kisten erst seit kurzer Zeit nicht mehr dort standen. Jan hatte offenbar Platz gemacht für Neues. Sie hinterließ ihm einen Zettel auf dem Küchentisch, dass sie am Samstag überraschend freibekommen hatte und sie deshalb heute Abend ausgehen könnten. Ob er sie abholen käme.

Im Brunners war es mit ihrer Konzentration nicht weit her. Sie schob es auf den Posten, an dem sie lange nicht gewesen war, an dem sie heute den Poissonnier vertreten musste. Vielleicht war es gut so, es gab keine Routinen, auf die sie zurückgreifen konnte, das Mise en Place nahm sie völlig in Anspruch. Nach dem Mittagsgeschäft entdeckte sie eine SMS auf ihrem Handy. Jan entschuldigte sich, dass er am Abend nicht würde kommen können, weil er bereits verabredet sei.

Elsa nutzte die kurze Mittagspause für einen Gang in den Planten un Blomen. Sie brauchte dringend frische Luft. Die Sonne gab sich noch einmal die Ehre, wärmte die Luft und lockte die Menschen in den Park. Elsa setzte sich auf die Bank vor dem Teehaus mit Blick auf die Wasserläufe. Ein Kind lag bäuchlings vor ihr auf den Holzplanken und betrachtete die Goldfische. Es ließ die Arme nach unten hängen und tauchte die Hände ins Wasser, als griffe es nach sich selbst, wodurch sich sein Spiegelbild in Wellen verzog und neu zusammenfügte. Dann wartete es, bis das Wasser wieder glatt war. Als längere Zeit kein Fisch zu sehen war, schlug es mit den flachen Händen auf die Wasseroberfläche, sodass sein Gesicht in tausend Stücke zersprang.

Sobald Elsa die Küche betrat und die Tür hinter ihr ins Schloss fiel, war alles andere ausgesperrt. Es gab keine Fenster, keine Tageszeit, kein Wetter mehr, stattdessen künstliches Licht. Louis befestigte gerade zwei Gänsefüße am oberen Gestänge der Station. Neben den Sieben, Schneebesen und Schöpfkellen hingen schon ein Schweinefuß und ein paar Hasenohren wie Trophäen. Der Bon-Spicker auf der Metalltheke war leer, die Mittagsarbeit wie ausgelöscht. Die Uhren liefen wieder bei null los. Während des À-la-carte-Service gab es kein Gestern und kein Morgen, es zählte allein das Jetzt. Der Tellerheizschrank surrte, bald wurden die Wärmelampen angeschaltet, damit die Speisen beim Anrichten nicht an Temperatur verloren. Die Abendvorbereitungen waren in vollem Gang. Aus der Patisserie drangen die Düfte bis an Elsas Posten: Teig, Schokolade, Karamell, Gewürze. In der Kalten Küche waren sie dabei, Hummerpanzer zu knacken und Zitrusfrüchte zu filetieren. Elsa war die Service-Zeit am liebsten.

Die Folgen, die ein Fehler nach sich zog, waren berechenbar: Wenn man die Pasta sechzig Sekunden über die Zeit im kochenden Wasser ließ, war sie ungenießbar. Blieb der Fisch zu lange unter dem Salamander, dreißig Sekunden nur, trocknete er aus. Für den Knoblauch im heißen Fett reichte eine Drehung um die eigene Achse, und er schmeckte bitter. Sekunden, das waren überschaubare Zeiträume. Elsa kontrollierte ihre Vorräte, hauptsächlich Loup de Mer, Saibling, Goldbrasse und Tintenfisch. Butterschmalz links, Fischfond und Pastis rechts. Daneben Rosmarin, in Milch blanchierter Knoblauch, karamellisierte Fenchelsamen, Salz und Pfeffer in Schälchen. Mit den Körnern in den Fingern irrte sie sich bei der Dosierung der Gewürze fast nie. Louis war neben ihr für das Abrufen und das Fleisch zuständig, zwei der anderen Jungs kümmerten sich um Saucen und Beilagen. Sie bildeten mit Elsa ein Quartett um den Herd: vier Personen und acht Hände, jeder Handgriff und die Reihenfolge exakt festgelegt.

Den Auftakt machten die Kellner mit den Brotkörben, noch in gemäßigtem Schritttempo, zahlreiche Amuse-Gueules wurden vorbeigetragen bis zum ersten Bon. Louis rief: »Zweimal Allerlei, einmal Dreierlei, ein Bison, zweimal Loup!« Sie riefen zurück: »Jawohl«, dann endlich: das erste Zischen von Flüssigkeit im heißen Fett. Zuerst war es noch ein An- und Abschwellen, das Tempo stieg konstant, der Ruf »Service bitte« ertönte in immer kürzeren Abständen. Metall schlitterte über Metall, die Griffe von Töpfen und Pfannen lagen warm in Elsas Hand, Louis' Stimme: »Abgerufen: eine Goldbrasse …«; was folgte, war nicht an Elsa gerichtet, sie blendete es aus, filterte die wichtigen aus den unwichtigen Geräuschen heraus, verdrängte die Goldwörter, die ihr plötzlich in den Kopf schossen: *Goldbrasse, Goldbronze, Golderz, Goldgräber, Goldklumpen, Goldkoch* ... »Elsa, beim Anrichten einspringen!«, drang es zwischen den Armen hindurch an ihren Posten. Es klang wie beim Stimmen der Instrumente in einem Orchestergraben, die langsam zueinanderfanden: die Ansagen, die Abfragen, die klaren »Jawohl«, heruntergezählte Minuten, das Klappern der Kellnerschritte wie ein Metronom. Anrichten, Töpfe und Pfannen flogen an die Theke, die Griffe ohne Tuch mittlerweile kaum noch anzufassen. Zuerst die heißen Teller, von oben erzeugten die Wärmelampen ein temperiertes Flimmern auf der Haut, Steinpilze, sautiert und kreisförmig, Schalottenvinaigrette, dunkelrot, sechs über Kreuz gestapelte Pommes frites, drei oben, drei unten, »Gruppensex!«, rief Louis, in die Mitte die Goldbrasse. Der nächste Teller: eine Linie aus Maisgemüse, links ein Polenta-Crostino, rechts zwei Zylinder vom Bison, dazu die Sauce mit Honig, Majoran und Butter. »Kompliment an die Schalottenbutter, und das waren Franzosen!«, rief Brunner mit zwei leeren Tellern in den Händen Louis zu. Der nahm die beiden Gänsefüße vom Gestänge und schwang sie wie imaginäre Anführungszeichen in der Luft: »Comme il faut!«, sagte er und verbeugte sich. Die Spüler waren für das Auge zu schnell. Ein Blinzeln und der Stapel mit schmutzigen Töpfen und Pfannen war durch einen sauberen ersetzt worden. In den kurzen Verschnaufpausen lehnte sich das Quartett mit verschränkten Armen an die Eisentheke zurück. Die Themen wechselten von Garmethoden über Gänsestopfleber bis hin zu Brustbehaarung, ohne ins Straucheln zu geraten. Sobald ein neuer Gang abgerufen wurde, setzten sie sich wieder in Bewegung. Die Bons auf dem Spicker wuchsen an, die am Ansagerposten schwanden. Die Zettel waren übersäht mit kryptisch aussehenden Zeichen von Louis: Kringel, Kreuze, Buchstabenfolgen. Für Außenstehende mochte das chaotisch aussehen, doch jedem Einzelnen war eine klare Bedeutung zugewiesen. Welcher Gang abgerufen wurde, welcher schon rausgegangen war, an welchem Tisch es mit der nächsten Runde weitergehen konnte, und alle erdenklichen Besonderheiten. Man musste sie nur zu dekodieren verstehen.

Das letzte Zischen verging. Während die Kellner immer noch zügig von einem Ort zum anderen gehen mussten, runter in die Patisserie und wieder zurück, machten Elsa und die anderen sich bereits ans Aufräumen und Reinigen. Sie bildeten Ketten zum Kühlraum, zu der Spüle und den Mülltonnen, jetzt alle mit einem kühlen Glas Bier oder Wasser, aus dem sie gierige Schlucke nahmen, wenn sie die Hände für einen Augenblick frei hatten.

In ihren Mantel geschlungen trat Elsa allein auf den Hof. Die Nacht novemberkalt. Dunkelheit, Kälte und Stille waren wie eine Wand, daran würde sie sich nie gewöhnen. Das plötzliche Ausbleiben der Hitze, des Lichts und der Geräuschkulisse hinterließ ein Fiepen in ihrem Kopf, irgendwo zwischen den Weisheitszähnen und den Ohren. »Goldrausch, Goldstück, Goldzahn«, flüsterte Elsa. Überraschenderweise hatte sie in den letzten Monaten kaum an ihren Vater denken müssen. Seit sie nicht mehr an den Telefonzellen vorbeiging und ihre Mutter ihr keine Erinnerungen mehr ins Ohr raunte. Fast schämte Elsa sich dafür. Schnell schob sie den Gedanken an ihre Mutter beiseite. Sie schaute zu der Bank unter der Kastanie. Jan war wirklich nicht da. Ihr Handy zeigte keine neue Nachricht.

Von der Straße aus warf sie einen Blick durch das Restaurantfenster in den Gastraum: wie sie da saßen im Kerzenlicht, der ein oder andere bei einem Digestif an der Bar, Armagnac, Cognac oder Grappa. Das Paar in der Nische hatte Elsa schon einmal gesehen. Er hatte eine Hand über ihre gelegt, beinahe synchron nahmen sie den letzten Schluck aus ihren Gläsern. Als die beiden die Tür öffneten und das Restaurant verließen, hörte Elsa das leise Lachen der Frau durch den dicken Stoff ihres hochgeschlagenen Kragens dringen. Die zwei waren schnell zu Fuß, in ausgeruhtem Zustand hätte Elsa vielleicht mit ihnen Schritt halten können. Aber Beine und Füße gehorchten ihr nicht und sie fiel hinter ihnen zurück. Sie waren immer weniger von der Dunkelheit zu unterscheiden und entwischten ihr, das Klappern der Schuhe verklang in der Ferne. Elsa war von oben bis unten getränkt mit Hitze, Gerüchen und Licht, man musste sie von weit her sehen können, sie musste von innen heraus glimmen. Schritt für Schritt drang die Nacht in sie hinein.

Sie konnte nicht nach Hause gehen. Wollte nicht wissen, ob Jan dort war und mit wem. Auch Peters Bar kam nicht infrage. Allein an der Theke gab man ein trauriges Bild ab, weil man kaum anders konnte als in sein Glas zu starren. Sie schlug den Weg ein zu den Landungsbrücken. Auf der Anhöhe hob sie den Blick, um dem Astra-Turm einen stummen Gruß zuzuwerfen. Doch das Gebäude sah anders aus als sonst. Der Turm war rundum eingerüstet, die Fensterrahmen leere Löcher im Beton, ohne Glas. Der Fuß des Turmes war von einem Bauzaun umgeben. Ein großes Plakat zeigte das alte Astra-Haus mit einem ebenso großen Bierglas, das an den Turm wie zum Toast anstieß. Darüber der Schriftzug: »Tschüss, altes Haus!«

Elsa zog ihr Handy aus der Tasche und wählte. Sie fand Lorenzo am Rand des Rathausplatzes. Fast zwei Wochen lang hatten sie sich nicht gesehen, wegen eines Foto-Auftrags in Rom, glaubte Elsa, doch bei Lorenzo konnte man nie sicher sein, wo er wirklich war. Er verschwand ohne Vorwarnung und tauchte auf dieselbe Weise wieder auf. Seine Kamera war auf einem dreibeinigen Stativ befestigt, die Linse auf den leeren Platz gerichtet, den Elsa gerade überquert hatte. Er machte Langzeitbelichtungen.

»Bin ich jetzt auf dem Foto?«, fragte sie.

»Dafür war der Moment zu kurz. Du bist höchstens ein schwacher Schatten auf dem Bild«, sagte Lorenzo.

»Weißt du, was Jan macht?«, fragte sie unvermittelt.

Lorenzo sah sie an, ohne zu antworten oder sich eine Regung anmerken zu lassen. Er veränderte geringfügig die Stellung des Stativs und drückte auf den Auslöser.

»Ich habe dir ein Rezept aus Venedig mitgebracht«, sagte er. Immerhin Italien, Elsa hatte nur um ein paar Hundert Kilometer danebengelegen. »Die Besitzerin einer Bar hat es mir verraten, ein Familienrezept. Ich habe ihr von dir erzählt. Wer du bist und was du machst.«

»Wer bin ich denn und was mache ich?«

»Ich habe ihr gesagt, dass du kein Durcheinander magst und keine Überraschungen; dass dir ein Strauß Kräuter lieber ist als ein Strauß Blumen und dass du manchmal sehr langsam bist, weil du alles mit einer gewissen Sorgfalt tust.«

Elsa wich seinem Blick aus und schaute auf den leeren Platz. Sie fragte sich, wohin Saras Kisten verschwunden waren, mit wem Jan gerade zusammen war und warum ihr das nicht völlig egal war. »Wenn ich länger stehen bleibe, sieht man mich dann?«

»Warum probierst du es nicht aus?«, fragte Lorenzo.

Elsa ging in die Mitte des Platzes. Lorenzo hob den Arm als Zeichen, dass er den Auslöser drückte. Elsa rührte sich nicht. Die kalte Luft durchdrang die einzelnen Schichten ihrer Kleidung. Die Oberfläche ihres Körpers schien zu versteinern. Als Lorenzo den Arm sinken ließ, war die Kälte überall.

Gewohnheitstiere

Musik spielte, erst weit entfernt, dann näher, die Bässe ein leichtes Vibrieren in der Luft und durch den Boden. Elsa öffnete die Augen und sah Jan in der Küche mit dem Wasserkessel hantieren. Sie hievte sich in eine senkrechte Position auf dem Sofa. Gestern Nacht hatte sie die Entscheidung, in der Halle zu übernachten, für eine gute gehalten. Als Jan sich jetzt tadellos gekleidet neben sie fallen ließ, ihr eine Tasse Kaffee reichte und entschieden zu fröhlich und wach »Guten Morgen« sagte, bereute sie sie schon. Sein Fuß wippte überschwänglich im Takt, das Sofa zitterte mit. Es lief die herkömmliche Morgenmusik, nichts Besonderes, aber eindeutig zu laut. »Kopfschmerzen?«, fragte er. Elsa brummte etwas Undeutliches, was Jan zum Anlass nahm aufzustehen, sich an den Küchentisch zu setzen und die Zeitung aufzuschlagen.

Elsa hatte in der Halle geschlafen, um nichts zu verpassen, musste sich jetzt aber eingestehen, dass sie alles verpasst hatte. Jans Zimmertür stand offen. Sie wusste nicht, ob er in seinem Zimmer geschlafen hatte oder erst am frühen Morgen nach Hause gekommen war. Sie hätte wohl nicht einmal bemerkt, wenn jemand bei ihm gewesen wäre, so fest hatte sie geschlafen. Vielleicht hatten sie Elsa sogar beim Schlafen betrachtet? Verlegen strich sie sich den zerknitterten Schlafanzug glatt.

Jan benahm sich auf den ersten Blick wie an jedem x-beliebigen Morgen eines gemeinsamen freien Tages. Vielleicht stand er einen Moment länger als sonst mit seiner Kaffeetasse in der Gegend herum, aber er sagte nichts über den gestrigen

Abend, keine Entschuldigung oder Erklärung. War da ein bisschen mehr Schwung in seinen Bewegungen? Oder Nervosität? Auf die Zeitung schien er sich nicht konzentrieren zu können. Immer wieder schaute er in Elsas Richtung. Sie war nicht sicher, ob er etwas sagen wollte oder ob er von ihr erwartete, dass sie etwas sagte.

»Wofür ist der Champagner?«, fragte er schließlich.

Sie hatte die Flasche im Kühlschrank vollkommen vergessen.

»Wir haben zu feiern«, sagte Elsa. »Brunner überlässt mir ein Gericht für die Dezemberkarte.« Sie federte die positive Aussage ab: »Das darf ich auf keinen Fall versauen.«

»Sei nicht so verbissen. Du weißt, dass er viel von dir hält.«

»Ich bin überhaupt nicht verbissen«, sagte Elsa.

»Bei dir werden Kleinigkeiten schnell zu Katastrophen. Wenn du eine Knoblauchzehe hast verbrennen lassen, ist es beim Essen schon eine Mohrrübe, beim Spülen eine Hühnerbrust und nachts, wenn du im Bett liegst, ein Rinderfilet.«

»Kein Rinderfilet.«

»Du hast drei Nächte lang nicht geschlafen, weil du eine Parfait-Masse mit Salz statt mit Zucker gemacht hast.«

»Das ist ja auch unverzeihlich.«

»Aber es ist doch nur hier bei uns passiert und nicht im Restaurant!«

Elsa schaute stur auf die Sofakante und knibbelte an dem Stoff herum. Ein wenig gnädiger fügte Jan hinzu: »Dann lässt du das Reh eben nicht anbrennen. Im Ernst: Hast du schon Ideen?«

»Noch nicht so richtig. Ich brauche etwas Fruchtiges und Erdiges, Weiches und Knackiges, dazu irgendeine Säure und die Farben müssen stimmen. Ich brauche bestimmt ein paar Tage für die Skizzen. Dann kann ich anfangen zu kochen und auszuprobieren. Hilfst du mir am Ende beim Anrichten?«

Statt eine Antwort zu geben, blickte Jan bereits zum dritten Mal auf sein Telefon.

»Hast du noch was vor?«, fragte sie vorsichtig.

»Nein, ich bin heute Abend hier. Wir feiern«, sagte er.

Erleichtert blickte Elsa auf.

»Was dagegen, wenn noch jemand dazukommt?«, fragte er.

»Wer denn?«

»Hannah«, sagte Jan, als sei damit alles erklärt.

»Je mehr, umso besser«, antwortete Elsa, griff nach ihrem Telefon und rief Lorenzo an.

Jan versank in seinem Modell. Es war relativ neu, er hatte ihr noch nichts über den Entwurf erzählt. In der letzten Woche hatte Elsa Nacht für Nacht die Veränderungen verfolgt. Auf der leeren Platte war zunächst das Gras gewachsen. Das Gebäude war am Ende der Fläche aufgetaucht und nahm höchstens ein Zehntel davon ein, als sei es nebensächlich. Es wirkte licht und leicht, bestand aus dünnen Stahlträgern, Glas und Holz. Die transparenten Materialien überwogen deutlich. Auf einer der Zeichnungen hatte Elsa vor ein paar Tagen Details entdeckt, die vermuten ließen, dass Jan großzügige Fensterflächen mit Jalousien eingeplant hatte. Das Prinzip hatte er Elsa schon einmal bei einem anderen Entwurf gezeigt: Man konnte die Jalousien so einstellen, dass man zwar aus dem Raum heraus –, aber nur schwer hineinsehen konnte.

Sie pirschte sich an das Modell heran. Neu hinzugekommen war ein langer Weg aus weißen Kieseln, der schnurgerade von der Eingangstür über die grüne Rasenfläche führte.

Elsa gefiel die Kargheit und Weite der Landschaft, aber Jan widersprach, dass es so überhaupt nicht gedacht sei, dass er Pflanzen brauche und bisher bloß noch nicht das richtige Material gefunden habe. Er war abwesend, während er mit ihr redete, wahrscheinlich versuchte er gleichzeitig in Gedanken, Probleme zu lösen. Seine Anspannung war spürbar. In diesem Stadium erzählte er nicht gern über ein Projekt, noch weniger mochte er Fragen, wenn die Basis nicht stimmte.

Elsa duschte ausgiebig und zog sich einen grauen Rock an, den sie vor Kurzem gekauft und noch nie getragen hatte. Immerhin war Kuchensamstag. Die Vorstellung Jans Mutter zu begegnen machte sie nervös. Aber sie war auch gespannt darauf, sie kennenzulernen. Ob sie Jan ähnelte? Sie ging zu ihm und fragte, wann seine Mutter denn käme. Er blickte Elsa verständnislos an, entweder wegen des ungewohnten Rocks oder ihrer Frage nach seiner Mutter. Dass sie heute nicht komme, murmelte er nur, dass sie anderswohin hingefahren sei. Er beugte sich wieder über sein Modell, als sei es keine weitere Erklärung wert, dass seine Mutter zum ersten Mal seit Monaten am Samstag nicht zu Besuch kam. Ausgerechnet an dem ersten Samstag, an dem Elsa frei hatte. Wenn nicht jedes Mal drei Stücke Kuchen da gewesen wären, hätte Elsa daran gezweifelt, dass Jans Mutter überhaupt von ihrem Einzug hier wusste.

Elsa zog sich zurück in die Sofaecke. Die Halle schien größer denn je. Als die Schallplatte zu Ende war, suchte sie die Musik heraus, die Jan zu Beginn ihres Kennenlernens aufgelegt hatte, und spielte dieselbe Platte immer wieder von vorn. Jan war so konzentriert auf sein Modell, dass er es gar nicht zu bemerken schien.

Lorenzo kam am frühen Nachmittag. Er hatte nicht nur das Rezept aus Venedig mitgebracht, sondern alles eingekauft, was sie für die Zubereitung brauchten. Irgendwo hatte er sogar Pfirsiche aufgetrieben. Das entsprach nicht der Saison, aber Lorenzo tat das mit einer Handbewegung ab: »Wenn die Zeit ist für Makrelen mit Pfirsichen, dann ist die Saison egal.« Die Kombination erschien Elsa wild: frische Makrelen, Pfirsiche, Knoblauch, Petersilie, Auberginen, Lorbeer und Chili.

Ohne Umschweife öffnete Lorenzo eine Flasche Weißwein, »Kochwein«, sagte er. Laut seiner Definition der Wein, den man beim Kochen trank. Nach dem ersten Schluck blickte er ein wenig enttäuscht: »In Italien schmeckt derselbe Wein immer besser als hier.«

»Dann muss ich wohl einmal mitfahren«, sagte Elsa und schaute zu Jan, der in eine Schachtel mit Glaskugeln vertieft war. »Wir drei, das wäre doch was.«

»Ich hol dich mit dem Aufzug ab«, sagte Jan am Telefon. Der Satz war zu kurz, um viel in seine Stimme hineinzuinterpretieren. Während er im Schwerlastaufzug verschwand, kippte Elsa ihr Glas Wein herunter und schenkte sich nach. Scheppernd setzte sich die Maschinerie in Gang.

Ihr Lachen kam noch vor ihnen in der Halle an. Jan ging voraus und so konnte Elsa Hannah erst sehen, als sie beinahe vor ihr stand und die Hand ausstreckte. Es war schlimmer als befürchtet. Alles, was an Elsa blass und zart war, war an Hannah dunkel und kraftvoll: die Haare, die Haut, die Augen. Sie war groß und schlank, die Haare rahmten das sonnenbraune Gesicht und fielen glatt bis auf die Schultern. Sie hatte makellose Hände, die Fingernägel waren gepflegt und in einem dunklen

Rot lackiert, der einzige auffällige Farbtupfer an ihrem Äußeren. Das war nicht zu mädchenhaft, sondern schlicht und doch speziell. Die Farben eine Nuance anders als gewöhnlich, die Knopfreihe des Kleides seitlich mit offen aufgeschlagenem, hell gemustertem Kragen. Ihr Händedruck war fest und sie hielt Elsas Blick stand. Gab es wirklich nichts Unsympathisches an ihr zu finden? Wenigstens eine Geschmacksverirrung? Einen kitschigen Ohrring vielleicht oder eine grässliche Handtasche? Elsa konnte nichts entdecken.

Jans Stimme klang verändert, weniger überschwänglich als am Morgen, eher ein Raunen. Elsa hatte ihn so noch nie sprechen hören. Er goss zwei Weingläser voll und lotste Hannah zur Sitzgruppe. Sie stürzte sich sofort auf die Regale, fuhr mit dem Zeigefinger über die Plattenrücken, zog einige heraus, stellte sie zur Seite und kommentierte sie anerkennend. Sie schien die Wohnung noch nicht zu kennen, dachte Elsa erleichtert, und dass Hannah sie dann auch nicht letzte Nacht schlafend auf dem Sofa gesehen haben konnte.

»Du scheinst dich mit Musik ja gut auszukennen«, sagte Elsa. Sie war den beiden mit ihrem Glas Wein gefolgt, aber vor dem Sofa stehen geblieben, als sie gemerkt hatte, dass Lorenzo nicht hinter ihr hergekommen war. Bevor Hannah selbst antworten konnte, erklärte Jan: »Hannah arbeitet beim Radio. Sie moderiert und legt manchmal auf.« Sie redeten über Bands, von denen Elsa noch nie gehört hatte, über Stilrichtungen und Magazine. Hannah nahm die Platte vom Teller, die Elsa am Nachmittag rauf und runter gespielt hatte, und legte eine andere auf. Fast gleichzeitig schlossen sie und Jan die Augen, als könne man besser hören, wenn man nichts sah.

Lorenzo strich Elsa sanft über die Schulter, als sie zurück

in die Küche kam, für ihn eine ungewöhnliche Geste. Er hatte versucht, einer der Makrelen im Ganzen die gummiartige Haut abzuziehen, war aber kläglich gescheitert. Elsa zeigte ihm, wie man den Fisch sauber filetierte und anschließend mit dem Messer von der Haut lösen konnte. Die Gräten saßen fest im Fleisch, ein gutes Zeichen für Frische, aber auch eine Geduldsprobe. Elsa machte die feinmotorische Arbeit verrückt, sie hätte gerade lieber mit einem scharfen Beil Koteletts vom Knochen gehackt.

Sie entschied sich dafür, einzelne Teller zu decken. Die große Platte war ein Ritual für drei. Sie schielte zur Sofainsel. Jan und Hannah saßen abgeschirmt wie in einer Kapsel, als könne nichts zu ihnen durchdringen. Zwei Mal musste sie rufen, bis die beiden sich bequemten, zu ihnen zu kommen und sich an den Tisch zu setzen. Elsa richtete selbst die Teller an. Es war nicht leicht, aus dem Eintopfgericht eine Augenweide zu machen, doch Jan machte keine Anstalten, ihr zu helfen. »Wow«, sagte Hannah anerkennend, als Elsa ihr einen Teller hinstellte. Für einen Moment schwebten Elsas Hände neben Hannahs und wirkten dadurch noch blasser und zerschundener als sonst. Schnell zog sie sie zurück.

Beim Essen hörte Elsa den anderen kaum zu. Den Großteil des Gesprächs bestritten Hannah und Jan. Namen von Bands flogen über die Tischplatte, dazwischen kullerte Hannahs Lachen, einmal lag ihre Hand auf Elsas Arm: »Dass du an deinem freien Tag auch noch Lust hast, so aufwendig zu kochen …«

Elsa murmelte: »Du hörst in deiner Freizeit ja auch Musik.« Sie blickte hilfesuchend zu Lorenzo. Seine Augen irrlichterten umher, wie so oft, wenn er sich unwohl fühlte. Als es ihr endlich gelungen war, seinen Blick einzufangen, spannten Elsa und

Lorenzo eine Kulisse auf, wie sie es sonst auch immer zu tun pflegten, wenn sie ein neues Gericht probierten. Jedem Bissen schenkten sie Zeit, zogen kritisch die Augenbrauen zusammen, kauten übertrieben lang jeden einzelnen Bissen, dreizehn Mal links und dreizehn Mal rechts, schauten prüfend wie die Jury bei einem Kochwettbewerb. Dem letzten Pfirsichstückchen auf seinem Teller schenkte Lorenzo übertriebene Aufmerksamkeit, nahm es sorgfältig mit Messer und Gabel auseinander, zerlegte es wie ein biologisches Studienobjekt oder wie man eine Leiche sezieren würde, bis sein kritisches Naserümpfen in ein Beben der Nasenflügel überschwenkte, er plötzlich das Besteck neben den Teller fallen ließ und anfing, gleichzeitig zu lachen und zu husten. Für seine Verhältnisse waren das viele und laute Geräusche. Hannah und Jan schauten überrascht zu, wie er sich Tränen aus den Augenwinkeln wischte. Sie hatten von der vorangegangenen Szene nichts mitbekommen.

Der Bahnsteig in Hammerbrook war wie leer gefegt. Sie nahmen die Bahn nach St. Pauli. Hannah wohnte dort und wollte ihnen ihre Stammkneipe zeigen, wo man gut in den Abend starten könne. Von Station zu Station füllte sich die Bahn. Helle Kinderstimmen sagten durch die Lautsprecher die Haltestellen an. Sie wirkten deplatziert in der Nacht, beinahe unanständig. Es war nicht einmal elf Uhr abends, für die meisten Nachtschwärmer an einem Samstag noch zu früh, erst auf der Reeperbahn gab es einen Anschein von pulsierendem Nachtleben: blinkende grelle Lichter, Zurufe und Musik, die in Wellen aus den Läden auf den Asphalt zwischen die Passanten schwappten und den ein oder anderen an die offen stehenden Türen lockten. Überall hier ratterten die Geldautomaten.

Die Bar war schlicht, eine Mischung aus gemütlicher Wohn-stube und Industrie-Chic, in farbige Lichter getaucht. Auf der langen Bar standen winzige Vasen mit einzelnen Blumen. In einem kleinen altmodischen Fernseher lief in Endlosschleife eine Elsa bekannte Szene: eine Hand, die eine weiße, flau-schige Katze kraulte – ohne Zweifel Ernst Stavro Blofeld, James Bonds Erzfeind.

Noch gab es genügend freie Plätze. Sie nahmen an einem runden Tisch vor einer roh verputzten Wand Platz. Es wur-den hauptsächlich Cocktails serviert, »fancy drinks«, meinte Elsa abfällig. Doch die Getränke sahen gut aus, geradlinig und reduziert, keine Spur von Strohhalm-Schirmchen, kandierten Kirschen und Glitzerfedern in den Gläsern. »Ist doch gut, auch mal woanders zu sein«, meinte Jan fröhlich und bestellte ein Getränk mit einem absurden Namen.

»Jetzt will ich eure sehen«, sagte Hannah später und meinte die Stammkneipe. Sie liefen durch den Nieselregen, Jan und Hannah vorneweg, Elsa schlich missmutig hinterher, Lorenzo bemühte sich, den Abstand zwischen beiden Gruppen nicht zu groß werden zu lassen.

Peters Bar war gut gefüllt. An der Theke gab es kaum eine Lücke, in die man sich hätte quetschen können, und sie gin-gen direkt nach unten. Sie bekamen Stempel auf die Innen-seite ihrer Handgelenke gedrückt. Im Tanzbereich war noch nicht viel los. Lorenzo verschwand sofort. Hannah zog Jan auf die Tanzfläche. Die Scheinwerfer leuchteten ihr Gesicht per-fekt aus, betonten die hohen Wangenknochen, legten Glanz-punkte in ihre Augen. Elsa konnte die beiden wie in einem Stummfilm betrachten, wie sie im Tanzen innehielten und mit

den Mündern möglichst nah an das Ohr des anderen heran-
rückten. Sie gestikulierten wild mit den Händen, wie an Fäden
befestigt, die von einem nervösen Marionettenspieler bewegt
wurden. Immer wieder lag Hannahs Hand auf Jans Schulter.
Bei ihr sah das ganz einfach aus. Schade, dass es keine orna-
mentumrahmten Untertitel gab.

Elsa zog sich an die kleine Bar neben der Tanzfläche zurück. Plötzlich hielt Lorenzo ihr ein Astra entgegen und ein
Schnapsglas, das mit einer roten, dicklichen Flüssigkeit gefüllt
war. Bevor sie fragen konnte, was es war, hob er schon sein
Glas, stieß es gegen ihres und kippte sich den zähflüssigen Inhalt in den Mund. Sie tat es ihm nach, und etwas Scharfes rann
ihr den Hals hinab. Sie musste an flüssiges Schnitzel denken,
wahrscheinlich Wodka und Tabasco, die Mischung brannte
die ganze Kehle hinunter. Reflexartig spülte sie mit Bier nach,
was das Brennen aber nur verstärkte. Ihr ganzer Körper schüttelte sich. So musste sich eine Auster fühlen, wenn sie kurz
vor dem Verspeistwerden mit Zitronensaft begossen wurde.

Die Tanzfläche füllte sich langsam, die Musik wurde lauter. Elsa und Lorenzo zogen nach oben an die große Bar um,
wo sie zwei Hocker an der Theke ergatterten. Drei Getränke-
runden dauerte es, bis Jan erhitzt vom Tanzen zu ihnen stieß.
Hannah schob sich vorbei Richtung Ausgang und murmelte
etwas mit ihrem Handy am Ohr. Lorenzo sprach mit irgendeinem Kauz neben ihm, ein alltägliches Bild, Jan nannte ihn
gerne Freak-Magnet, weil er zuverlässig die ausgefallensten
Gestalten anzog. Zwischen Elsa und Jan herrschte Stille. Jan
lächelte versonnen, Elsa hielt sich an ihrem Astra fest.

»Warum mussten wir ausgerechnet hierher gehen?«, fragte
sie schließlich.

»Wir gehen immer hierher.«

»Genau, *wir* gehen immer hierher.« Sie hörte selbst, wie lächerlich das klang. Ausgerechnet in diesem Augenblick kehrte Hannah zurück. Jan schaute Elsa irritiert an, ging aber nicht auf ihre Bemerkung ein.

Hannah schlüpfte in ihre Jacke. »Ich muss noch in den Sender«, erklärte sie. »Ich muss eine Herzschmerz-Sendung übernehmen. Ich könnte euch gebrauchen, um diese Zeit gibt es immer zu wenige Anrufer.«

»Was ist denn das Thema?«

»Das Übliche: herzzerreißende Liebes- und Trennungsgeschichten. Samstagnacht rufen meist die an, die verzweifelt sind oder frustbetrunken oder beides. Das letzte Mal hatte ich einen Vierzehnjährigen, der nicht mehr weiterwusste, weil zwei Mädchen von ihm schwanger waren.«

»Mit vierzehn hatte ich noch Grasflecken auf der Hose und einen Topfschnitt von Muttern!«, sagte Jan ungläubig.

Elsa dachte an sich selbst mit vierzehn. In Grüppchen hatte ihre Klasse auf dem Schulhof gestanden, nur Elsa etwas abseits hinter der niedrigen Mauer. Es hatte Wochen gedauert, bis sie sich vorgearbeitet und zu einer der Gruppen aufgeschlossen hatte. Nach dem Tod ihres Vaters hatte sie sich wieder hinter die Schulmauer zurückgezogen. Elsa hatte seit Monaten kaum an ihn gedacht. Warum tauchte die Erinnerung an ihn ausgerechnet in den letzten paar Tagen wieder auf? Eine bestimmte Geste, ein Goldwort, ja, selbst das Bild von Blofelds Hand, wie er die Katze kraulte, stellte plötzlich eine Gedankenverbindung in die Vergangenheit her.

Hannah verabschiedete sich. Sie umarmte Elsa, die ungelenk versuchte, die Umarmung zu erwidern, Lorenzo küsste sie die Luft neben seinen Wangen. Jan begleitete sie nach draußen. Elsa sah durch die Scheibe dabei zu, wie sie sich einen Augenblick an beiden Händen hielten und Hannah schließlich seine Handinnenfläche küsste, bevor sie ging. Eine vertrauensvolle und gleichzeitig scheue Geste. Jan blickte ihr länger nach.

Als er an die Bar zurückkehrte, war er plötzlich lustlos und mürrisch. Er wollte nicht mehr zurück auf die Tanzfläche, wollte nicht rauchen und trinken schon gar nicht. Es dauerte nicht lang, bis er seine Jacke anzog, um nach Hause zu gehen. Elsa sprang auf und wollte ihn vor die Tür bringen, wollte ebenfalls kurz seine Hand halten und ihm nachsehen, wie er die Straße hinunterging und sich vielleicht noch einmal zu ihr umdrehte. Doch Jan war schon verschwunden, hatte kurz auf die Theke geklopft, einen schönen Abend gewünscht und nur Lorenzo dabei in die Augen gesehen.

Elsa ließ sich auf den Barhocker fallen und bestellte die nächste Runde. Sonst war sie manchmal genervt von den Leuten an Lorenzos Seite, heute aber war sie froh über die Ablenkung. Stunden saß sie dort und trank, was Lorenzo ihr hinstellte. Von den Gesprächen bekam sie wenig mit. »Kommst du mit zu uns?«, fragte sie hoffnungsvoll, als sie als letzte Gäste aus Peters Bar gekehrt wurden. Doch Lorenzo schüttelte den Kopf.

Als Elsa aus dem Taxi stieg, sah sie freudig überrascht, dass Jan die Lichter hatte brennen lassen. Oder war er noch wach?

In der Wohnhalle war es still. Die Schallplatten lagen wie ein rätselhaftes Muster über den Boden verstreut. Elsa hörte ein Rascheln. Jan bewegte sich aus dem Schatten bei den Modellplatten heraus und kam auf sie zu. Hatte er noch gar nicht geschlafen? Das war ihre Chance für ein Gespräch. Wenn man sich wie von Watte umhüllt fühlte, redete es sich leichter. Alles war abgefedert und kam weniger dicht an einen heran. Jan war dann sanft, wo er sonst kritisch und fordernd sein konnte. Die letzte Barriere die Brille. Entschlossen streckte Elsa die Hand nach ihr aus, um sie ihm abzunehmen. Doch Jan stoppte ihre Hand in der Luft und legte ihr eine Acrylglaskugel in die Handfläche.

»Das wird die letzte Lichtquelle für mein Modell, neben dem Eingang des Gebäudes. Eine Allee läuft schnurgerade darauf zu«, sagte er und seine Hände zogen einen langen Gang in die Luft zwischen ihnen. »Der Weg ist auf einer Seite mit Lichtkugeln gesäumt. Jede hängt ein bisschen höher als die vorherige, als würden sie die Schwerkraft Schritt für Schritt überwinden«, sagte Jan, drehte dabei eine Handfläche waagerecht zum Fußboden und beschrieb einen Bogen nach oben, wie ein abhebendes Flugzeug. »Die erste Kugel hat einen Durchmesser von einem halben Meter, bei dieser hier sind es nur noch fünfundzwanzig Zentimeter. Dadurch wirkt der Weg viel länger, als er eigentlich ist. Auf der anderen Seite der Allee stehen parallel zu den Lichtern Sitzwürfel aus Beton unter den Bäumen, die alle auf die letzte Lichtkugel ausgerichtet sind. Wenn du dort sitzt und jemanden betrachtest, der auf das Gebäude zugeht, wird er nicht so schnell kleiner wie die Leuchten neben ihm. Erst dann hebt sich die Illusion der Raumtiefe auf«, sagte er. Seine Worte klangen versöhnlich. Vielleicht war es ein Friedensangebot?

»Hast du heute ein Wort für mich? Du kannst anfangen zu raten, ich habe mir für dich schon einen passenden Begriff ausgedacht«, sagte Elsa schnell, um das Gespräch am Laufen zu halten, obwohl sie keine Idee hatte, was Jan sein könnte.

Ihr fiel nur Bambi ein, und das passte überhaupt nicht zu ihm.

»Ich kann nicht. Ich muss schlafen.« Jan legte sich auf eines der Sofas und schloss die Augen, ohne die Brille abzunehmen.

Sieben Züge pro Minute. Jans Atem hatte sich beinahe sofort in Schlafatem verwandelt. Elsa trat ans Fenster und legte die Glaskugel gegen die Scheibe. Die Welt schlüpfte kopfüber ins Innere, das Zimmer legte sich außen auf die Oberfläche wie eine dünne Haut. Im Innern der Kugel wurde der Boden zur Decke, als sei das Sofa kopfüber verankert. Jan fiel nicht hinunter. Er lag friedlich da in seinen Kleidern, das Gesicht dem Raum zugewandt. Seine Spiegelung schemenhaft im noch schwachen Tageslicht. Am liebsten hätte Elsa sich auf Miniaturgröße geschrumpft und wäre in die Kugel zu ihm hineingestiegen. Von dort aus könnten sie auf die Welt schauen wie durch ein Glasbodenschiff in den Ozean.

Jan wusste, wie sehr sie die Glaskörper mochte. Wenn sie lange genug in einen hineingeschaut und ihn in ihren Händen hin und her hatte wandern lassen, gab sie ihn Jan zurück und er baute ihn in die Landschaften, die seine Entwürfe umgaben, mit hinein. So waren manche ihrer Tage oder Gedanken in Acrylglas konserviert und fanden als Miniaturausgabe einer Straßenlaterne oder als Leuchtkugel eines Skulpturengartens in die Welt zurück, heute also ein Wegweiser, ein tief liegender Fluchtpunkt in der Schwebe, von Bäumen gesäumt. Von der Lichtquelle und den Pflanzen abgesehen musste sein Entwurf fertig sein. Die Leuchtobjekte kamen, seit Elsa hier war, immer zuletzt an die Reihe.

Sie ging zu den Modellen und nahm vorsichtig das Tuch von dem Entwurf, an dem er gerade bastelte. Ohne Musik in der Halle wirkte jedes Geräusch verstärkt. Elsa schaltete die Arbeitslampe über der Platte ein. Die Allee war jetzt mit Bäumen bestückt, unter denen in regelmäßigen Abständen graue Sitzwürfel angebracht waren, offensichtlich aus Beton gegossen. Vereinzelt saßen Figuren darauf. Auf der anderen Seite des Weges die Acrylglaskugeln, im Modell unbeleuchtet, die wohl die Lichtquellen sein sollten. Die erste, am Rand des Modells, war fast vollständig im Boden versunken, nur eine große sanfte Wölbung im Gras. Zum Gebäude hin wurden die Kugeln kleiner, erhoben sich auf dünnen Stelzen über die Wiese. Die letzte Stelze vor dem Gebäude war frei. Elsas Kugel würde perfekt darauf passen. Sie musste nach Hause gekommen sein, gerade als Jan sie hatte anbringen wollen. Elsa behielt sie in der Hand.

Lange blieb sie dort stehen, ohne an etwas Bestimmtes zu denken, fühlte einfach das glatte Gewicht in ihrer Hand. Als sie zu Jan und der Sofainsel zurückkehrte, kroch der Morgen in die Wohnung und überzog seinen Körper mit Licht. Eine Hand hatte er unter sein Gesicht geschoben, die andere lag vor seiner Brust auf dem roten Sofarand. Elsa stellte sich vor, wie er im Traum durch seine Modelllandschaft wanderte. Der Maßstab auf 1:1 angewachsen, Licht- und Wasserquellen naturgetreu, wo sie im Modell nur aus Acrylglas und blauer Folie bestanden, die Pflanzen aus geätztem Messing und gefärbtem Zellgummi oder Islandmoos, das durch Glyzerin weich und formbar geworden war. Wie gerne würde sie ihn begleiten, in die von ihm entworfenen Gegenden, in denen sich nichts bewegte außer ihnen beiden, dem Licht und dem Wasser.

Je heller es draußen wurde, umso schwieriger war es, das Zimmer auf der Außenhaut der Glaskugel zu erkennen. Elsa richtete die Kugel direkt auf das Sofa, um sich zu vergewissern, dass Jan dort immer noch lag. Das laute Klingeln des Telefons zerriss plötzlich etwas in ihren Gedanken, das gewölbte Zimmer auf der Oberfläche der Glaskugel sprang in seine ursprüngliche Form, Jans Atemzüge verdoppelte sich, seine Lider zitterten, während er sein Bewusstsein wieder in sich hineinatmete.

»Elli, du musst nach Hause fahren.« Die Worte kamen aus Davids Mund wie gehacktes Holz. Er klang ungeduldig, als hätte er genau diesen Satz bereits häufig zu ihr gesagt. So hatte Elsa seine Stimme in Erinnerung, dieser ewig genervte Tonfall ihr gegenüber. Wann hatten sie zum letzten Mal miteinander telefoniert? Vermutlich in diesem schwebenden Zeitraum zwischen den Jahren, in dem das Wohl der Gäste in besonderem Maße im Vordergrund stand und die eigenen Bedürfnisse verdrängte. Damals hatte Elsa noch in einem kleinen Landgasthof in Alfeld gearbeitet, bevor sie kurz darauf im XXL-Mega-Tempel gelandet war. Unbeholfen hatten sie sich Frohe Weihnachten gewünscht, weil ihre Mutter David, ohne zu fragen, den Hörer in die Hand gedrückt hatte, und dann nichts mehr zu sagen gewusst. Elsa hatte sich nicht nach dem Weihnachtsbaum erkundigt, was vermutlich ein Glücksfall war, weil David gegenüber jedes Wort das falsche sein konnte. Ihre Trefferquote war immens. Keineswegs vorsätzlich, dennoch genauso vorhersagbar wie unaufhaltsam: Am Ende eines Gesprächs war er beleidigt und sie gekränkt oder umgekehrt.

David redete wie ein Nachrichtensprecher, seine Stimme duldete keine Unterbrechung: Ursels Auto war vergangene Nacht dorfauswärts ins Schleudern geraten. Der Wagen hatte sich mehrfach überschlagen. Man hatte sie mit einem schweren Schädel-Hirn-Trauma ins Krankenhaus gebracht. Sie lag im Koma, konnte aber jederzeit aufwachen. Jemand müsse dann bei ihr sein. Sie brauche Elli jetzt, sagte David. Wohin ihre Mutter denn um diese Uhrzeit unterwegs gewesen sei, fragte Elsa. Das spiele ja wohl keine Rolle, meinte David, das Ergebnis sei jedenfalls, dass sie allein im Krankenhaus liege.

David war immer schon an Ergebnissen interessiert gewesen. Wer am schnellsten um den See lief. Wie viele Sekunden Elsa unter Wasser bleiben konnte. Was passierte, wenn man Fliegen in einem Glas mit Zigarettenrauch umwölkte. Bei der Tour de France schaute er nur die letzte Viertelstunde der Etappen und bei den Olympischen Spielen oder Weltmeisterschaften ausschließlich die Finals.

Ob Alma nicht da sei, um ihre Mutter zu besuchen, fragte Elsa. Davids Stimme nahm Fahrt auf: Lange genug hätten andere Leute Elli die ihr unangenehmen Pflichten abgenommen, sie sei ihre Tochter und habe sich um sie zu kümmern. Er selbst würde nachkommen und sie ablösen, sobald er von seiner Dienstreise zurück sei, danach könne Elli machen, was sie für richtig halte. Unnötig, zu erwähnen, dass das vermutlich von seinem eigenen Empfinden für Richtigkeit abwich.

Woher er eigentlich ihre Nummer habe, fragte Elsa.

David antwortete, sie solle ihn einfach aus dem Krankenhaus anrufen. In der Leitung knackte es, dann war es still.

Teil 3

Windräder

Jan fragte gar nicht erst, ob alles in Ordnung sei, sondern setzte Wasser auf und machte Tee, weil etwas Warmes seiner Meinung nach immer schon half. Espresso gegen Übermüdung, Tee gegen Kälte, heiße Zitrone gegen nahende Erkältung, bei Kummer ein Heißgetränk mit Schuss. Elsa wiederholte die Fakten und versuchte, den Tonfall zu vergessen, in dem David »Elli« gesagt hatte, der sie sofort um eine Kopflänge hatte schrumpfen lassen.

»Rum«, sagte sie und streckte Jan die Tasse entgegen.

»Bitte?«, fragte er.

»Rum, bitte.« Elsa kippelte mit der Tasse, sodass die heiße Flüssigkeit gefährlich nah an den Rand schwappte.

Jan zeigte mahnend auf die Küchenuhr. »Es ist früh am Morgen.«

»Ich habe noch nicht geschlafen. Für mich ist es mitten in der Nacht.«

Jan schüttete ihr einen winzigen Schluck Rum in den Tee. Hinter seinem Rücken goss sie heimlich nach. Er hatte letzte Nacht wenigstens ein paar Stunden geschlafen. Somit war er ihr um einen Tag voraus, bewegte sich in einer anderen Zeitzone. Wie sollte er sie da verstehen?

Der Geschmack des Alkohols beruhigte ihren Kopf, nicht aber ihren Magen. Es fühlte sich nicht vernünftig an, eine Tasche zu packen. Unmöglich vorherzusagen, was sie brauchen würde. Jan sah ihr eine Weile dabei zu, wie sie zwischen ihrem Zimmer und der Küche hin- und herlief, Dinge in ihren

Rucksack stopfte und wieder herauszog. Als sie ihre Messertasche holte und anfing, die Klingen am Wetzstahl zu schärfen, sagte er: »Ich komme mit.«

»Es geht schon«, sagte Elsa, »wirklich.«

»Man muss nicht immer alles allein machen.« Demonstrativ stellte Jan seine Reisetasche auf den Küchentisch. Elsa gab sich keine Mühe, ihn davon abzubringen.

Er nahm sich ein paar Tage frei. Keine große Sache, winkte er ab, das aktuelle Projekt sei gerade abgeschlossen, die nächste Abgabe noch nicht fällig. Elsa wählte die Nummer des Brunners, bevor ihr einfiel, dass sonntags geschlossen war. So früh am Sonntagmorgen wollte sie Brunner nicht zu Hause stören. Sie würde ihn später anrufen.

Im Internet suchte sie ein Hotel in Limberg, wo auch das Krankenhaus lag, und buchte zwei Zimmer nebeneinander. Jan fragte überrascht: »Warum schlafen wir nicht in eurem Haus?«

Elsa erzählte ihm von den miserablen Zugverbindungen und dem schleichenden Aussterben des Taxifahrer-Berufs auf dem Land. Sie erwähnte den wagemutigen Fahrstil der Einheimischen, die Unfälle mit Fußgängern in der Dunkelheit und die vielen hölzernen Kreuze an den Bäumen in den Kurven.

Es gab zwar einen Fußweg, der Weidenheim und Limberg miteinander verband, aber der führte in einem ausscherenden Bogen über die Felder und man brauchte mehr als eine Stunde. Es sei doch besser, in der Nähe des Krankenhauses zu sein, beteuerte Elsa. Zufriedenheit durchströmte sie bei der Vorstellung, mit Jan gemeinsam im Zug zu sitzen, mehrere Tage am Stück mit ihm zu verbringen, ohne Hannah und sogar ohne Lorenzo. Gerade, als sie glaubte, fröhlich zu sein, fragte Jan: »Warum warst du so erstaunt darüber, dass dein Bruder deine Telefonnummer hat?«

Im Zug drückte Jan ihr eine Thermoskanne mit Tee in die Hand. Elsa bereute, den Rum nicht eingesteckt zu haben. Lautlos setzte der Zug sich in Bewegung. Sie saß in Fahrtrichtung. Die Vorwärtsbewegung widersprach ihrem Gefühl und sie bat Jan, den Platz mit ihr zu tauschen. Sie genoss sogar die leichte Übelkeit, die in ihr aufwallte, als sie mit dem Rücken zur Fahrtrichtung saß. Es fühlte sich angemessen an.

Jan sagte nichts. Er hatte Kopfhörer aufgesetzt, blickte aus dem Fenster oder auf das Display seines Handys, tippte ein paar Nachrichten und berührte Elsa kein einziges Mal. Bereute er seinen Entschluss, sie zu begleiten? Elsa dachte an Hannah, öffnete und schloss ihre Hände, wusste wieder einmal nicht, wohin mit ihnen, *alle Vöglein fliegen hoch!* Die Acrylglaskugel fiel ihr ein, die sie am Morgen in die Hosentasche gesteckt hatte. Sie zog sie heraus. Mit dem glatt geformten Gewicht in der Hand fühlte sie sich etwas wohler.

In den letzten Jahren hatte sie sich so langsam nach Norden bewegt, dass ihr die Unterschiede in der Landschaft nie besonders aufgefallen waren. Jetzt wandelte sich die Gegend draußen im Schnelldurchlauf vom Flachland zum Mittelgebirge. Weideflächen wurden hügelig, der Baumbestand verdichtete sich, Bachläufe schlängelten sich durch höher gewachsene Vegetation.

Mehrmals wechselten sie die Züge, wie um ihre Spuren zu verwischen. Züge waren vielversprechende Orte. Johnny Hooker und Henry Gondorff legten den Grundstein für den Clou in einem Zug. Diverse James Bonds traten in Zügen dem Bösen gegenüber. Im Orient-Express fand sich ein Mörder-Kollektiv zusammen. Die Dächer dienten mehreren Gaunergenerationen als Fluchtweg. Hubschrauber oder Pferde jagten Zügen hinterher, geheime Übergaben fanden statt, Waggons wurden abgekoppelt. Züge wurden aufgehalten. Züge wurden überfallen. Züge stürzten in Schluchten.

Elsa hatte kein Glück. Kein außerplanmäßiger Halt, kein Polizeieinsatz, Personenschaden oder wenigstens Tiere im Gleis. Der Zug brachte sie ohne Zwischenfall fahrplangemäß in ihre Heimat zurück. Sie steckte die Glaskugel ein, holte Zettel und Stift heraus und dachte an das Reh. Sie schrieb auf, welche Gemüse- und Obstsorten dazu passten, mit welchen Kräutern und Gewürzen man sie kombinieren könnte. Doch immer wieder wurde ihre Aufmerksamkeit nach draußen gezogen. In der letzten Regionalbahn konnte sie den Blick nicht mehr von der Landschaft abwenden. Sie suchte nach Wegmarkierungen, nach Erkennungszeichen. Bald konnte sie den Bahnstationen Kilometerentfernungen zu ihrer Mutter zuordnen. Das Feld mit den Windrädern tauchte auf, ihr Bestand deutlich gewachsen, sie drehten sich wie unbeantwortete Fragen. Elsa ließ das Bild zu einer grauen Suppe verschwimmen, fokussierte stattdessen die Scheibe, betrachtete die Kratzer auf dem Glas und die Abdrücke der getrockneten Regentropfen.

Endlich nahm Jan die Kopfhörer ab. Elsa verlor keine Zeit.

»Hast du heute ein Wort für mich?«, begann sie ihr Spiel in der Hoffnung, dass Jan ihr den Wunsch jetzt nicht abschlagen würde.

»Also gut«, lenkte er ein.

Während er überlegte, dachte Elsa fieberhaft nach: Was

könnte Jan sein? Was entsprach ihm jetzt in diesem Moment am besten? Nach einer Weile nickten beide zufrieden und Jan gab das Startsignal:

»Du fängst an.«

»Bin ich ein Lebewesen?«, fragte Elsa.

»Nein. Bin ich ein Ding?«, fragte Jan.

»Nein. Bin ich ein Ort?«

»Nein. Bin ich eine Person?«, fragte Jan.

»Nein. Bin ich ein Gegenstand?«, versuchte es Elsa.

»Ja.«

»Bin ich ein Gebrauchsgegenstand?«

»Na ja, kein alltäglicher. Also nein. Bin ich ein Ereignis?«, wollte Jan wissen.

Elsa zögerte. »Ich würde sagen, du bist etwas zwischen einem Ort und einem Ereignis.«

»Bin ich der Äquator?«, fragte Jan.

»Nein.«

So ratterten die Räder über die Schienen und dann waren sie am Ziel.

Das einzig Vertraute am Limberger Bahnhof war die Farbe der Grundmauern. Stechend blaue Stahlkonstruktionen hoben sich vom alten Mauerwerk ab; die grellen Fremdkörper fraßen sich durch den braunroten Backstein. Jan wedelte hilflos mit den Händen. Auch nachdem sie der Bausünde den Rücken zugekehrt hatten, blieb das Gefühl von Taktlosigkeit bestehen.

Die Passanten kamen Elsa bekannt vor. Sie fürchtete jeden Augenblick, einen Ausdruck des Erkennens über ein Gesicht flimmern zu sehen, und malte sich die Fragen aus, die das nach sich ziehen würde. Neun Jahre im Schnelldurchlauf leerer Floskeln, am Ende würde die Frage nach dem Grund ihres Fortgehens stehen bleiben mit dem Ergebnis, dass sie nach dem Tod ihres Vaters geflüchtet war und seither keinen Fuß mehr in ihre Heimat gesetzt hatte. Sie senkte den Blick auf die Reisetasche, die beim Laufen gegen Jans Beine schlug und vom Nieselregen mit dunklen Flecken übersät wurde. Mit diesem begrenzten Sichtfeld lotste sie Jan zum Marktplatz und tauchte erleichtert im Hotel ab.

Der winzige Empfangsbereich bestand aus einer Sitzgruppe und der Rezeptionstheke. Dicht bewachsene Hydrokulturen vor dem einzigen Fenster tauchten den Raum in grünes Dämmerlicht. Die Pflanzen drängten von innen gegen die Scheibe, ein Aquarium spiegelte Wellen aus Licht an die Wand. Der dicke Teppich schluckte ihre Schritte. Der Empfangstresen hätte mit Moos und Farn überwuchert sein können. Zwitscherten da Vögel?

Jan schlug zaghaft auf die altmodische Empfangsglocke. Ein heller Ton breitete sich aus, wie von Weingläsern, wenn man lange genug mit dem Finger am Rand entlangfuhr. Ein Klang, der ein Volumen hatte, einen Körper. Ein mürrisch dreinblickender Herr im Anzug tauchte auf und legte den Finger gegen die Schelle. Das abrupte Verstummen des Tons brachte den Boden ins Wanken. Elsa konzentrierte sich auf Jans Beine und die Tasche.

Im überheizten Hotelzimmer direkt unterm Dach hielt sie schon wieder eine Tasse Tee in der Hand, mit der Jan in ihr Zimmer herübergekommen war. Eine Minibar gab es nicht. Auf der Oberfläche des Tees bildete sich eine matt schimmernde Haut und zerteilte sich zu Inseln, die wie Eisschollen hin und her trieben, wenn Elsa die Tasse bewegte. Sie öffnete das kleine Fenster im Giebel, zündete sich eine Zigarette an und blies den Rauch in den Regen hinaus. Jan trat neben sie.

»Warum sagt man, dass es Hunde und Katzen regnet?«, fragte sie.

»Damit keiner vor die Tür geht. Stell dir vor, dir würden Tiere auf den Kopf regnen.«

»Wenn sie hier am Fenster vorbeisausen würden, sähe es ja ganz schön aus«, sagte Elsa, »aber dann ...«, fuhr sie fort und schnipste die Zigarette aus dem Fenster. Sie beugten sich nach vorn und sahen dabei zu, wie sich die Zigarette in der Luft verschraubte, drei Stockwerke tief fiel und auf die Pflastersteine klatschte. Mit Tieren wäre das kein schöner Anblick.

»Gehen wir gleich ins Krankenhaus?«, fragte Jan.

»Erst muss ich Brunner anrufen«, sagte Elsa. Es war ihr unbehaglich dabei, ihn am Sonntag zu stören. Er klang außer Atem, im Hintergrund klapperte es. Elsa erklärte die Lage, versicherte ihm mehrmals, dass sie bald mit einem Rehgericht für die Dezemberkarte zurück sei, dass er sich auf sie verlassen könne. Brunner reagierte gelassen. Elsa solle sich jetzt erst einmal um ihre Familie kümmern. Ob sie nächsten Sonntag ins Restaurant kommen und einen Probeteller kochen könnte. Ab morgen hätten sie einen neuen Praktikanten, sie würden die Arbeit schon erledigt bekommen. So leicht also war sie zu ersetzen.

Jan hatte seinen Mantel übergezogen und hielt ihr die Tür auf. An der Rezeption lieh ihnen der mürrische Portier einen Regenschirm. Es war früher Nachmittag. Es könnte ein normaler freier Tag mit Jan sein, dachte Elsa und fühlte sich leicht. Doch mit jedem Schritt kehrten die Tatsachen in ihr Gedächtnis zurück: Sie war hier, weil sie eine Tochter war, weil Ursel mutterseelenallein im Krankenhaus lag und es so nicht sein sollte. Ihre Schritte wurden langsamer. Jan versuchte mit mäßigem Erfolg, den Schirm so zu halten, dass keiner von ihnen nass wurde. Stumm stapften sie nebeneinander her.

Hinter dem Bahnhof begann der Anstieg durch das Neubaugebiet, schnurgerade führte die Straße nach oben, stieg schließlich steil an und auf der Spitze des Hügels thronte das Krankenhaus. Vor ein paar Jahren war der Abstand zwischen ihm und der Stadt größer gewesen, doch die Wohnhäuser hatten sich vermehrt, waren ihm den Hang hinauf entgegengewachsen. Vor dem Gebäude griff Elsa nach Jans Hand. »Willst du allein reingehen?«, fragte er. Sie nickte. Er drückte ihre Hand, kurz und fest. »Ich gehe spazieren. Lass dir Zeit.«

Elsa stand nur wenige Schritte von den elektrisch gesteuerten Türen entfernt, deren Glas von grauen Fäden durchzogen war und in Quadrate geteilt wurde, wie ein Netz. Sie war zu weit weg, als dass der Sensor zum Öffnen der Türen sie hätte erfassen können. Ein Wagen hielt neben ihr. Eine Trage wurde herausgehoben, während einer nebenherlief und Werte herunterleierte. Die Türen öffneten sich. Ein Mädchen fing Elsas Blick, wurde an der Hand in das Gebäude gezogen. Zögerlich folgte Elsa.

An der Anmeldung sagte sie ihren Namen. »Ich bin die Tochter«, fügte sie erklärend hinzu. Man schickte sie auf eine Station im ersten Stock. Als sie an die Tür des Schwesternzimmers klopfte, bat man sie, einen Moment Platz zu nehmen.

Es dauerte nicht lang, bis der Arzt auftauchte, der kaum älter als Elsa aussah, trotz der hohen Stirn. Viel Fläche, um sie sorgenvoll in Falten zu legen, im Moment aber straff gespannt. »Erschrecken Sie nicht, wenn Sie Ihre Mutter sehen«, sagte er behutsam, während er ihr mit den Händen andeutete, ihm zu folgen.

Elsa zuckte erstaunt zusammen. Kannte er ihre Mutter persönlich? Wusste er gar, wie lange Elsa sie nicht mehr besucht hatte? Doch es schien sich um einen obligatorischen Satz zu handeln, bestimmt für Angehörige, die einem verunglückten Familienmitglied zum ersten Mal gegenübertraten.

»Wir haben sie intubiert. Aber sie atmet selbstständig, es ist eine reine Vorsichtsmaßnahme. Wir kontrollieren den Puls, die Atmung, die Sauerstoffsättigung und den Blutdruck über einen Monitor. Deshalb sind einige Schläuche notwendig.«

Er wollte sie vorbereiten, dachte Elsa. Auf den Anblick ihrer Mutter, auf die Auswirkungen des Unfalls, auf die Geräte. Sie waren nur wenige Schritte gegangen und vor einer Tür stehen geblieben. Seine Hand lag bereits auf der Klinke. »Was heißt das denn? Wacht sie bald wieder auf?«, fragte Elsa.

Er sah sie traurig an. »Wir wissen es nicht. Menschen sind komplex. Sie reagiert nicht auf Ansprache oder Manipulation, wohl aber auf Schmerzreize. Es spricht nichts dagegen, dass sie bald aufwacht. Aber es kann bei Patienten in ihrem Zustand sehr lang dauern. Manche wachen gar nicht mehr auf. Auch diese Möglichkeit gibt es.«

»Also wissen Sie eigentlich nichts?«

Er verzog seinen Mund zu einem schiefen Lächeln. »Nein, nicht mit Gewissheit. Gehen Sie jetzt ruhig zu ihr.« Er öffnete die Tür einen Spalt und trat zurück, um ihr Platz zu machen. Es waren alle Fragen gestellt und beantwortet. Ihr blieb nichts anderes übrig, als hineinzugehen.

Nur eines der drei Betten war belegt. Nichts erinnerte Elsa an ihre Mutter. Alles, was man vielleicht hätte wiedererkennen können, war verborgen unter Mull, Kompressen und den unnatürlichen Farbschattierungen der Haut, von Gelb über Grün und Blau bis zu Violett und Grau. Blutige Schrammen überzogen das Gesicht und die Hände, teilweise sah man frische Nähte. Die Haare waren unter dem vielen Verbandszeug verschwunden, die Augen geschlossen. Überall lagen Schläuche. Einer führte in den Mund, ein anderer in die Nase, mit einer braunen Flüssigkeit gefüllt, zwei weitere verschwanden in den Verbänden um Schulter und Unterarm. An einem Metallständer hingen drei Beutel, mit milchiger, hellbrauner und gelber Flüssigkeit gefüllt. Es war unmöglich, zu sagen, was davon in sie hinein- und was aus ihr herausfloss. »Körperkontakt ist gut für sie, wahrscheinlich kann sie es spüren«, sagte der Arzt aufmunternd.

Elsa streckte die Hand aus, zog sie aber noch vor einer Berührung zurück, obwohl die Hand ihrer Mutter harmlos aussah auf dem weißen Laken. Ein Fingerhut leuchtete rot auf ihrem Zeigefinger. Das Kabel führte zum Monitor. Die Zahlen ergaben keinen Sinn, nur die gleichmäßig ausschlagende Herzlinie. Elsa schwankte und griff Halt suchend nach dem Bettgestänge. Die Hände ihrer Mutter waren an den Seiten festgebunden, sodass sie nur wenig Spielraum hatten. Der Arzt folgte Elsas Blick. »Man fixiert die Hände, um die Patienten vor sich selbst zu schützen. Die meisten würden sonst reflexartig den Beatmungsschlauch herausziehen, wenn sie aufwachen.«

Wenn, dachte Elsa. Sie fragte nach den Medikamenten.

»Sie müssen nicht flüstern. Sogar Ärzte und Schwestern tun das ab und zu.« Der Arzt lächelte abwesend. »Als ob jemand schlafe, den man nicht wecken möchte.« Sein Lachen klang trocken und hohl. Elsa hörte nicht mehr zu. Sie betrachtete das Gesicht ihrer Mutter, versuchte, etwas Vertrautes darin zu entdecken. Aber es blieb ein vages Gefühl, das blasse Abziehbild einer lang zurückliegenden Erinnerung. »Bleiben Sie bei ihr«, sagte der Arzt, »ich schaue später noch einmal vorbei.«

Elsa folgte ihm aus dem Zimmer auf den Flur. Als er hinter einer Biegung verschwunden war, sank sie in einen der Stühle auf dem Gang. Ihr Herz schlug laut, als sei das Gebäude der Resonanzraum und nicht ihr Brustkorb. Sie atmete tief ein, aber der krankenhaustypische Geruch von Nelken hatte nichts Beruhigendes mehr. Sie betrachtete die Tassen auf dem Kaffeewagen, hörte zuschlagende Türen, sah vorbeilaufende Menschen, die Bilder an den Wänden, die eurogroßen Noppen auf dem Bodenbelag. Irgendwann kam der Arzt zurück und setzte sich neben sie auf den Stuhl.

»Wir können also nur abwarten«, sagte Elsa, wie man eine Erkenntnis ausspracht.

»Mitnichten. Es geht darum, sie mit Vertrautem zu konfrontieren. Mit Stimmen, Gerüchen, Geschmäcken. Mit Gewohnheiten. Sie könnten ihr aus der Zeitung vorlesen. Oder aus einem Buch, das sie mag. Sie könnten eine Kompresse mit einem Geschmack tränken und ihr auf die Zunge legen, ihr Musik vorspielen, die sie gern hört, oder einfach reden. Es hilft ihr, eine vertraute Stimme zu hören. Unterhalten Sie sich einfach mit ihr wie sonst auch.«

Elsa ging wieder in das Zimmer und setzte sich an Ursels Bett. Sie legte ihre Hand so nah an die ihrer Mutter, dass es für jemanden, der hereinkam, aussehen mochte, als würde sie sie berühren. Eine halbe Stunde blieb sie schweigend sitzen, unfähig, den Blick von Ursels Wimpern abzuwenden, wo man sicher das erste Zittern sehen würde, bevor die Lider sich öffneten.

Elsa ging die Krankenhausgänge entlang Richtung Kinderstation. An einer Korkwand hingen selbstgemalte Bilder. Entstanden während des Wartens: auf den Arzt, auf einen Gips, auf Nachrichten. Nirgendwo sonst lagen Hoffnung und Verzweiflung so dicht beieinander wie im Krankenhaus. Die meisten der Figuren waren Kopffüßler. Sie trafen verwirrend genau Elsas Gefühl: Die Beine wuchsen aus dem Kopf heraus, die Arme auch, der Rumpf war verschwunden, die Lunge, die Rippen, das Herz. Alle Knochen gerade aneinandergereiht. Beine wie Stelzen aus Holz und das Gewicht des Kopfes zu groß zum Tragen. Wie konnte die Blutbahn funktionieren, wenn kein Organ zum Pumpen mehr da war? Wenn etwas Lebensnotwendiges fehlte?

Vor dem Krankenhaus frische Luft, die die letzte Spur des Nelkendufts davontrug. Der Regen hatte aufgehört. Elsa fand Jan auf dem Spielplatz. Die Wiese mit Spielgeräten war eingezäunt. Sie lag direkt vor dem steilen Abhang. Man blickte auf Limberg, den See, die umliegenden Felder und Dörfer. Die Schienen teilten die Stadt in zwei ungleiche Teile: Hier der Hügel mit dem Krankenhaus, die frisch gezimmerten Häuser, neu gepflasterte Straßen, verkehrsberuhigte Zonen. Auf der anderen Seite der Schienen die Altstadt: der historische Marktplatz, Straßen wie fallen gelassene Mikadostäbe, an den Ecken Cafés mit integrierten Backstationen als Fixpunkte, umgeben von kleinen Geschäften in ständiger Fluktuation. Hinter dem alten Stadtkern die Überreste der Ummauerung, dann das Industriegebiet mit den Einkaufszentren der Superlative: Extra-, Hyper- und Megamärkte. Folgte man dem schmalen Fußweg an den Gleisen entlang, erreichte man Weidenheim und Elsas Elternhaus am See.

Im nassgeregneten Sandkasten lagen vergessene Spielsachen vom Sommer, verblichenes Plastik. Jan saß auf einer Schaukel, die Schultern gegen die Kordeln gelehnt. Er schwang leicht vor und zurück, die Gegend lag ihm zu Füßen.

Elsa setzte sich auf die zweite Schaukel, bewegte sie seitwärts auf Jan zu, streckte wortlos eine Hand aus und zupfte ihn an der Jacke. Er nahm eine Zigarette aus der Tasche, zündete sie an und reichte sie ihr. Auf der Innenseite des Handgelenks der Stempelabdruck aus Peters Bar. Hatten sie wirklich erst gestern auf der Tanzfläche gestanden? Nur ein Tag und dann: ein Anruf, ein Sog, eine schlafende Mutter und so viel Tee.

Elsa beschränkte sich auf die bewiesenen Fakten. Sie erzählte nicht, dass sie ihre Mutter nicht wiedererkannt hatte, dass sie ihr gern in die Augen gesehen hätte, dass ihre Mutter immer noch ihren Ehering trug. »Man kann nichts tun. Keiner weiß, ob sie je wieder aufwacht«, sagte sie und bewegte die Schaukel so heftig zur Seite, dass sie Jan mit einem Stoß ins Trudeln brachte. Sie bremste die Geschwindigkeit ab. »Da hinten ist unser Haus«, sagte sie und zeigte in eine ungefähre Richtung in die heraufziehende Dämmerung. Das Einzige, was man ausmachen konnte, waren der See und die Ansammlung von Dächern davor. Sie bereute sofort, hingezeigt zu haben. Über das Haus wollte sie nicht sprechen. Sie rutschte von der Schaukel. »Ich habe Hunger«, sagte sie und trat an den Zaun vor der Kante des Abhangs. Der Himmel drückte von oben, Elsa streckte schützend die Arme über den Kopf. Sie suchte im Dächermeer nach ihrem Haus. Jan trat neben sie. Er blickte nicht das Haus, sondern sie an. »Warum schlafen wir nicht dort?«

Sie schüttelte den Kopf. In der Ferne sah sie einen Jogger, der in der Landschaft verschwand, und konnte ihn gut verstehen. »Ist dir schon einmal aufgefallen, dass man nur ein ›-los‹ an ein Wort anhängen muss und der Gegenstand, um den es geht, verflüchtigt sich? Wort-los, bewusst-los, ufer-los, hoffnungs-los«, sagte sie und verschränkte die Arme vor dem Körper. »Irgendetwas fehlt. Irgendwas ist traurig. Es ist nicht nur, dass sie da liegt und die Augen nicht aufschlägt. Es hat etwas mit mir zu tun. Ich bin in meiner Heimat, aber es fühlt sich nicht so an. Ich kann mich nicht einmal an ihre Augenfarbe erinnern. Ich meine, ich weiß, dass sie blau sind. Aber ich kann sie mir nicht vorstellen.«

»Mach eine Liste.«

»Eine Liste mit allem, was traurig ist? Es ist November!«

»Na und?«

»Im November eine Was-alles-traurig-ist-Liste zu machen, ist ungefähr so, wie eine Liste pro und kontra Terroranschlag zu machen«, sagte Elsa und hätte Jan am liebsten den Mund zugehalten.

»Terror gegen was?«, bohrte er weiter.

»Du nervst mich.«

»Ich weiß. Terror gegen was?«

»Tee zum Beispiel«, sagte sie und da war Jan endlich still.

Sie verließ den Spielplatz. Erst auf der Straße drehte sie sich zu Jan um. Er saß wieder auf der Schaukel, den Blick seewärts gerichtet, die Hände in den Jackentaschen vergraben. Allein ging Elsa den Hügel hinunter. Aus den Häusern drang warmes Licht, der Teer glänzte noch vom Regen.

Abgesehen von der Tankstelle am Ortsausgang war der Supermarkt am Bahnhof das einzige Geschäft, das sonntags geöffnet war. Früher hatte Elsa sich hier häufiger die Wartezeit vertrieben, bis der nächste Zug ins Dorf fuhr. Der Duft war vertraut, eine Mischung aus Waschpulver, Plastik und künstlichen Aromen. Sonst erkannte Elsa nichts wieder. Die Regale waren anders angeordnet und in der Gemüseabteilung, die jetzt Frischeabteilung hieß, lag alles wild durcheinander, Kraut und Rüben. Sie nahm ein paar verirrte Litschis zwischen den Kiwis heraus und legte sie zu ihresgleichen, arrangierte die Tomaten neu und sammelte die abgebrochenen Strünke heraus, das waren überschaubare Aufgaben. Über die Lautsprecher kam Musik, Einkaufsjazz nannte Jan es, weil die Leute sich unbewusst im Takt dazu wiegten, während ihre Augen zwischen Einkaufsliste und Regalen hin und her tanzten.

Die Gänge waren beinahe leer. Es beruhigte Elsa, dass ihr keiner beim Gemüsesortieren zusah. Als sie fertig war, schlich sie durch die Gänge und suchte etwas, das sie hätte brauchen können. Es wäre gut, ein paar konkrete Sehnsüchte zu tilgen. Aus den Tiefkühltruhen summte es und eine Frau im Alter ihrer Mutter stand dort in eine Packung Tiefkühlspinat vertieft und summte auch. Elsa schaute ihr im Vorbeigehen unauffällig in den Wagen, aber darin stand nur eine Palette Joghurt, und die war nun wirklich nicht zu gebrauchen, wenn man im Hotel wohnte. Beim Anblick der Strichcodes legte sie automatisch ihre Handfläche an die Seite des Halses.

Elsa verließ das Geschäft, ohne etwas zu kaufen. Ihre Finger waren klebrig. Als sie vom Parkplatz auf die Straße bog, traf sie Jan. Stumm gingen sie nebeneinander her, fielen in Gleichschritt, worauf Jan einen kleinen Hüpfer machte, sodass ihre Schrittfolge asynchron wurde. Elsa glich ihren Schritt wieder an seinen an, Jan hüpfte erneut, sie hätten sicher bis zum Hotel so weitergemacht, wäre Jan nicht plötzlich stehen geblieben.

Die Arme hingen an seinen Seiten hinab, der Regenschirm baumelte zusammengefaltet an einer Schlaufe um sein Handgelenk, teilnahms-los. Elsa ging auf ihn zu, fasste mit dem Zeigefinger in das Dreieck seines Mantelaufschlags und zog ein paarmal daran.

»Bin ich ein Regenschirm?«, fragte sie.

»Nein.«

»Bin ich eine Hiobsbotschaft?«

Er lächelte. »Nein.«

»Bin ich ein Mängelexemplar?«

»Nein, du bist kein Mängelexemplar«, sagte er und hakte Elsa unter.

Sie aßen in einem der gutbürgerlichen Restaurants, die mit ihren Fachwerkfassaden den kleinen Marktplatz einrahmten. Ein uriges Lokal mit Kaffeemühlen auf den abgebeizten Balken. In den mit Lehm verputzten Zwischensegmenten zeigten Bilder die Geschichte des Hauses. Generationen hatten es mit Leben erfüllt. Solche traditionellen Familienbetriebe fand man selbst hier nur noch selten.

Trotz der angenehm reduzierten Karte konnte Elsa sich nicht entscheiden. Sie fühlte sich müde und kraftlos. Am Ende bestellte sie dasselbe wie Jan, Wiener Schnitzel und dazu Gin-Tonic, weil man damit nie etwas falsch machte.

Auf dem Weg zur Toilette ging Elsa am Durchgang zur Küche vorbei. Die Tür schwang auf. Licht, Geräusche, Hektik: Schnitzel wurden geklopft, Salate angerichtet, Pfannen geschwenkt. Die Tür fiel zu. Danach kam Elsa der Gastraum dunkler vor.

Jan stellte Fragen. Elsa gestand ihm, dass sie sich seit ihrem Umzug nach Hamburg weder bei ihrer Mutter noch bei ihrem Bruder gemeldet hatte. Der Familienmensch Jan konnte das nicht verstehen, wollte den Grund wissen, warum Elsa so lange nicht hier gewesen war, wenigstens für einen Besuch, warum sie den Kontakt abgebrochen hatte. Für ihn war es unvorstellbar, dass man seiner Familie den Rücken zukehrte.

»Hast du dich mit deiner Mutter gestritten?«, fragte er.

Elsa schüttelte den Kopf. So war es nicht. »Es war keine bewusste Entscheidung, mich nicht mehr zu melden. Es ist einfach so passiert.« Sie versuchte, Worte zu finden, aber sie konnte es nicht richtig erklären. »Ich muss David anrufen«, sagte sie stattdessen, als zwei Kännchen Kaffee auf dem Tisch standen. Sie drehte ein Zuckerpäckchen in den Händen. »Zucker schadet Ihren Zähnen« stand darauf. Darunter die Adresse einer Zahnarztpraxis. Das hätte ihrem Vater gefallen. »Sie haben gesagt, das könnte noch Wochen so weitergehen, ohne Veränderung.«

Jan klopfte ihr mit dem Kaffeelöffel auf die Hand, die unbeteiligt zwischen ihnen auf dem Tisch lag. Elsa legte die zweite Hand daneben, die Handfläche nach oben gedreht, zwei Trommeln für Jan.

»Sie haben gefragt, ob ich ein paar Sachen holen könnte, von zu Hause.«

»Machen wir!«, sagte Jan.

»Morgen«, meinte Elsa schnell und zog ihre Hände zurück, um nach den Zigaretten zu suchen.

Im Hotelzimmer legte Elsa sich mit dem Kopf nach unten aufs Bett und rutschte so weit nach oben, bis sie ihre Beine im rechten Winkel über dem Kopfende an die Wand stemmen konnte. In zwei Tagen würde David kommen. Sie hatte ihn auf seinem Handy erreicht und ihn kurz und knapp über die Lage informiert. Auch ihm erzählte sie nichts von den Maßnahmen, die der Arzt ihr vorgeschlagen hatte. Dafür war Zeit, wenn er hier war.

Sie würde sich nicht länger davor drücken können, ins Dorf zu fahren. David war wie selbstverständlich davon ausgegangen, dass sie sich dort treffen würden, ja, dass Elsa längst dort übernachtete. Zu Hause. Sie hatte das Hotel ihm gegenüber nicht erwähnt. Seinen Unglauben und sein Unverständnis konnte sie sich vorstellen.

Es klopfte zaghaft an der Tür. Jan kam herein und legte sich neben sie, richtig herum, sein Kopf neben ihrem Bauch, die Beine hingen unten über den Bettrahmen. Sie griff nach seiner Hand und legte sie sich über die Augen. Im Dunkeln war es einfacher, die Wahrheit zu sagen.

Sie fing bei der Walpurgisnacht an. Dass sie zu zweit in der Dunkelheit unterwegs gewesen waren für eine Art Spiel und Elsa bei ihrem Vater hätte bleiben sollen. »Ich wollte nur kurz schauen, was die anderen aus meiner Klasse machen, einen Moment bei ihnen am Feuer sitzen. Und dann habe ich die Zeit vergessen.« Als Jan still blieb, redete Elsa weiter: »Meine Mutter ist quasi verschwunden, als mein Vater starb. Sie wollte immerzu über ihn reden, sich erinnern, gemeinsam. Sie ließ nicht zu, ihn zu vergessen. Sie wiederholte Sätze, die er einmal gesagt hatte. Kein Tag durfte vergehen, ohne dass man traurig wurde, nicht eine Minute. Und in jeder dieser Minuten wusste ich, dass seine einzige Chance gewesen wäre, wenn ich früher bei ihm gewesen wäre. Vielleicht hätte ich dann noch rechtzeitig Hilfe holen können.« Tränen rannen ihr aus den Augen, schlüpften durch Jans Finger hindurch nach draußen, an ihren Schläfen entlang. Er bewegte sich nicht und schwieg. War er eingeschlafen?

Nach langen Minuten hörte Elsa ihn tief ein- und ausatmen und sagen: »Wenn wir unseren Laden aufmachen, sollten wir ein paar Zimmer einrichten. Damit man über Nacht bleiben kann.« Er nahm ihre Hand und legte sie Rücken an Rücken auf seine, die immer noch über Elsas Augen lag. »Gehen wir schlafen«, sagte er und machte Anstalten aufzustehen.

Elsa griff seine Hand und hielt sie fest. »Schläfst du heute hier?«, fragte sie und sie blieben einfach in ihren Kleidern auf dem Bett liegen.

Elsa fror. Ihre Knie berührten fast ihr Kinn, die Beine schmerzten von der ungewohnten gekrümmten Lage. Sie drehte sich richtig herum. Die Nachttischlampe neben Jan brannte. Er lag ruhig da und schien nichts anderes zu tun, als Wärme an seine Umgebung abzugeben. Vorsichtig strich sie ihm über die Haare. Ein paar weiße Fäden durchzogen das dunkle Braun, Zeit. Scheiterte sie gerade an der Zeit? Sie hatte sich nie besondere Mühe geben müssen, um einen Freund zu finden. Es entschied sich innerhalb der ersten Stunden in einer neuen Küche. Seit ihrem Auszug war sie nicht mehr so lang allein gewesen. Zerrte es deshalb so in ihr? Der Schmerz war ihr nicht vertraut. Sie dachte an Georgs Blick, kurz bevor er damals ihre Wohnung verlassen hatte. War es so? Hatte sie mit Jan den richtigen Augenblick verpasst? Jetzt war Hannah da.

Als hätte er sie gehört, schlug Jan die Augen auf. Wie hatte sie ihn angesehen? Er zog sie an sich, sein Kinn in ihrem Nacken, er klemmte sie zwischen seinem Arm und dem Brustkorb ein. An seinem Atem und der Körperspannung spürte Elsa, dass auch er nicht wieder einschlief, und so lagen sie bis zum Morgen.

Heimkehr

Jan stand vor dem Bett und versuchte vergeblich, Hemd und Hose glatt zu streichen. »Enorm praktisch, was? Schlafanzüge sind völlig überschätzt.« Er überspielte seine Verlegenheit durch Fröhlichkeit. Sicher hätte er am liebsten Musik angeschaltet. Zu gerne hätte Elsa gewusst, für welches Lied er sich entschieden hätte.

Sie rutschte ans Fußende des Bettes: »Zeit für Kaffee.«

Neben der Tür hing ein Plan mit dem Grundriss des Stockwerkes. Ein roter Punkt markierte den Standort, von dort zeigten kleine Pfeile den schnellsten Fluchtweg an.

»Jan? Bin ich ein Notausgang?«

»Nein. Du weißt doch schon, dass du ein Gegenstand bist«, erinnerte er sie.

»Bin ich ein Kompass?«

»Nein.«

»Regnet es Hunde und Katzen?«

»Nein, es nieselt bloß.«

Am Frühstückstisch zerbröselte Elsa ein Brötchen zwischen den Händen, die Krümel wie gesplittertes Holz.

»Wenn wir unseren Laden aufmachen, gibt es solche Brötchen höchstens für die Enten am See«, sagte Jan und zeigte auf ihre Hände.

»Ein See? Das wäre schön«, sagte Elsa. Sie strich die Krümel auf der Tischdecke zu einem Häufchen zusammen und starrte nach draußen ins Trübe.

Jan schaute sich in der Stadt um, während Elsa zu ihrer Mutter ging. In den Geschäften auf dem Weg zum Krankenhaus kaufte sie alles, was sie brauchen könnte. Was brauchte man schon, wenn man schlief? Elsa entschied sich für ein Nachthemd und ein paar Pflegeartikel.

Das Zimmer ihrer Mutter war leer. Elsa erinnerte sich, dass der Arzt gesagt hatte, man würde sie auf eine andere Station verlegen. An der Anmeldung teilte man ihr die neue Zimmernummer mit und bat eindringlich um die Krankenkassenkarte, die man nicht in der Handtasche ihrer Mutter gefunden hatte. Elsa überredete eine der Krankenschwestern, die Plastiktüte mit den eingekauften Sachen auf das neue Zimmer zu bringen, damit sie selbst sich sofort um die Krankenkassenkarte kümmern könne.

Sie nahm den nächsten Zug ins Dorf. Die Sitzbespannung war zerschlissen. Eine Station nur, zu kurz zum Zugfahren, aber zum Laufen zu weit. So kurz die Fahrt war, so viele Details nahm Elsa wahr. Selbst die vier Rehe auf dem Feld schienen eine Bedeutung zu haben, als stünden sie immer dort, in Bronze gegossen.

Auf dem Bahnsteig im Dorf waren zwei verblasste aufgemalte und beschriftete Rechtecke, alte Überbleibsel einer Touristen- oder Kunstaktion. Einmal stand dort »Willkommenszone« auf dem Boden, ein paar Meter weiter »Abschiedszone«. Elsa blieb einen Augenblick in der Willkommenszone stehen, bevor sie sich auf den Weg machte nach Hause.

Das Wetter kam ihr entgegen mit einem feinen Sprühregen von vorn. Sie zog sich die Kapuze tief ins Gesicht. Niemand kreuzte ihren Weg und doch war sie sich sicher, dass ihre Ankunft in Weidenheim nicht unbemerkt blieb.

Die Schritte auf dem Kiesweg zum Haus knirschten laut. Lange Jahre hatte der Vorgarten, den man durchqueren musste, um zur Haustür zu gelangen, aus reiner Naturwiesenfläche bestanden: Sauerampfer, Gräser, Spitzwegerich, was immer sich selbst aussäte, war willkommen und wuchs Elli im Sommer bis über die Schultern. Ihr Vater hatte sich oft in Details verloren und dabei das große Ganze nicht mehr gesehen. Er hatte ein Türschild aufwendig mit ihren Namen graviert, es aber nicht geschafft, Schieferplatten verlegen zu lassen, und bei nassem Wetter versanken alle auf dem Weg zum Haus im Matsch. Irgendwann hatte ihre Mutter eine Ladung Kies aufschütten lassen, damit nicht mehr alle den Dreck ins Haus schleppten. Von da an nannten sie es »Ursels Weg«.

Elsas Blick fiel auf das Küchenfenster. Bei ihrem Auszug, als sie ihre Koffer in das Auto geladen hatte, hatte David dort gestanden und sich die Hände gerieben, als sei ein Ziel erreicht.

Den Haustürschlüssel hatte man ihr im Krankenhaus ausgehändigt. Ihr Körper erinnerte sich: Automatisch hob die linke Hand den Türknauf an, während die rechte Hand den Schlüssel drehte, und ohne ein Quietschen sprang die Tür auf. Natürlich, die Tür war in den letzten Jahren trotz Elsas Abwesenheit auf- und zugeschlossen worden, vielleicht sogar geölt und die untere Kante nachgeschliffen, wenn sich der Holzrahmen im Winter durch die Kälte verzogen hatte.

Sie ertastete den Lichtschalter. Es dauerte mehrere Sekunden, bis ein nüchternes, kühles Licht stufenweise aufflammte. Offensichtlich war ihre Mutter zu Energiesparlampen gewechselt. Der Flur hatte sich nicht verändert. Ein langer, mit Holz verkleideter Gang, von dem mehrere Türen abgingen und an dessen Ende die Treppe ins erste Stockwerk zu den Schlafzimmern führte. So schmal, dass es gerade für eine Garderobe und ein kleines Schuhregal darunter reichte. Zum Telefonieren musste man stehen oder sich auf die Treppenstufen setzen, für einen Stuhl war kein Platz. Auf dem Telefontischchen stand das alte grüne Telefon mit Wählscheibe. Es musste anstrengend für ihre Mutter gewesen sein, Elsa anzurufen, und weitaus deprimierender, wenn niemand abgenommen hatte und sie die ganze lange Nummer erneut wählen musste, statt einfach die Wahlwiederholung drücken zu können. Möglicherweise war sie mit jedem Anruf, der ins Leere ging, ein wenig mehr zusammengesunken. Ihr Körper hatte schon immer auf ihr Gefühlsleben reagiert. Elsa ging es ebenso. Jahrelang hatte ihre Mutter nur auf ihren Körper gehört, daran gearbeitet, ihn ihrem Willen zu unterwerfen. Von diesen Jahren hatte sie nur wenig erzählt, »Vorbei ist vorbei«, pflegte sie zu sagen. Die Ballettstunden, das harte Training auf dem Eis. Bis sie Jost kennenlernte, war nichts anderes in ihrem Leben wichtig gewesen als das Tanzen. Dann war sie in die Höhe geschossen, über die zierliche Figur einer Eistänzerin hinaus. Ihr Körper habe gegen das Leben, das sie führte, rebelliert, hatte sie damals auf Elsas Fragen geantwortet und ihre Hand mit einem versonnenen Lächeln in die von Elsas Vater geschoben.

Elsa hätte Eistänzerin werden können, klein, wie sie war. Aber das wusste ihre Mutter nicht. Sie hatte Elsa zuletzt als Teenager gesehen, sie könnte angenommen haben, ihre Tochter sei wie alle anderen in der Familie durch einen späten Wachstumsschub noch über die 1,80 Meter hinausgeschossen.

Die Krankenkassenkarte fand Elsa in der Schublade des Telefontischchens. Auf die Gewohnheiten ihrer Mutter war Verlass. Die Versuchung, die Karte zu nehmen und das Weite zu suchen, war groß. Aber es half ja nichts, früher oder später würde sie die anderen Zimmer betreten müssen. Nicht mehr lange und David würde auftauchen und erwarten, sie hier im Haus zu treffen. Besser, sie bereitete sich darauf vor.

Vor dem Arbeitszimmer ihres Vaters atmete Elsa durch. Es wäre am besten, das Schwierigste gleich jetzt hinter sich zu bringen. Sie öffnete die Tür. Herrenlos gewordene Gegenstände, die man liegen gelassen hatte, als kehre der Besitzer eines Tages doch wieder zurück. An einer Wand stapelten sich die Noten über dem elektrischen Klavier, das mit einer schwarzen Hülle abgedeckt war. Gegenüber ein großes Regal voller Ordner und Videokassetten. Sicherlich eines der umfangreichsten Privatarchive an Gaunerkomödien. Ein alter Schreibsekretär mit Glaseinsätzen in der oberen Hälfte. Dahinter Gipsgebisse und Abdrücke, in Weiß, Hellblau und Rosa, dazwischen Fimofiguren. An der Innenseite des Glases klebten zwei Fotos. Eines zeigte ihren Vater in jungen Jahren, ernst schauend mit Vollbart und in Schlaghosen. Auf dem anderen Bild standen David und Elsa im Hof. Sie war aus der Verkleidungskiste angezogen: rote Kniestrümpfe, blaue kurze Hose, ein Brautschleier. David in Riemchensandalen und Badehose, er streckte die Zunge raus. Sie hielten sich an den Händen.

Elsa nahm eines der Gipsgebisse aus dem Schrank. Hier hatte sich der letzte Rest vom Geruch ihres Vaters verkrochen. Ein Klebeschild mit Elsas Namen auf dem Gips trug seine Handschrift, als hätte er ihn gerade erst aufgeschrieben.

Alles sah aus, wie Elsa es in Erinnerung hatte. Und doch war etwas anders, ohne dass sie hätte sagen können, was genau. Es fühlte sich fremd an. Nirgends lag Staub. Ging ihre Mutter einmal pro Woche mit dem Staubwedel durch das

Zimmer? Vielleicht stellte sich deshalb kein vertrautes Gefühl ein? Alles wirkte gestellt, wie ein vorbereitetes Fotoset oder ein Museum. Als habe man die Räume hergerichtet nach dem Motto: So könnte eine Familie in diesem Haus gelebt haben.

Einige der Treppenstufen hinauf in den ersten Stock knarrten leise. Die Türen waren geschlossen. Elsa gab sich einen Ruck und betrat ihr altes Zimmer. Ihre Mutter schien es nicht angerührt zu haben. Nur ein Wäscheständer und ein Bügelbrett wiesen darauf hin, dass es benutzt wurde. Elsa hatte Jan gesagt, dass sie bei ihrem Auszug damals nicht viel von zu Hause mitgenommen hatte. Und so war es ihr auch erschienen. Jetzt musste sie feststellen, dass es für ein Jugendzimmer ziemlich spärlich war. Bis auf einen Kalender aus Bambusstäben, auf dem zwei Pandas abgebildet waren und den sie einmal im China-Restaurant geschenkt bekommen hatte, und einer leeren Pinnwand hing nur ein Setzkasten an der Wand. Kleine Glasfigürchen standen in den Fächern. Elsa hatte kleine Dinge immer gemocht, darin hatte sie ihrem Vater geähnelt, der sich stundenlang an kleinen Details hatte verkünsteln können.

Die Schreibtischplatte aus Kiefernholz an der Wand neben dem Fenster war leer bis auf einen Wäschekorb und einen Stiftebecher. Die alten Schulsachen waren ordentlich in den Schubladen verstaut. In zwei in die Schräge eingebauten Regalen standen Bücher und ein paar Schachteln mit alten Postkarten und Kleinkram. Es war nie ein sehr lebendiges Zimmer gewesen.

Obwohl sie Jans Unordnung in Hamburg oft nervös machte, erfüllte sein Chaos die Halle mit Leben. Anhand der Gegenstände konnte man Rückschlüsse auf die Besitzer ziehen. Sogar von Elsa waren dort einige Dinge hinzugekommen, hauptsächlich Kochutensilien.

Hier war alles nichtssagend und kahl. Womit hatte sie sich alle Tage beschäftigt? Sie war bei Wind und Wetter draußen gewesen, hatte sich aber weder für Pferde noch für Katzen oder Hunde besonders begeistern können. Sie konnte sich beim besten Willen nicht daran erinnern, was genau sie die ganze Zeit gemacht hatte.

Ohne eines der anderen oben liegenden Zimmer zu betreten, ging Elsa wieder nach unten. In der Küche wies bis auf ein benutztes Gedeck im Waschbecken nichts darauf hin, dass hier jemand viel Zeit verbrachte. Die Einrichtung war in die Jahre gekommen. Die hölzernen Einbauschränke boten nicht einmal Platz für einen Geschirrspüler. Bereits bei ihrem Einzug in das altmodische Haus war die Küche veraltet gewesen. Ihr Vater hatte immer vorgehabt, eine neue einzubauen. Er hatte viel vorgehabt. Neue Küche, neue Bäder, frischer Putz und Dielen verlegen. Weit war er damit nicht gekommen.

Elsa durchquerte das Esszimmer, ein kleiner Raum, der Küche und Wohnzimmer miteinander verband und für nicht mehr als den Esstisch und ein Küchenbuffett Platz ließ. Auch im Wohnzimmer hatte sich auf den ersten Blick wenig verändert: Möbel, Fernseher, Bilder, eine Regalwand und der Schaukelstuhl ihres Vaters vor der Fensterfront. Als wäre Elsa nie weg gewesen. Das ganze Haus behauptete, sie habe sich nur einmal kurz umgedreht. Am meisten überraschte sie die Ordnung. Wenig stand oder lag auf Tischen und Abstellflächen herum, keine Fotos, keine Briefe, keine Türme. Keine Blumen. Elsa dachte an die Worte des Arztes, man solle ihre Mutter mit Vertrautem konfrontieren. Sie sah sich genauer um. Es gab keinen Hinweis auf kürzlich gelesene Bücher oder Zeitschriften. Auch die CDs im Regal sahen nicht aus, als würden sie oft herausgenommen werden. Welches dieser Dinge bedeutete ihrer Mutter etwas?

Auf dem Sofatischchen entdeckte Elsa einen Aschenbecher. Jetzt wusste sie, was hier nicht stimmte. Es war der Geruch. Über dem vertrauten hing ein Tabakdunst, den es früher in diesem Haus nie gegeben hatte. Elsa blickte in den Garten, wo der Hang hinunter zum See leicht abfiel. Die alte Wäschespinne reckte sich in den Himmel wie die Zeichnung von einem seltsam gewachsenen Baum. An der Leine hing eine einzelne Wäscheklammer, die außer sich selbst an der Schnur nichts festhielt. Elsa öffnete die Terrassentür weit und trat hinaus auf den Rasen.

Die Beete waren übersichtlich und karg. Hier hatte es Salbei gegeben und Rosmarin, Rosensträucher, Pfingstrosen und Hagebutten. Hier waren Radieschen verkümmert und Salate von Schnecken zerfressen worden. Trotzdem hatte ihre Mutter das Gärtnern damals nie aufgegeben. Selbst eine riesige Distel hatte sie stehen lassen und gepflegt, bis sie wie ein außerirdisches Gewächs anmutend die anderen überragt hatte. Jetzt gab es nur wenige mickrige Ziersträucher, auf dem Boden kein Grün, sondern Kiesel und Rindenmulch, dazwischen steckten bunt glänzende Kugeln auf Holzstöcken, die Elsas Spiegelbild bis zur Unkenntlichkeit in die Breite zogen. Selbst der Schlingknöterich, der normalerweise anspruchslos war und wucherte, hing nur in mickrigen Strängen an der Wand des Schuppens. Elsa zündete sich eine Zigarette an. Vor ihr der See, hinter ihr das Haus. Zwischen dem See und dem Himmel war so viel Platz, dass es unmöglich war, niemanden zu vermissen.

Sie ging hinunter ans Ufer. Unwillkürlich griff Elsa sich ans Ohr, berührte eine der kleinen goldenen Kreolen. Nachdem ihr Vater ihr damals die Geschichte von den Seemännern und ihrer Bezahlung für Neptun erzählt hatte, hatte Elli sich eine Matrosenpuppe gewünscht. Die bekam ebenfalls eine goldene Kreole und eine Tätowierung. Sie stickte dem Matrosen einen silbernen Anker aus Garn auf den Unterarm und ging mit ihm jeden Tag an den See, damit er sich an das Wasser gewöhnte. Nach ein paar Wochen war es so weit. Sie legte den Matrosen in einen Kissenbezug und beschwerte ihn mit Kieselsteinen, verschnürte alles gut und ging mit dem Bündel zum See bis an den äußersten Rand des Steges. Sie holte aus und schleuderte das Päckchen so weit hinaus, wie sie konnte, und sah zu, wie es im Wasser versank. Plötzlich stand David neben ihr. Er blickte auf den See hinaus, auf dem an der Eintauchstelle noch die Kreise zogen, und sagte, dass Neptun nur im Meer sei, nicht in Seen, und dass die Fische den Stoff zerbeißen und den Matrosen zerfetzen würden, Ohrring hin oder her.

Elsa drückte ihre Zigarette auf dem Rasen aus und steckte den Stummel in die Schachtel. Nachher würde sie David anrufen und er würde kommen, sobald er konnte. Er würde sie hier erwarten. Zu Hause. Sie musste aus dem Hotel raus, sie musste sich an das Haus gewöhnen, würde ihre Sachen so selbstverständlich drapieren, dass es aussah, als sei sie schon eine Weile da. Mit der Küche würde sie anfangen.

Sie gab die Krankenkassenkarte an der Anmeldung des Krankenhauses ab, ohne zu ihrer Mutter hineinzugehen. Als sie Jan im Hotel traf, sagte sie schlicht: »Wir ziehen um!«

Auf dem Weg zum Bahnhof kauften sie ein. Sie mussten

in viele verschiedene Läden gehen, um alle Zutaten zu besorgen. Sie mussten in den normalen Supermarkt, sie mussten zum türkischen Gemüsehändler, sie mussten in einen großen Supermarkt, sie mussten in einen Asialaden. Sie mussten in die Metzgerei und an eine Käsetheke und zum Bioladen.

»Ist das nicht zu viel?«, fragte Jan. Elsa schüttelte den Kopf. Er kenne doch Brunner und seine Ansprüche. Es gehe um das perfekte Dezembergericht, um ein Reh, um ihren Job. Gerade im Dezember durfte man keinesfalls die Erwartungen der Gäste enttäuschen, wenn sie sich mitten im Weihnachtsstress ein teures Essen gönnten. Und die Ansprüche waren hoch. Was sie nicht laut aussprach, war, dass es auch um David ging. Sie würde den Beweis antreten, dass sie in einer Sache richtig gut war, dass sie das Kochen beherrschte. Sie wollte ihm keine Angriffsfläche bieten.

In der Bäckerei waren Elsa die Bezeichnungen vertraut, Wasser- und Milchbrötchen, Teilchen und Kreppel statt Franzbröttchen und Berliner, das Brot kam aus dem Steinofen und hatte ein der Größe angemessenes Gewicht. Als Elsa nach Mohnbrötchen fragte, schüttelte die Bäckerin den Kopf und sagte: »Die sind aus«, als wären sie ausgegangen und würden so schnell nicht zurückerwartet.

»Du sprichst ganz anders als sonst«, meinte Jan, als sie bepackt mit Einkäufen am Bahnsteig standen und auf den Zug warteten.

»Inwiefern?«

»Die Melodie ist anders, und du lässt die Endungen von den Wörtern weg.«

»Das ist, weil die Enden hier niemand braucht.«

Am Bahnhof in Weidenheim zog Elsa Jan schnell aus der Abschiedszone heraus. Stumm gingen sie durchs Dorf, Jan einen Schritt hinter ihr. Zuerst zeigte sie ihm den See. Tüten und Taschen ließen sie vor der Haustür stehen, gingen durch den schmalen Durchgang zwischen Haus und Schuppen, den Hang hinunter aufs Ufer zu. Elsa zeigte ihm den Steg und die Boote. Sie zeigte ihm den Horizont. Sie zeigte Jan den Hang, selbst die Wäschespinne zeigte sie ihm. Sie zeigte ihm die Dinge, als würden sie ihr gehören, wie etwas Selbstgemachtes, als habe Jan sie zu beurteilen. Vor dem dürftigen Schlingknöterich blieben sie stehen. Elsa brach einen der kleinen Zweige ab und reichte ihn Jan.

»Wusstest du, dass man die Pflanze auch Architektentrost nennt? Ich habe in Brunners Pflanzenbuch darüber gelesen.«

»Woher stammt der Name?«

»Vielleicht deckt er alles Unliebsame zu?« Elsa blickte auf ihr Elternhaus.

Sie führte Jan ins Haus und versuchte, es durch Jans Augen zu betrachten. Abgesehen von der Glasfront im Wohnzimmer hingen die Fenster tief und wie Bilderrahmen nebeneinander an den Wänden, als sei die Umgebung beliebig austauschbar. Vorhin waren ihr die offensichtlichen Abnutzungserscheinungen der Einrichtung kaum aufgefallen. Der ramponierte Teppich mit seinen ausgedünnten Fransen, die fadenscheinigen Bezüge von Sofa und Sesseln, das stumpfe Grau der Holzoberflächen, die windschiefe Wäschespinne im Garten. An Jans Ausdruck ließ sich nichts ablesen. Im Vergleich zu seinem Elternhaus musste ihm hier alles klein und verbraucht vorkommen. Elsa versuchte sich vorzustellen, dass es sich um ein Ferienhaus handelte, das sie für einen gemeinsamen Urlaub gemietet hatten. Oder noch besser: ein Haus, das sie testeten, als »ihren Laden« vielleicht oder einfach zum Leben. Ein See war ja schon einmal da.

Sie überließ es Jan, den Rest des Hauses zu erkunden, der zunächst einmal verdauen musste, dass es hier weder eine Geschirrspülmaschine noch einen Internetanschluss gab. Elsa hatte ihm angeboten, im alten Arbeitszimmer ihres Vaters zu schlafen, doch Jan hatte abgelehnt und gesagt, er schlafe lieber mit in Elsas Zimmer. Und mit der zusätzlichen Matratze, Jan und seinen Sachen sah das Zimmer endlich bewohnt aus.

In der Küche hatte Elsa nichts vergessen. Intuitiv öffnete sie die richtigen Schubladen und Schränke, um die nötigen Arbeitsgeräte zu finden. Die Ausstattung war längst überholt und in keinem guten Zustand. Die bonbonfarbenen Messer, die an dem Magnetstreifen neben dem Herd hingen, waren stumpf. Die Gewürze in den Plastikdosen des Regals hatten kaum noch Aroma, es verflüchtigte sich über die Jahre, wie das Erinnerungsvermögen.

Als sei sie im Brunners, richtete Elsa ein Mise en Place her. Jan lehnte an der Küchenzeile und sah ihr zu, machte einen Wein auf, schaute aus dem Fenster. Jetzt, wo es draußen dunkel wurde, fielen ihr die schlechten Lichtverhältnisse auf. Sie zündete Kerzen an, um die fehlenden Lampen zu kaschieren.

Sie hatte sich für eine Minestrone entschieden, was umfangreiche Schneidearbeiten mit sich brachte. Sie war froh, die eigenen Messer dabeizuhaben. Ihr kleines Office-Messer, das hier in der Gegend Kneipchen hieß, lag gut in der Hand. Alles hing von der Sorgfalt ab und von der richtigen Reihenfolge. Sie sparte nicht am Knoblauch. Hier im Haus hatte es früher nur freitags Knoblauch gegeben, wenn Jost zwei Tage lang praxisfrei hatte, dann aber in rauen Mengen, roh in Öl eingelegt, damit jeder sich sein Essen separat damit würzen konnte.

Jan wirkte nervös. Er hielt sein Handy wie ein Strahlungsmessgerät in der Hand. Er streckte es von sich, über seinen Kopf oder vor seinen Bauch und ging damit durchs Erdgeschoss und hinauf in den ersten Stock. Er kam mit leeren Händen zurück. Sein Telefon hatter er auf der Fensterbank in Elsas Zimmer abgelegt, denn offenbar war das der einzige Platz im ganzen Haus, an dem es Empfang gab, zumindest wenn man sich aus dem Fenster lehnte. Elsa gefiel es, Jan ganz für sich allein zu haben.

Sie aßen an dem kleinen Tisch in der Küche. Draußen war es dunkel geworden. Die Fensterscheibe spiegelte Jan und Elsa im Lichtschein, als wären sie ein Bild an der Wand aus einer lange zurückliegenden Zeit. Als das Telefon im Flur klingelte, ging Elsa mit größtmöglicher Selbstverständlichkeit an den Apparat. Es war David. »Ich komme morgen zwischen fünf und sieben«, sagte er, nicht viel mehr. Er hatte aufgelegt, bevor sie etwas fragen konnte. Ihr Blick fiel in den Spiegel, den Hörer am Ohr. Im Dunkel des Flures trat ihre Ähnlichkeit mit ihrer Mutter noch deutlicher zutage. Die hellen Haare, die blasse Haut, die aufrechte Haltung, die man bei Elsa kaum bemerkte, weil sie so klein war.

Der Mittelpunkt der Welt

Elsa erwachte vor Sonnenaufgang. Jan schlief auf der schmalen Gästematratze vor ihrem Bett, die Decke bis zum Kinn gezogen, eine Hand an die Stirn gelegt, als habe er eine schwerwiegende Entscheidung zu fällen. Sie bahnte sich einen Weg durchs Zimmer. Ihre tastenden Füße stießen auf Hindernisse. Obwohl Jan nur mit seiner kleinen Tasche angereist war, hatte er es geschafft, seine Habseligkeiten großflächig zu verteilen. Elsa stieg über Handy, Ladegerät, MP3-Player, Schuhe, Buch, Brille, einzelne Zettel, Stifte und Kleidungsstücke und zog sich an.

Die Kleider waren klamm. Eine kühle Feuchtigkeit strahlte von den Wänden aus, als wäre länger nicht geheizt worden. Sie hatte den Heizkörper zwar hochgedreht, doch er wurde nur lauwarm. Ab und zu drang ein unterirdisches Gurgeln aus den Rohren. Als sie angezogen am Fenster stand, warf sie einen Blick auf die Uhr: Es war nicht einmal sechs. Sie legte die Handflächen auf die kalte Scheibe, die Stirn dazwischen, konzentrierte sich auf das Beschlagen des Glases unter ihrem Atem, horchte nach ihrem Herzschlag, fühlte das Blut zirkulieren.

»Was machst du denn da?« Jans Stimme war rau und dünn vom Schlaf.

»Ich bin aus Versehen aufgestanden«, sagte sie schuldbewusst. »Schlaf noch ein bisschen.«

»Bin ich ein Gebäude?«

Elsa hatte Jan noch immer den Rücken zugewandt und

schaute aus dem Fenster, ihr Lächeln konnte er nicht sehen. Sie schüttelte den Kopf: »Nein.«

»Bin ich beweglich?«, fragte er weiter.

»Schwer zu sagen. Frag anders.«

»Bin ich immer am selben Ort?« Ein Gähnen zog seine Worte in die Länge.

»Nein. Ich bin dran. Bin ich mir schon einmal begegnet?«

Es blieb still.

»Jan?«

Elsa ließ ihn schlafen und ging hinunter zum Seeufer. Die Landschaft in Blau, Grün und Rotbraun, die Luft, als sei der See darin verdunstet. Der Nebel kühlte ihr Gesicht und kroch in die Jackenaufschläge. Wind trieb Geräusche über die Wasseroberfläche. Bis in die Gräser am Ufer reichte er hinein, verebbte als friedliches Rauschen in den Spitzen des Schilfs. Sie versuchte, ruhig zu atmen und nicht an die bevorstehende Begegnung mit David zu denken. Es war mindestens fünfzehn Jahre her, dass der Matrose im See gelandet war. Wie schnell sich wohl Stoff im Seewasser zersetzte? Vielleicht lagen die Glasaugen lose auf dem Grund und blickten hoch zur Wasseroberfläche, konnten den Himmel darüber nur erahnen.

Beim Frühstück war Jan zappelig, als habe sich Elsas Nervosität auf ihn übertragen. Er schob sich die Ärmel über die Ellenbogen, obwohl es so kühl war, dass er sie bald wieder herunterzog. Stützte sich auf die Knie, setzte sich wieder auf und drückte das Kreuz durch. Fuhr sich mit der Hand durch die Haare, beließ sie einen Moment im Nacken, schlug ein Bein über das andere und zurück. Wischte sich etwas Unsichtbares vom Hosenbein, hatte seinen wippenden Fuß kaum unter Kontrolle, kippelte mit dem Stuhl. Dann zwang er sich, die

Füße fest auf den Boden zu stellen, und setzte sich auf seine Hände.

Elsa berührte ihn am Arm. »Was ist denn los?«

»Ich muss heute ständig den Impuls unterdrücken, dir die Haare zusammenzubinden.«

»Jan? Sag meinem Bruder bitte nicht, dass wir zuerst im Hotel übernachtet haben.«

Jan betrachtete die Fotos im Wohnzimmer. Elsa gesellte sich zu ihm. Die meisten waren älteren Datums und noch vor dem Tod ihres Vaters aufgenommen worden: eine durchschnittliche Familie hinter einem Geburtstagskuchen, vor dem Weihnachtsbaum, inmitten einer schneebedeckten Hügellandschaft. David und Elsa in Verkleidungen für den Faschingsball. David als »feiner Herr«, Elsa als Pirat. Sie wirkte auf den Bildern noch kleiner, ein Zwerg zwischen hochgewachsenen Gestalten. Fast alle Aufnahmen waren in Deutschland oder angrenzenden Nachbarländern entstanden. Nur ein einzelnes Bild zeigte eine exotische Landschaft mit Palmen, und das stammte aus der Zeit vor Davids Geburt. Weite Reisen würden sie unternehmen, wenn die Kinder aus dem Haus seien, hatten ihre Eltern immer gesagt. Und dann war alles anders gekommen. Thailand blieb ungesehen, die Karpaten wurden nicht durchwandert, kein Fuß wurde auf die Lofoten gesetzt, der Atlantik nicht überquert. Ihre Mutter war sogar innerhalb des Landkreises geblieben, in einem wenige Kilometer umfassenden Radius um den berechneten Mittelpunkt herum, dem Ort, an dem Elsas Vater gestorben war.

Bloß ein Foto war neueren Datums: Es zeigte David im Garten vor dem Haus. Es muss Sommer gewesen sein, denn er trug kurze Hosen und ein T-Shirt. Er blinzelte in die Sonne, welche das halbe Bild überblendete, es verschwamm im Licht. Neben ihm stand ein Kind, das von einer Frau dahinter umarmt wurde. Sie trugen sich stark ähnelnde, luftige geblümte Kleider. Alle drei sahen durch die Sonne aus wie unwirkliche Lichtgestalten.

Elsa hatte weder Svenja noch ihre Tochter Marie je getroffen. Svenja und David hatten sich etwa ein Jahr nach Elsas Auszug kennengelernt, da war Marie noch ein Baby gewesen. Jetzt musste sie acht oder neun Jahre alt sein, genau so lange war Elsa nicht mehr hier im Haus gewesen. Auch von David hatte sie seit ihrem Auszug kein Foto mehr gesehen. Ihre Mutter schickte ihr zwar jedes Weihnachten eine selbst gebastelte Foto-Karte, aber es waren ausschließlich Aufnahmen ohne Menschen, Bilder vom See, vom Haus aus fotografiert, in unterschiedlichen Lichtsituationen und Jahreszeiten. Auf der Rückseite überschwängliche Sätze in der Kinderschrift ihrer Mutter, unter denen alle brav unterschrieben. Es war schließlich leicht, ein »Frohe Weihnachten« und seinen Namen zu schreiben.

Elsa zog Jan fort von den Bildern, in den Flur. »Komm mit. Ich will dir etwas zeigen.« Ungeduldig reichte sie ihm seinen Mantel.

»Wie weit gehen wir?«

»Eine Strecke dauert gut zwanzig Minuten.«

Der morgendliche Nebel hatte sich verzogen. Die Sonne war zaghaft hervorgekommen, hatte aber nicht genug Kraft, um die Luft aufzuwärmen. Obwohl Jan immer wieder stehen blieb, um einzelne Pflanzen am Wegrand auf ihre Modelltauglichkeit zu überprüfen, hatten sie nach weniger als zehn

Minuten ihr Ziel erreicht. Elsa blieb verwundert stehen. »Sieht so aus, als sei die Welt kleiner geworden.«

Die Eiche stand knorrig und knotig in der Mitte des Rondells und streckte ihre Äste schützend über den Mittelpunktstein. Die Scheiben des Schaukastens waren gelblich verfärbt, zahlreiche tote Insekten bedeckten den Boden. Verblichene Fotos zeigten Menschen mit erhobenen Biergläsern, im Hintergrund ein Würstchengrill, zu irgendeinem Jubiläum der Berechnung des Mittelpunktes. Jan betrachtete aufmerksam die Inschrift auf dem Schild, das am Stein angebracht war.

Gedankenverloren fuhr Elsa mit der Hand über den Stein. Er lag erstaunlich warm unter ihrer Hand. Sie fühlte Kerben und Erhebungen nach, die Zeichen der Zeit. »Die einzige Sehenswürdigkeit des Dorfes. Irgendwann in den Siebzigerjahren hat eine lokale Radiostation den Mittelpunkt des Landkreises bestimmt. Das ganze Dorf hat daraufhin zusammengelegt und den Stein hier aufstellen lassen. Die Namen aller Familien müssten auf dem Metallschild verzeichnet sein. Das war der Beginn einer Kettenreaktion. In den umliegenden Dörfern haben sie danach auch solche Steine aufgestellt. Jedes Dorf beanspruchte den Mittelpunkt für sich. Jedes Jahr in der Nacht zum Ersten Mai sind Gruppen umhergeschlichen und haben versucht, den Mittelpunktstein eines anderen Dorfes zu stürzen.«

»Und haben sie es geschafft?«

»Hier nie. Aber versucht haben sie es. Sie wussten nicht, dass er mithilfe eines Stahlpfostens im Boden verankert worden ist. Alle im Dorf haben dichtgehalten.«

Jan wandte sich dem Schaukasten zu. »Hier wird erwähnt, es habe neue Berechnungen gegeben. Aber an der Stelle ist der Artikel ganz verschmiert.« Er beugte sich vor und hob die Brille an, als könnten die Buchstaben so an Kontur gewinnen.

Elsa lächelte in sich hinein. »Man hat später noch einmal andere Methoden zur genaueren Berechnung angewandt. Es stellte sich heraus, dass der wahre Mittelpunkt auf einem Kartoffelacker liegt, der zum Glück auch noch zum hiesigen Gemeindegebiet gehört. Aber der Bauer wollte nichts von einem Gedenkstein auf seinem Grund und Boden wissen, also hat man ihn hier belassen.«

Sie blickte hinüber zum Waldrand, der so anders aussah als damals, kahle, dürre Äste, der Boden voll braun gefärbtem Laub. Sie wartete vergebens auf ein Gefühl, darauf, dass sich etwas öffnete oder schloss. Aber da war nichts. Was hatte sie erwartet? Dass es ihr hier wieder gelang, das Gesicht ihres Vaters vor sich zu sehen? Dass seine Anwesenheit spürbar war? Sie zog unwillkürlich die Schultern zusammen. »Mein Vater wollte ihnen in der Walpurgisnacht auflauern und sie erschrecken. Er hat einen Plan für uns gemacht, als wäre ich ein kleines Kind. Vielleicht hat er wirklich nicht gemerkt, dass ich mich längst für andere Sachen interessierte als für Gauner und Ganoven. Er wollte, dass wir uns von Kopf bis Fuß schwarz anziehen und hier im Wald auf die Lauer legen und den Stein bewachen. Wir hatten Morselampen dabei und haben uns Zeichen gegeben. Und dann habe ich mich weggeschlichen. Meine Klasse war verabredet, um sich in der Nähe des großen Maifeuers zu treffen. Ich wollte nur kurz hingehen. Aber dann habe ich die Zeit vergessen. Als ich wieder herkam, hat mein Vater auf meine Morsezeichen nicht geantwortet. Ich dachte, er sei vielleicht nach Hause gegangen. Wenn er mich beim Feuer gesucht hätte, hätte ich ihn gesehen. Aber dann fand ich ihn hier.« Elsa machte eine Bewegung mit der Hand zu den Bäumen hin und schwieg lange.

»Ich habe keine Ahnung, wie es jetzt weitergehen soll«, sagte sie.

Jan wandte sich ihr zu. »Lorenzo hat erzählt, dass die alten Römer anhand des Vogelflugs die Zukunft vorhergesagt haben.« Sie blickten gleichzeitig suchend nach oben. Außer den großen Wolkenfetzen, die in hoher Geschwindigkeit dahintrieben, war nichts zu sehen. Elsa zog den Mantel um sich herum fester zusammen.

»Kannst du mich hochheben?«, fragte sie unvermittelt.

Jan war verdutzt: »Wie bitte?«

»Könntest du das, was ich bin, hochheben?«

»Ach so. Nein, auf keinen Fall.«

Jan war spazieren gegangen. Er hatte gesagt, die Landschaft sei so schön, Elsa aber glaubte, er fühlte sich unwohl unter der niedrigen Decke in den engen Zimmern. Die kleinen Fenster ließen wenig Licht herein, nur im Wohnzimmer hatte man Gewissheit, dass die restliche Welt noch da war. Bei Licht betrachtet war es lächerlich, sich vorzustellen, dass Jan hier leben könnte, dass er ein solches Haus auch nur in Erwägung ziehen würde. Elsa hatte ihm versichert, die Landschaft wirke wie ein Beruhigungstee, nach einer Runde um den See sei man geerdet und ausgeglichen. Sie zog es vor zu kochen. Mit wenigen Handgriffen hatte sie die Küche umgekrempelt. An den Wänden klebten Zettel mit Rezepten aus dem Brunners, eigenen Ideen und Vorschlägen von Lorenzo. Sie hatte auf allen freien Arbeitsflächen Schneidebretter aufgebaut und die Messer sowie andere Küchenhelfer fein säuberlich auf dem Tisch aufgereiht. Schweren Herzens hatte sie sich für eine erste Versuchs-Variante entschieden: Zweierlei vom Reh, Rettich, Röstkaffeesauce und Petersilienwurzel-Stampf. In der Stadt gab es nur einmal wöchentlich einen Markt, und so hatte sie sich mit dem begnügen müssen, was die Läden hergaben.

In kleine Minibackförmchen, die sie in einer Schublade gefunden hatte und die schon leicht angerostet waren, hatte sie zwei Fruchtgelees gegossen. Eines aus Birnensaft mit weißem Portwein und das andere aus Holunderbeerensaft mit rotem Portwein, damit sie später die Auswahl hatte, was die Farben betraf.

Das Fleisch war an diesem Gericht die leichteste Komponente. Ein Stück geschmort, am besten aus Schulter oder Keule, dazu ein kurz gebratenes Rückenstück. Die Rehschulter war bei niedriger Temperatur im Backofen. Elsa hatte das Fleisch ausgelöst, pariert, gewürfelt und in einem alten Römertopf mit Port-, Rotwein und Suppengemüse angesetzt. Der Geruch füllte den Raum, die Fensterscheibe beschlug von der Wärme.

Bisher war alles gut gelungen, obwohl Elsa mit den begrenzten Mitteln hier nur einen Hauch des Gerichts herstellen konnte, eine Ahnung davon, wie es im Brunners mit Vakuumierer und Thermalisierer gekocht werden würde. Die angerösteten Knochen nahm sie als Saucengrundlage. Immer wieder goss sie Rotwein nach und ließ ihn beinahe vollständig verkochen. Später würde sie den Bratenfond dazugeben und die Sauce mit Kaffee, Gewürzen und Butter abrunden. Das ging ihr leicht von der Hand. Fleisch war einfach. Die Beilagen bereiteten ihr größere Sorgen. Sie brauchte etwas Cremiges, etwas Knuspriges, etwas Fruchtiges. Und alles sollte miteinander harmonieren und auch noch schön aussehen. In einem gutbürgerlichen Restaurant würde man Knödel dazu servieren. Im Brunners müssten es schon Semmelknödelchips oder ähnlich Extravagantes sein. Aber wie sollte sie das hier bewerkstelligen? Außerdem war ihr das zu einfallslos. Das Denken fiel ihr schwer. Sie band sich ein Geschirrtuch um den Kopf, wie einen Reif spürte sie den leichten Druck, angenehm und beruhigend.

Sie durchstöberte die Speisekammer, nahm Mandeln, Rosinen, Pumpernickel und Instant-Kaffee heraus. Vielleicht könnte man aus Pumpernickel und dem Malzkaffee eine Streuselmasse herstellen. Die Mandeln passten gut zur Petersilienwurzel. Am liebsten hätte sie entsteinte Kirschen mitsamt Stiel in Portweinbutter geschwenkt und auf den Rettichscheiben platziert. Aber die Kirschenzeit war längst verstrichen und Brunner würde das Gericht nicht einmal probieren, wenn sie ihm im Dezember frische Kirschen anbot, er machte keine Ausnahme, wenn es um Saisonware ging. Sie müsste sich mit Birnen begnügen oder vielleicht mit Datteln. Oder doch ein Gelee aus Kirschsaft und Portwein als farblicher Kontrast auf dem weißen Rettich? Vielleicht in Kugelform?

David hatte gesagt, er käme »so zwischen fünf und sieben«. Das war absolut keine präzise Zeitangabe. Das »so« machte alles vage, das konnte um vier heißen oder erst um acht. Je später es wurde, umso häufiger sah Elsa auf die Uhr. Zwischendurch ging sie ins Wohnzimmer und schaute so lange hinaus, bis sie das Rot von Jans Regenjacke aufblitzen sah. Sie hatte sie aus dem Fundus an der Garderobe gefischt, weil es zu nieseln angefangen und Jan nichts dabeihatte, um sich gegen das Wetter zu behaupten. Untypisch für ein Nordlicht. Hier auf dem Land fiel es noch mehr auf als in der Stadt, dass seine Kleidung eher modisch als praktisch war. Elsa fragte sich, ob ihr Vater Jan wohl gemocht hätte. Was die Feinmotorik anging, das Basteln von kleinsten Dingen mit Zahnarzt- oder Modellbau-Instrumenten, hätte Jan ihm jedenfalls das Wasser reichen können.

Der Himmel hatte sich weiter zugezogen, die Wolken bleiern und schwer. Es war nur eine Frage der Zeit, bis es richtig anfangen würde zu regnen.

Um fünf Uhr war alles vorbereitet. Elsa war mit dem Geschmack der Sauce und der Konsistenz des Schmorfleischs zufrieden. Die tiefroten Streifen Rehrücken lagen auf dem Brett neben dem Herd bereit, verloren die Kühlschrankkälte und näherten sich der Zimmertemperatur. Alles Weitere musste sie à la minute erledigen. Teller standen im Backofen bereit, sie würde ihn eine halbe Stunde vor dem Servieren einschalten, um sie vorzuwärmen. Passendes Geschirr war nicht zu finden gewesen und letztendlich hatte sie zu dem alten Goldranddekor gegriffen, bei dem die Kanten angeschlagen und die Böden zerkratzt waren. Jetzt konnte sie nichts mehr tun, als auf Davids Ankunft zu warten.

Elsa trat hinaus auf den Rasen und steckte sich eine Zigarette an. Sie hatte vergessen, wie es war, näher am Wetter und den Tageszeiten zu sein. In der Stadt schien der Tag von einer Minute auf die andere zu verschwinden. Hier senkte sich die Dunkelheit langsam herab. Vielleicht achtete sie auch nur mehr darauf. Der rote Fleck ließ sich gerade auf der gegenüberliegenden Seeseite auf einer Bank zwischen den Bäumen am Ufer nieder, klein wie eine Modellbaufigur. Elsa stellte sich vor, sie müsste nur die Hand ausstrecken, um Jan am

Kragen zu fassen und zwischen den Bäumen herauszuziehen. Sie wunderte sich, dass er nicht in die Stadt gelaufen war. Es machte ihn nervös, dass es hier keine Geschäfte gab, nicht einmal einen Kiosk oder eine Tankstelle. Als könnten überlebenswichtige Dinge ausgehen. Er hatte gestern eine ganze Stange Zigaretten, eine Flasche Wodka und ein Päckchen Spaghetti in den Einkaufswagen gelegt, »für alle Fälle«.

Gern wäre sie zu ihm gegangen und hätte sich neben ihn gesetzt, aber sobald sie sich weiter von dem Haus entfernte, fühlte sie sich unwohl. Sie wollte lieber hier sein, wenn David ankam.

Sie drückte die Zigarette in einer Pfütze auf der Terrasse aus und ging zurück ins Haus. Von der Terrassentür bis zum Arbeitszimmer waren es zwölf oder fünfzehn Schritte, sie wusste es nicht mehr genau. Von dort in ihr Zimmer war es dann nur noch durch die Decke direkt nach oben. Eine Decke, das waren vermutlich ein paar Stahlträger, Beton, Zementestrich und Holz. Zwölf oder fünfzehn? Sie zählte Schritt um Schritt. Bei zehn kam sie am Arbeitszimmer an. Ihre Schritte mussten größer geworden sein. Vielleicht wuchsen sie proportional zu Erinnerungen. Vielleicht konnte man deshalb als Säugling nicht gehen, weil Erinnerungen zwischen die Schritte gehörten. Die Schritte ihrer Mutter waren nach dem Tod ihres Vaters immer kleiner geworden. Vielleicht, weil sie anfing, zu vergessen. Sie hatte es nicht aufhalten können. Egal, wie viele Fotos sie auch betrachtete, das Vorstellungsvermögen schwand und irgendwann war nur noch Papier übrig, ein Gesicht mit einem leeren, verblassten Lächeln, das sich an niemanden auf der Welt mehr zu richten schien.

Elsa löste das Foto ihres Vaters von der Glasscheibe des Sekretärs. Es sah aus wie er, aber das Entscheidende fehlte, das Lebendige, die kleine Nuance, die ausmachte, dass es sich um ihn und niemand beliebigen anderen handelte. Sie wünschte, Lorenzo hätte ihn einmal fotografiert, mit Gefühl in den Augen, als schaue er sie an und meine sie.

In einer Schublade fand sie sein altes Stethoskop. Sie setzte es auf und hörte ihre Herztöne ab. Gleichmäßig und laut pochte es, bis sich andere Töne darüberlegten. Die Alte Dame im Wohnzimmer schlug achtzehn Mal, bei Elsa stolperte ein Herzschlag über den anderen, ein aus dem Takt geratenes Metronom, Schluckauf. Elsa dachte: Die Luft anhalten oder sieben Schlucke Wasser trinken, sich oder alles andere auf den Kopf stellen, eine Scheibe trockenes Toastbrot essen, durch eine seltsame Frage abgelenkt oder von jemandem erschreckt werden. Im selben Moment klingelte es. Bevor Elsa die Haustür erreicht hatte, hörte sie den Schlüssel im Schloss.

Es schmerzte sie, David anzusehen. Seine Ähnlichkeit mit ihrem Vater war frappierend. In den letzten Jahren war seine Statur massiger geworden, hatte sich verdichtet. Die Augenbrauen waren einander entgegengekommen, die dicken beinahe schwarzen Haare akkurat kurz getrimmt. Elsa blieb am Ende des Flurs vor der Treppe stehen.

»Hallo David.«

»Elli.« Er hielt den Arm merkwürdig verdreht, als habe er etwas hinter seinem Rücken versteckt. Seine Hand kam zum Vorschein und zog behutsam eine Kapuze hinter sich her. Sie saß auf dem Kopf eines kleinen Mädchens.

Elsa war nicht auf die Idee gekommen, dass er Marie mitbringen könnte. War Svenja auch dabei? Sie versuchte, hinter ihm etwas zu erspähen, doch David schloss die Tür. Marie hielt sich dicht neben ihm, steckte ihren Kopf neugierig zwischen seiner Seite und dem Arm hindurch. Sie war größer, als Elsa sich vorgestellt hatte, so viel hatte man also in der Zeit ihrer Abwesenheit von zu Hause wachsen können – ein ganzer Mensch. Sie war zart und schmal mit zwei braunen, geflochtenen Zöpfen, die ihr über die Schultern hingen und von rotglitzernden Plastikspangen zusammengehalten wurden. Sie hatte eine Brille mit runden Gläsern auf der Nase und unzählige Sommersprossen. Was hatte man ihr über Elsa erzählt? Sie war ja quasi ihre Tante. Wusste sie überhaupt, dass David nicht ihr leiblicher Vater war?

»Hallo Marie, ich bin Elsa.«

Marie starrte sie an. »Du siehst aus wie meine Oma.«

War Elsa seit ihrer Ankunft hier so sehr gealtert? Verwundert warf sie einen Blick in den Flurspiegel, aber in diesem Licht sah wohl jeder ein paar Jahre älter aus, als er war.

»Oma ist Ellis Mama«, erklärte David. Marie starrte Elsa ungläubig an. Als sie sich an David vorbeischob und ins Wohnzimmer entwischen wollte, hielt er sie am Kragen zurück: »Schuhe ausziehen!«

Sie setzte sich auf die unterste Treppenstufe, streifte die Schuhe von den Füßen und blickte abwartend zu David hoch.

»Du weißt doch, wo die Schuhe hingehören.«

Marie schwenkte die Schuhe nachdenklich in der Hand, entschied sich aber dafür, keinen Streit vom Zaun zu brechen, und stellte sie ins Regal unter der Garderobe. David hängte die Jacken auf.

Im Wohnzimmer war es dunkel. Ohne lange suchen zu müssen, fand Davids Hand den Lichtschalter. Die Deckenlampe tauchte das Zimmer in nüchternes Licht. »Es müsste irgendwo ein paar Kinderbücher geben«, sagte Elsa mit dem Blick auf Marie. David sah sie irritiert an. Marie reagierte nicht. Sie ging zielstrebig zum Bücherregal, nahm sich den Zauberwürfel heraus, warf sich bäuchlings auf den Teppich vor der Fensterfront und drehte an den Ebenen des Würfels, um die bunten Quadrate zu ordnen. David hatte seinen Schal achtlos über die Lehne des Schaukelstuhls geworfen und schaltete die Stehlampe ein. Das Wohnzimmer gehörte plötzlich den beiden. Sie waren in der Überzahl, waren hier mehr zu Hause als Elsa. Fieberhaft suchte sie den jetzt von einer langen Reihe Laternen erleuchteten Weg am See nach Jan ab, konnte ihn jedoch nirgends entdecken.

David lehnte sich an den hohen Sessel und verschränkte die Arme vor dem Körper. Elsa berichtete kurz und sachlich, was der Arzt im Krankenhaus ihr am ersten Tag über den augenblicklichen Zustand ihrer Mutter gesagt hatte. Anschließend fiel ihr nichts mehr ein. Davids Blick war durchdringend und fordernd, also plapperte sie weiter. Von den Veränderungen, die sie in der Stadt bemerkt hatte, von dem erstaunlich guten Wiener Schnitzel im Restaurant am Marktplatz. Sie biss sich gerade noch rechtzeitig auf die Lippen, bevor sie das Hotel erwähnte.

»Wie ging es ihr heute?«

»Ich war heute nicht im Krankenhaus«, gab Elsa kleinlaut zu.

David sah sie entgeistert an. »Bist du überhaupt im Krankenhaus gewesen?«

»Natürlich«, versicherte Elsa und dachte beschämt daran, wie sie gestern der Schwester am Empfang die Plastiktüte mit den neu gekauften Sachen in die Hand gedrückt hatte. Sie war froh gewesen, dass am Nachmittag, als sie mit der Kranken-kassenkarte zurückgekehrt war, Schichtwechsel gewesen war und eine andere Schwester den Empfang betreut hatte, die sich nicht darüber gewundert hatte, dass Elsa ohne einen weiteren Besuch auf dem Krankenzimmer das Krankenhaus verließ.

Die Terrassentür schob sich auf und Jan kam herein. In seinen Händen hielt er unterschiedliche Pflanzen: Gräser, ge-trocknete Blütenstände von Wiesenblumen oder Sträuchern, undefinierbares Gestrüpp. »Ich bin immer auf der Suche nach Pflanzen für meine Modelle«, erklärte er. Er legte seine Samm-lung auf die niedrige Granitfensterbank, streckte David die Hand entgegen und zog sie wieder zurück. Entschuldigend hob er die erdigen Handflächen wie jemand, der sich ergab. »Ich bin Jan.«

»David.«

»Mein Bruder«, sagte Elsa.

»Habe ich mir gedacht.« Jan zwinkerte. Als Elsa keine wei-tere Erklärung hinzufügte, sagte er, an David gewandt: »Ich bin Elsas Mitbewohner. Und ich gehe mir jetzt die Hände wa-schen.« Er winkte und grinste Marie an.

»Ihr habt bestimmt Hunger? Ich habe gekocht.«

David folgte Elsa in die Küche. Von der stundenlangen Kochzeremonie war nicht mehr viel zu erkennen. Elsa hatte aufgeräumt, abgewaschen und den Müll weggebracht. Als sei Louis' mahnender »Deck schrubben!«-Ruf durch die Küche gehallt, hatte sie alle Oberflächen und den Boden gewischt. Nur die Zettel hatte sie hängen lassen, sie flatterten im Luft-zug der Tür, mit abgehakten Aufgaben versehen und einer professionell anmutenden Zeichnung, wie sie sich die einzel-nen Komponenten auf dem Teller vorstellte.

Davids Blick streifte die Zettel desinteressiert und kam auf den blutroten Stücken Rehrücken neben dem Herd zur Ruhe. »Ich bin Vegetarier«, sagte er.

Elsa sank in sich zusammen. Sollte das ein Scherz sein? Eine Retourkutsche dafür, dass sie heute wegen des aufwendigen Kochens nicht im Krankenhaus gewesen war? David wirkte ehrlich ungehalten, als gehöre das Wissen um sein Vegetariertum zur Allgemeinbildung. Hatte ihre Mutter jemals erzählt, dass er kein Fleisch mehr aß? Ihre Worte am Telefon waren manchmal nur so an Elsa vorbeigezogen, ohne sich einzuprägen. Was hatte sie noch verpasst?

»Du könntest den Stampf, das Gemüse und die Streusel essen«, bot sie ihm an.

»Lass gut sein.«

Ungerührt wühlte er im Gefrierschrank, Gefrorenes klackte aneinander, Eiskristalle sprangen knisternd auf die Arbeitsplatte, als er den Gummi von der Tüte löste. Mit einem dumpfen Geräusch landete der Klumpen im Topf. Elsa versuchte, sich ihren Ärger nicht anmerken zu lassen. »Was ist mit Marie?«, fragte sie wenig hoffnungsvoll, als David einen tiefen Teller aus dem Schrank holte.

»Marie isst alles. Außer Avocado.«

Elsa war verblüfft. Sie hatte erwartet, dass Davids Lebenseinstellung ebenso für seine engste Umgebung gelten würde. Sie glaubte kaum, dass einem Kind ihr Essen schmeckte. Sollte David ihr eben etwas von dem Eintopf abgeben, wenn sie es nicht mochte.

Während sie die Pfanne für das Kurzgebratene vorbereitete und die Sauce, den Stampf und das geschmorte Ragout aufwärmte, hörte sie Marie und Jan laut lachen, einmal rannte

Marie quer durch die Küche, kam zur Flurtür herein und segelte zur Esszimmertür heraus.

»In der Küche wird nicht gerannt«, rief David ihr hinterher.

»Ist doch nichts passiert«, beschwichtigte Elsa ihn.

»Das ist eine Frage des Prinzips. Ich dachte, du bist ein Profi in der Küche.«

Jeder von Davids Handgriffen wurde von Geräuschen begleitet: das Knallen des Deckels auf den Topf, der Teller auf der Anrichte, die Bestecke in der Schublade, das Klirren von Gläsern. Selbst wenn er sich gerade nicht bewegte, hörte man ihn: Er seufzte, schnaubte, räusperte sich. Er war immer laut gewesen. Beim Dame- oder Backgammon-Spielen hatte er seine Steine wie eine Artillerie über das Holzbrett gejagt.

Elsa versuchte, ihn zu ignorieren, drehte sich aber so, dass er ihr zusehen konnte. Auch wenn er das Essen nicht probierte, müsste er ihre Leistung anerkennen. Mit größtmöglicher Gelassenheit richtete sie drei Teller an. Sie gab sich noch mehr Mühe als sonst damit, man hätte den Teller genau so im Brunners servieren können. Das weiße Birnen-Portwein-Gelee disqualifizierte sich von selbst wegen der Farbe, es war zu viel Blasses auf dem Teller, aber auf die Rettichscheiben wollte sie geschmacklich nicht verzichten. Jan half ihr beim Anrichten. Sie hatte drei Mal nach ihm rufen müssen, bis er außer Atem und mit zerzausten Haaren in der Küche stand. Nachdem sie Fleischstücke, Gemüse und Sauce auf den Tellern verteilt hatte, platzierte er tief vornübergebeugt mit einer Palette die roten Geleequader auf den weißen Rettichscheiben, steckte geröstete Mandelblätter auf die Spitze des Petersilienwurzelstampfs und krümelte die Malzkaffeestreusel in einer Geraden auf die Teller.

David hatte den Tisch im Esszimmer gedeckt, die alten Plätze von ihm, Elsa und ihren Eltern, wie Elsa es zuletzt vor dem Tod ihres Vaters erlebt hatte. Sie hatte nicht darüber nachgedacht, wie genau die Dinge sich mit den Jahren verändert haben würden. Ihre Eltern hatten sich gegenübergesessen, Elsa neben dem Vater und David neben der Mutter. Jetzt schob sich Marie, ohne zu fragen, auf Elsas alten Platz, David saß bereits auf dem Stuhl ihres Vaters, einen Teller undefinierbaren Eintopf vor sich. Insgeheim wünschte sich Elsa, dass er eine der uralten Tüten von vor zwanzig Jahren erwischt hatte.

Für sie und Jan blieben die alten Plätze von ihrer Mutter und David übrig. Unentschlossen stand Elsa mit den drei Tellern in den Händen in der Tür. Jan nahm ihr einen Teller ab und stellte ihn vor Marie, dann zog er für Elsa den Stuhl ihrer Mutter zurück. Stumm stellte sie die Teller ab und setzte sich.

Sie musste sich nicht bemühen, ein Gespräch in Gang zu bringen. Zu ihrer Überraschung richtete David das Wort an Jan, fragte ihn nach seinem Beruf und seiner Familie und antwortete auf dessen Rückfragen. Elsa würdigte er keines Blickes. Sie hatte nie verstanden, was genau Davids Beruf war, außer dass es irgendetwas mit Unternehmensführung und Mitarbeiterpsychologie zu tun hatte. Es war ihr immer schon absurd erschienen, dass ausgerechnet David sich um die Atmosphäre in Gruppen und den richtigen Umgang miteinander kümmerte.

Während sie ihm jedes Wort aus der Nase ziehen musste, plauderte er mit Jan gelöst über seine Arbeit. Elsa fand es sogar interessant. Doch wenn sie etwas einwarf oder fragte, erhielt sie nur eine einsilbige Antwort. Sie überließ David Jan und konzentrierte sich auf Marie, war plötzlich dankbar für ihre Anwesenheit und ihre neugierigen Nachfragen zu jedem einzelnen Bestandteil auf dem Teller. Was Elsa ihr auch sagte, sobald Marie den Namen wusste, probierte sie es. Elsa staunte und war traurig, als die Teller leer gegessen waren. Die klaren Fragen und Antworten hatten ihr gutgetan.

Nach dem Essen trieb David Marie dazu an, ihre Sachen im Wohnzimmer aufzuräumen, und ging anschließend mit ihr nach oben, um sie ins Bett zu bringen. Er polterte die Treppe hinauf, Maries Schritte machten kein Geräusch.

Jan und Elsa räumten den Tisch ab und erledigten den Abwasch. Als David herunterkam, entschuldigte Jan sich. Er müsse telefonieren, sagte er und ließ die Geschwister allein. Elsa hätte am liebsten einen Faden an ihm befestigt, dessen Ende sie in der Hand halten könnte, ein Knäuel, das sich mit jedem Schritt von ihm drehte und kleiner würde. Wenn man an einem Ende zog, könnte man das am anderen Ende spüren.

David und Elsa saßen sich stumm am Esstisch gegenüber. David saß kerzengerade, die Hände hatte er flach auf die Tischplatte gelegt. Es war unmöglich, seine Stimmung abzuschätzen. Bei Brunner, Louis, Jan und Lorenzo konnte Elsa jedes kleine Zeichen in der Mimik deuten, bei David hingegen fiel ihr nichts dazu ein. Wie er mit dem Daumen über die Tischplatte rieb. Wie sein Augenlid zuckte. Wie er hektisch einen großen Schluck aus seinem Weinglas trank. Elsa hatte vergessen, wie schön seine Hände aussahen, »Klavierspielerhände« hatte ihr Vater immer gesagt, feingliedrige, lange Finger an einer schmalen Handfläche.

Zwischen ihnen stand nichts als eine Kerze. Es war ein bisschen zu dunkel. Elsa hatte wegen ihrer zunehmenden Kopfschmerzen die Deckenlampe ausgeschaltet. Das Spannen auf der Augenoberfläche ließ allmählich nach.

»Warum nennt er dich Elsa?«, fragte David.

»Weil ich so heiße«, sagte Elsa. »Ich kann bis Freitag bleiben, dann muss ich zurück nach Hamburg«, sagte sie. David brummte nichtssagend. Um die unangenehme Stille zu füllen, erzählte sie ihm jetzt ausführlich, was der Arzt im Krankenhaus gesagt hatte, seine Vorschläge, ihre Mutter mit Vertrautem zu konfrontieren. »Sie kann spüren, wenn wir da sind«, sagte sie mit Nachdruck.

Mit einem Zischlaut sog David Luft durch die geschlossenen Zahnreihen. »Deshalb warst du heute auch bei ihr, ja?«

»Ich habe gekocht«, sagte sie.

David sah sie forschend an. »Früher hat dir einfache Hausmannskost gereicht, und du hast nicht so einen Aufwand veranstaltet …«

So erfolgreich war also ihr Versuch gewesen, ihn zu beeindrucken. Doch David war noch nicht fertig: »Ein gut gemachtes Wiener Schnitzel scheint dich mehr zu rühren als die Tatsache, dass deine Mutter im Koma liegt.«

Was sollte man darauf antworten? Elsa überging die Bemerkung. »Was für Musik mag sie denn? Und was hat sie gelesen?«, fragte sie vorsichtig. »Was isst sie gern? Welchen Geschmack mag sie? Vielleicht Schokolade? Oder Kirsche?«

»Eigentlich sollte ihre Tochter das wissen.«

Elsa knibbelte an der Kerze und rutschte unruhig auf ihrem Stuhl herum. Nichtgesagtes hing in der Luft. Sie stellte es sich wie einen Luftballon vor, der aufgeblasen wurde, weiter und weiter, bei dem man beobachten konnte, wie das Gummi dünner und transparenter wurde, wie man unwillkürlich die

Schultern hochzog und die Hände schützend hob, weil man jeden Moment einen lauten Knall erwartete. Ein bitterer Zug umspielte Davids Lippen, aber er machte den Mund nicht auf.

»Wie geht es jetzt weiter?«, fragte Elsa. David schwieg und nestelte aus seiner Hosentasche eine Packung Zigaretten heraus. Er steckte sich eine Zigarette in den Mund und beugte sich der Kerze entgegen. »Nicht«, bat Elsa. Sie erzählte ihm die Legende von den Seemännern, die starben, wenn jemand seine Zigarette an einer Kerzenflamme anzündete. Als sie geendet hatte, beugte sich David erneut nach vorn. Bevor seine Zigarette die Flamme erreichte, blies Elsa sie aus.

Erschöpft stieg sie die Treppe nach oben. Sie hatte David allein mit seinem empörten Schnauben und einem »Spinnst du?« im dunklen Esszimmer sitzen lassen. Sie stützte sich am Geländer ab, horchte auf das Knarren der Stufen, doch die beruhigende Vertrautheit der Geräusche blieb aus.

Jan stand am Fenster. Sein Telefon lag auf der Fensterbank. Hatte er mit Hannah telefoniert? Für einen Anruf im Büro war es doch sicher zu spät gewesen? Jan hatte das Licht nicht angeschaltet und auch Elsa war es so lieber. Er räusperte sich und fasste sich in die Haare. Eine Geste des Unbehagens, er machte sie unbewusst, wenn er etwas Unangenehmes sagen wollte. Das letzte Mal hatte Elsa ihn so gesehen, bevor er ihr beichtete, dass ihm ihr kleiner Teigschaber auf dem Herd geschmolzen war. »Ich muss morgen zurückfahren.« Elsa hörte Bedauern in seiner Stimme, vielleicht war es auch Erleichterung. Er sagte nicht, ob ins Büro oder zu Hannah. Von der Nähe, wie sie am Mittelpunktstein zwischen ihnen geherrscht hatte, war nichts mehr zu spüren. Als Elsa aus dem Bad kam, lag er auf seiner Matratze vor ihrem Bett und hatte die Augen schon geschlossen.

Vögel

Am Morgen lag der erste Frost auf den Ziegeldächern. Die Schilfhalme wirkten, bedeckt vom Raureif, besonders zerbrechlich. Knisternd fuhr der Wind durch sie hindurch. Elsa atmete Wolken in die Luft. Sie trat so nah wie möglich ans Ufer. Wenn sie ihre Füße bewegte, setzte sich die Bewegung im Wasser fort. Eine Ente schwamm an ihrem Posten vorbei und zog ein V durch das Wasser hinter sich her. Ein Mädchen im rosafarbenen Mantel betrat den Steg neben ihr und ging bis nach vorn zur Kante. Es hielt ein Tau in den See, wie um die Wassertiefe zu messen. Ein Paar Schlittschuhe hing ihm über der Schulter, als könnte der See jeden Moment gefrieren.

Als Elsa von ihrem frühen Spaziergang zurückkehrte und in ihr Zimmer kam, zog Jan gerade den Reißverschluss seiner Reisetasche zu. Ohne seine Sachen wirkte es hier wieder kahl. »Du hast ja nasse Füße!« Jan blickte auf die Pfütze, in der Elsa stand. Sie streifte wortlos die durchnässten Turnschuhe ab und stellte sie zur Seite. Dann nahm sie ihren Pullover von der Lehne des Schreibtischstuhls, faltete ihn sorgfältig und legte ihn ins Regal. Sie hob die Gästematratze an und stellte sie aufrecht an die Wand, las die herumliegenden Bonbonpapiere vom Boden auf.

»Manchmal glaube ich, ein bisschen Unordnung täte dir ganz gut«, meinte Jan.

»Ich weiß nicht, wie Unordnung geht.«

»Du kannst doch sonst immer alles.«

Elsa streute die Bonbonpapiere auf den Boden.

»Beklagenswert«, kommentierte Jan.

Sie zog ihre Jacke aus und ließ sie auf den Boden fallen, drapierte ihren Schal darüber und schaute prüfend zu Jan.

»Das ist jämmerlich. Das kannst du ja wohl besser«, sagte er.

Elsa streckte die Arme aus und fegte die Bücher im Regal von den Brettern, dass sie zu Boden polterten.

»Ausbaufähig«, nickte Jan anerkennend und warf ihr ein Kopfkissen entgegen, schnappte sich das zweite und schmiss es hinterher. Es prallte von ihr ab, sie schlug zurück, schnell waren überall Kissen und Arme, es puffte gegen ihren Kopf, in ihren Rücken, ins Gesicht, Ausweichen und Ausholen wechselten sich ab, wurden schneller, waren gleichzeitig, war das noch ihr Arm?, da flog Jans Brille, ein Widerstand hinter dem Kissen, unter dem Kissen, dazwischen sein Lachen, Elsa wünschte, die Federn würden aus den Kissen herausquellen und durch das Zimmer fliegen, sich verfangen in Jans gebogenen Wimpern, in ihren Haaren, eine Wolke um sie herum. Immer wieder holte sie aus, und als sie nicht mehr wusste, ob sie weinte oder lachte oder ob sie nur keine Luft mehr bekam, als ein Kissen zwischen ihr und Jan eingeklemmt war, da gaben Jans Arme ihr Halt, ein geschlossener Kreis, seine Hand in ihrem Nacken, ihr Atem war laut, Elsa ließ sich fallen, drückte ihr Gesicht in das Kissen zwischen ihnen und so blieben sie lange mitten im Zimmer stehen.

David schwieg auf der gesamten Fahrt in die Stadt. Er hatte geflucht, weil er von ihrem Poltern aufgewacht und im Flur auf Socken geradewegs in eine Pfütze getreten war, die Elsa vom See mit hereingeschleppt und noch nicht aufgewischt hatte. Er hatte sich angestellt, als wäre es kein Wasser, sondern weitaus Schlimmeres gewesen, aber wahrscheinlich handelte es sich wieder um ein Prinzipienproblem. Komisch, dass Rauchen in geschlossenen Räumen keine Frage des Prinzips war. Sein Gezeter hatte Elsa und Jan im Zimmer aufgescheucht, ohne ein Wort waren sie hinausgegangen, Jan mit der Tasche über der Schulter.

Im Esszimmer hatte Elsa sich angestrengt, um eine Spur Zigarettenrauch in der Luft zu riechen. Vergeblich. Entweder war David zum Rauchen doch nach draußen gegangen oder er hatte lange gelüftet.

Als David vor dem Bahnhof hielt, machte er keine Anstalten auszusteigen, brummte nur »Gute Reise«. Marie war hibbelig und ungeduldig wegen des bevorstehenden Besuchs im Krankenhaus. Sie winkte hektisch, als Jan die Wagentür zuwarf und David anfuhr.

Jan stand mit ein paar Zeitungen unterm Arm am Bahnsteig. Der Zug war noch nicht eingefahren. Elsa wusste nichts zu sagen, wollte einfach noch ein bisschen bei ihm stehen. Er klopfte eine Zigarette aus der Packung und hielt sie ihr hin. Elsa schüttelte den Kopf. »Ich habe aufgehört.«

»Seit wann denn das?«, fragte Jan.

»Gestern«, antwortete Elsa und blickte in die Richtung, aus welcher der Zug kommen musste.

»Du musst nicht mit mir warten«, sagte Jan, als er sich die Zigarette anzündete.

Elsa umarmte ihn zum Abschied, sog den Tabakgeruch um ihn herum ein und verpasste die Gelegenheit, ihn zu küssen. Sie hielt ihn noch fest, als sie bemerkte, dass er sie längst losgelassen hatte. Schnell löste sie ihre Arme, räusperte sich und sagte mit belegter Stimme: »Komm gut heim.«

Sie versuchte, ihren Schritten etwas Zielstrebiges zu verleihen, und verschwand in der Unterführung. Geduckt verließ sie das Bahnhofsgebäude. Wohin jetzt? Am Bahnübergang hielt sie inne und blickte nach oben zum Krankenhaus. Sicher würde David erwarten, dass sie nachkäme. »Gehwegschäden« las sie auf dem Schild an der Straße. Elsa machte kehrt, zog sich die Kapuze über den Kopf und ging durch die Altstadt hinunter zum Seeufer. Das Wetter nervte sie, alles war grau, der Himmel dicht verhangen. Bald würde es wieder regnen.

Auf dem ersten Grundstück, das zu Weidenheim gehörte, stand die Kirche. Elsa hatte nicht daran gedacht, sonst hätte sie den längeren Weg unten herum gewählt. Das Kirchengebäude schien geschrumpft zu sein, wie überhaupt alles hier kleiner geworden war. Sie hatte es nicht oft in ihrem Leben betreten, zu Weihnachten und Ostern, dann das letzte Mal zu Josts Gedenkgottesdienst, seitdem nie wieder. Sie spähte zum Friedhof. Nur ein wackliger Bretterzaun trennte ihn vom nächsten Grundstück, dem Kindergarten. Helle Schreie schallten von dort herüber. Es war offensichtlich Kletterstunde, die Kinder hingen in den Bäumen und leuchteten mit ihren farbigen Jacken und Mützen im Grau des Tages wie bunte Lampions.

Elsa zog ihr Handy aus der Tasche und wählte die Nummer in Hammerbrook. Sie lauschte dem einsamen Tuten in der Leitung und stellte sich vor, wie das Telefonklingeln die Wohnhalle erfüllte. Die Vorstellung beruhigte sie. *Hat Jan das Modell aufgedeckt gelassen? Bestimmt ist es friedlich in der Halle, vielleicht scheint sogar die Sonne hinein und lässt die winzigen Staubpartikel in der Luft glühen. Fühlt er sich wieder einsam, wenn er die Tür öffnet und die leere Halle sieht? Oder genießt er die Stille? Unsinn, bestimmt legt er sofort eine Platte auf den Teller und freut sich über das Licht und die Weite des Raums.* So lange hörte Elsa zu, bis das Besetztzeichen ertönte.

Das Tor zum Friedhof quietschte nicht, obwohl es aussah, als sollte es das tun. Wenngleich sich die Grabstellen im Dorf besser verkauften als die freien Bauplätze im Neubaugebiet, war die Größe überschaubar. Elsa ging durch die Reihen, ohne einen Blick auf den Lageplan zu werfen. Die meisten Gräber waren bereits winterfest gemacht. Die Bepflanzungen beschränkten sich im Wesentlichen auf Buchs, Stechpalme und Farne, in geometrischen Mustern überzogen sie die Ruhestätten, hin und wieder war ein Platz komplett von Efeu überwuchert, und vor allem an diesen Stellen suchte Elsa nach dem Namen ihres Vaters auf den Grabsteinen.

Schließlich fand sie ihn auf einem Findling. Irgendwie passte er zu ihrem Vater: aufrecht und schmal, ein blaugrau gesprenkelter Stein mit vielen Ecken und Kanten, durchzogen von silbern glitzernden Splittern. Elsa hatte sich ihn nie angeschaut, hatte aber viel über ihn gehört, denn ihn auszusuchen war ein langwieriger Prozess gewesen, weil kein Stein gut genug für ihren Vater gewesen war. Wie schwer konnte es schon sein, einen Stein für ein Grab zu finden, hatte Elsa damals gedacht, und was es für einen Rolle spielte, wie er aussah, für die Toten änderte es nichts. Wochenlang hatte ihre Mutter davon geredet, ein Energieschub inmitten ihrer Lethargie. Beim Aufstellen des Steins hatte sie ihre Kinder dabeihaben wollen, aber Elsa hatte sich herausgeredet, eine wichtige Klausur in der Schule, sie hatte sich nicht vorstellen wollen, wie sein Name auf dem Stein aussah, das Datum, die Endgültigkeit. Drei von ihrer Mutter vorgeschlagene Termine hatte sie boykottiert. Sie hatte es vor sich gesehen. *David und Ursel, in langen, wei-*

ten Trauergewändern. Sie blicken auf das Grab hinunter. Ursel streicht David unbeholfen über Kopf und Schultern, ihre Hand greift nach seinem Ärmel und lässt ihn nicht mehr los.

Damals hatte sie geglaubt, ihre Mutter sei auf ihre Ausreden hereingefallen. Aber sicher war ihr Elsas Sträuben nicht entgangen. Als Elsa an jenem Morgen das Haus verließ, hatte ihre Mutter sie einen Moment länger gedrückt als sonst und ihr von der offenen Haustür aus nachgesehen.

Heute erschienen Elsa die Buchstaben auf dem Stein zu groß und zu einfach, aber sie war froh darüber, dass ihre Mutter auf einen Spruch verzichtet und sich auf Namen und Daten beschränkt hatte. Die Bepflanzung war dagegen alles andere als schlicht. Es sah so aus, als habe ihre Mutter all ihre Energie, die sie für den eigenen Garten nicht mehr hatte aufbringen können, in diese kleine Parzelle Erde investiert: zarte Gräser und Grün in allen Farbschattierungen: Heuchera, Silberblatt, Blauschwingel und Hebe, dazwischen bunte Knospenheide und längst verblühter Lavendel. Nahe des Steins ein blutroter Miniatur-Ahorn, der die ersten Blätter abwarf. Es wirkte wild und durcheinander, und auch darin passte es zu ihrem Vater. Elsa konnte sich gut vorstellen, dass das Grab im Dorf Aufsehen erregte. Sie dachte, dass es schön aussah, und strafte sich gleich für diesen Gedanken. Sie sollte weinen oder einen unruhigen Herzschlag bekommen, wenigstens einen Schluckauf. Sie grub die Hand in die kalte Erde unter dem Ahorn, als gehöre dort unten jemand zu ihr.

Lange ließ sie die Hand in der Erde, die sich langsam um ihre Haut herum erwärmte. Wind schüttelte die Blätter des Baumes, Vögel warfen sich unter gellendem Geschrei dem Himmel entgegen, der Wind nahm an Stärke zu. Die Geräusche des Tages stoben in alle Himmelsrichtungen davon und ließen Elsa allein zurück.

Elsa stand vor der Fensterfront und blickte auf den Hang und den See, sah sogar einen Teil von Limberg in der Ferne. Sie hatte einmal geglaubt, dieser Ausschnitt sei die ganze Welt. Sie war ihr so groß erschienen. Nach dem Tod ihres Vaters war sie kleiner und kleiner geworden. Ihre Mutter hatte oft hier gestanden und durch alles hindurchgeblickt, das war häufiger geschehen und hatte immer länger gedauert. Irgendwann könnte nichts ihre Mutter wieder zurückholen, hatte Elsa gedacht, aber David hatte es immer geschafft, mit einem Rütteln oder einem Zwicken. Dann war die Wirklichkeit so plötzlich über sie hereingebrochen, dass sie aussah wie ein Kind, das alle Informationen über die ganze Welt innerhalb einer einzigen Sekunde vermittelt bekam. Elsa hatte sich in den Arm gepetzt, wenn sie das mitansehen musste. Die Bewegungen ihrer Mutter hatten sich verlangsamt und wie unter Wasser ausgesehen, als habe sie ununterbrochen gegen eine Strömung ankämpfen müssen.

Immer, wenn Elsa ihren Blick auf die Spiegelung im Glas scharf stellte, hatte sich Maries Position im Zimmer verändert. Marie auf dem Sofa, vielleicht schlafend. Marie auf dem Sessel mit einem Buch. Marie mitten im Zimmer, beide Arme von sich gestreckt, wie eine Schlafwandlerin. Plötzlich Marie direkt neben Elsa. Immer höher und dunkler türmten sich die Wolken auf, wälzten sich übereinander hinweg. Grollend schob sich das Unwetter auf sie zu. Elsa blickte verstohlen zu Marie, die wie hypnotisiert auf den Himmel starrte, jeder kleine Muskel zum Zerreißen gespannt, mit offenem Mund.

Beim nächsten Donnerschlag zerbarsten die Wolken und die Welt bestand nur noch aus Wasser.

Plötzlich stieß Marie einen spitzen Schrei aus, lief zur Terrassentür und öffnete sie. Der Wind riss sie ihr aus den Händen. Regen schlug ihr entgegen und warf sie einen Schritt zurück, es donnerte. Das Wasser drängte ins Zimmer und wirbelte Laub mit herein. Elsa eilte hinter Marie her und presste sich mit ihrem ganzen Gewicht gegen die Tür, drückte sie wieder ins Schloss. Marie schluchzte und rief etwas, das Elsa nicht verstand. Sie beugte sich herunter und wollte sie umarmen, damit sie sich beruhigte, aber Marie sträubte sich, ihr Körper bebte, die Unterlippe zitterte. Plötzlich kniete David neben ihnen. Elsa ließ Marie los, die ihre Arme um Davids Hals warf. Zwischen heftigen Schluchzern kamen auch Worte heraus, die Elsa bis auf das Wort »Wäscheklammer« nicht verstand.

»Aber sie gehört doch nach draußen«, antwortete David.

»Nur, wenn sie etwas festklammert. Aber sie hat nichts, sie ist ganz allein«, sagte Marie jetzt deutlich.

Überrascht sah Elsa, wie David zur Terrassentür ging. Er schlüpfte hinaus und schloss die Tür hinter sich. Er war sofort klatschnass. Mit schnellen Schritten lief er auf den Rasen zur Wäschespinne. Er nahm die einzelne Wäscheklammer von der Leine und barg sie in seiner Hand. So stand er einen Moment und sah zu ihnen ins Wohnzimmer. Die Kleider klebten an seinem Körper, Wasser rann ihm in die Augen. Zum ersten Mal erinnerte er Elsa nicht nur äußerlich an ihren Vater.

Das Abendessen verlief ruhig. Keinem schien nach Reden zumute zu sein. David hatte Brot und Käse besorgt und einen Salat gemacht. Als Marie sich darüber beschwerte, dass er ihr ein paar Blätter Salat auf den Teller legte, sagte er nur: »Pflichtsalat.« Das schien sie bereits zu kennen. Elsa fragte sich, ob sie wusste, dass es eine Erfindung von Elsas und Davids Vater war. Als David nicht hinsah, griff Elsa mit der Hand Maries Salat, steckte ihn sich in den Mund und zwinkerte ihr zu.

Nachdem David Marie ins Bett gebracht hatte, spülte er in der Küche das Geschirr ab. Elsa nahm sich ein Handtuch und begann, abzutrocknen.

»Das musst du nicht«, sagte David.

»Ich weiß«, sagte Elsa und machte weiter. Es tat gut, etwas mit ihm gemeinsam zu machen. Die Ordnung in den Schränken hatte sich kaum verändert, das Geschirr war noch dasselbe, mittlerweile waren nur mehr Kanten abgeschlagen.

»Woher hattest du eigentlich meine Nummer?«, fragte Elsa.

»Was?«

»Meine Telefonnummer in Hamburg. Als du mich angerufen hast«, sagte sie.

David hielt inne, die Hände im Spülwasser, und blickte sie verwundert an. »Von Ursel. Sie hat sie mir vor Kurzem gegeben, als du umgezogen bist. Wie immer«, sagte er.

Elsa ignorierte seinen fragenden Blick und gab vor, weiter hinten im Schrank die Teller neu stapeln zu müssen. »Schau mal«, sagte sie und lächelte. Hinter den Frühstückstellern hatte sie Josts alten Eierbecher gefunden. Gelb-rot gestreift, darauf mit blauer, professionell geschwungener Schrift sein Name. Elsa hielt ihn David hin, vorsichtig wie etwas Kostbares, der ihn ihr abnahm und in seiner Hand hin und her drehte.

»Warum sitzt du ausgerechnet auf seinem Platz?«, fragte Elsa.

»Wie bitte? Was meinst du?«

»Am Esstisch. Warum hast du dir Josts Platz ausgesucht?«

»Ausgesucht? Ist das dein Ernst?« Ein bitterer Zug umspielte seine Mundwinkel, als er weitersprach: »Kannst du dir annähernd vorstellen, wie es hier gewesen ist, nachdem du abgehauen bist? Ursel ist zwei Wochen lang nicht aufgestanden. Sie lag oben im Bett, hat fast nichts gegessen und getrunken und hat die Wand angestarrt. Es war fast wie damals, direkt nachdem Jost gestorben war. Ich war froh, als sie überhaupt wieder nach unten kam. Sie hat sich automatisch auf ihren alten Platz gesetzt. Das erste Mal seit seinem Tod haben wir wieder am Esstisch gegessen. Hätte ich mich neben sie setzen und den Platz ihr gegenüber für immer freilassen sollen?«

David hatte vor Wut die Augenbrauen zusammengezogen. Er holte aus und warf ihr den Eierbecher vor die Füße. Er zersprang auf den Fliesen. Die Scherben spritzten gegen Elsas Hosenbeine. Bunte Bröckchen lagen auf dem Boden, der Name war nicht mehr zu erkennen. David schrie jetzt fast: »Ich habe mir diesen Platz nicht ausgesucht! Ich wollte nicht auf seinem Platz sitzen, ihn ersetzen und mich um sie kümmern müssen, aber ich hatte keine Wahl! Du warst ja nicht mehr da.«

Elsa stieg die schmale Trittleiter hinauf auf den Dachboden, wo sie sich als Kind manchmal versteckt hatte. Wild und laut trommelte der Regen. Sie versuchte, ein Muster darin zu erkennen, Variationen, unzählige gezupfte Geigen. Sie zog ihr Handy aus der Westentasche. Hier oben gab es tatsächlich Empfang. Sie wählte die Festnetznummer in Hamburg, nicht Jans Handynummer. Sie hätte nicht hören wollen, wenn er woanders als zu Hause gewesen wäre. Doch nach dem dritten Tuten legte sie schnell wieder auf. *Vielleicht hat er sich schon hingelegt. Vielleicht liegt er mit geschlossenen Augen auf einem der Sofas in der Halle, froh darüber, dass keiner Geräusche macht, dass die Zimmerdecke höher ist und die Wände weiter auseinanderstehen. Oder er ist nicht allein und es spielt leise Musik.* Daran wollte Elsa nicht denken. Beinahe sofort nachdem sie aufgelegt hatte, klingelte ihr Handy.

»Wie ist die Lage?«, fragte Jan.

»Lass uns nicht darüber reden, ja?«

Er sagte nichts mehr. Elsa lauschte angestrengt, hörte aber nichts im Hintergrund, keine Stimme, keine Musik. *Ist Hannah da?*, wollte sie fragen und sprach stattdessen vom Wetter und den Vögeln, die wohl bald Richtung Süden ziehen würden. Dann fiel ihr nichts mehr ein.

»Bin ich ein Fluchtweg?«, fragte Jan unvermittelt.

»Nein. Bin ich mir schon einmal begegnet?«, fragte Elsa zurück.

»Ja.«

»Ich bin also ein Gegenstand, den ich kenne, und zu groß, als dass du mich hochheben könntest. Bin ich überhaupt beweglich?«, fragte Elsa.

»Ja.«

»Bin ich ein Transportmittel?«

»Ja.«

»Habe ich Räder?«

»Nein. Bin ich die Willkommenszone am Bahnhof bei euch im Dorf?«

»Nein. Habe ich Flügel?«

»Nein. Habe ich bestimmte Eigenschaften?«

Elsa nickte.

»Elsa?«

»Ja, du hast bestimmte Eigenschaften.«

»Bin ich ein Sternbild?«

»Nein.«

»Bin ich der Polarkreis?«

»Nein. Bin ich auf dem Wasser unterwegs?«, fragte Elsa weiter.

»Ja.«

»Haben wir mich schon zusammen gesehen?«

»Allerdings.«

»Ich bin ein Schiff.«

»Mhm.«

»Bin ich für Passagiere?«

»Nein.«

»Also eher für den Transport?«

»Genau.«

»Und wir haben mich auch schon gemeinsam gesehen?«

»Ja.«

»Auf den Landungsbrücken?«

Jan und ich. Die Elbe. Die Landungsbrücken. Das Astra-Gebäude hinter uns. Vor uns das Wasser. Das Aneinanderschrabben der Stege. Die Kräne in Blau und Gelb auf den Docks. Die Schiffe. Die Vögel. Der Wind. Ein bisschen Salz in der Luft. Kaffee. Zeitungspapier. Zigaretten.

»Ich bin ein Containerschiff!«, sagte Elsa.

»Du hast es.«

Jan versuchte es weiter. Er versuchte es mit dem Sonnenuntergang und der Sommerzeit, mit dem Meeresgrund und dem Mittelpunkt des Landkreises. Elsa verneinte eins ums andere, traurig darüber, dass sie selbst keine Fragen mehr stellen konnte. *Hast du Hannah getroffen? Bist du verliebt? Kannst du dir vorstellen, dass wir irgendwann nicht mehr zusammen wohnen? Würdest du wirklich einen eigenen Laden mit mir und Lorenzo aufmachen?*

»Elsa?«

Sie hatte nicht mehr hingehört.

»Habe ich etwas mit der Landschaft zu tun?«

»Ja.«

»Kann ich überall auf der Welt sein?«

»Ja.«

»Bin ich immer weit hinten im Sichtfeld?«

»Ja.«

»Grenze ich an den Himmel?«

Elsa drückte auf den roten Knopf an ihrem Handy, um das Gespräch zu beenden. Ein Wählscheibentelefon war doch etwas Schönes, dachte sie. Man konnte den Hörer auf die Gabel knallen, wenn Dramatik angebracht war. Sie war sich sicher, dass Jan seinen Begriff erraten hatte. Sie schaltete das Handy aus. Jan würde denken, es läge am Empfang.

Alte und neue Lieder

Um sieben Uhr morgens stand Elsa in Gummistiefeln am See. Wenn sie einen Fuß hob, blieb der Absatz im Matsch stecken und ihre Ferse rutschte hinten heraus. Sie musste die Zehen bei jedem Schritt fest nach oben biegen, um die Stiefel nicht zu verlieren. Ein Gang, der ihr vertraut war, alle Schuhe im Haus bis auf ihre eigenen waren ihr mehrere Nummern zu groß.

Über der Wasseroberfläche lag die Kühle der Nacht, es war morgengrau, die Sonne hielt sich hinter der dicken Wolkenschicht verborgen. Nicht weit entfernt saß ein Angler bewegungslos auf seinem Klappstuhl, ein kleiner Hund stand neben ihm. Elsa hätte den Angler am liebsten in den See geschubst, den Hund gleich hinterher. Sie vergrub die Hände in ihren Jackentaschen und blickte hoch zum Haus. Es sah vernachlässigt aus. Die Schindeln rissig und blass, die Regenrinne hing an einer Seite herunter, die Bretter des Schuppens morsch und abgewetzt. Elsa bog nach links auf einen kaum sichtbaren Schleichweg ab, der zwischen der Rückwand des Schuppens und einem instabilen Maschendrahtzaun hindurchführte. Gestrüpp überwucherte den schmalen Gang. Mehrmals musste sie stehen bleiben, um die dünnen, stachligen Zweige aus ihrem Haar zu entwirren, bis sie völlig zerzaust auf den Nachbarhof gelangte.

Der einfache kleine Dreiseitenhof sah nach ausstehender Arbeit aus: In der Mitte stand ein Hänger voller Futterrüben, die wohl gerade noch rechtzeitig vor dem Frost geerntet worden waren. Durch die geöffneten Scheunentore sah Elsa Berge von Krautköpfen in Rot und Weiß, dazu ein paar Kürbisse, Kisten mit Walnüssen, Äpfeln, Kartoffeln und Zwiebeln. Um diese Zeit im Jahr sollten diese Sachen eigentlich nicht mehr hier herumstehen, sondern längst eingelagert oder verarbeitet sein. Elsa hatte früher oft dabei geholfen und erinnerte sich, dass die Hauptarbeit von August bis Oktober vonstattenging.

Der silberne, aus dicken Stahlstreben geschmiedete Kranich an der einst geweißten, jetzt ergrauten Gebäudefront hatte schon bessere Zeiten gesehen. Auf der kleinen Treppe, die zum Wohnhaus führte, stand ein geschnitztes Rübenlicht. Elsa würde am Abend wiederkommen müssen, um die Kerze darin leuchten zu sehen. Sie blieb im Windfang stehen. Der Schlüssel steckte im Schloss der Haustür. Früher war das im Dorf gang und gäbe gewesen, die Klingel war von den Kindern nur benutzt worden, um »Schellekloppe« zu spielen.

Elsa drückte den Knopf und hörte es im Innern des Hauses metallisch scheppern. Durch die Glaseinsätze der Tür sah sie einen Schemen, der sich langsam näherte und die Tür öffnete.

Zunächst sah Alma Elsa verständnislos an, wirkte abweisend, als fürchte sie, Elsa wolle ihr etwas verkaufen. Als sie Elsa erkannte, überzog ein überraschtes Lächeln ihr Gesicht und machte es freundlich. »Die Elli!«, rief sie und zog Elsa in ihre Arme. Elsa versank in Weichem. Die Umarmung und der hier übliche Artikel vor dem Namen klangen heimelig, ein Gefühl, das sich drüben im Haus einfach nicht einstellen wollte. Alma ging ihr voraus durch den dunklen Flur. Elsa stieg aus den schmutzigen Stiefeln und folgte ihr auf Socken über die kühlen Steinfliesen. Automatisch ließ sie ihre Hand im Vorbeigehen über die Wand gleiten, die wie aus winzigen bunten Steinchen und Klebstoff gegossen war. An manchen Stellen waren Löcher hineingeknibbelt. Es roch muffig und nach Kohl.

In der Küche herrschten die Siebzigerjahre: die Kacheln mit orange- und ockerfarbenen Ornamenten, Prilblumen am Kühlschrank, verblasstes Schrankpapier auf den Regalböden. Eine rustikale Eckbank aus Holz, eine bunt gemusterte Plastiktischdecke auf dem Tisch, Alma in Kittelschürze und Clogs, wie sie es stets getragen hatte, auch im tiefsten Winter. Statt eines Elektroherdes stand hier ein alter Emaille-Herd mit dampfendem Schiffchen. Brunner wäre begeistert gewesen. Das Feuer flackerte und Elsa wurde zum ersten Mal seit ihrer Ankunft im Dorf richtig warm. Der Kohlegeruch stieg ihr in die Nase und erinnerte sie daran, wie David und sie dabei geholfen hatten, die Briketts und Eierkohlen aus dem Keller nach oben zu schleppen.

»Es muss Rotkohl eingemacht und Sauerkraut angesetzt werden«, erklärte Alma, als Elsas Blick auf den riesigen Topf und den alten Holzhobel auf der Arbeitsfläche fiel. »Ich habe mir gedacht, dass du früher oder später kommst.« Mit einem Schürhaken zog sie die zwei kleinsten der eisernen Ringe auf dem Herd beiseite und setzte einen verbeulten Milchtopf auf, in den sie Blockschokolade bröckelte. Elsa hätte lieber einen Kaffee gehabt, wusste die liebevolle Geste aber zu schätzen und schwieg. Kakao war Almas Heilmittel gewesen gegen aufgeschürfte Knie oder die Belohnung für die Hilfe beim Kartoffelsammeln oder Kohletragen. Sie füllte die heiße, dickflüssige Schokolade in eine Tasse und stellte sie vor Elsa auf den Tisch, bevor sie mit einem tiefen Seufzen auf die Eckbank sank. Sie erklärte nicht, ob sie Elsa hier bei sich oder bloß im Dorf erwartet hatte.

Almas Hände hatten Elsa schon als Kind fasziniert: die raue Haut, die sich wie Sandpapier anfühlte und immer aussah, als hätte sie gerade in der Erde gewühlt, die rissigen Fingernägel, Zeichen jahrzehntelanger Arbeit auf dem Hof und den Feldern. Hier stand man mit beiden Beinen fest auf dem Boden. Doch die Hände hatten sich verändert: Die Gelenke sahen blau und geschwollen aus und Alma rieb die Handflächen gegeneinander, als würde sie frieren. Elsa bemerkte die tiefer in die Höhlen gesunkenen Augen, den trüben Blick, die dünnen weißen Haarsträhnen, die nicht unter dem Kopftuch bleiben wollten. Dass Alma und ihr Mann Erich keine Kinder bekommen hatten, war vermutlich ihr großes Unglück. Vielleicht war sie deshalb für viele Kinder im Dorf wie eine Großmutter gewesen, hatte ihnen im Frühjahr Osternester aus Weidenholz und Moos gebastelt und im Winter Nikolaustüten vorbereitet. Doch für den eigenen Hof nutzte ihnen das nichts, die jungen Leute blieben nicht auf dem Dorf, sondern zogen in die Städte. Ohne Hilfe würden Alma und Erich die Arbeit bald kaum noch schaffen. Elsa fragte sich, wie alt sie sein mochten. Vermutlich um die siebzig. Ihr prüfender Blick blieb nicht unbemerkt. »Guck uns nur an!« Alma kicherte. Zwei Zahnlücken wurden sichtbar. Ob sie seit Josts Tod überhaupt beim Zahnarzt gewesen war?

»Alles wird ein bisschen klappriger mit den Jahren«, sagte Alma, während sie sich verlegen die Haarsträhnen hinter das Ohr strich und sie mit zitternden Fingern wieder unter das Tuch steckte.

Elsa war sich nicht sicher, ob sie ihr Haus oder sich selbst meinte.

»Wie geht es ihr?«, fragte Alma.

Wahrheitsgemäß antwortete Elsa: »Ich weiß es nicht. Sie liegt da mit geschlossenen Augen, angedockt an Schläuche und Maschinen, und keiner weiß, ob und wann sie wieder aufwacht.«

»Und wie geht es dir?« Alma tätschelte ihr die Hand, ihre Haut fühlte sich kalt an.

»Ich weiß nicht, wie ich helfen soll, ich weiß gar nichts mehr von ihr«, sagte Elsa kleinlaut. »David macht das alles besser als ich.«

Alma schaute ihr in die Augen: »Vertragt ihr euch?« Ohne eine Antwort abzuwarten, redete sie weiter. »Ihr seid euch schon als Kinder nicht grün gewesen.«

»David wollte mich nie dabeihaben.« Alte Gefühle brachen in Elsa auf. »Er konnte mich von Anfang an nicht leiden.«

»Sei nicht ungerecht. Für ihn war es schwer damals.«

»Für mich war es auch schwer. Mein Vater ist auch gestorben.«

»Ich meine, als du auf die Welt kamst.«

Elsa verstand nicht. David hatte sie immer schon abgelehnt, die egoistische Attitüde des Erstgeborenen, der eine Schwester bekam und es nicht ertrug, dass sich plötzlich nicht mehr alles nur um ihn drehte. Weder ihre Mutter noch ihr Vater hatten oft über diese Zeit gesprochen, sondern sich auf Fakten beschränkt. Es habe Komplikationen bei Elsas Geburt gegeben, weil sie zu früh auf die Welt gekommen war. Jetzt füllte Alma die Lücken: »So früh, sie hatten noch nicht einmal einen Namen ausgesucht. Die ersten Wochen deines Lebens lagst du ohne Namen in einem Brutkasten. Deine Mutter hat auf einer anderen Station gelegen und durfte lange nicht zu dir. Sie konnte dich nur durch die Scheibe betrachten. Wochenlang war der Jost im Krankenhaus. Er kam nur her, um sich zu duschen und ein paar Stunden zu schlafen. Sein Gesicht ist zugewachsen. Da haben wir den David zu uns genommen. Er hat oft gefragt, ob eure Eltern überhaupt je zurückkommen. Er hat gedacht, sie hätten ihn vergessen.«

Stille sank in die Küche. Elsa konnte sich an diese ersten Wochen hinter Glas natürlich nicht erinnern, sondern wusste es nur aus den knappen Erzählungen. Wie mochte es gewesen sein? Hatte ihr Vater immer zwischen dem Brutkasten seiner Tochter und dem Bett seiner Frau hin und her gewechselt? Hatte er ihnen vorgelesen oder Musik vorgespielt? Wie diese Zeit für David gewesen sein mochte, darüber hatte Elsa nie nachgedacht. Sie konnte sich aber gut vorstellen, dass ihr Vater über den Krankenhausbesuchen alles andere vergessen hatte. Er war nie jemand gewesen, der seine Aufmerksamkeit gut hatte aufteilen und mehrere Dinge gleichzeitig im Blick hatte behalten können. Möglicherweise hatte er David tatsächlich für ein paar Wochen vergessen. Dennoch klangen Almas Worte wie ein Märchen. Elsa war nicht sicher, wie viel davon sie glauben konnte.

»Wird schon werden, mein Mädchen«, sagte Alma tröstend. »Die Ursel hat mir erzählt, dass du nach Hamburg gegangen bist in ein feines Lokal. Sie hat stolz geklungen.«

Elsa fühlte ein unangenehmes Stechen. Woher hatte ihre Mutter das gewusst? Sie musste verrückt geworden sein, als Elsa unter keiner ihrer Nummern mehr erreichbar gewesen war. Wie hatte sie herausbekommen, wo sie war? Und seit wann wusste sie es?

Elsa beantwortete Almas Fragen, ohne wirklich bei der Sache zu sein. Sie beschrieb Brunners Perfektionismus, seine

Liebe zu bestimmten Lebensmitteln und seinen Glauben, dass die Aromen der Kindheit einen fürs Leben prägten. Sie erzählte von den harten und langen Arbeitstagen, der Hitze, der Hektik, dem Adrenalin. Über die Produkte, mit denen sie arbeitete, schwieg sie. Es kam ihr unangemessen vor, im bodenständigen Haushalt von Wagyu-Beef, Kaviar und Rochenflügeln anzufangen. Sie versuchte, sich Alma als Gast im Brunners vorzustellen. In der Küche könnten sie sicher einiges von ihr lernen.

Später brachte Alma sie zur Tür. Bevor Elsa hinter der Ecke des Hofgebäudes verschwand, drehte sie sich noch einmal um und winkte ihr zu, doch Alma, die sich mit einer Hand im Türrahmen abstützte, blickte ins Leere.

Davids Auto stand nicht in der Auffahrt. Elsa ließ die Gummistiefel vor der Haustür stehen und ging auf Socken ins Haus, direkt in den ersten Stock. Sie betrat das Schlafzimmer ihrer Mutter. In dem kleinen rechteckigen Zimmer war gerade Platz für das Ehebett, einen Kleiderschrank und einen bequemen Sessel – der einmal als Rückzugsmöglichkeit zum Lesen gedacht gewesen war und auf dem sich dann aber doch immer nur Kleider gestapelt hatten. Auch jetzt lag ein kleiner Berg Klamotten darauf, ein Morgenmantel hing über der Rückenlehne. Das Bett war nicht gemacht. Die eine Seite war zerwühlt, die andere unberührt, aber trotzdem mit Decke und Kissen ausgestattet. Wie hielt sie das aus, seit Jahren auf die leere Seite des Bettes zu blicken?

Auf dem Nachttisch stand ein Schwarz-Weiß-Bild von Jost, lachend vor einem Wald. Elsa kannte die Aufnahme. Ihre Mutter hatte sie oft in der Hand gehabt, bis die Ränder ganz ausgefranst gewesen waren. Daneben stand ein weiteres Bild, das Elsa neu war. Erst dachte sie, es sei ihre Mutter, aber dann erkannte sie, dass es eine Aufnahme von ihr selbst war, als Kind.

Elsa öffnete die Nachttischschublade, schaute nach einem Kalender oder Telefonbuch. Doch darin lagen nur ein paar Tabletten, Taschentücher und anderer Kleinkram. Wahrscheinlich bewahrte sie die Sachen in ihrer Handtasche auf, dann lägen sie bei ihr im Krankenhaus.

Einen Versuch unternahm Elsa noch im Flur. Sie durchsuchte das Telefontischchen und stieß auf einen Collegeblock. Die Seiten waren voller typischer Telefonkritzeleien, und Elsa erinnerte sich, dass ihre Mutter das schon immer gemacht hatte. Verschnörkelte Buchstaben, Zahlen, ausgefüllte Kästchen – vor allem aber Zeichnungen von Bäumen, Blumen und Häusern füllten beinahe den gesamten Block. Einige Seiten fielen auffällig aus dem Schema heraus. Sie waren dicht beschrieben. Mit Elsas Namen, dem XXL-Mega-Tempel, sogar »Georg Hellwig« und seine Telefonnummer standen darauf, waren aber durchgestrichen worden. Zwischen weiteren Namen und Nummern schließlich tauchte Elsas Vermieterin aus Hildesheim auf. Was hatte sie ihrer Mutter erzählt? Elsa hatte keine Nachsendeadresse hinterlassen, so kurz, wie sie in der Wohnung gewohnt hatte, war es der Vermieterin nicht wichtig gewesen. Und die Kisten mit Jans Adresse hatten nur wenige Tage dort gestanden. Aber Elsa erinnerte sich gut daran, wie sie ihr von dem neuen Job erzählt hatte, in der gehobenen Gastronomie. Elsa schlug die Seite um. Auf der nächsten Seite herrschte ein heilloses Durcheinander – Namen, Restaurants und Telefonnummern in Hamburg, aufgeschrieben und wieder durchgestrichen, dazwischen unidentifizierbares

Gekritzel, umrahmte Buchstaben, Schnörkel, Kuliquadrate. Nur zwei Wörter waren nicht durchgestrichen: »Guide Michelin???« Darauf folgte eine Liste mit den Sternerestaurants in Hamburg. Elsas Mutter musste sie alle abtelefoniert haben, mit ihrem alten Wählscheibentelefon. Das Brunners war das siebte auf der Liste gewesen und war mehrmals umkreist. Ein Pfeil führte von dort zu Jans Namen und der Telefonnummer in Hammerbrook.

Elsa war nicht danach zumute, David und Marie zu begegnen, die sicher bald zurückkommen würden. Lustlos verließ sie das Haus und schlenderte Richtung Limberg. Um nicht wieder am Friedhof vorbeizumüssen, schlug sie den Fußweg ein, der über die Felder führte. Auf halber Strecke klingelte ihr Handy. Sie kramte es aus ihrer Tasche heraus, sah Lorenzos Namen auf dem Display und nahm den Anruf an.

»Elsa? Wo bist du?«

»Was soll das heißen, wo bin ich? Wo bist du denn?«

Lorenzos klappriges Auto stand vor dem Bahnhof. Ihn entdeckte sie nicht sofort. Er hielt sich am Rand des Vorplatzes auf, die Kamera erhoben in der Hand auf die Gruppe neben ihm gerichtet, die ihn kaum zu bemerken schien. Irgendwie gelang es ihm, beim Fotografieren unsichtbar zu werden. Elsa hatte ihn einmal gefragt, warum er kein Teleobjektiv benutze, um die Menschen unbeobachtet zu fotografieren. Er antwortete, dass er Wert darauf lege, dass sie wüssten, dass er sie ablichtete. Er sei Fotograf, kein Voyeur. Man müsse die Menschen so weit bekommen, sich trotz der Kamera so zu zeigen, wie sie seien.

Elsa blieb vor dem Bahnhofseingang stehen und wartete ab,

bis er sie sah. Er hob grüßend eine Hand, lächelte der Gruppe noch einmal zu und schlenderte zu Elsa herüber.

»Was machst du hier?«, fragte sie.

»In der Nähe ist eine Ausstellung von einem Freund. Komm, ich nehme dich mit«, sagte er und packte seine Ausrüstung auf den Rücksitz. Als Elsa keine Anstalten machte einzusteigen, beugte er sich vom Fahrersitz aus herüber und öffnete ihr die Beifahrertür.

Sie hatte sich vorgestellt, dass es befreiend sein würde, sich von Limberg und Weidenheim zu entfernen. Doch ein unangenehmes Gefühl saß ihr im Nacken. Ein dumpfer Schmerz zuckte in den Kopf, wenn sie versuchte, ihn zu drehen und rückwärts zu schauen.

Lorenzo fuhr auf die Autobahn auf.

»Wo genau ist denn die Ausstellung?«

»In Frankfurt.«

»Lorenzo, das ist über eine Stunde. Das ist wohl kaum in der Nähe!«

»Kommt immer auf den Blickwinkel an«, sagte er und gab Gas.

Nach einer knappen Stunde erreichten sie Frankfurt. Das Navigationssystem lotste sie durch die Stadt. Schließlich stoppte Lorenzo auf einem Parkplatz und sie stiegen aus. Frischer Wind fuhr ihnen in die Haare. Lorenzo wartete geduldig, als Elsa ein paar Schritte auf eine Brücke machte, um tief einzuatmen. Sie fühlte sich, als hätte sie lange die Luft angehalten.

Die Galerie war nur wenige Hundert Meter entfernt in einem unscheinbaren Neubau mit geweißter Fassade. Strahlende Farbfelder zogen Elsa in den Ausstellungsraum. Ihr erster Eindruck war, sich im Innern holländischer Landschaftsmalereien zu befinden – van Ruisdael, Brueghel, van der Neer –, wären da nicht die Farben gewesen: leuchtende Rottöne über satte Blau- und Grüntöne bis hin zu grellem Gelb. Die Ölfarben auf den Leinwänden wirkten wie Glas, durch das die Sonne schien. Elsa fragte sich fasziniert, wie der Maler es bewerkstelligt hatte, sie wie Kirchenfenster aussehen zu lassen. Dabei glichen sie inhaltlich in nichts den traditionellen, episodenhaften Darstellungen, die Farbtöne gingen fließend ineinander über, an manchen Stellen stachen weiße Flecken heraus, offenbar Gebäude. Zunächst hielt Elsa sie für weiße Gipsmodelle in fotografierten Landschaften, deren Farben durch Crossverfahren in grelle Komplementärtöne verwandelt worden waren. Lorenzo hatte ihr einmal Beispiele davon gezeigt. Doch es waren keine Modelle und auch keine aufgetragene weiße Farbe. Es entsprach keiner Technik, die Elsa zuvor gesehen hatte.

Im zweiten Raum begriff sie, dass es sich bei den weißen Stellen um Aussparungen handelte, wie mit dem Cutter ausgeschnitten oder gar gelöscht. Es war also nichts einer Landschaft zugefügt worden, sondern im Gegenteil etwas weggenommen. Elsa fand sich wieder in Gegenden, in denen Menschen fehlten oder ganze Menschengruppen, bald in Wäldern aus fließenden Farben, in ihnen fehlten einmal die Bäume, mal ein röhrender Hirsch, eine ganze Wildschweinfamilie. Wie klar umrissene blinde Flecken wirkten sie, jeder einzelne davon so beunruhigend, dass es schmerzte.

Plötzlich stand Lorenzo neben ihr, als sei er geradewegs aus einem der weißen Flecken der Bilder herausgetreten, aus einem Purpurwald oder aus den türkisfarbenen Hügeln hinter einem See, aus dem ein Reh trank, dessen Kitze verschwunden waren, während Elsa das Fehlen einer menschlichen Figur betrachtete, deren Aussparung umgeben war von einem Farbraum ohne Fenster, ein breit angelegtes Gangsystem oder ein unterirdisches Gewölbe. Auf eine seltsame Weise waren die Dinge, die fehlten, am präsentesten und lösten Sehnsucht aus.

»Kanntest du die Bilder vorher?«, fragte Elsa. Lorenzo gab keine Antwort und es war auch überflüssig. »Wo mögen sie wohl sein?«, fragte sie, ohne den Blick von dem Bild abwenden zu können.

Lorenzo zuckte die Schultern. »Manche verschwinden einfach. Sie werden von irgendetwas weggezogen, wohin keiner folgen kann.« Er schluckte. »Das Schlimmste ist die Ungewissheit. Dass man nicht weiß, wo genau sie sind, ob es ihnen gutgeht. Ob sich ihre Hoffnungen erfüllt haben, ob sich das Weggehen gelohnt hat. Du hast Erinnerungen. Das ist was wert.«

In den ersten Wochen nach dem Tod von Elsas Vater hatte ihre Mutter oft stundenlang auf ihrem Ehebett gelegen. Ganz gerade auf ihrer Seite des Bettes, die Hände unter die Wange geschoben, den Blick auf die leere Seite neben sich gerichtet. Hatte sie ihn noch gesehen? Hatte sie sich vorstellen können, dass er dort neben ihr lag? Elsa wünschte es ihr. Wie musste es sein, wenn man nur die Leerstellen hatte, ohne sie mit etwas füllen zu können? Mit vergangenen Bildern, dem Klang eines Lachens, einem unbestimmten Gefühl der Wärme? Sie legte Lorenzo die Hand auf den Unterarm und fühlte, wie sich seine Haare aufstellten. »Lorenzo?«

»Sag mir.« Die 1:1-Übersetzung des italienischen »Dimmi« war bei Lorenzo ein untrügliches Zeichen für Müdig- oder Traurigkeit.

»Warum bist du hergekommen?«, fragte Elsa.

Er zögerte. »Ich wollte mir wirklich mit dir die Ausstellung ansehen. Außerdem hat Jan mich gebeten, nach dir zu sehen. Du hättest am Telefon einfach aufgelegt, hat er gesagt. Und dass du irgendwie seltsam geklungen hast. Er hat sich Sorgen gemacht.«

Lorenzo hatte sie zum Bahnhof gebracht und war danach zur Ausstellung zurückgefahren. Elsa hatte genug. Es war ihr nicht nach Gesprächen zumute. Sie war froh, ein Abteil für sich allein zu haben. An einem frühen Donnerstagnachmittag war die Strecke nicht sehr belebt, erst nach Feierabend und vor Geschäftsbeginn füllten sich die Züge mit Pendlern.

Vor dem Bahnhof hatte Lorenzo ihr ein Foto in die Hand gedrückt. Es zeigte Elsa in der Nacht auf dem Hamburger Rathausplatz. Ein Schwarz-Weiß-Abzug, Elsa eine reglose Gestalt mit hochgeschlagenem Kragen, die sichtlich fror, ganz allein auf dem städtischen Platz, den man fast nur mit vielen Menschen gefüllt kannte.

Mit einem neuen Gefühl bewegte Elsa sich auf Limberg und Weidenheim zu. Es schien weniger beengend, weniger furchteinflößend. Die Bilder der Ausstellung ließen sie die ganze Zugfahrt über nicht los, legten sich vor ihr Blickfeld hinter dem Zugfenster. Sie sah die Heimat, wie sie für ihre Mutter ausgesehen haben musste: jeder Blick von einer Leerstelle erfüllt, die an ihr zerrte und zog, die sie krampfhaft zu stopfen versuchte. Die leuchtenden Farben füllten die hügelige Landschaft und der blinde Fleck trat deutlich hervor. Es waren nicht nur die Umrisse von Jost. Elsa selbst hatte sich für ihre Mutter auch in einen blinden Fleck verwandelt.

Obwohl sie vorgehabt hatte, direkt nach Hause zu gehen,

stieg sie den Hügel hinauf zum Krankenhaus. Erleichtert stellte sie fest, dass David und Marie nicht da waren. Es war auch keine Nachricht von David eingetroffen, keine knappe SMS, was Elsa verwunderte. Sie hatte mit Vorwürfen gerechnet, mit der Frage, wo sie sich rumtrieb, mit der Aufforderung, ihn im Krankenhaus zu treffen oder abzulösen.

Das neue Zimmer hatte zwei große Fenster nach vorn heraus. Die gesamte Gegend breitete sich dort aus, das Dorf, der See, die kleine Stadt, darüber unendlich viel Himmel, als habe man Hoffnung, dass ihre Mutter die Augen öffnete, um den Ausblick zu würdigen. Oder man dachte, dass sie noch lange bleiben würde. Blumen standen in einer Vase auf dem kleinen Tisch, ein paar Äpfel in einer Schale daneben. Sie hätte auch etwas mitbringen sollen, dachte Elsa. Auf dem Nachttisch stand sogar ein kleiner CD-Spieler. Ihre Mutter schien etwas mehr Farbe im Gesicht zu haben als bei ihrem letzten Besuch.

Im Schrank fand Elsa die Handtasche. Sie zog das Adressbuch heraus. Ihre Mutter hatte sie unter dem Buchstaben »E« eingetragen. Sie nahm eine ganze Seite in Anspruch, immer wieder waren die Adressen und Telefonnummern durchgestrichen und durch neuere ersetzt worden. Ganz unten standen ihre aktuelle Adresse und die Telefonnummer vom Brunners und von Hammerbrook. Elsa trat ans Bett und räusperte sich. »Weißt du noch? Ich habe früher immer versucht, euch zu entwischen. Du warst froh, wenn es Winter war oder Herbst und die Büsche und Bäume keine Blätter trugen, die die Sicht verdeckt hätten. Aber Weidenheim ist voll versteckter Winkel und Ecken, ihr konntet gar nicht alles unter Kontrolle behalten. Jost und du, ihr habt viel mehr mit mir gespielt als andere Eltern mit ihren Kindern. Entweder weil ich wenig Freunde hatte oder weil ihr Sorge hattet, mir könnte etwas passieren. Trotzdem war da ein körperlicher Abstand. Du hast mich nie fest umarmt. Warum? Weil du mich in den ersten Wochen nicht in den Arm hast nehmen dürfen, weil ich im Brutkasten lag? Hat Jost mich deshalb nie aus den Augen gelassen, weil er sich in den ersten Monaten so daran gewöhnt hatte? Er hat nicht bemerkt, dass ich Abenteuergeschichten und Missionen längst nicht mehr spannend fand. Er hat nie gefragt, wofür ich mich eigentlich wirklich interessiere.«

Es war befreiend, die Fragen zu stellen, die sie beschäftigten. Und doch kam es ihr albern vor. Niemand würde antworten. Ihre eigene Stimme klang fremd. Was hatte das für einen Sinn? Ihre Mutter zeigte nicht die kleinste Regung, nicht einmal ein Zittern. Wollte man wirklich alte Geschichten hören, wenn man wehrlos im Koma lag? Plötzlich kam es Elsa extrem still vor im Zimmer. Sie blickte auf den Monitor und erschrak. Die Maschine piepste nicht mehr.

Elsa drückte auf den roten Not-Knopf, immer wieder, sie konnte nicht damit aufhören, was sollte sie auch sonst tun? Sie musste Hilfe holen, endlich einmal sofort.

Eine Krankenschwester riss die Tür auf, direkt hinter ihr stolperte der Arzt herein, der Elsa am ersten Tag begrüßt hatte. Sie beugten sich über Ursel, kontrollierten Nadeln, Schläuche und blickten auf den Monitor. Elsa umklammerte immer noch den Drücker.

»Was war denn los?«, fragte der Arzt.

»Die Maschine hat aufgehört zu piepsen«, sagte Elsa.

Sein Gesicht verzog sich zu einem gequälten Lächeln.

»Die Maschine hat nie gepiepst«, sagte er.

Elsa war sich sicher, dass die Maschine vorher gepiepst hatte. »Sollte sie das nicht?«

»Im Fernsehen piepsen die Maschinen. In Wirklichkeit nicht, das würde alle hier verrückt machen. Ein Piepsen wäre ein alarmierendes Zeichen. Solange es still ist, ist alles in Ordnung.« Er legte eine Hand auf Elsas Arm und nahm ihr den Notruf aus der Hand, dessen Knopf sie immer noch gedrückt hielt.

Arzt und Schwester ließen Elsa wieder allein. Ihre Mutter hatte sich während der ganzen Aufregung nicht gerührt. Natürlich nicht. Elsa setzte sich an ihr Bett, schluckte und nahm ihre Hand. Die Haut war warm, Elsa wusste nicht, warum sie etwas anderes erwartet hatte. Ihr Hals war trocken. Die Vergangenheit half hier niemandem mehr.

»Du kannst dir nicht vorstellen, wie es bei der Arbeit zugeht. Ein einziges Getöse und abends tut einem alles weh. Vielleicht ist die Disziplin, die man beim Training auf dem Eis aufbringen muss, ein wenig mit einer langen Küchenschicht vergleichbar. Ich kann mir nichts Besseres vorstellen. Wir brauchen jeden Tag Stunden für die Vorbereitung, der Service dauert eigentlich gar nicht lang. Die beste Zeit ist, wenn das Restaurant geöffnet wird. Sobald die Bestellungen eintrudeln, besteht alles nur noch aus gut einstudierten Bewegungen. Es ist ein bisschen wie Paar-Tanzen, bloß zu mehreren. Du wärst bestimmt eine gute Köchin geworden. Ich wohne bei Jan. Dort spielt immer Musik und es ist hell und weit. Man sieht viel Himmel. Aber es gibt wenig Grün und selten Vögel. Ein paar Möwen kommen manchmal vom Hafen. An den Landungsbrücken meint man, man könnte das Meer sehen. Ist dir schon einmal aufgefallen, dass Wasser fast nie wie Wasser aussieht? Je nach Lichteinfall ändert es seine Beschaffenheit, ist wie goldener Sand oder flüssiges Metall, mal spiegelglatt. Auf dem Weg zur Arbeit laufe ich an der Binnenalster vorbei. Man sagt, dass sie in manchen Jahren zufriert. Kannst du dir eine Eisfläche vorstellen, die kein Ende zu haben scheint? Es würde dir gefallen, du könntest stundenlang darauf laufen.« Es fiel ihr schwer, so zu reden. Sie entdeckte ein paar CDs auf dem Nachttisch. Sie sah sie durch und entschied sich für Klaviermusik, vornehmlich Stücke, die Jost früher oft gespielt hatte. »Weißt du noch?«, fragte sie und überließ es dann der Musik, den Raum zu füllen.

Sie wartete ab, bis die CD zu Ende war, dann zog sie sich ihre Jacke an. Elsa trat ans Bett ihrer Mutter. »Warum hast du mich nie in Hamburg angerufen?«

Erschöpft und mit tauben Muskeln wie nach einer Doppelschicht trat Elsa in den Nieselregen hinaus. Die Gedanken kamen nicht voran. Auch die kühle Luft half nicht. Ihre Fußsohlen schmerzten und wollten sie kaum tragen, weshalb sie den Zug zurück ins Dorf nahm.

Auf den ersten Blick brannten keine Lichter im Haus, aber Davids Auto stand neben Ursels Weg. Elsa versuchte, die Haustür so geräuschlos wie möglich zu öffnen. Sie lauschte in den Flur hinein. Aus dem Arbeitszimmer ihres Vaters drang ein seltsames Klappern. Sie drückte die Tür auf und sah Davids Rücken vor dem elektronischen Klavier. Er hatte die Kopfhörer aufgesetzt, sein Körper wiegte leicht vor und zurück, die Handrücken waren nachlässig nach unten gekippt. Dennoch bewegten sich seine Finger mühelos und federnd über die Tasten, eine ungewöhnlich sanfte, fließende Bewegung für seine Verhältnisse. Sie trat näher an seine Seite, bis er sie bemerken musste. Doch er reagierte nicht. Elsa zog den Stecker der Kopfhörer aus dem Anschluss heraus. Die Töne breiteten sich im Zimmer aus. Er spielte ohne Notenblätter. Sie hatte vergessen, dass er so spielen konnte. Sie selbst war nie über den »Flohwalzer« und den »Entertainer« hinausgekommen. David spielte ungestört weiter. Die Melodie war ihr entfernt vertraut, obwohl sie sicher war, sie noch nie gehört zu haben. Einmal verlangsamte sich der Rhythmus, bekam einen melancholischen Klang mit vielen Akkorden, dann wieder hüpften die Finger einzeln über die Tasten, schwerelos und ohne Anstrengung. Elsa zog die Lautstärkeregler nach oben und blieb ruhig stehen, so lange, bis David absetzte und die letzten Töne verklungen waren.

»Sie braucht einfach, dass du ab und zu vorbeikommst«, sagte er. Er sah nicht auf, sondern weiter auf die Tasten herunter und fing erneut an zu spielen, ohne auf eine Reaktion von Elsa zu warten.

Sie aßen Nudeln mit Tomatensauce, die David gekocht hatte. Elsa hatte sich um den Nachtisch gekümmert. Es war ihr beim Anblick von dem durchnässten David unter der Wäschespinne eingefallen. Als Kind war sie einmal im Winter auf dem glitschigen Steg ausgerutscht und in den kalten See gefallen. Jost hatte sie nach einem heißen Bad mit einer Wärmflasche ins Bett gesteckt. Ihre Mutter hatte ihr das Abendessen ins Zimmer gebracht: warmer, dickflüssiger Vanillepudding mit Apfelkompott. Dieses Essen hatte es öfter gegeben, wenn jemand krank war oder eine Aufmunterung brauchte. Elsa war es ein Rätsel, warum sie es in Hamburg vergessen hatte.

Vielleicht hatte sie sich einfach an nichts mehr erinnern wollen.

David konnte sich ein Lächeln nicht verkneifen, als er die Schüsselchen sah. Er probierte.

»Es schmeckt anders als früher«, meinte er, ohne erkennen zu lassen, ob das gut oder schlecht war.

»Ich habe Ingwer, Vanille und Zimt mitgekocht«, sagte Elsa.

»Es ist gut«, sagte David, »es ist wirklich gut.«

Nach dem Essen versammelten sie sich im Wohnzimmer. Zuerst spielten sie mit Marie Memory, dann Mau-Mau, bis sie auf dem Sofa einschlief. Sie wachte nicht einmal auf, als David sie hochhob und die Treppe hinauf ins Bett trug.

Den Rest des Abends verbrachten Elsa und David schweigend im Wohnzimmer. Doch die Stille war weniger drückend. Elsa saß in Josts Schaukelstuhl mit den Skizzen zu ihrem Rehgericht auf dem Schoß, David hatte es sich auf dem Sofa bequem gemacht und las, beide tranken Rotwein. Je schwärzer die Nacht wurde, umso deutlicher wurde die Spiegelung der beiden Geschwister in der Scheibe.

Das Containerschiff

Der See lag unter einer hauchdünnen Eisdecke, als Elsa sich am Morgen von ihm verabschiedete. Nach dem Frühstück luden sie ihr Gepäck in den Kofferraum und fuhren gemeinsam zum Krankenhaus.

Marie rückte dicht vor Ursels Gesicht, betrachtete neugierig die Haut, die Wimpern, die Schläuche und Verbände, ohne Scheu. Sie redete mit ihr, als wäre sie wach. Sie verstand nicht, wie man so lange schlafen konnte. Als Elsa und David das Zimmer verlassen wollten, fragte David Marie, ob sie sich allein fürchtete. Aber Marie schüttelte den Kopf und sagte: »Oma ist ja noch da.«

David schritt vorneweg die Krankenhausgänge entlang, hielt Elsa die Tür nach draußen auf und ging mit ihr bis zu seinem Auto auf dem Parkplatz. Sein Angebot, sie zum Bahnhof zu fahren, lehnte Elsa freundlich ab. Sie hatte nicht viel zu tragen und die frische Luft würde ihr guttun. Er holte ihren Rucksack aus dem Kofferraum und hielt ihn hoch, sodass sie ihn leicht aufsetzen konnte.

»Ich muss eine gute Woche arbeiten, bis die Dezemberkarte steht und mein Arbeitsvertrag entfristet wird«, sagte sie, »dann komme ich zurück, so oft ich kann.«

David nickte. »Ich habe bis zum neuen Jahr keine weiten Geschäftsreisen mehr, ich kann auch ab und zu herfahren.«

»Vielleicht treffen wir uns bald wieder hier?«

Sein »Mhm« ließ sich sowohl als Zustimmung als auch als Frage deuten. Sie gaben sich die Hand zum Abschied. Mehr wäre Elsa seltsam erschienen. Der Händedruck war warm und sie spürte, dass David ihr nachsah, als sie den Hügel hinunterging.

Der Zug war für einen Freitagmorgen ziemlich überfüllt. Elsa hatte Glück, einen Fensterplatz in einem Abteil zu ergattern. Die Windräder auf dem Feld drehten sich. Inmitten der Menge stand ein einzelnes still. Elsa lehnte sich im Sitz zurück und schloss die Augen.

Sie hatte Jan eine SMS mit ihrer Ankunftszeit geschrieben. Doch als sie am Bahnhof in Hamburg ankam, konnte sie ihn am Bahnsteig nicht entdecken. Es war ein einziges Durcheinander, ihr Kopf schien sich mit Dampf zu füllen, mit Geräuschen, dem Rattern der Züge, mit den Stimmen der Vorbeieilenden. Alles rückte näher an den Körper heran, etwas klingelte, Lautsprecherdurchsagen, Tausende Gesichter und Augenpaare, Menschen streiften ihre Arme, schoben Elsa zur Seite, wenn sie im Weg stand, bis sie sich dem Strom der Menge einfach überließ, die Rolltreppe nach oben getragen und aus dem Gebäude gespült wurde.

Bis Hammerbrook war es nur eine Station. Auf dem Bahnsteig zur S-Bahn wurde Elsa erneut von dem Strudel erfasst: Rollkoffer und Menschen mit Kindern, Atemstöße schwebten blau durch die Luft, Geschnatter und Getöse, vor dem sie sich nicht schützen konnte, das von allen Seiten auf sie einstürzte und Druck auf die gesamte Körperoberfläche ausübte, sich an den Schläfen konzentrierte.

Plötzlich griffen zwei Arme aus der Menge heraus, Jan zog sie in eine Umarmung hinein, ihr Gesicht vergrub sich in warmer Haut, eine Hand legte sich auf ihren Hinterkopf, hielt alles zusammen und schirmte Elsa von dem Getümmel ab. Jan führte sie zur Treppe zurück, die Stufen hinunter bis zu den Taxen. Elsa hob den gesamten Weg über den Kopf nicht an, ließ den Kopf an Jans Schulter, auch im Taxi.

»Hammerbrook«, sagte Jan zum Fahrer.

»Zu den Landungsbrücken«, sagte Elsa.

Der Fahrer sah Jan fragend an, der nickte und sagte: »Okay.«

Vom Astra-Gebäude war nur noch ein leerer Hohlkörper übrig. Sie hatten es Stück für Stück entkernt, ein schleichender Prozess, anstatt es mit einem angemessenen Knall verschwinden zu lassen. »Sie versuchen, das Skelett zu erhalten und darauf aufzubauen«, erklärte Jan. »Es wird ein neuer Turm entstehen.«

Sie setzten sich auf die beiden Poller am Ufer. Jan und Elsa. Die Elbe. Die Landungsbrücken. Die Astra-Ruine hinter ihnen. Vor ihnen das Wasser, weiter hinten die Docks. Die Schiffe. Die Kräne in Blau und Gelb. Der Wind. Gegenüber an Dock 11 wurde ein Containerschiff beladen. Das Wasser schlug gegen die Mauer unter ihnen, ein paar Möwen flogen vorbei, eher am Rande, etwas Flüchtiges.

»Schau, so bin ich«, sagte Elsa und zeigte auf das Containerschiff.

»Ich bin der Horizont, oder?«, fragte Jan.

Elsa wünschte, sie wären am Meer. Dann könnte die Meereslinie den Horizont bereitstellen und das Containerschiff würde darauf zufahren, bis es von ihrem Platz so aussah, als könnten die beiden sich wirklich berühren. Sie klopfte schweigend eine Zigarette aus der Packung, zündete sie an und gab sie an Jan weiter. Er fragte nicht, warum sie wieder angefangen hatte, nahm einen tiefen Zug und griff ihre Hand.

Danke Otto Köhler fürs Ankommen. Danke Erik Damm für die Zeit und die Fürsorge. Danke meiner Familie für Liebe und Unterstützung. Danke Uwe Heldt für den Mut all die Jahre. Danke Lucia Bic, Bastian Winkler und Nora Bossong für Dänemark und das Meer. Danke Dorothee Fesel, Birgit Thiesmeyer, Benjamin Lauterbach und Philipp Heberling für Zuspruch und Kritik.

Danke Vincent Klink (Wielandshöhe) und Kolja Kleeberg (VAU) für den Einblick in ihre Restaurantküchen. Besonders herzlich danke ich Johannes King, Andreas Sondej und dem Team im Söl'ring Hof für eine der anstrengendsten und gleichzeitig schönsten Wochen meines Lebens – nie hat ein kühles Bier so gut geschmeckt wie nachts nach einer Küchenschicht.

Für die Gelegenheit zum Schreiben und Recherchieren danke ich dem Berliner Senat, dem Hessischen Literaturrat, der Villa Decius und der Stiftung für deutsch-polnische Zusammenarbeit, dem Schriftstellerhaus Stuttgart, der Akademie Schloss Solitude, der Landeshauptstadt Dresden und der Stiftung für Kunst und Kultur der Dresdner Sparkasse.